KB018495

모산 마을

금강

14

우리 무엇이 되어 다시 만나랴

제5부

곰강

14

한만수 대하장편소설

글누림

| 일러두기 |

1. **언어** : 충청북도 영동은 남으로는 경상북도 김천, 남서쪽으로는 전라북도 무주와 접해있다. 그래서 이 지역의 언어는 경북 사투리와 전라도 사투리가 혼용되어 있는 특징을 갖고 있다. 세월이 흐르면서 이 지역의 언어도 요즈음은 표준어에 가깝게 변화되어 가고 있지만, 리얼리즘을 살리기 위해 50~60년대는 토속적 사투리를 그대로 살렸다.
2. **시대사** : 한국 근·현대사를 사실 그대로 재현하여 주요 사건과 주요 인물을 그려냈다.
3. **물가** : 당시의 물가를 고증하여 실제적으로 적용했다.
4. **지리** : 지역과 지명은 있는 그대로 드러냈다.
5. **문화 및 풍속** : 시대적 흐름에 따라 변화하는 문화 및 풍속을 사실대로 묘사했다.

차례

제5부

우리 무엇이 되어
다시 만나랴

제38장

1
9
9
3
년

짧은 만남 안타까운 이별

강훈구는 그 말을 기다렸다는 얼굴로 일어섰다.
하지만 인숙은 일어설 수가 없었다.
아무리 손을 뻗어도 유리 벽 건너편에 있는 강훈구를 만질 수 없었다.
그런데도 유리 벽을 긁고 터져 나오는 울음을
겨우 참으며 안타까운 시선으로 강훈구를 바라봤다.

햇볕은 모래밭의 사금파리처럼 빛나는데 바람은 면도날처럼 날카로
웠다. 거리는 꽁꽁 얼어 있고, 음지 땅을 덮고 있는 얼음은 햇볕을 받아
차가운 빛을 반사하고 있다. 영동예식장 앞에는 10시부터 사람들이 삼
삼오오 모여 들기 시작했다. 예식장 안으로 들어서는 사람들은 누구 예
식에라도 참석하는 것처럼 남자들은 양복 차림이었고, 가끔 보이는 여
자들은 코트에 스카프를 두르거나 고데며 파마를 한 40대 안팎의 연령
층이 대부분이었다.

예식장 벽에는 <축·남부연합뉴스창간식>이라는 현수막이 붙어 있
다. 남부연합뉴스 신문을 창간한다는 현수막은 예식장 앞에만 붙어 있
는 것이 아니다. 로터리를 비롯해서 군청 앞이며 우체국 앞을 포함해서

열 곳에 걸려 있다. 10개 면에도 2개 이상 걸려있다. 옥천과 보은을 포함해서 내건 현수막은 70매가 넘는다.

예식장 앞에는 영동군수를 비롯하여 남부 삼군의 기관장들이며 유지들이 보낸 화환 50여 개가 영하의 날씨에 발발 떨고 있었다. 문 앞에는 노란색 바탕에 안내라는 글씨가 쓰여 있는 어깨띠를 두른 정장 차림의 남자 몇 명이 서 있다. 그들은 창간식에 참여하는 손님들을 예식장 안으로 안내하기도 하고, 자동차가 도착하면 허연 입김을 토해 내며 근처의 주차장 위치를 알려 주기도 하였다.

황인술을 앞세워 예식장에 도착한 모산 사람들은 어미 잃은 병아리들처럼 오들오들 떨며 예식장 벽에 붙어 있는 현수막을 바라봤다.

"너무 일찍 온 거 아닌지 모르겠구먼."

황인술은 이동하로부터 동네 어른들과 함께 필히 참석하여야 한다는 전화를 받고 나선 참이다. 정부에서 보내 주는 서울신문, 농협에서 보내 주는 농민신문, 새마을신문까지 세 가지나 배달되지만 화장실 휴지나 불쏘시개 이상으로 사용해 본 적이 없었다. 지역신문 창간하는 데 꼭 동네 사람들을 동원시켜야 하는지도 의문이지만, 예식장 안으로 들어가는 사람들의 면면이 하나같이 배운 사람들 같다. 마음이 위축되니 몸은 더 추웠다. 황인술은 이 부닥치는 소리가 날 것 같아서 말하기 무섭게 이를 꽉 물고 김춘섭을 바라본다.

"추우니까 빨리 들어가쥬. 해필이믄 이런 날 창간을 한다고……."

김춘섭은 아무 생각이 없었다. 빨리 난방이 되는 예식장 안으로 들어가고 싶은 생각밖에 없었다.

"그려, 나는 괜찮지만 형님 감기 걸리시겄어. 어여 들어가자고"

박평래도 김춘섭과 같은 생각이었다. 앞장서기가 민망스러워 황인술의 등을 떠밀며 앞으로 나갔다.

"오셨습니까?"

고현수는 얼굴이 낯익은 황인술이며 박평래 앞에 공손하게 인사를 했다. 문득 이 작자들은 박진규를 찍었을 것이라는 생각이 들었다. 다음에 표를 얻으려면 단순하게 인사만 해서는 안 된다는 생각에 일일이 악수를 했다.

"여기다 서명하고 가세요."

접수대 앞에 서 있던 한복 차림의 신문사 직원이 웃는 얼굴로 그들을 불렀다.

"서명이라니?"

윤길동이 이건 또 무슨 뜬금없는 말이냐는 얼굴로 황인술을 바라봤다.

"글씨……."

황인술은 일단 접수대 앞으로 갔다. 접수대에는 남부연합신문 창간호가 잔뜩 쌓여 있다. 황인술은 신문을 여러 부 챙겨서 김춘섭이며 순배 영감, 장기팔 등에게 한 부씩 나눠 줬다.

황인술은 라면 상자 크기만한 박스에 한문으로 격려금(激勵金)이라고 쓰인 글씨를 봤다. 격려자는 읽을 수 없어도 금(金)자를 보니 돈을 내라는 함처럼 보였다. 그는 순배 영감 앞으로 가서 저게 무슨 함이냐고 속삭였다.

"신문 맨드는데 수고했응께 격려금 쪼로 얼매씩 내라는 뜻이구먼."

순배 영감이 신문을 말아 쥐고 난처하다는 표정으로 격려금함을 바라봤다.

"의원님이 그런 말은 없었는데……."

황인술은 민망함이 극치에 달하는 것을 느끼며 고현수의 눈치를 살폈다. 고현수는 다행히 오는 손님들을 맞느라 이쪽은 신경 쓰지 않는 듯했다.

"사둔어른, 그냥 들어가유. 우리가 무슨 돈이 있다고……."

"그려, 그냥 들어가자고."

김춘섭이 상황을 눈치채고 황인술에게 속삭였다. 황인술은 큼! 헛기침을 하며 괜스레 고개를 돌렸다.

"여기다 서명하시면 됩니다."

"아! 예, 예……."

황인술은 뒷덜미를 움켜잡는 듯한 신문사 여직원의 목소리에 얼굴이 벌겋게 달아올랐다. 슈퍼 같은 곳에서 도둑질하다 주인에게 들킨 사람처럼 당황한 얼굴로 쩔쩔매며 뒤돌아섰다. 여직원이 상냥하게 웃는 얼굴로 사인펜을 내밀었다.

"여, 여기다 하믄 되쥬?"

방명록에는 축, 창간 아무개, 발전을 빕니다. 발전을 기원하며 아무개라는 식으로 이름이 쓰여 있다. 거두절미하고 떨리는 손으로 모산 구장 황인술이라고 쓰는데 입 안에 뜨거운 침이 가득 고여 왔다. 돌아서려다 갑자기 생각나는 문구가 있어서 다시 돌아섰다. 모산 구장 위에 <모산 사람 대표>라고 첨삭을 한 다음에야 뒤통수가 간질거리는 것을 느끼며 김춘섭 옆으로 갔다.

"엄청나게 많이 왔구먼."

앞장서서 들어간 윤길동이 빈자리를 찾아 두리번거리며 중얼거렸다. 천장에 환하게 불이 켜져 있는 예식장 안에는 벌써 많은 사람들이 와 있었다. 얼핏 봐도 이백 명은 넘을 것 같았다.

"즘심은 준다고 했지?"

접수대 앞을 떠난 황인술은 더 이상 망설일 이유가 없었다. 빈자리를 찾아서 무작정 앞으로 걸어갔다. 장기팔이 그 뒤를 바짝 붙어서 따라가며 물었다.

"예, 술도 준다는 거 가튜."

황인술은 모산 사람 모두가 한 줄로 앉아 있을 수 있는 자리에 가서 멈췄다. 순배 영감부터 안으로 들어가서 앉으라고 했다. 그는 장기팔 옆에 앉으며 윤길동과 김춘섭에게 손짓했다.

시간이 가까워질수록 멀리는 보은군수며 경찰서장 등, 가깝게는 영동군수와 경찰서장, 세무서장 등이 속속들이 예식장에 도착했다.

"축하 드려유."

"감사합니다."

"남부 삼군에서 최고의 신문이 되길 빕니다."

"열심히 노력하겠습니다."

"어휴, 신문을 어떻게 맨들라고 이릏게 큰 사업을 시작했슈. 위원장님 아니시면 딴 사람들은 엄두도 못 내유."

"별말씀을 다 하시는군요. 최선을 다해 노력하겠습니다."

고현수는 비록 국회의원 선거에서는 떨어졌지만 민자당 위원장이다. 그는 로비에 서서 가슴에 꽃을 달고 흰 장갑을 낀 모양으로 오는 사람에게 선거 운동을 할 때처럼 활짝 웃는 얼굴로 악수를 했다. 애자는 문 앞에서 한복 차림으로 엷은 미소를 띠며 가볍게 인사했다.

"고 서방, 참말로 축하하네."

이동하는 혼자 식장에 오는 것이 민망해서 재오를 대동했다. 고현수 앞으로 가서 얼굴 가득 미소를 지으며 흡족한 얼굴로 손을 내밀었다.

"모든 것이 장인어른 덕분입니다."

"그려, 남부 삼군이 아니라 충청북도 최고의 신문사가 되길 빌겠네."

"오셨어요?"

애자는 이동하 옆으로 가서 두툼하게 살이 찐 그의 손을 잡고 미소를 지었다.

"워디 아픈 겨?"

이동하가 억지로 미소를 짓고 있는 것처럼 보이는 애자에게 속삭였다.

"어색해서요……."

"어색하긴 머가 어색하다고……."

이동하는 애자의 등을 쓰다듬어 주고 접수대 앞으로 갔다. 재오가 얼른 사인펜을 챙겨 준다. 전 국회의원 이동하라고 휘갈겨 쓴 다음에 여직원을 바라본다. 나이는 스물다섯 아니면 예닐곱, 대학을 졸업했을 것 같은 지성미를 풍기는 미인이다. 길고 가느다란 손을 덥석 잡고 싶은 충동을 누르며 양복 안주머니에서 봉투를 꺼냈다. 그는 두 손으로 봉투를 내밀었다. 봉투를 잡는 여직원의 손을 양손으로 자연스럽게 감쌌다. 나긋나긋한 느낌이 짜릿하게 전해지는 순간 아직 늦지 않았다는 생각이 들어 얼굴에 웃음이 퍼졌다. 여직원이 봉투를 격려금함에 집어넣는 것을 보고 재오에게 점잖게 눈짓을 보냈다.

"이쪽으로 가시죠"

재오가 앞장서려고 하자 안내띠를 두른 청년이 먼저 예식장 안으로 그들을 안내했다. 무대에는 <축·남부 최고의 신문, 남부연합신문>이라는 현수막이 큼지막하게 붙어 있다. 이동하와 재오는 청년을 따라서 맨 앞자리로 갔다. 영동군수 정오영과 경찰서장이 이동하의 얼굴을 알아보고 일어나서 인사했다. 옥천이며 보은에서 온 기관장들은 멀뚱한 얼굴로 흘낏 바라보다 무대 쪽으로 시선을 돌린다.

"전 국회의원이시며, 오늘 신문사를 창간하시는 고현수 민자당 위원장님의 장인어른이십니다."

군수가 그냥 자리에 앉으려다가 다시 일어나 옥천군수 앞으로 가서 이동하를 소개했다.

"아! 그러십니까. 저 옥천군수 김용직입니다."

"아이구, 이렇게 참석해 주셔서 참말로 고맙구만유."

이동하는 오랜만에 국회의원으로 되돌아간 기분으로 기관장들과 악수 했다. 하나같이 건성으로 악수를 받아 기분이 나빴지만 내색할 수 없었다.

"의원님 고맙습니다."

진규가 나타난 것은 창간식을 몇 분 앞둔 시간이다. 그는 보좌관 김성수를 앞세워 로비 안으로 들어왔다. 고현수는 진규를 부르고 싶은 생각이 없었다. 그러나 명색이 지역신문 창간식인데, 지역 국회의원 축사가 없어서야 되겠냐는 공론에 따라 초대했다. 기왕 초대를 했으니 정성껏 예우를 해야 한다는 생각에 진규에게 허리 숙여 인사했다.

"참말로 대단한 일을 하시네유. 그렇지 않아도 남부 삼군을 대표로 하는 지역신문이 있어야 된다는 생각을 했었습니다. 진심으로 축하드립니다."

진규는 한 손을 내미는 고현수와는 다르게 양손으로 고현수의 손을 힘주어 잡고 흔들었다.

"왔네? 축하해. 어릴 때부터 대단한 줄 알았지만 정말 대단하네……."

애자가 진규 앞으로 가서 손을 내밀며 속삭였다.

"누님도 점점 이뻐지시네유."

"언제 밥 한번 같이 먹어. 축하도 못 해줬잖여."

애자가 진심에서 우러나는 목소리로 속삭였다.

"앞으로 영동에 계속 계실거유?"

진규가 미소를 띤 얼굴로 덩달아 속삭였다.

"며칠 있을 생각이야. 다시 한번 축하해."

"알았슈. 연락드릴께유."

진규는 애자의 손등을 부드럽게 쳐 주고 돌아섰다.

"안으로 들어가시죠"

어깨띠를 두른 청년이 진규 앞으로 와서 굽실거렸다.

"수고 많으시네유."

진규는 청년하고도 웃는 얼굴로 악수했다. 접수대 앞으로 가서 여직원과도 악수를 하고 여백으로 남겨 둔 제일 첫 장에 국회의원 박진규라고 휘갈겨 썼다. 보좌관이 옆에 서 있다가 얼른 금일봉이 들어있는 봉투를 여직원에게 내밀었다.

"저기 진규 아녀?"

황인술은 출입문 쪽에서 웅성거리는 소리에 뒤를 돌아다봤다. 진규가

식장 안으로 들어서면서 마주치는 사람들과 악수를 하고 있었다. 놀란 표정으로 장기팔 옆에 앉아 있는 박평래의 무릎을 흔들었다.

"워디?"

박평래는 진규라는 말에 감전이라도 된 것처럼 벌떡 일어섰다. 진규가 사람들과 악수를 하면서 앞으로 나오고 있다. 감격이 치밀어 올라 눈물이 솟구쳤다. 잔기침으로 솟구치는 눈물을 간신히 참으며 시선을 돌렸다.

"신문을 창간하는데 국회의원이 축사를 안 하믄 되겄나."

순배 영감은 기특하다는 표정으로 당당하게 걸어오고 있는 진규를 바라봤다.

"굉장하구먼. 어여 가서 만나 봐유."

진규는 맨 앞자리로 갔다. 이동하 앞에 멈춰서 정중하게 인사했다. 이동하는 앉은 자리에서 엉거주춤 일어서는 자세로 진규와 악수를 하고 앉았다. 진규가 도착하기 전부터 일어서서 기다리고 있던 기관장들이 앞다투어 진규에게 허리 숙여 인사를 한다.

"저기 좀 봐."

장기팔은 괜히 눈물이 핑 도는 것을 느끼며 박평래의 옆구리를 쿡 찔렀다.

"워딜?"

박평래가 자랑스러운 얼굴로 눈물을 삼키고 있다가 반문했다.

"손자 앞에 가서 할애비 여기 있다고 해야잖유."

"자네두 참, 이 나라를 위해 큰일하는 손자를 도와주지는 못할망정, 이런 꼴로 체면을 깎아야 쓰겄어?"

진규는 그냥 의자에 앉지 않았다. 뒤로 돌아서서 두 팔을 번쩍 들어 흔들어 보였다. 기다렸다는 듯이 박수 소리가 터져 나왔다. 박평래는 간신히 참고 있던 눈물이 쏟아져서 얼른 고개를 숙이고 눈물을 닦았다. 손을 흔들고 의자에 앉는 진규의 모습은 한 밥상에서 같이 밥을 먹는 진규는 정녕 아니다. 진규가 감히 얼굴을 마주 볼 수 없는 엄청난 인물이라는 생각이 들어 가슴이 마구 떨렸다.

"그려, 눈물이 날 만도 하겄지. 나라믄 펑펑 울겄구먼."

순배 영감이 가만히 손을 뻗어서 박평래의 손을 잡고 작은 목소리로 속삭였다.

"태수도 같이 와야 하는 건데……."

황인술은 이동하를 봤을 때 느꼈던 것과는 확연히 다른 어떤 느낌으로 감동이 와 닿아 혼잣말로 중얼거렸다.

"근데 김대중이가 작년 십이월 십이팔일부로 당 총재직을 그만둔다고 선포했잖유. 김영삼이가 대통령된 것을 축하한다면서, 국회의원직도 사표 낸다고 발표했잖유……."

"난도 그 방송을 들었는데 시방 먼 야기를 할라고 그라능 겨?"

순배 영감이 장기팔에게 물었다.

"진규가 민주당 국회의원이잖유. 김대중이가 없응께 시방은 어떤 당유?"

"아! 시방은 이기택이라는 사람이 총재잖여. 김대중이가 사표를 냈다고 해서 민주당이 읎어지라는 법은 읎잖여."

박평래가 큰 소리로 말은 못하고 작은 목소리로 꾸짖으며 한심하다는 얼굴로 장기팔을 노려봤다.

"지금부터 남부 삼군에서 배포하게 될 남부연합신문 창간식을 거행하겠습니다. 밖에 계신 분은 속히 식장 안으로 들어오시기 바랍니다."

사회자의 말이 끝나자 고현수가 애자와 함께 들어왔다. 그 뒤를 기자 몇 명이 따라 들어왔다. 고현수와 애자는 무대 중앙에 마련된 의자에 앉았다. 애자는 어색한 느낌에 얼굴을 들 수 없어서 비스듬히 고개를 숙이고 진규를 바라봤다.

"먼저 국민의례가 있겠습니다."

사회자의 안내에 이어서 국민의례가 시작되었다. 고현수가 나가 내빈 소개를 했다. 박진규 국회의원님의 축사가 있겠다는 사회자의 안내에 따라 진규가 일어섰다. 넥타이를 반듯하게 고쳐 매고 연단으로 나갔다.

"안녕하십니까? 국회의원 박진규입니다. 먼저, 남부연합신문 창간을 진심으로 축하드립니다. 날씨도 추운데 우리 지역의 자랑이 될 남부연합신문 창간식에 와 주신 영동군수님을 비롯하여 기관장 여러분들께 진심으로 감사드립니다. 지금까지는 군사정권의 힘에 막혀서 국민들은 할 말을 못하고 침묵을 지켜왔습니다. 그러나 문민정부가 들어서면서 사정이 달라졌습니다. 지금 영동뿐만 아니라 전국적으로 지역신문 열풍이 불고 있다는 점에 대해서 저는 박수를 보내는 바입니다. 지금까지는 정권의 권력에 좌지우지되는 나라였지만, 이제는 민주주의 원칙에 따라서 국민이 주인이 되는 시대가 되었습니다. 우리 영동과 옥천, 보은, 남부 삼군도 오늘 창간이 되는 남부연합신문을 통해서 할 말을 하는 군민들로 거듭나기를 간절히 소망하는 바입니다. 저는 지난 선거 때 누누이 말씀드린 것처럼, 농민의 아들로 태어나 농민들이 잘 사는 나라를 만드는 것이 가장 큰 꿈입니다. 농민들도 옛날처럼 농사만 지어서는 살 수 없습니다. 농민들도 공부를 해서 선진 기술을 습득하여 과수나무를 재배한 다든지, 특용작물을 재배하여 소득을 올리는 일이 매우 중요하다고 생각합니다. 저는 그래서 우리 남부 삼군의 농민들에게 선진 기술을 심어 줄 수 있는 선진농업연구소를 올해 안에 설립할 계획입니다. 전액 무료로 개방이 될 선진농업연구소에서는 우리 남부 삼군의 지역 특성에 맞는 농작물을 개발하여 농민 소득 증대에 크게 기여할 것으로 믿습니다. 남부연합신문도, 농민들의 소득증대에 일조할 수 있는 신기술을 알리고 홍보하는 데 적극적으로 도와주실 것으로 믿으며 이만 축사를 마칩니다."

진규가 고개 숙여 인사하기도 전에 박수 소리가 터져 나왔다. 박평래는 진규의 말이 무엇을 뜻하는지 알 수 없었다. 하지만 진규의 말이 끝나자마자 천장이 들썩거릴 정도로 요란하게 박수가 터져 나오는 것으로 보아 분명 훌륭한 연설이었을 것이라는 생각에 눈물을 글썽이며 박수를 쳤다.

진규의 축사에 이어서 군수들이며 경찰서장의 축사가 이어졌다. 박평래가 듣거나 볼 때 진규만큼 박수를 많이 받는 기관장은 없었다.

"형님, 내가 볼 때 진규만큼 박수를 받는 사람은 안 뵈이는 거 같은데, 형님 생각은 어떠유?"

"내가 볼 때도 진규만큼 정확하고 확실하게 그 머셔……."

순배 영감은 박평래가 묻는 말에 무언가 그럴듯한 말을 해 주고 싶었는데 단어가 떠오르지 않았다.

"아! 농민들을 잘 살게 해 준다잖아유."

"그려, 확실하게 방법을 제시하는 사람은 읎는 거 가텨. 그랗게 진규

만큼 박수가 안 나오지."

"내 손자라서 하는 말이 아니고, 참말로 대단하지 않남유?"

"대단하고 말고, 내가 이동하 의원을 그렇게 많이 상대해 봐도 진규만큼 똑똑하게 말을 하는 건 한 번도 못 봤구먼. 진규는 이동하 의원보다 나이가 많이 어린데도 주관이 뚜렷하잖여."

"암만유."

박평래는 고개를 끄덕이며 눈물이 맺힌 눈으로 소리 없이 웃었다. 몇 올밖에 없는 턱수염을 만지작거리며 답사를 하기 위해 연단으로 나가는 고현수를 가소롭다는 눈빛으로 바라봤다.

"영하의 날씨에도 불구하고, 저희 남부연합신문 창간기념식에 참석하여 주신 박진규 국회의원님과 손재승 영동군수님을 비롯하여 김용직 옥천군수님, 유권용 보은군수님을 비롯한 남부 삼군의 기관장님과 민자당 관계 여러분들에게 진심으로 감사드립니다. 김영삼 대통령 각하는 이월 이십오일 취임하시어, 오일육 이후 삼십이 년 만에 문민정부 시대를 여셨습니다. 김영삼 대통령 각하는 취임사에서 신한국 창조를 국정지표로 경제회복, 부정부패 척결, 국가기강 확립 등을 삼대 당면과제로 제시하셨습니다. 저는 위대한 김영삼 대통령 각하의 정치철학에 동참하고자 남부연합신문을 창간할 결심을 했습니다. 저희 남부연합신문은 공정하고 엄정한 기자 정신으로, 충청북도에서 제일 낙후되어 있는 남부 삼군의 열린 눈으로 신문고 역할을 함은 물론이고, 군민들의 편에 서서 행정의 감시자 역할을 충실히 해낼 것을 이 자리를 빌려 약속드리겠습니다. 다시 한번 공사다망하신 중에도 이 자리에 참석하여 주신 여러분들에게 진심으로 감사를 드립니다."

고현수가 답사를 끝내자 여기저기서 박수가 터져 나왔다. 그러나 모산 사람들이 볼 때 진규가 받은 박수에 비하면 고현수가 받은 박수는 새발의 피였다.

"츠, 김영삼이가 똑똑해서 대통령이 된 거는 아니잖여. 우리 충청도의 김종필이 경상도로 붙어서 된 거잖여. 김종필이가 김대중한테 붙었으면 어림도 없었을 거여. 안 그려, 형님?"

"김종필이도 크게 한몫했지만 경상도에서는 아주 김영삼이 싹쓸이를 했잖여."

"김종필이도 충청도 사람잉께, 먼가 생각이 있응께 경상도로 붙었겠지. 안 그려유?"

장기팔이 묻는 말에 순배 영감은 못 들은 척한 얼굴로 연단을 지켜봤다.

인숙은 살림방을 사무실로 옮겼다. 사무실 구석에 베니어판으로 칸막이를 만들고, 군인들이 야전에서 사용하는 침대를 갖다 놓았다. 문은 별도로 만들지 않고 커튼만 쳐 놓았다. 사무실에서 살림을 하고 나서는 방세와 교통비가 절약되었다. 출퇴근 시간여 따로 없으니 시간도 더 넉넉해졌다. 하지만 장점이 있으면 단점이 있기 마련이다. 겨울에는 난로를 피워도 추운 날은 침낭을 사용해야 할 정도로 추웠고, 여름에는 사무실 문을 열어 놓을 수 없는 탓에 더위와 싸워야 했다.

강훈구에게 면회를 가는 날이다. 인숙은 아침을 일찍 먹고 사무실 청소를 했다. 늘 그래 왔던 것처럼 기적이 일어나지 않는 한, 강훈구와 손을 잡고 사무실로 들어서지는 못할 것이다. 그런데도 인숙은 강훈구가 와서 보면 깜짝 놀랄 정도로 사무실 안을 깨끗하게 청소하고 정리했다.

"여기로 오는 길에 꽃을 팔지 뭐여. 오랜만에 오는데 빈손으로 올 수도 없고 해서 사 왔어. 어때, 예쁘지?"

홍기철이 활짝 열어 놓은 사무실 안으로 들어서면서 인숙에게 철쭉 화분을 내밀었다.

"홍 선배, 혹시 이 화분, 은행 앞에서 사 온 것 아녀?"

인숙이 화분을 받아 철쭉 향기를 맡으며 물었다.

"그걸 어떻게 알았어?"

"나도 그 은행 앞에서 철쭉을 샀었구먼. 내가 태어나서 첨으로 꽃을 산 날여. 그때는 하얀색이 아니고 분홍색……."

"저 창가에 있는 꽃 아녀?"

홍기철이 창문턱에 있는 철쭉을 바라보며 물었다.

"맞아유. 바로 저 꽃유. 저 꽃을 사 온 날, 강 선배 달려갔잖여."

"그런 일이 있었구나……."

홍기철은 괜히 철쭉을 사 왔다는 생각이 들어 뒷머리를 긁으며 미안해했다.

"선배가 미안해할 거 읎구먼. 외려 좋은 느낌이 드는데, 재심 청구한 결과가 오늘 나올라나……."

인숙은 화분을 들고 창문 앞으로 갔다. 분홍색 철쭉 옆에 흰색 철쭉이 있으니까 잘 어울린다는 생각이 들었다.

"정권이 바뀌었으니까 분명 좋은 결과가 나올 것 같아. 훈구 사건은 누가 보더라도 실형을 받을 사건이 아니잖아. 더구나 노동하고는 아무 관련이 없는 보안법 위반으로 엮어서 칠 년을 구형했다는 것이 말이나 되는 거여?"

홍기철은 의자에 앉아서 컵에 담은 물을 화분에 뿌리고 있는 인숙의 뒷모습을 바라보았다. 작은 데이지 꽃이 수없이 수놓인 원피스를 입은 인숙의 모습은 아름다웠다.

"저도 믿어유. 군사정권이 맨든 보안법잉께, 문민정부에서는 재심을 해서 풀어 줘야 된다고 봐. 커피 한잔 할텨?"

"영등포교도소까지 여기서 몇 분 걸리지?"

"버스 타고 가도 삼십 분이면 충분햐. 커피 한잔 마시고 천천히 출발해도 두 시 전에 도착할 걸?"

인숙은 커피포트의 전원 스위치를 누르고 일회용 종이컵에 커피와 설탕을 적당히 넣었다.

"김영삼 대통령은 신고식이 너무 심한 거 가텨. 지난 일월 십팔일 청주에 있는 우암아파트가 부실 공사로 무너져서 스물여덟 명이나 되는 아까운 생명이 죽었잖아. 근데 또 삼월 이십팔일에는 부산 구포역에서 무궁화 열차가 탈선돼서 일흔여덟 명이나 죽었어. 어떻게 생각해? 한 달이 멀다하고 대형사고가 터지는 이유를?"

홍기철이 커피 한 모금을 마시고 나서 햇살이 쏟아지고 있는 창문을 바라보다 인숙에게 시선을 돌렸다.

"하늘만 알고 있겠지, 사람이 워티게 안댜. 홍 선배는 워티게 생각하는데?"

"물론 하늘만 이유를 알고 있겠지만, 대통령이 바뀌고 연이어 대형 사고가 터지니까 이상한 생각이 들잖아."

"어떤 이상한 생각?"

"정확히 단정 지을 수 없지만 왠지 불안해. 회사에서도 월요일마다 기강 확립 교육을 받고 있거든."

홍기철은 노농운동을 그만두고 보험회사 영업 사원으로 근무하고 있다. 어깨를 으쓱거리며 말하고 커피를 마셨다.

"나라가 안직은 대통령 바뀐 것을 인지 못하고 있는지도 모르지…… 내가 생각해볼 때, 강 선배가 재심을 받아서 무죄로 풀려나는 날이 돼야, 이 땅이 대통령이 바뀐 것을 인지할 거 가텨."

"나도 동감이다. 훈구가 여름이 가기 전에는 석방 되겠지…… 여기서 먹고 산다며? 힘들지 않아?"

"강 선배는 나보다 더 어려운 데서 지내고 있잖아. 강 선배가 있는 곳에 비교하면 여긴 천국이잖여."

"경제적인 문제도 있겠지?"

"가리봉동에 방 한 칸 얻어서 살 정도의 수입은 되지만, 그 돈으로 강 선배 차입금을 넣어 주는 것이 백 번 낫다는 생각에 살림을 이리로 윙겼구먼. 따지고 보믄 살림이라고 할 거까지는 읎지만……"

"나도 좀 보탤게. 이번 달에 보너스를 좀 받았거든."

"거절 안 할텨. 솔직히 강 선배 요새 몸이 많이 약해졌거든. 보약을 사서 들여놓을 수는 읎고, 같이 계신 분들하고 간식이라도 많이 사 먹게 해 주는 수벆에 읎구먼."

인숙은 홍기철이 내미는 돈을 망설이지 않고 받았다.

"부담 없이 받아 주니까 나도 맘이 편하네. 생각 같아서는 좀 많이 주고 싶지만, 삼십만 원밖에 못 넣었구먼."

"월급의 삼분의 일 정도를 줬으면 너무 많이 준 거 아녀?"

"이번 달에 보너스를 탔다고 했잖아."

홍기철이 어깨를 으쓱거리며 웃었다.

"한두 번도 아니고, 매번 고맙구먼."

인숙은 슬슬 출발할 때가 됐다는 생각에 일어섰다. 창문을 닫고 있는데 전화벨이 울린다.

"이승우라고 하는 남잔데?"

홍기철이 전화를 받아서 인숙에게 수화기를 내밀었다.

"저녁에 약속 있어?"

"안직은 별다른 약속이 없구먼."

"그람, 저녁 같이 먹자."

"그랴. 워디서 만날까?"

"내가 차 가지고 그쪽으로 가서 전화할게."

"그려. 그람 이따 봐."

"누구?"

인숙이 통화하는 모습을 지켜보고 있던 홍기철이 물었다.

"내가 말 안 했든가? 남부지검 검산데, 나하고 같은 고향사람이여. 저녁 같이 먹자는 전화구먼."

인숙이 대수롭지 않다는 표정으로 대답했다.

"자주 만나는 모양이지?"

"아녀. 서로가 바쁨께 만날 기회가 별로 읎구먼. 출발할까?"

인숙은 핸드백에서 사무실 키를 챙겨 들었다.

영등포교도소 면회실 대기실에는 언제나 우울하고 쓸쓸한 바람이 고여 있었다. 흰색 페인트칠을 한 벽에는 정숙이라는 붓글씨가 붙어 있을 뿐 다른 장식은 없었다. 인숙은 먼저 사무실에 가서 이십만 원을 차입했다. 면회인 대기실로 들어가서 커피 자동판매기 앞으로 갔다.

"훈구를 어떻게 생각하고 있어?"

홍기철이 인숙이 내미는 커피를 받으며 물었다.

"무슨 뜻으로 묻는 말여?"

"나, 가을에 결혼할 생각이거든. 같은 회사 업무부에 근무하는 아가씬데, 집이 대전여. 서울에서 혼자 자취하고 있거든."

"참말로 축하햐. 홍 선배를 만나는 여자분은 참말로 행복하게 살 껴. 그 점은 내가 보장하지. 나도 강 선배가 출감을 하면 결혼할 생각여."

인숙은 승우 얼굴이 떠올랐다. 승우 얼굴이 이내 사라지면서 우미선의 얼굴도 그려졌다.

"나도 우미선 같은 여자하고 결혼할 생각이 없구먼. 내 맘에는 박인숙이라는 여자 하나밖에 없어."

우미선을 만나고 나서 한 달 후에 승우를 만났다. 무슨 말 끝에 우미선이 찾아왔었다는 말을 하니 승우가 냉소를 지으며 말하고 나서 똑바로 자신의 얼굴을 바라봤었다.

"집에서도 알고 있어?"

"강 선배 어머님한테는 말씀드렸지만 집에는 안직 말을 못했구먼. 난중에 출감한 후에 같이 찾아가서 말씀드릴 생각여."

"난 훈구를 어느 정도 알고 있지만 말여, 너는 훈구의 어떤 면이 좋아서 대학교 다닐 때부터 붙어 다녔냐?"

"홍 선배, 얼굴이 잘생긴 것도 아니고, 집안이 잘 사는 것도 아니고, 머리가 뛰어날 정도로 좋은 것도 아닌데, 그런 말은 입 안으로 삼킨 거지?"

인숙이 웃는 얼굴로 창문 밖을 바라보며 말했다.

"그 말 중에 한 가지 빠진 것이 있어. 남들은 한 번 가기도 힘든 큰집을 두 번씩이나 가는 훈구의 어디가 좋아?"

"그냥 강 선배가 좋아. 어떤 점 때문에 강 선배가 좋다면 이율배반적이라고 생각햐. 예를 들어서 잘생긴 점 때문에 좋다고 생각하믄 언젠가 질릴 거 아녀?"

"인숙이답다……."

홍기철은 더 이상 할 말이 없다는 얼굴로 어깨를 으쓱거렸다.

벽에 걸린 스피커에서 '1025번 강훈구 면회'라는 말이 흘러 나왔다. 인숙은 기철을 한 번 바라보고 나서 면회실 안으로 들어갔다. 미리 와서 대기하고 있던 강훈구가 소리 없이 웃는 얼굴로 오른손을 들어 보였다.

"얼굴이 더 안 좋아 보여. 진단은 받아 봤어유?"

인숙이 걱정스럽게 말하며 의자에 앉았다. 유리 칸막이 건너편으로 보이는 강훈구는 얼굴이 말라 광대뼈가 유난히 도드라져 보였다. 인숙은 가슴이 아팠다.

"진단을 받아 봤는데 아무런 이상이 없다고 하네, 그동안 별일 없었지?"

"요즘은 선배가 있을 때보다 단속이 덜하니까……. 정말 병원에서 괜찮대? 외부 진단을 받아 봐야 하는 거 아닌가 모르겠네. 얼굴이 너무 안 됐어유."

"하루 세 끼 밥 잘 먹으면 건강한 거잖아. 내 걱정 너무 하지 말고 먹을 것 좀 챙겨 먹고 그래. 인숙이 얼굴도 지난달보다 안 좋아 보이는구면."

"나만큼 잡식성 있으면 나와 보라고 해유. 참, 지난주에 옥천 어머님 댁에 다녀왔는데 건강하세요. 여전히 마을회관에서 십 원짜리 고스톱 치는 재미로 하루를 소일하고 계신대유. 그러니까 너무 조급하게 기다리지 말고 느긋하게 기달려유. 너무 조급하게 기다리면 스트레스 때문에 몸 상할 수도 있응께."

"나도 쉽게 생각하고 있지는 않아. 아무리 정권이 바뀌어도 검찰이 변한 것은 아니잖아. 학교 운영은 잘 되어 가?"

강훈구가 참관 교도관의 눈치를 살피며 속삭였다.

"학생들도 여전히 잘 나와유. 면담 신청하는 학생들도 한 달에 한두 건 정도로 여전하고"

학생들은 노동법을 배우러 나오는 근로자들이고, 면담은 노동조합 설립을 자문하는 건을 말하는 것이다. 강훈구가 참관 교도관의 눈치를 살피니 인숙이도 참관 교도관을 바라보고 나서 작은 목소리로 대답했다.

"아무래도 요즘은 생활이 나아졌으니까 지난번보다 학생 수가 줄지 않았어?"

"주인만 바뀌었지, 생활이 나아진 것은 없어유. 홍 선배하고 같이 왔거든유. 차입금 넣으라고 삼십만 원 줬거든. 이십만 원 차입해 놨으니까 먹는 것 좀 잘 챙겨 먹어유. 얼굴이 참말로 꼴이 아니랑께."

"고맙다고 전해줘."

"홍 선배 결혼한대유. 같은 회사에 댕기는 여직원인데 가을에 식을 올린다고 하대."

"축하한다고 전해 주고, 인숙이는 집에서 빨리 시집가라고 서둘지 않으셔?"

"내 걱정은 하지 말고 강 선배 몸 좀 챙겨. 정말 속상해 죽겠네. 얼굴이 너무 안 좋아 보여."

인숙은 눈물이 터져 나올 것 같았다. 그러나 눈물을 보이면 강훈구가 더 가슴 아파할 것이라는 생각에 억지로 참았다.

"한동안 운동을 안 해서 그렇게 보이는 것 같구먼. 내일부터 운동 열심히⋯⋯."

강훈구는 말을 하다 말고 기침을 하기 시작했다. 기침은 금방 멎지 않았다. 목에 핏줄이 서도록 한참을 한 후에야 가래 끓는 소리와 함께 멎었다.

"혹시 폐가 안 좋은 거 아녀?"

"요즘 폐병 앓는 사람 봤어?"

강훈구는 그렇지 않아도 요즘 들어서 기침이 부쩍 심해진 것 같았다. 내일이라도 검진 신청을 해 봐야겠다고 생각하면서도 웃으며 말했다.

"그래도 그 안에는 환경이 안 좋으니까⋯⋯."

"아냐, 감기 기운이 있는 거 같아."

"엑스레이 찍어 봤어유?"

"감기 걸렸다고 엑스레이 찍어 보는 사람 봤어?"

"여기는 바깥하고 사정이 틀리잖여. 그랑께, 꼭 검진 신청해서 엑스레이 좀 찍어 봐. 그래야 내 맘이 편항께."

참관 교도관이 1025번 면회 끝이라고 짤막하게 내뱉으며 일어섰다. 강훈구는 그 말을 기다렸다는 얼굴로 일어섰다. 하지만 인숙은 일어설 수가 없었다. 아무리 손을 뻗어도 유리 벽 건너편에 있는 강훈구를 만질

수 없었다. 그런데도 유리 벽을 긁고 터져 나오는 울음을 겨우 참으며
안타까운 시선으로 강훈구를 바라봤다.

황금알을 낳는 거위

천만 원씩 받으면 하루에 사억, 이틀이면 팔억입니다.
장인어른 말씀대로 오십 프로 이익만 봐도 일주일에 사억이고,
한 달이면 세금을 한 푼도 안 내는
돈 십육억 원을 버는 셈이 됩니다.
황금알을 낳는 거위가 따로 없죠.

이동하는 남부연합신문사 건물 앞에 도착했다. 2층으로 올라가는 계단 안은 바깥과 다르게 시원했다. 지하는 노래방이 입주해 있고, 일 층에는 안경점이 입주해 있다. 2층으로 올라가는 계단 양쪽에는 파초 화분 몇 개가 보초처럼 늘어서 있다.

죽일 놈!

2층에는 송산종합건설로 시작해서 지금은 연합건설이 된 건설회사가 있다. 문이 유리로 되어 있어 사무실 내부가 훤히 보인다. 회장실이라는 고현수의 사무실도 잘 보인다.

"회장님 금방 들어오신다는 연락이 왔슈. 식사는 하셨습니까?"

3층에 있는 남부연합신문 사무실에는 직원이 4명밖에 없다. 그중 기

자가 2명이고, 1명은 총무 겸 경리 직원이다. 그래도 남부 삼군에 있는 여섯 개의 지역신문사 중에 가장 컸다. 발행인 겸 편집국장 소병문이 컴퓨터 앞에서 무언가 작업을 하고 있다가 느릿하게 일어섰다.

"즘심 같이 먹을라고 왔드만……."

"우선 시원한 냉커피 한잔 드릴까요?"

여직원 우형자가 우편으로 보낼 신문을 주소가 적힌 띠지에 넣다가 물었다.

"좋지."

이동하는 습관처럼 우형자를 흘낏 바라본다. 한복을 입고 있었을 때는 몰랐는데 청바지를 입은 25살의 하체는 터져 나가 버릴 것처럼 팽팽하다. 문득, 송미향의 벗은 몸이 번뜩 생각났으나 고개를 젓고 회장실 안으로 들어갔다.

"요즘 서울에 계십니까?"

소병문이 회장실로 따라 들어가 에어컨을 틀며 물었다.

"서울은 너무 답답하잖여. 요새 낚시를 배워서 저수지에서 낚시하는 재미로 세월 보내고 있구면."

테이블 위에는 어제 나온 타블로이드판 남부연합신문이 놓여 있다. 이동하는 신문을 앞으로 끌어당겼다. 16면이다. 1면은 종합면으로 영동과 옥천, 보은 군수들의 동정이 나와 있다. 하품이 나오려는 것을 참으며 신문을 건성으로 넘기고 있는데 우형자가 냉커피를 들고 들어왔다.

"낚시는 어디로 가십니까?"

"저수지도 가고 강으로도 가는데 강보다는 저수지 낚시가 재미있드만. 진작 낚시를 배웠으면 더 좋았을 걸 하는 생각이 들 정도로 재미가 괜찮아. 편집국장도 언지 시간 나믄 같이 한번 가지. 요새 앞재 저수지에 씨알 굵은 것이 많이 나온다고 하든데…….”

이동하는 신문을 덮었다. 맨 뒷장은 남부연합건설 전면 광고가 나와 있다. 영동에 10층짜리 아파트를 지어서 분양한다는 광고다.

“국장님, 세무서에서 전화 왔어요.”

우형자가 문을 삐죽이 열고 소병문을 불러냈다.

배은망덕한 놈…….

이동하는 연합건설이라는 상호가 너무 싫어 신문을 찢어 버리고 싶었다.

“장인어른, 저도 송산종합건설을 자손 대대로 키우고 싶습니다. 하지만 건설회사를 키우려면 아무래도 신문사하고 상호가 같아야 될 거 같습니다.”

고현수는 송산종합건설을 법적으로 넘겨받고 석 달도 안 되어 상호변경등기를 해야겠다며 찾아 왔다. 한 치의 망설임도 없이, 미안해하는 기색도 없이 통보하는 표정으로 말했다.

“어째서 건설회사하고 신문사하고 이름이 같아야 한다는 거여?”

“연합신문은 남부 삼군에서 모르는 사람이 없습니다. 연합건설도 영동에서만 사업을 할 생각이 아니고, 옥천과 보은에도 지사를 차릴 생각입니다. 그러려면 송산종합건설보다는 더 쉽게 알려질 것으로 결론이 났습니다.”

“자네가 결론을 내린 거여? 아니믄 딴 사람이 결론을 내린 거여?”

“회의를 통해 직원들 모두가 그렇게 생각하고 있습니다. 그렇다고 송산의 정신을 잃어버린 것은 아닙니다. 이왕 사업을 시작했으니 충북에서 최고의 건설회사로 만들 생각입니다. 이름은 연합건설로 바꾸더라도 마크는 송산종합건설 때와 같은 것으로 사용할 생각입니다. 장인어른이 열심히 노력해서 키운 회사의 마크는 자손 대대로 물려줄 생각으로, 정관에 아주 못 박아 버렸습니다."

"정관에 못을 박았다는 것이 먼 뜻여?"

"정관에 상호는 연합건설로 하고, 회사를 해산하지 않는 이상 현재의 마크를 계속해서 사용한다라고 되어 있습니다. 정관을 보시겠습니까?"

"아녀, 자네가 아부지의 뜻을 간직하고 있는 것이 중요하지. 그까짓 정관은 서류에 불과하잖여. 잘했구면."

이동하는 법원에 상호 변경등기까지 해 놓고, 이제 와서 나한테 말을 하는 이유가 뭐냐고 따지고 싶었다. 하지만 사위다. 이왕 변경을 했으니 그냥 참는 수밖에 없다는 생각에 슬그머니 넘어갈 수밖에 없었다.

"죄송합니다. 약속 시간에 맞춰서 도착하려고 출발을 했는데 옥천 지사에 갑자기 일이 생겨서 좀 늦었습니다."

고현수가 손수건으로 얼굴의 땀을 닦으며 사무실로 들어왔다.

"나도 시방 왔구면, 사업은 잘 되능 겨? 요새 전국적으로 지역신문 맨드는 것이 유행이라고 하든데……."

"누구나 신고만 하면 신문을 만드는 시대 아닙니까? 몇 년 지나면 정리가 될 신문사는 정리가 되고, 우리처럼 자본이 탄탄한 신문사만 남게 될 겁니다."

"건설회사는 잘 되는 모냥이지?"

이동하는 연합건설이라는 말을 꺼내기가 싫어 혼잣말로 중얼거렸다.

"옥천에도 아파트를 지을 생각입니다. 십 층으로 육십 가구가 살 수 있는 아파틉니다. 요새 아파트가 대세라서 벌써 계약금으로 토지 가격하고 골조 공사 대금이 빠졌습니다."

"배운 사람이라 역시 틀리구면. 근데 어지 저녁부텀 금융실명제가 실시된다고 하든데, 그기 대관절 머여? 텔레비 뉴스를 봉게 백만 원 이상은 본인 이름으로 거래를 할 수 있다고 하든데…… 금융실명제라서 은행도 오늘 두 시부터 근무를 한다고 하드만."

이동하는 고현수가 아무리 사위지만 승승장구한다는 말을 듣고 나니 배가 아팠다. 하지만 그보다는 금융실명제가 무엇인지 궁금해서 얼음이 녹아 버린 냉커피를 홀짝이며 물었다.

"장인어른이 알고 계시는 그대로입니다. 오늘 오후 두 시부터는 은행이나 보험회사, 증권이나 무슨 투자신탁이나 투자금융 같은 곳에서 거래를 하시려면 주민등록증을 보여줘야 합니다. 중요한 점은 오는 시월 십이일까지는 현금이나 자기앞수표로 찾는 금액이 삼천만 원이 넘으면 무조건 국세청에 신고가 된다는 점입니다."

"내가 알고 싶은 점이 바로 그 점여. 서울에 있는 빌딩에서 나오는 월세하고 방앗간에서 버는 돈을 죄다 아들 이름으로 해 놓거나, 가짜 이름으로 저금을 해 놨던 말여, 그 돈을 죄다 신고해야 한다는 거여?"

이동하는 한가로이 미지근해진 냉커피나 마실 시간이 아니라는 얼굴로 물었다.

"지금 실명으로 전환을 하시면 세금을 내셔야 합니다. 만약 시월 십이일까지 실명으로 전환하시지 않게 되면, 최저 십 프로에서 최고 육십 프로까지 과징금을 물게 됩니다. 일억이면 육천만 원을 과징금으로 물어야 한다는 말이 됩니다."

"젠장, 나 같은 부자가 세금을 내믄 이대 바보 축에 속하잖여. 첫 번째 바보가 자식 군대 보내는 거 하고, 두 번째 바보가 세금 지대로 내는 놈이잖여."

"아무튼 실명제로 전환을 하지 않으면 돈을 찾을 수가 없습니다."

고현수는 차명계좌로 세금을 피하는 방법이 있으나 이동하에게 말해 줄 필요가 없다는 생각에 원칙론만 이야기했다.

"그람, 시방 실명으로 전환을 하게 되믄 얼매나 세금을 내야 한다는 거여?"

"실명제로 전환을 하시면 이자배당에 대한 세율이 소득세 이십 프로 하고 주민세 일점오 프로입니다. 그러나 실명제로 전환을 하지 않으시다가 나중에 걸리시게 되면 소득세 육십 프로에 주민세 사점오 프로를 내셔야 합니다. 시월 십이일 후에 비실명을 하다 실명제로 전환을 하시면 소득세는 구십 프로, 주민세는 육점칠 프로를 내셔야 합니다. 결국 시월 이후부터는 이자를 거의 못 받으시는 것이나 같다고 볼 수 있습니다. 그런데, 지금 다른 사람들 명의로 예금이 되어 있는 돈이 얼마나 됩니까?"

"투자신탁에 넣어 둔 거 하며, 은행하고 새마을금고하며 농협에 넣어 둔 거 죄다 합치믄 정확히 얼마가 될지는 모르지만 한 오십억 원은 안 되겄나?"

"장인어른, 그 정도 돈으로 땅에 묻어 두었으면 열 배는 늘렸을 것인데?"

고현수가 놀란 얼굴로 물었다.

"정보를 알아야 땅에 묻어 둘 거 아녀. 강남에 땅값이 막 오르기 시작할 때 산 것도 고 서방 덕분이잖어."

"장인어른 제 말씀 잘 들으세요. 일단 그 돈을 모두 실명화한 다음에 현금으로 인출을 하십시오. 요즘 아주 고급스러운 예식장을 만들면 돈을 가마니로 긁어모을 수가 있습니다. 강남 같은 곳에 외국 유명한 건물을 본 딴 예식장을 만들면 떼돈을 버실 수 있습니다."

고현수는 드디어 기회가 왔다는 생각에 메모지를 꺼내 글씨를 써 가며 은근한 목소리로 말했다.

"에이, 예식장에서 제우 푼돈이나 벌겠지……."

이동하는 관심이 가기는 하지만 정확한 정보를 알 수 없어 시큰둥한 표정을 지었다.

"강남 같은 데 있는 고급 예식장에서 결혼을 하려면 기본적으로 신부 드레스를 빌려야 합니다. 예식장 사용 비용은 빼놓더라도, 웨딩드레스 임대료가 최소 칠십만 원에서 백오십만 원까지입니다. 사진을 보통 여섯 판 찍는데 삼십만 원 받습니다. 신부화장은 최소 십만 원을 받습니다. 음식값은 하객 한 사람당 팔천 원에서 만 원까지 받습니다. 이백 명이 오면 음식값만 이백만 원입니다. 고급예식장에서 결혼을 하려면 최소한 삼백만 원이 넘게 든다는 말이 됩니다. 오 층 건물에 총 건평 삼천 오백 평 정도로 건축을 하시면 예식홀을 열 개 정도 넣을 수가 있다고 합니다. 예식 하는 시간이 법적으로는 오십 분인데 평균 사십 분이라고 합니다. 보통 열한 시부터 두 시까지 네 타임을 한다면 토요일 하루에 일억 이천만 원, 일요일까지 합치면 이억 사천만 원을 벌 수 있다는 말이 됩니다."

고현수는 이동하의 마음을 확실하게 사로잡을 목적으로 매상액을 가능한 낮게 잡았다가, 나중에 올릴 생각으로 말했다.

"이틀 만에 이억 사천만 원을 번단 말여?"

고현수가 메모를 해 가면서 말하니 이동하는 금방 대화 내용을 이해할 수 있었다. 놀란 얼굴로 매상액을 적은 메모지를 당겨서 읽어 보고는 고현수를 바라봤다.

"물론 인건비에, 음식 재료비를 어느 정도 차감해야겠죠. 막말로 사십 프로를 인건비하고 음식 재료비로 차감한다고 해도 매주……"

"오십 프로를 이익으로 본다고 해도 일억 이천만 원을 번다는 셈이구면. 한 달이믄 가만히 앉아서 사억 팔천만 원을 번다는 야긴가?"

"중요한 점은 예식장을 지어 놓으면 땅값이 해마다 오른다는 점입니다."

"내가 왜 그걸 생각 못했지? 하긴 나 같은 놈은 백날 생각해도 고 서방 같은 머리는 못 쓰지. 근데 예식장을 질라믄 돈이 꽤 많이 들어갈 텐데? 내가 갖고 있는 것이 땅하고 현금 오십억 원밲에 읎잖여."

이동하가 구미가 당긴다는 얼굴로 고현수를 바라봤다.

"장인어른 강남에 땅이 많으시고, 빌딩도 가지고 계시니까 결단만 하시면 충분히 추진할 수 있다고 봅니다."

"강남에서 손가락으로 쳐주는 예식장을 질라면 땅은 얼마나 있어야 하는가?"

"강남 요지에 예식장을 질라믄 우선 주차장이 커야 합니다. 요새 웬만한 부자들은 자가용을 몰고 옵니다. 그래서 부자들은 우선 예식장을 볼 때 주차장을 봅니다."

"예식홀이 열 개믄 말여, 한 홀에서 이백 명씩 잡아도 이천 명, 그 중에 삼분의 일이 차를 갖고 온다믄 칠백 대를 주차할 수 있는 주차장이 있어야 한다는 야긴가?"

이동하는 그렇지 않아도 건설회사를 고현수에게 넘겨주고 새로운 사업을 구상 중이었다. 강남에 5층짜리 예식장을 지어 놓으면 최소한 5천억 원 이상은 호가할 것이다. 땅을 매각하고 빌딩을 담보로 은행에서 돈을 융통하면 충분히 승산이 있다는 사업이라는 생각에 혀로 입술을 핥으며 고현수를 바라봤다.

"제가 잘 알고 있는 정부 사람이 그러는데 올 시월부터는 예식장이 허가 사업이 아니고, 누구나 신고만 하면 된답니다. 예식장이 지금보다 훨씬 많이 늘어난다는 결론이 나옵니다."

"그람 우리는 한발 늦은 거여?"

"절대 아닙니다."

고현수는 드디어 이동하가 입질을 시작했다는 것을 느끼는 순간 고병호의 얼굴이 떠올랐다. 긴장되는 것을 느끼며 일어섰다. 밖으로 나가서 정수기 앞으로 가서 종이컵에 냉수를 따랐다. 길게 심호흡을 하고 물을 마신 다음에 회장실 안으로 들어갔다.

"어차피 부자들은 하루살이처럼 더 고급스러운 쪽으로 몰려오게 되어 있습니다. 예식장은 더 고급스러워져야 하고, 이용자는 더 많은 돈을 지불해야 합니다. 지금 특급 호텔에서는 천만 원도 싸다며 손님이 몰려오고 있습니다. 강남에서 제일 고급이라는 소문이 나면 장인어른의 예식장도 천만 원을 받지 말라는 법은 없습니다. 한 쌍에 천만 원씩 받으면 하루에 사억, 이틀이면 팔억입니다. 장인어른 말씀대로 오십 프로 이익만 봐도 일주일에 사억이고, 한 달이면 세금을 한 푼도 안 내는 돈 십육억 원을 버는 셈이 됩니다. 황금알을 낳는 거위가 따로 없죠"

고현수는 일부러 소파에 앉지 않았다. 창문 앞으로 가서 팔짱을 끼고 이동하를 내려다보며 말했다.

"황금알을 낳는 거위라?"

이동하는 피가 끓는 것을 느꼈다. 일단 예식장만 지어 놓으면, 가만히 앉아 있어도 한 달에 16억 원이라는 돈이 들어온다. 종업원들을 쥐어짜고, 음식 재료상을 쥐고 흔들면 한 달에 20억 원도 벌 수 있다는 결론이 나왔다.

한 달에 20억 원이라…… 세금을 내지 않아도 되는 20억 원이 금고에 쌓인다는 말이구먼.

문제는 예식장을 지으려면 최소한 땅이 2천 평은 있어야 된다는 것이다. 논현동 같은 곳에 땅을 사려면 최소한 평당 천만 원 이상은 들 것이다.

"강남에서 제일 좋은 예식장 대표가 되시면, 서울에서 난다 긴다 하는 사람들하고는 모두 알고 지내게 되실 겁니다."

고현수는 확실하게 쐐기를 박기 위해서 은근한 목소리로 말했다.

"하긴, 유명한 예식장을 갖고 있으믄 유명한 사람들의 아들딸이 예식을 올리게 될 팅께, 이런저런 경로로 친분을 트게 되겠구먼."

"바로 그겁니다. 국회의원은 이백 명이 넘는데, 강남에서 제일 유명한 예식장 대표는 장인어른 한 분뿐이죠"

"고 서방 말을 듣고 낭께, 갑자기 몇 년은 젊어지는 기분이 드는구먼. 당장 땅 좀 알아봐 주게. 요새 논현동 땅값이 엄청 올랐지?"

"장인어른도 국회의원 신분이면 신문에 커다랗게 이름 석 자가 났을 겁니다. 공무원들이 칠십 년도 초반에 사 놓은 이삼백 평이 지금은 삼사십억씩 한다고 신문에서 지난 삼월에 굉장했잖습니까."

"자네도 안직 관직에 있었으믄 이름 석 자가 났겠구먼. 자네도 그쪽에 사 놓은 땅이 솔찬차녀."

이동하는 자랑스럽게 웃으며 몇 방울밖에 남지 않은 커피를 들어 입 안에 털어 넣었다.

"논현동 쪽에는 나대지가 평당 천삼백만 원 정도 간다고 합니다."

"이천 평을 살라면 대지 값만 이천육백 억이라는 말이 되는구먼. 땅값이야 삘딩이 있응게 담보로 내밀고, 여기저기 널린 땅을 팔아서 산다고 하지만, 건물을 질라믄 천 억은 있어야 할 거 아녀. 넉넉잡아서 사천 억은 있어야 강남에서 최고 좋은 예식장을 지을 수 있다는 말이 되는 구면. 근데 요새 은행 이자가 얼매나 되지?"

이동하는 문득 사천억 원을 은행에 넣어 두는 것이 훨씬 속 편한 것이 아닌가 하는 생각이 들었다.

"만약 은행에 넣어 두실 생각이시면 정기예금보다 개발신탁이 훨씬 유리합니다. 정기예금 삼 년짜리는 십삼점팔 프로지만, 개발신탁은 삼 년 만기가 십오 프로입니다."

고현수는 이동하가 일단 땅을 구입해서 터를 파기 시작하면 최소한 오천억 원 이상은 투자해야 될 것으로 가늠했다. 예식장 준공도 못하고 부도가 날 것이라고 상상하니 가슴이 떨렸다. 그런데도 마치 암기라도 하고 있는 듯한 태연한 얼굴로 망설이지 않고 대답했다.

"자네가 그걸 워티게 아는가?"

"우리 신문에 개발신탁 광고 나간 것이 있어서 정확히 알고 있습니다.

사천억 원을 삼 년 동안 은행에 넣어 두시면 일 년에 약 육십억 원입니다. 물론 육십억 원에다 세금을 떼야겠죠. 하지만 그 돈으로 예식장을 지으면 일 년에 이백억 원 정도를 버실 수 있습니다. 거기다 땅값이 십 프로만 올라도 이백육십억 원을 가만히 앉아서 버신다는 겁니다. 땅값 오르는 거 하고 예식장에서 들어오는 돈을 치면 적게는 사백억, 많게는 오백억을 벌 수 있습니다."

"사업을 하는 사람들이 몇천억 원씩 들여 왜 사업을 하는지 인제야 알겠구먼. 그런데 요새 논현동 같은 데 이천 평씩이나 비어 있는 땅이 있을까?"

"그 점은 걱정하지 않으셔도 됩니다. 제가 안기부 쪽에 알아보면 그런 것은 식은 죽 먹기로 알 수 있습니다."

"그려, 내가 오늘 여기를 오길 참 잘했구먼. 그람 나도 워티게 예식장을 지을 돈을 맨들어 볼 모양잉게, 자네는 땅을 한번 구해 보게. 안 바쁘면 워디 가서 삼계탕이나 한 그릇씩 할까?"

"편집국장님이 엄나무 오리탕을 맛있게 하는 집을 알고 있습니다. 삼계탕보다는 건강에도 좋으니까, 편집국장하고 드십시오. 저는 바로 이 자리에서 남부 삼군 신문사 지사장들하고 회의를 해야 합니다."

"그려, 그람 난중에 같이 먹자구."

이동하는 송산종합건설이라는 상호를 연합건설로 바꾼 것에 대한 노여움이 조금은 누그러지는 것을 느끼며 뚱뚱한 몸을 일으켰다.

포도 수확철인 8월로 접어들면서 철재와 광배는 얼굴에서 웃음이 떠나지 않았다. 하루에 적게는 20상자, 많을 때는 그 두 배를 따서 둥구나

무거리로 갖다 두면 서울 용산 청과상회로 가는 1톤 트럭이 들어온다.

포도를 담은 10킬로그램짜리 상자를 둥구나무 밑에 쌓아 놓을 때면 그늘 밑에서 쉬고 있던 동네 사람들이 모여든다.

"어제는 얼매씩 받았다?"

"어제는 쫌 내렸대유. 스물다섯 상자를 올렸는데 상자 당 이만 삼천 원씩 해서 오십칠만 오천 원에 거래가 됐슈. 거기다 상회 수수료 영점팔 프로 띠고, 운반비 오백 원에 박스 값 몇백 원 띠면 오십오만 원 정도 입금이 된 거 가튜."

철재는 통장에 돈이 착착 입금된다는 것을 생각하면 얼굴이 땀으로 덮여도 덥지가 않았다. 목에 걸고 있던 수건으로 땀을 쓱 닦고 나서 때보 엄마가 묻는 말에 자랑스럽게 말했다.

"허, 오십오만 원이면 대관절 쌀이 및 가마나 된다는 겨?"

때보 엄마가 봉산댁에게 물었다.

"우리야 둘이 상께 쌀이 얼매씩 하는지 모르잖여. 텔레비 뉴스에서 들은 건데, 저번 달에 팔십 킬로짜리가 십삼만 이천 원씩 한다고 하대. 가공용 통일 쌀은 십이만 원씩 하고……."

"얼른 계산을 해도 하루에 네 가마니 값을 벌었다는 말 아녀."

"에이, 광배는 띨 거 다 띠고 육십만 원 입금되었는데유, 머."

광배가 포도 박스를 실은 경운기를 끌고 오는 모습이 보인다. 철재는 박스에 매직펜으로 자신의 이름을 휘갈겨 쓰기 시작했다.

"헛살았구먼. 헛살았어……. 우린 논에는 그저 죽으나 사나 나락만 심을 줄 알았지, 젊은이들처럼 포도며 사과나무를 심어야 돈이 된다는 것을 알았나?"

순배 영감은 모시 저고리를 입고 있어서 옷을 안 입은 것처럼 시원했다. 그런데도 가끔 부채질을 하며 포도 박스에 자신의 이름을 쓰고 있는 철재를 지켜보며 한숨을 내쉬었다.

"포도 농사라는 것이 나락 농사하고 틀려서 양반 농사잖유. 모를 낼라믄 우수 경칩 지나 논에 물 대는 것부터 시작해서, 모판을 맨든다. 손가락이 끊어질 것처럼 아프고 등허리가 휘어지도록 모를 심는디……."

"말을 하믄 뭐햐, 입만 아프지……. 그라고 우리 진규가 그라는데 우르과인가 하는 먼가가 타결이 되믄 쌀을 수입해야 한다. 쌀농사는 끝났다는 거지."

"쌀이 남아돌아가는데, 먼 놈의 쌀을 수입한데유?"

장기팔이 이해할 수 없다는 표정으로 박평래를 바라봤다.

"그걸 내가 워티게 알아. 김영삼 대통령이 선거 유세할 때 쌀 수입은 절대로 읎을 거라고 큰소리쳤지만, 진규 말로는 우리가 만든 물건을 외국으로 수출을 할라믄 쌀도 수입을 해야 한다능 겨."

"우르 먼가는 하면 안 되겄구먼. 이 동리만 해도 죄다 쌀농사를 짓잖유. 그런 걸……."

"진규 말로는 쌀 수입을 하든 안 하든 우르가인가 하는 그거는 올해 타결이 된다고 하드만."

박평래는 장기팔의 말을 끊어 버리고 넉넉한 표정으로 둥구나무거리로 들어서는 광배를 지켜본다. 자고로 상규네 말처럼 사람은 배워야 한다. 진규며 광배나 철재 모두 모산에서 태어났다. 그런데도 진규는 국회의원이라고 운전사가 모는 자가용을 타고 다닌다. 철재와 광배는 땡볕에 포도를 따서 선별 작업을 하고, 상자에 담아 서울로 올려 보내는 포도철이 되어야 돈을 만져 본다.

"구장은 올개 남은 두 마지기도 포도밭을 꾸민다대유."

"그람, 총 다섯 마지기를 심는 건가?"

장기팔이 혼잣말로 중얼거리는 말에 순배 영감이 하품 끝에 묻는다.

"한 마지기에 평균적으로 백 주를 심는다고 하대유. 다섯 마지기믄 오백 주가 되는 거쥬. 한 나무에 평균적으로 두 상자 폭을 딴다고 항께, 오백 주믄 대관절 얼매랴?"

"마지기당 백 주에 이백 상자를 딴다는 말이잖여. 닷 마지기 땅에서 천 상자를 딴다는 말이구먼. 상자 당 만 원씩만 받는다고 해도 재료값이 얼매나 들어갈지 몰라도 천만 원 우습게 번다는 말이구먼. 그래도 태수 애비는 안 부럽지?"

"그걸 워티게 알았데유?"

순배 영감이 점잖게 묻는 말에 박팽래가 행! 하고 웃는 얼굴로 반문한다.

"아! 상규는 면서기겄다, 태수 처는 삼천 평 과수원에서 일 년에 및 천만 원씩 착착 벌어들이고 있겄다, 진규는 국회의원이겄다, 세상 부러운 것이 머가 있겄어?"

"형님이야 영동, 옥천, 보은에서 한 명밲에 읎는 국회의원 할아부지 아뉴. 세상 머가 부럽겄슈. 학산 장날 나가봐도 형님은 인사받기 바쁘잖 유."

장기팔은 죽은 시훈의 얼굴이 떠올라서 하늘을 바라봤다. 울창한 둥구나무 가지가 천천히 흔들릴 때마다 하얀 빛 줄기를 쏟아내고 있었다.

"올개 나온 후지사과 가격이 십오 킬로짜리 한 상자에 사만 삼천오백

원이라고 하대유……"

박평래는 이쯤만 말하면 포도밭은 사과 과수원에 비교할 것이 못 된다는 점을 알 것이라는 생각에 싱긋 웃었다.

"혼자만 으스대지 말고, 얼음에 잰 탁주라도 한잔 사야 되는 거 아뉴?"

"그라지 머."

장기팔이 우울한 표정으로 묻는 말에 박평래는 기다렸다는 듯이 일어나 궁둥이를 털었다.

오후 6시쯤에 학산에 사는 박춘길이 1톤 트럭을 몰고 왔다. 철재와 광배며, 김춘섭은 일사분란하게 포도 상자를 트럭 적재함에 실었다.

"그람, 낼 봐."

박춘길은 얼른 학산으로 가서 다른 동네의 포도도 실어야 한다. 담배한 개비 피울 틈도 없이 곧바로 차를 몰고 가 버렸다.

"목마른데 한잔할까?"

"우리 집으로 가지. 어머가 막걸리나 쇠주 받아다 놓는 거 있을 껴."

광배는 철재가 묻는 말에 수건으로 얼굴의 땀을 닦으며 앞장섰다.

"아부지는 안 오셨지?"

광일네가 마당에 널었던 완두콩 껍질을 까고 있다가 광배에게 묻는다.

"오늘 학산 장잉게 한잔하시고 오시겄쥬."

"좌우지간 니가 포도 농사를 짓는 통에 살판 난 사람은 느 아부지삑에 읎을 껴. 또 택시 타고 들어오겄지. 오늘은 및 개를 올려 보낸 겨?"

"나는 서른다섯 개 올려 보냈어. 철재는 마흔한 개 올려 보냈구먼. 즈녁 먹을 때는 안직 멀었고, 막걸리 한잔하고 싶구먼."

"그랴, 냉장고에 한 되 폭이나 있을라나 모르겠네. 끄내 마셔. 근데 우리 동리는 대전에서 지난 팔월 엿새 날부터 열린 엑스폰가 먼가 있다든데 관람을 안 간다냐? 귀경하기는 언젠가 서울 여의도에서 열린 국풍팔십일보다 엑스포가 훨씬 낫다고 하든데."

광일네가 껍질 깐 완두콩을 소쿠리에 집어넣으며 철재를 바라봤다.

"포도 가지러 오는 춘길이가 그라는데 딴 동리는 관광차를 맞춰서 귀경가는 데가 있다고 하대유. 근데 요새 가믄 고생만 죽살나게 하고, 귀경도 못 한대유. 사람이 하도 많아서 입장하는데만 두 시간 넘게 걸리고, 인기가 좋은 과학관 같은 데는 몇 시간씩 땡볕에서 파김치가 되도록 서 있어야 한다고 하대유."

"사람이 벌떼처름 모이는데 가서 고생만 할 바에는 안 가는 거이 낫겠구먼. 괜히 가서 고생은 고생대로 하고 돈은 돈대로 쓰고……."

"그래도 가 볼만은 할규. 백여덟 개 나라에서 와서 별 귀경꺼리가 다 있다고 하대유."

"십일월 몇칠이믄 끝난다고 하든데, 그람 언지 간다는 겨?"

광배가 냉장고에서 주전자째 들어 있는 막걸리를 꺼냈다. 안주로 먹을 김치도 꺼내 놓고 잔을 찾아서 정지로 들어간다. 광일네가 일어나서 정지로 들어가며 물었다.

"아마, 십일월 십일 날 끝난다는 거 같지?"

철재가 잔을 들고 나오는 광배를 보고 물었다.

"그려, 나도 그렇게 알고 있구먼. 막걸리가 한 되 택이 안 되는데, 아싸리 해룡네 가서 더 받아 올까?"

철재가 주전자 뚜껑을 열어 보는 것을 보고 광배가 물었다.

"이따 즈녁 먹을 거잖여. 증 한잔 더 생각나믄 아홉시쯤 학산 가서 한 잔 더 하지 머."

철재가 뒤안으로 가며 말했다.

"그기 낫겄구먼."

뒤안의 갑방 앞에는 하루 종일 그늘이 져 있어서 시원하다. 포도를 실어 보내고 늘 둘이 앉아서 마시는 장소라 판자로 대충 얼기설기 만들어 놓은 테이블도 있고 의자도 있다. 철재는 먼저 의자에 앉아서 광배가 앉기를 기다렸다.

"향숙이 누나네하고, 오 씨 아저씨하고 때보네며, 몇몇이 타작 끝내고 포도밭 꾸민다는 말 들었냐?"

광배가 철재가 따라주는 막걸리를 받으며 물었다.

"나도 아부지한테 들었구먼. 우리도 포도작목반을 맨들어서 직거래를 해야 할 거 가텨. 포도 농사를 많이 짓는 동리에서는 위탁판매를 안 하고 직거래한다고 하드만."

"그려, 포도 박스도 공동으로 구입을 하고, 자재 같은 것도 공동으로 구입을 하믄 훨씬 싸다고 하드만."

"우리가 대단하다는 생각이 안 드냐?"

"소 파동만 안 났어도 시방쯤 일 년에 돈 천만 원은 우습게 벌었을 거잖여."

"지나간 것은 암만 생각해 봐도 필요가 없어. 올 가실에 두 마지기 더 늘리면 천 평이잖여. 학산 아들이 그라는데 천 평만 농사를 잘 져도 서울에서 회사 댕기는 것보다 돈을 많이 버는 거랴. 게다가 겨울이나 비

오는 날은 쉬는 날잉께 얼매나 편햐."

"우리가 돈을 훨씬 많이 벌어도 여자들은 서울에서 회사에 댕기는 남자하고 결혼할라고 할 걸."

"그기 문제여. 벌써 술이 떨어졌구먼."

광배가 빈 주전자를 들어 보이며 어깨를 으쓱거렸다.

"한참 배가 고플 때라서 금방 마셔 버렸구먼. 올해 얼매나 할 거 가텨?"

철재가 일어서서 갑방 문을 열었다. 문턱에 걸터앉아서 광배를 바라보며 물었다.

"몰라, 다 끝내 봐야 알 것이지만 몇백만 원 이상은 안 떨어질까?"

"요새 한 박스에 이만 원 넘게 나갈께 그 정도는 충분히 떨어지겠지. 나는 아부지한테 말해서 집을 새로 질 생각여, 정지도 집 안으로 들이고, 기름보일러도 설치할라고 돈이 좀 모지라믄 농협에서 대출을 받지며. 내년이믄 충분히 갚을 수 있잖여."

"사둔어른이 집을 짓는 기술장께 대출 안 받아도 충분히 질 수 있을 꺼. 그려, 난도 아부지하고 상의를 해서 집을 새로 져야겠구먼. 그래야 여자들이 시집을 올라고 하지 않겠어?"

"그려. 요새 여자들은 편하게만 살라고 햐. 밥은 전기밥통에 하고, 빨래는 세탁기로 하고, 청소는 청소기로 해야 하고, 서울 같은 데는 음식점이 많응께 즘심도 저 혼자 먹기 심심하믄 친구들 불러서 시켜 먹는다잖여."

"그랑께 누가 이런 데로 시집을 올라고 하겄어. 농촌으로 시집을 오믄 암만 해도 손에 흙을 묻히게 되어 있고, 포도철에는 같이 포도를 딸 수

벡에 읎잖여. 남편은 땀 뻘뻘 흘리며 포도 따고 있는데, 마누라는 집에서 냉장고 앞에서 빙수만 먹고 있을 수는 읎단 말여."

"센상, 암만 돈을 많이 벌어도 오 씨 아저씨처럼 홀애비로 살 바에는 무슨 재미로 살겄어."

"누가 그라는데 농촌 지도소 같은데 신청을 하믄 도시 아가씨들하고 맞선을 보는 프로그램이 있다고 하든데…… 노래나 들을까?"

광배가 방으로 들어가서 음악용 콤팩트디스크가(CD) 들어가는 소형 전축 앞에 앉았다. 요즘 한참 유행하는 송창식의 고래 사냥이 흘러나오기 시작했다.

"즈녁 먹을 때 안 됐나?"

철재는 문턱에 걸터앉은 자세로 방 쪽으로 벌렁 누웠다. 막걸리를 마셨는데도 갑방 쪽에 바람이 불어서 다방에 앉아 있는 것처럼 시원했다.

"즈녁 먹고 오랜만에 여로 다방에나 가 볼까?"

"난, 다방 끊었다. 가시나들이 촌놈들이라고 무시하는 것도 한두 번이지. 번번이 골탕 먹은 걸 생각하믄 다방커피는 꼴도 보기 싫구먼."

"양념치킨 집 아줌마도 술 잘 마신다고 하든데?"

"그 아줌마는 남편이 있잖여."

"그람, 하루 종일 포도 따 놓고 스트레스도 풀지 말고 그냥 잠이나 자자는 거여?"

"노래방에 가서 노래나 부를까?"

"그거 좋겄구먼. 즈녁 먹고 아홉 시에 둥구나무거리에서 만나자. 노래방 가서 신나게 불러 보는 거여."

"좋지."

철재는 갑자기 생기를 찾은 얼굴로 일어나서 뜨럭을 내려섰다. 뒤안은 금방 어두워졌다. 어둠을 밟아서 마당으로 나갔다.

"즈녁 먹고 가지."

광일네가 정지 안에서 목을 빼고 물었다.

"집에 가서 먹어야쥬."

"집에 가면 닭 쌂아 났나? 아무데서 한술 뜨면 그만이지."

"어티게 알았슈? 닭 쌂아 났대유."

철재는 휘파람을 부는 목소리로 대꾸를 하고 언덕을 내려가기 시작했다.

"딱 맞게 왔구먼."

영숙이가 밥상을 들고 방으로 들어가다가 마당으로 들어서는 철재를 보고 말했다.

"아부지는?"

"사둔네는 즈녁 안 먹데?"

철용네가 정지에서 된장찌개가 끓고 있는 뚝배기를 행주로 싸 들고 나오며 물었다.

"즈녁 먹고 가라고 하시데. 사둔네 반찬도 별 반찬이 있는 것도 아니고 해서 집으로 왔구먼."

"오늘은 및 개나 올려 보낸 겨?"

김춘섭이 선풍기를 회전으로 조정하며 물었다.

"마흔한 개를 올려 보냈슈."

"사둔네는?"

"서른다섯 개유."

"어제는 얼매씩 한 겨?"

"어제, 이만 삼천 원씩 쳤드라구유."

"이만 원씩만 쳐도 마흔한 개믄 팔십이만 원이구면."

김춘섭은 기특하다는 얼굴로 철재를 바라보고 나서 수저를 들었다.

"아부지, 우리도 집을 새로 져야 할 때가 된 거 가튜. 요새 누가 정지에서 밥을 해유. 상규네 형 집만 해도 정지가 집 안에 있잖아유. 우리도 정지도 거실 안에 집어넣고, 화장실도 집 안에 있는 집을 지믄 워틱겠슈?"

"그려, 그렇지 않아도 생각 중이구면. 타작을 하는 대로 금방 시작하자."

"오빠, 그람 내 방도 있능 겨?"

김춘섭이 시원하게 대답하는 것을 본 영숙이 눈을 빛내며 물었다.

"시방은 니 방에 읎냐? 윗방이 니 방이잖여."

철용네는 집을 새로 짓는다는 말을 듣고 감격스러워서 눈물이 울컥났다. 얼른 눈물을 닦으며 영숙에게 말했다.

"윗방에 둔너 있으믄 아부지하고 어머하고 하는 말이 다 들리잖여. 난도 내 방에 침대도 놓고, 침대에 둔너서 책도 보고 음악도 듣고 싶단 말여."

"그려, 우리 이쁜 영숙이가 원하는데 침대 있는 방 한 칸 못 맨들어 줄까. 이 오빠가 포도 많이 따서 올개 안에 영숙이 방 맨들어 줄게."

"고마워 오빠. 그 대신 집 새로 지면, 내가 냉장고하고 전자렌지하고 세탁기 살게."

"니가 그 돈이 있능 겨?"

철용네가 감격의 눈물 때문에 영숙이 얼굴이 뿌옇게 보이는 것을 느끼며 물었다.

"나 시월이믄 삼백만 원짜리 적금 타잖여. 그 돈이믄 충분할 겨."

"그 돈은 정기예금 해 놨다가 시집갈 때 비상금으로 갖구 가. 집을 새로 진다고 하믄, 니 큰오빠가 그 정도는 못 사주겄냐?"

김춘섭이 매운 청양고추를 된장에 찍으며 점잖게 말했다.

"그람 사둔네도 사 줘야 하는 거유?"

철용네는 언제 감격의 눈물을 흘렸냐는 듯한 얼굴로 물었다.

"사둔네야, 광일이도 있고 광성이도 있잖여. 철용이 처가 선풍기나 머 그런 거는 사 주겄지."

"이사가는 집에 선풍기 사 주면 재산이 바람에 다 날라간다고 하든데?"

"말이 그렇다는 거지, 설마 선풍기를 사 주겄어. 광배는 집 진다는 말 안 햐?"

"왜유, 제가 집 진다고 항께, 저도 얼른 집 져서 장가가고 싶다고 하든데……."

철재가 빈 그릇에 상추를 찢으며 당연하다는 표정으로 말했다.

"집 두 채 질라믄 올 가실에는 바쁘겄네유."

"집이야 한 채 짓는 거나 두 채 짓는 거나 가텨. 외려 자재를 싸게 쓸 수가 있어서 더 이익이구먼."

"참말이지, 옛날에 팔봉이 아부지가 살아 있을 때, 우리 팔봉이가 돈 벌믄 새로 양옥집 져 준다는 말을 들을 때마다 말여, 우리도 양옥집을 짓는 날이 올까 하는 생각을 많이 했었구먼. 느덜이 보다시피, 우리가 주택복권에라도 당첨이 되지 않는 이상 어느 세월에 새집을 지을 궁리를 하겠어. 그릏다고 느 아부지가 상규네 어머처럼 머리가 비상한 것도 아니잖여. 생전 남한테 아쉬운 말도 못하고, 돈 십 원짜리 한 장 꾸러 간 적도 읎는 사람이잖여. 그런 이가 천지개벽이 일어나지 않는 이상 워티게……."

"아여! 즈녁 안 먹을 참여?"

김춘섭은 철용네를 그냥 두었다가는 무슨 말을 할지 예측할 수가 없어 수저로 밥상을 두들겨서 철용네의 말을 멈추게 했다.

잭팟

가만히 보아하니 여기는 오락실이 아니고 도박장이다.
돈 놓고 돈 먹는 도박장이라서 복불복이다.
돈 따는 놈은 장땡이고,
잃는 놈은 호구일 뿐이다.
돈 만 원도 안 쓰고 160만 원을 따도 죄가 되지 않는 곳이다.

8시쯤 집을 나온 팔봉은 관음사로 향하지 않았다. 낙엽이 흐느끼고 있는 거리를 걸어서 현금자동지급기가 있는 삼거리 쪽의 국민은행 365 자동화 코너 안으로 들어갔다. 현금자동지급기에서 현금 카드로 1회 인출할 수 있는 금액은 50만 원에서 지난 6월 중순부터 70만 원으로 늘었다.

딱 140만 원만 하는 거여.

그는 140만 원을 인출해서 재킷 주머니에 넣고 밖으로 나갔다. 출근 시간이라 거리는 가로수의 낙엽이 쓸쓸히 흩날리고 있어도 활기를 띠고 있다. 70번 좌석버스 정류소에서 초조하게 입술을 깨물며 버스를 기다렸다.

신촌 로터리에서 내린 그는 연세대 가는 쪽으로 걷기 시작했다. 중간쯤에 신촌오락실이라는 간판이 보인다. 간판에는 별과 쓰리바 7자 등 파친코에서 볼 수 있는 그림이 그려져 있다. 문이 열리기를 기다리는 몇몇 꾼들이 닫혀 있는 문 앞에서 담배를 피우거나, 양손을 주머니에 찌르고 멍한 표정으로 지나가는 행인을 바라보고 있다.

"젠장, 요새는 사고가 났다 하면 최하 몇십 명씩 죽어 나자빠지는 통에 불안해서 살겠나?"

"틀린 말은 아녀. 올해 들어 벌써 네 번이나 대형 사고가 났잖아. 정초에 청주에 있는 우암아파트가 붕괴돼서 스물여덟 명이나 죽었잖아. 삼월 말에는 구포역 사고로 일흔여덟 명이 죽었지. 칠월 이십 며칟 날은 목포로 가는 아시아나 비행기가 추락해서 예순여섯 명이 죽었잖아. 하늘하고 땅에서만 사고가 나니까 바다가 가만히 있을 리가 있나. 시월 십일에는 서해에서 훼리호가 침몰해서 이백아흔두 명이 수장됐잖아."

"땅에서 사고가 났고, 기차에서도 났고, 비행기에서도 났고, 바다에 떠 있는 배에서도 사고가 났응께 더 이상 사고 날 데는 없겠지."

"왜 없어? 바로 요 앞의 오락실에서 사고가 나고 있잖아."

팔봉은 닫혀 있는 오락실 문 앞에서 서성거리며 대화를 주고받는 꾼들을 바라보다 뒤로 돌아섰다.

"어제 얼마나 집어넣었슈?"

재킷 안에 목을 감싸는 폴라 티셔츠를 입은 남자가 퀭한 눈빛으로 팔봉에게 말을 걸었다.

"어제 삼십오 번에 큰 걸로 세 개나 집어넣었구먼. 오늘은 나올 테지."

"어차피 아홉 시 정각에 문을 여니까 해장 한잔 할까? 그 대신 내가 기막힌 정보를 알려주지."

"나쁠 것도 읎구먼."

팔봉은 이름도 모르고 얼굴만 알고 있는 폴라 티셔츠를 따라서 뒷골목으로 갔다. 아침을 파는 집을 찾아서 소주 한 병과 해장국을 주문했다.

"무슨 정보를 주겠다는 거여?"

"어제 삼십오 번에 삼백만 원을 집어넣었응께, 오늘 또 삼십오 번에 앉을 셈유?"

"그래야 되는 거 아닌가?"

팔봉은 어젯밤 12시까지 오락을 하고 남가좌동에 가서 포장마차에 혼자 앉아 2시까지 술을 마셨다. 아침을 부실하게 먹은 뒤라 맥주 컵에 따른 소주 한 잔에도 평소와 다르게 취기가 확 돌았다.

"오늘도 삼십오 번에 몇 덩어리는 집어넣어야 할 꺼여. 물론 운이 좋으면 문 열자마자 백육십만 원짜리 잭팟이 터질 수도 있지만 말여."

폴라 티셔츠도 소주를 단숨에 마셨다. 해장국은 우거지와 선지를 넣고 끓인 것이다. 수저로 선지를 잘라서 단숨에 먹고 나서 입술을 닦았다.

"내 생각에는 한 이십만 원만 집어넣으면 나올 거 같은데 그럼 딱 삼백이십만 원이 들어갔응께 나올 때도 됐잖여."

"나도 그런 줄 알았슈. 근데 직원들이 영업을 시작하기 전에 기계 위치를 이리저리 바꿔 논다잖여. 그래서 돈을 이백만 원 이상 들어가도 안나오는 벙어리 기계에는 나 혼자만 알 수 있는 표시를 해 둔단 말여."

"젠장, 이상하게 어떤 기계는 이삼십 만 집어넣어도 잭팟이 터지고, 어떤 기계는 한 사오백 집어넣어야 터지드랑께."

"형씨도 최소한 이삼천만 원은 집어넣었구먼. 나도 오늘 삼백 갖고 나왔구먼. 그동안 집 한 채 팔아먹었지. 한 달만 있으면 만기되는 적금은 일월에 깨 버렸고……."

"형씨 직업이 뭐유?"

팔봉은 그동안 이천만 원 이상 기계에 퍼부었다. 자신보다 한술 더 떠 집까지 팔아먹었다는 폴라 티셔츠의 정체가 궁금해서 물었다.

"모래내시장 안에서 크게 슈퍼를 하고 있슈. 직원이 다섯 명이나 되는 슈퍼라서 장사는 잘 되는 편이구먼."

"고향이 어딘지는 모르지만 집사람이 오락하는 거 알고 있슈?"

"마누라는 요 앞에 있는 신촌시장에서 옷가게를 하고 있응게, 내가 여길 출입하는지 모르는 것이 당연하구먼."

"그람, 직원들이 슈퍼를 다 말아 먹고 있는 중이구먼."

팔봉은 손목시계를 확인했다. 10분 전이다. 슬슬 문 앞에 가서 대기하고 있어야 될 시간이라는 생각에 주인을 불러 소주와 해장국 값을 계산했다.

"캐셔가 물건을 팔 때마다 죄다 계산기로 찍기 때문에 물건을 차로 실어 가지 않는 이상은 해 먹을 수는 읎지."

"편리하구먼. 하지만 직원들이 서로 짜고 차로 물건을 실어 낼 수도 있는 거 아뉴? 내가 볼 때 기계하고 싸우면 백전백패하게 되어 있는 거 가텨. 그런데도 마약마냥 한번 중독이 됭께, 눈을 감으면 잭팟이 눈에 ……."

"남 걱정하지 말고, 형씨나 하루 빨리 손 끊으슈. 근데 형씨는 뭐 하시는 분이길래 아침 일찍 출근 도장을 찍는 거유?"

"나도 개인 사업을 하는 사람유. 그랑께 마누라 모르게 출근할 수 있는 거이지."

오락실 앞에는 20여 명의 꾼들이 초조하게 문이 열리기를 기다리고 있었다. 팔봉은 문이 열리기 전에 문 앞에서 기다리는 꾼들은 어제 최소한 100만 원 이상은 게임기에 집어넣은 사람들일 것이라고 생각했다. 그들 틈에 섞여서 연신 시간을 확인하며 문이 열리기를 기다렸다.

"젠장! 천만 원을 집어넣고 일주일 동안 겨우 잭팟 두 개 잡았다는 것이 말이나 되나?"

"아무리 기계라도 배부르면 터지게 되어 있어. 기계를 옮기지 말고 한 개만 죽어라 두들겨 패야 잭팟이 나오게 되어 있어. 나는 어제 잭팟을 두 개나 잡았구먼."

"그럼 돈 좀 땄겠는데?"

"돈을 따긴, 잭팟 두 개 잡는 실력이 될 때까지 삼천만 원이나 꼬나박았구먼. 마누라는 못 살겠다고 애들 데리고 친정에 가 있어. 이혼 일보 직전이란 말여."

"그람, 얼른 처갓집에 가서 마누라 데리고 오는 것이 우선이구먼."

"마누라가 오락실에서 잃은 돈을 죄다 찾아오기 전까지는 처갓집에 발길도 하지 말라고 항께 문제지."

"허락받고 오락하는구먼……."

드디어 9시 정각에 오락실 문이 열렸다. 한마디씩 툭툭 던지며 초조함을 감추고 있던 꾼들은 마치 훈련병들이 선착순 하듯 앞다투어 오락실 안으로 뛰어들어갔다. 팔봉도 일단 삼십오 번 앞으로 갔다. 기계를 자세히 보니 슈퍼 사장이 말한 것처럼 어제와 같은 기계가 아니다.

제장, 이랗게 호구 소리 듣지……

곰곰이 생각해 보니 어제 35번은 게임기 모서리 파란색 부분이 조금 깨져 있던 것 같기도 했다. 꾼들은 낚시터에 도착한 낚시꾼처럼 흥분한 얼굴로 게임기 한 대씩을 차지하고 앉아서 게임을 시작하고 있었다.

맞아 바로 이 기계여.

팔봉은 구석에 있는 기계 앞에서 걸음을 멈췄다. 50번 기계다. 가만히 보니 노랗고 동그란 플라스틱 재질로 된 기계 번호는 고정되어 있는 것이 아니다. 구멍이 있어서 걸게 되어 있다. 조금만 눈썰미가 있어도 왜 번호를 편리하게 기계에 고정시키지 않았는지 알 수 있었을 것이라는 생각에 분노가 치밀어 올랐다.

"삼십오 번 잭팟! 오늘 처음으로 삼십오 번에서 쓰리바가 센타에 나란히!"

"백육십만 잭팟!"

"삼십오 번 자리에 앉자마자 백육십만 잭팟!"

종업원들이 우르르 몰려가서 너도 나도 고함을 질러서 다른 꾼들의 염장을 질렀다. 팔봉은 자신도 모르게 벌떡 일어나서 35번 앞으로 갔다. 처음 보는 꾼이다. 60대 중반으로 보이는 대머리가 잭팟이 믿어지지 않는다는 얼굴로 뒤로 물러서서 싱글벙글 웃고 있다.

내가 잘못 봤나?

팔봉은 게임기에서 경찰차처럼 노랗고 빨간 불이 번쩍번쩍 돌아가고 있는 35번 기계를 유심히 살폈다. 아무리 봐도 어제 온종일 게임을 했던 게임기는 아니다. 대머리는 운이 좋아서 잭팟이 터졌을 것이라고 단정을 짓고 나서도 은근히 배가 아파서 견딜 수가 없었다.

"어제는 기계를 안 바꿨나?"

슈퍼는 42번 앞에 앉아 있었다. 등 뒤로 지나가는 팔봉을 보고 혼잣말로 중얼거렸다.

그려, 너 죽고 나 살자. 내가 오늘은 돈이 얼매나 들어가드라도 잭팟두 개는 터트리고 말 모양잉께.

팔봉은 이를 악물고 반드시 돈을 따야 된다는 각오를 하니 분노가 조금은 가라앉았다. 자리에 앉자마자 종업원이 기계에 매달려 있는 담배통에 담배를 가득 담아 준다. 인삼드링크도 건네주고 나서 잭팟을 잡으라는 말과 함께 돌아선다.

게임 방법은 유치원생도 할 수 있을 정도로 간단하다. 만 원짜리를 게임기 안에 집어넣으면 디지털 계기판에 아라비아 숫자로 100이라는 숫자가 뜬다. 자동이라는 버튼을 누르면 한 번 게임기가 돌아갈 때마다 3점씩 차감이 된다.

젠장, 그때 잭팟을 잡지 않았더라면…….

게임기는 필름처럼 모니터 안에서 빠르게 돌다가 어느 순간 천천히속도가 줄어 덜컹하며 멈춘다. 그때마다 딸기며, 멜론, 수박 등이 나오면점수가 올라가기도 한다. 처음 오락실을 찾은 것은 뒷골목에서 신도회회원들과 회식을 하고 나서였다. 그날 방향이 같은 김 보살과 택시를 탔으면 지금 이 시간에 오락실에 앉아 있지 않았을 것이다.

"다 어디 갔남?"

화장실에 들렀다가 나중에 나와 보니까 김 보살 혼자만 식당 앞에서 서성거리고 있었다.

"다들 갔어요. 저는 사무장님이 안 보이시길래 기다리고 있었구요."

"어떡하지? 난 이 근처에서 친구를 만나 한잔 더 하기로 했는데?"

김 보살의 입에서 술 냄새가 물씬 풍겼다. 문득 김 보살을 청운하고 단 둘이서 만나게 해 준 날이 생각났다. 그 다음부터 보니 청운이 김 보살을 바라보는 눈빛이 달라졌다. 둘 사이에 분명히 무슨 일이 있었던 것처럼 보여서 계속 주시를 하고 있는 중이다. 그런 김 보살과 같은 택시에 타는 것이 꺼림칙해서 즉흥적으로 거짓말을 했다.

"어떤 친구 분인데? 저도 같이 한잔 더 하면 안 돼요? 마침 남편이 오늘 숙직이거든요."

"다음에 내가 소개시켜 줄 모양잉게. 오늘은 혼자 가야겄구면."

팔봉은 김 보살이 따라 오든 말든 도롯가로 나갔다. 달려오는 택시를 잡아서 일방적으로 김 보살을 태웠다.

"다음에 꼭 한잔 해요."

김 보살은 못내 아쉬운 표정으로 택시를 타고 갔다.

젠장, 한잔 더 할까?

김 보살을 보내고 나서 막상 혼자가 되니까 술 한잔 더 하고 싶은 생각이 간절하게 들었다. 포장마차를 찾아 슬슬 걷고 있는데 오락실 간판이 보였다. 문이 막 열리면서 현금을 한 움큼 쥔 남자가 회심의 미소를 지으며 나왔다. 그의 등 뒤로 열린 문 안에 가득 차 있는 어른들의 모습이 보였다.

학생들이 오락을 하는 데가 아닌 모양이구면.

취중에 슬그머니 호기심이 생겼다. 오락실 문을 열고 들어가니 학생들은 한 명도 보이지 않고 모두 어른들이다. 드문드문 여자들도 앉아서 게임기를 뚫어져라 노려보고 있었다.

"게임 하시겠습니까?"

빈자리는 한 군데밖에 없었다. 팔봉은 빈자리 옆에 가서 게임 하는 모습을 유심히 바라봤다. 특별한 방법이 없어 보였다. 만 원짜리 지폐를 투입구에 집어넣으면 점수가 올라가고, 화면이 한 번 바뀔 때마다 삼 점씩 점수가 차감되거나, 딸기나 수박 같은 그림이 나오면 점수가 올라가는 게임이다. 종업원이 옆으로 와서 드링크를 내밀며 친절하게 물었다.

"어떻게 하는 거유?"

"일단 만 원짜리를 여기다 집어넣으시면, 삼 점씩 점수가 까입니다. 그러다 여기 센터에 쓰리바 네 개가 나란히 붙으면 시상금 백육십만 원이 나갑니……."

팔봉은 종업원의 말이 끝나기도 전에 빈자리에 앉았다. 단돈 3백 원으로 160만 원을 딴다는 말에 주머니에서 만 원을 꺼냈다. 종업원이 얼른 받아서 만 원짜리를 반듯하게 편 다음에 투입구에 집어넣었다.

"그 자리 벙어립니다."

왼쪽 자리에서 담배를 꼬나물고 화면을 노려보고 있던 40대 후반의 검정 모자가 혼잣말로 중얼거렸다.

"바로 몇 분 전에 잭팟이 나왔으니까, 최소한 백만 원 이상은 집어넣어야……."

오른쪽 자리에 앉아 있는 오십대의 곱슬머리가 말을 하다 말고 돈을 집어넣기 위해 뒷주머니에서 지갑을 꺼낼 때였다. 팔봉의 게임기가 덜커덩거리는 소리와 함께 멈추더니 센터에 쓰리 바 네 개가 나란히 멈췄다. 이어서 게임기 위에 있는 등에서 노랗고 빨간 불이 번쩍번쩍거리면서 요란한 음악소리가 흘러나오기 시작했다.

"이게 뭐유?"

팔봉이 어리벙벙한 얼굴로 곱슬머리에게 물었다. 곱슬머리는 말을 잃은 얼굴로 멍하니 게임기만 바라봤다. 팔봉은 왼쪽으로 시선을 돌렸다. 검정 모자는 입에 물고 있던 담배를 떨어트리고 나서 모자를 썼다 벗으며 인상을 썼다.

"이십칠 번 손님, 자리에 앉으시자마자 잭팟으로 백육십만 격파!"

"이십칠 번 백육십만 잭팟에 이어! 따불로 또, 또 잭팟으로 백육십만 원!"

"축하합니다. 이십칠 번 손님!"

팔봉의 등 뒤로 종업원들이 몰려와서 귀청이 떨어질 정도로 고함을 질렀다. 팔봉은 종업원들이 왜 자기 등 뒤에 와서 고함을 지르는지 알 수 없었다. 막연하게 뭔가 좋은 일이 벌어질 것이라는 생각이 들었다. 가슴이 벌렁벌렁거리는 것을 느끼며 귓등을 긁었다. 검은 모자는 연신 시펄! 시펄거리며 욕을 하고 있었고, 곱슬머리는 부러운 눈빛으로 바라보고 있었다.

"젠장, 어떤 놈은 문 열리면서 들어와 이백만 원이나 집어넣었는데도 그 흔한 베이비 하나 안 나오는데, 이십칠 번은 연타를 치네."

"오늘 이십칠 번 기계 미쳤구면."

팔봉이 검정 모자에게 현 상황을 설명해 달라고 말을 하려 할 때였다. 종업원이 현금과 십만 원짜리 수표를 섞은 뭉치를 들고 다가왔다.

"손님 축하드립니다. 백육십만 원입니다."

"고, 고마워유."

팔봉은 종업원이 내미는 돈을 얼떨결에 받으며 인사했다.

"사장님이 따신 돈이니까 고마워하시지 않아도 됩니다. 이십칠 번 손님! 백육십만 잭팟!"

"이십칠 번 연타로 백육십만 잭팟!"

종업원 두 명이 다시 몰려 와서 큰 소리로 잭팟을 외치고 나서 아무 일도 없었다는 표정으로 물러갔다.

요, 요지경 세상이 따로 읎구먼. 제우 돈 몇천 원 내 놓았을 뿐인데, 백육십만 원을 따다니……

게임기에는 만 원짜리 한 장을 넣었을 뿐인데도 점수가 오히려 늘어서 이백 점이 넘게 남아 있다. 생각 같아서는 얼른 집에 가고 싶었다. 하지만 너무 미안해서 일어날 수가 없었다. 게임기에 남아 있는 점수가 끝날 때까지 앉아 있어 줘야 할 것 같았다.

팔봉은 2백 점 넘게 남아 있는 점수가 10점대로 줄어드는 것을 보고 슬슬 일어나야겠다고 생각했다. 가만히 보아하니 여기는 오락실이 아니고 도박장이다. 돈 놓고 돈 먹는 도박장이라서 복불복이다. 돈 따는 놈은 장땡이고, 잃는 놈은 호구일 뿐이다. 돈 만 원도 안 쓰고 160만 원을 따도 죄가 되지 않는 곳이다. 양심의 가책을 느낄 필요가 없다는 생각에 점수가 9점으로 줄어드는 것을 보고 일어섰다.

"뭐야! 정말 이십칠 번 기계 미친 거 아냐?"

게임기가 다시 한번 요란하게 부르르 떨더니 센터에 투바 네 개가 나란히 붙었다. 다시 요란하게 팡파르가 울리고 종업원들이 뛰어 왔다.

"이십칠 번 손님, 백육십만 잭팟에 이어서, 투바가 센터에 나란히 백만 원 잭팟!"

"이십칠 번 백육십만 잭팟에 이어서, 백만 원 잭팟! 합이 이백!……."

"이백육십만 잭팟!"

검정 모자가 더 이상 참을 수 없다는 얼굴로 의자에서 벌떡 일어나 자기 기계를 주먹으로 쳤다. 그러거나 말거나 종업원들은 일제히 합창하기 시작했다.

팔봉은 불과 30분도 안 되는 시간에 260만 원을 따서 주머니에 넣고 밖으로 나갔다.

이기 꿈은 아니겠지?

밤거리에는 아직도 행인들이 많았다. 시간이 오래되지 않았다는 증거다. 꼭 꿈을 꾸고 나온 기분이 들어서 260만 원이 들어 있는 주머니를 만져 봤다. 묵직하고 불룩한 감촉이 분명 꿈은 아니다.

허! 서울이라는 데가 참말로 요상한 곳이구먼.

생각 같아서는 택시를 타고 집으로 가서 박장옥 앞에 돈뭉치를 꺼내 놓고 자랑하고 싶었다. 하지만 신도들과 같이 마신 술이 다 깼을 정도로 정신이 말똥말똥해져서 집으로 가고 싶지가 않았다. 어딘가 가서 딱 한 잔 더 하고 싶었다.

그려, 오늘 같은 날 한잔 안 하믄, 언지 한잔햐.

초저녁도 아니고 10시가 다 되어 가는 시간에 혼자 술 마실만한 장소는 없을 것 같았다. 곰곰이 생각해 보니 모래내시장 입구에 있는 스탠드 바가 떠올랐다. 그곳은 테이블에 앉아서 공연을 관람하며 술을 마실 수도 있지만, 혼자 바에 앉아서 여종업원을 상대로 술을 마실 수가 있는 곳이다.

팔봉은 택시를 잡아타고 모래내시장 앞에 내렸다. 스탠드바의 무대에 서는 여자들이 나체로 불춤을 추고 있었다. 홀을 가득 메운 손님들이 술을 마시다 말고 나체로 불춤을 추고 있는 여자를 구경하느라 정신이 없었다.

"여기 술 머가 있남."

"맥주도 있고, 양주도 있어요. 술 좀 드신 것 같은데 오만 원짜리 양주 작은 걸로 하나 드릴까요?"

"오만 원? 그거 한 병 내나 봐."

"사장님 오늘 기분 좋으신 일이 있나 봐요?"

가슴이 깊게 파인 원피스를 입은 종업원이 국산 양주인 베리나인을 꺼냈다. 시중의 마트에서는 만 오천 원씩 파는 것이다. 그것을 양주잔에 따라주면서 고혹적인 미소를 보냈다.

"기분? 기분 엄청 좋지."

종업원이 팔봉의 허락을 받지 않고 과일안주를 꺼내 놨다. 팔봉은 양주를 홀짝 비워 버리고, 종업원이 이쑤시개로 찍어주는 참외 조각을 우적우적 씹었다.

이튿날 눈을 떠 보니 생전 처음 보는 여관이다. 옆에는 누군가 머물고 간 흔적이 보이지만 기억이 나지 않았다.

내 돈!

어제 스탠드바에서 양주를 주문한 것은 기억이 나는데 그 뒤로는 필름이 끊어져 버렸다. 머리가 깨질 것 같은 두통에 일어나 앉으니 문득 어제 신촌오락실에서 260만원을 땄던 기억이 선명하게 떠올랐다. 반쯤 감겨 있던 눈이 번쩍 떠지는 것을 느끼며 두리번거렸다. 바지와 남방셔

츠가 옷걸이에 얌전히 걸려 있었다.

있구먼.

바지 엉덩이 부분을 덥썩 쥐는 순간 돈뭉치의 감촉이 전해졌다. 서둘러 꺼내 들고 침대에 걸터앉았다. 헤아려 보니까 20만 원 정도가 빈다. 어제 스탠드바에서 20만 원을 썼다는 결론인데 어떻게 썼는지 기억이 나지 않았다. 베개를 보니까 누군가 옆에 잔 흔적이 선명했다. 가만히 살펴보니까 머리카락이 긴 것이 몇 개 보인다. 여자 머리카락이라고 단정을 졌지만 어떤 여자와 잤는지는 기억이 깜깜하다.

그날은 일단 집으로 들어갔다.

"어제 신도회에서 회식을 한다고 했잖유. 다시 절로 가서 주무신 거유?"

박장옥이 마당을 쓸고 있다가 대수롭지 않다는 표정으로 물었다.

"그려, 절에 바쁜 일이 있어서 나가봐야 하거든. 그리고 이거 생활비에 보태 써."

팔봉은 머리가 너무 아파서 아침을 먹을 수가 없었다. 시원한 얼음물을 한 컵 마시고 나서 옷을 갈아입었다. 미리 따로 넣어 두었던 100만 원을 박장옥 앞으로 내밀었다.

"먼 돈이래유?"

박장옥이 웃음을 깨물며 100만 원 뭉치를 잡아 당겼다.

"그냥 생긴 돈여. 저금을 하든지, 머 사고 싶은 것이 있으면 사라구. 그라고 나 오늘도 늦을지 몰라."

"오늘도 집에 못 들어와유?"

"아녀. 일찍 못 들어올지 모르지만 집에 들어올 수 있도록 노력할

껴."

팔봉은 일단 관음사로 갔다. 청운과 차를 마시는 둥 마는 둥 급한 볼일이 있다는 핑계를 대고 신촌오락실로 달려갔다.

내가 미쳤지.

이튿날 점심을 오락실에서 제공하는 컵라면으로 때우며 게임을 했다. 결과는 오전 2시쯤에 140만 원을 게임기에 집어넣었으나 20만 원짜리 베이비 하나를 잡는 데 그쳤다. 그쯤에서 끝났으면 비상금으로 저금해 놓은 700만 원과 절 돈 1,300만 원을 차용하는 식으로 인출하지는 않았을 것이다.

팔봉은 11시쯤 오락실을 나왔다. 아침에 마신 소주 기운은 흔적도 없이 날아가 버렸고, 주머니에는 종업원이 차비하라고 넣어 둔 5만 원이 들어 있다. 오락실 안은 담배 연기 창고다. 그 안에 계속 앉아 있었더니 머리가 지끈지끈거렸다.

에이, 오늘 그냥 절로 출근을 했으면 140만 원은 굳었을 거잖여.

오락실에서 돈을 잃고 나올 때마다 늘 같은 후회가 습관처럼 일어났다. 그러나 그 농도는 날이 갈수록 엷어져서 결단이 없는 스스로를 탓하며 주변을 두리번거렸다. 아직 점심시간 전이라 거리는 조용했다. 어디가서 얼큰한 짬뽕에 술이나 한잔 하고 절로 출근하는 것이 돈 버는 길이라는 생각이 들었다.

팔봉은 중국집으로 들어가서 삼선짬뽕과 소주를 주문했다. 종업원이 단무지와 소주부터 가져 왔다. 맥주 컵을 달라고 해서 가득 따라 마시고 있는데 허리에 찬 삐삐가 요란하게 진동을 했다. 번호를 확인해 보니 관음사 번호다.

젠장! 오늘 법회가 있는 날도 아니잖여.

팔봉은 점심이나 먹은 후에 전화를 해야겠다는 생각으로 삐삐를 무시해 버렸다. 삼선짬뽕이 나왔다. 요즘 오락실에 다니기 시작한 후로 식욕이 부쩍 줄었다. 아침도 절반 이상 남기기 일쑤다. 오늘은 취기가 있어서 그런지 매콤한 향기가 식욕을 돋웠다. 남은 소주 반병을 마셔 버린 후에 맛있게 짬뽕 그릇을 비웠다.

그려, 딱 70만 원만 더 땡겨 보자. 그래도 안 나오믄 참말로 오락실 끊는 거여. 만약 또 오락실 출입을 하면 변팔봉이 아니고 개팔봉이다.

얼큰하게 취기가 오르는 것을 느끼며 중국집에서 나왔을 때는 점심시간이다. 거리에는 많은 사람들이 삼삼오오 짝을 지어서 식당을 찾아 물결처럼 흘러 다니고 있었다. 버스를 타려고 버스 정류소로 가다가 365일 자동화 코너가 보이는 순간 발이 바닥에 얼어붙은 것처럼 움직이지가 않았다. 한참을 365일 코너를 노려보다가 자신도 모르는 사이에 걸음을 옮기기 시작했다. 365일자동화 코너로 들어가 70만 원을 인출했다. 돈을 확인하고 있는데 다시 삐삐가 울렸다.

젠장, 핸드폰을 한 개 사든지 해야지.

요즘은 들고 다니면서 전화를 할 수 있는 휴대전화를 145만 원 정도를 주면 구입할 수 있다. 휴대전화가 있었으면 공중전화를 찾아 헤매는 일은 없을 것이라고 생각하며 밖으로 나갔다. 공중전화는 로터리 근처에 있었다.

"사무장님, 지금 빨리 절로 오셔야겠어요"

팔봉은 공중전화기에 십 원짜리 동전 3개를 투입했다. 신호가 이어지고 사무장인데 무슨 일이냐고 묻는 말을 하자마자 김 보살의 다급한 목소리가 귀를 울렸다.

"김 보살이 절에 웬일여? 오늘 법회가 있는 날도 아닌데?"

"지금 큰일 났으니까 빨리 절로 오셔야 해요."

"무슨 일인데?"

"지금 굉장히 바쁘거든요. 그러니까 빨리 들어오세요."

"기, 김 보살!"

김 보살이 일방적으로 전화를 끊어 버렸다. 팔봉은 수화기를 든 채 행인들을 바라봤다. 모두들 바쁘게 어디론가 가고 있었다. 자신처럼 술에 취한 행인은 보이지 않는다. 법회날도 아닌데 김 보살이 절에 있는 것도 이상했고, 전화는 주지인 청운을 빼놓고라도 송연이나 진우가 받아야 했다. 근원을 알 수 없는 불안감이 밀려오는 것을 느끼며 택시를 탔다.

"당신이 변팔봉이라는 사람입니까?"

팔봉은 절 입구에서 내리자마자 숨이 턱에 차도록 바쁘게 관음사로 향했다. 관음사 마당으로 들어서는 순간 활짝 열려 있는 요사(寮舍) 방문 턱에 걸터앉아 있던 남자가 다가와서 날카롭게 물었다.

"예, 그런데유?"

팔봉은 직감적으로 상대방이 형사라고 판단했다. 갑자기 입 안의 침이 모두 말라 버리는 것을 느끼며 반문했다.

"당신을 사기죄로 체포합니다. 당신은 변호사를 선임할 수 있으며 법정에서 불리한 증언에 대해 묵비권을 행사할 권리가 있습니다."

김 형사는 차갑게 웃으며 주머니에서 수갑을 꺼내 팔봉의 손목에 채웠다.

"내, 내가 무슨 사기를 쳤다고?"

팔봉이 손목에 묵직하게 와 닿는 수갑의 감촉을 두렵게 받아들이며 청운전을 바라봤다. 청운전 문이 열리면서 형사로 보이는 또 다른 남자와 청운이 밖으로 나왔다. 그 뒤에 스님처럼 재색 승복을 입은 천 보살이 어울리지 않게 염주를 조몰락거리며 나와서 싸늘하게 웃었다.

"경찰서 가서 말해도 늦지 않으니까 어서 가시지."

팔봉은 천 보살을 보는 순간 꼼짝없이 감옥에 갈 수밖에 없을 것 같다는 생각이 등골을 후려치는 것을 느꼈다. 다리가 휘청거려서 비틀거리는 순간 김 형사가 재빨리 부축하며 무겁게 말했다.

승우는 인숙이 잠을 자는 숙소 앞의 커튼을 들추고 안을 들여다봤다. 군용 야전침대에 침낭이 깔려 있다. 흔한 전기난로도 보이지 않는다. 요즘 서울역이나 영등포역 같은 곳에 가면 노숙자들이 많다. 바람을 막고 있는 사무실 안에 있는 또 다른 공간이라 노숙자들이 있는 역과 같이 찬바람을 맞진 않았다. 하지만 승우는 인숙이 전생에 무슨 죄를 지었길래 영하의 밤을 침낭 하나에 의지하며 자야 하는가 라는 생각이 들면서 화가 났다.

"여기서 잠을 잔단 말이지?"

"그 안이 엄청 추워 보이지만, 생각만큼은 춥지 않아. 침낭이 오리털이라서 아이처럼 폭 들어가 잠을 자면 땀이 날 정도여."

인숙은 커피를 타면서 승우를 바라본다. 승우가 등을 돌리고 있어서 어떤 표정을 짓고 있는지 알 수는 없지만 화를 내고 있는 것처럼 느껴졌다.

"이런 데서 생활하는 거 집에서도 알고 있어?"

"머 좋은 거라고 자랑을 햐."

인숙은 커피 두 잔을 타서 책상 앞에 내려놓았다. 승우가 추위를 덜 타도록 전기난로를 승우 의자 옆에 갖다 놓았다.

"오늘이 무슨 날인 줄은 알고 있는 겨?"

승우는 의자에 앉기 전에 전기난로를 인숙이 옆으로 옮겨 놓았다. 의자에 앉아서 커피 잔을 들며 인숙을 바라봤다.

"오늘? 니 생일은 아니잖여. 내 생일도 아니고? 무슨 특별한 날여?"

"오늘이 크리스마스잖여. 크리스마스날 이렇게 사는 모습을 나한테 보여 줘야 하는 거여?"

"내가 사는 모습이 어때서?"

인숙은 승우가 왜 화를 내는지 알고 있었다. 하지만 승우의 페이스에 말려들고 싶지 않아서 빙긋이 웃으며 물었다.

"진규 형은 알고 있겠지?"

"진규 오빠. 국회의원 되고 엄청 바쁘거든. 그렇다고 내가 한가하다는 말은 아녀. 나도 바쁘게 살고 있구먼."

"교도소에 있는 그 사람은 알고 있겠지. 강훈구라는 남자 말여."

"강 선배는 우리판에 끼워 넣지 마. 나하고 강 선배 문제니까."

"니가 이렇게 살고 있는 원인이 강 선배 때문인데 왜 거론하지 말라는 거여?"

"강 선배가 자유스러운 몸이 아니잖아. 그래서 거론하지 말라는 거야. 커피 맛있어?"

"나가자. 어디 가서 뭣 좀 먹으면서 야기하자. 솔직히 난 여기가 싫구먼."

승우는 화를 참을 수 없어서 커피 잔을 내려놓고 일어섰다.

"나도 점심을 라면으로 때워서 배고파. 하지만 이런 기분으로 밖에 나가고 싶지 않구먼."

"니 기분만 생각하고, 내 기분은 배려해 주지 않는 거여? 시방 내가 얼마나 화가 나는지 알아? 니가 뭘 잘못했어? 학교 다닐 때 공부를 못했어? 무슨 이적질을 했어? 그것도 아니면 정신이 어떻게 된 것도 아니잖아!"

승우는 거칠게 의자에 앉았다. 커피 잔을 들어 한 모금 마시고 잔을 내려놓고 인숙을 노려봤다.

"강 선배가 보안법 위반죄로 감옥에 있어. 아무런 죄도 없이 고문을 견뎌 내야하고, 그리고 지금은 그 보안법을 만든 군사정권시대도 아녀. 문민정부라고. 그런데도 여전히 강 선배는 감옥에 있어. 난 강 선배를 그 차가운 감옥에서 끄집어낼 수 없기 때문에 이렇게 살 수밖에 없는 거여."

인숙은 승우처럼 화를 내지 않았다. 시종일관 같은 톤으로 말을 하고 나서 두 손으로 커피 잔을 잡았다. 천천히 두 모금 정도 마시고 나서 잔을 든 채 승우를 바라봤다. 세상의 그 어떤 여자가 보더라도 승우는 흠 잡을 곳 없는 남자다. 하지만 가까이 다가갈 수 없는 남자이기도 했다.

"너 진짜 강훈구 그 사람을 사랑하는구나……."

승우는 어느 사이에 분노가 하얗게 사라지고 참담한 기분이 들기 시작했다.

"결혼까지 생각하고 있다고 말했잖아."

"내가 너한테 뭘 그렇게 잘못했다고…… 그렇게 거리를 두는 건지 모르겠다."

"잘못한 거 하나도 읎어. 오히려 내가 너를 받아주지 못해서 미안하구 먼. 진심이야……."

인숙이 대전역 앞에 커피숍에서처럼 양손을 뻗어 승우의 손을 가만히 잡고 조용한 목소리로 말했다.

"나를 받아주지 않을 이유가 없잖아. 난 정말 철이 들고부터 너한테 최선을 다했어. 넌 내 전부였다구. 언젠가도 말을 했지만 박인숙이라는 여자가 내 곁에 없었다면 내가 검사라는 명함을 갖고 다니는 일은 없었을 거야. 나는 오직 너한테 내 인생을 베팅했다구. 역설적으로 말한다면 박인숙이 없는 이승우의 인생도 존재하지 않을 거여."

"나는 니 인생을 타치할 아무런 이유가 읎어. 아니 타치해서도 안 된다고 믿어. 좀 더 눈을 크게 뜨고 세상을 보면 이승우를 이해하고, 이승우하고 꿈을 같이 꾸려는 여자들이 많을 거여."

"혹시 말야……."

승우는 참담한 눈빛으로 인숙을 바라봤다. 혼자 가만히 앉아서, 혹은 잠을 자다가 문득 깨었을 때 인숙의 얼굴이 생각날 때마다 혼란스러운 것은, 왜 인숙은 안개처럼 잡으려 하면 할수록 뒷걸음을 치는가였다. 지금도 그렇다. 인숙에게 잘못한 것도 없고, 인숙이 안 좋아할 만한 짓을 한 것도 없다. 아무리 생각해 봐도 나를 싫어하는 이유를 모르겠다는 얼굴로 인숙의 눈을 응시하다가 천천히 입을 열었다.

"우리 집안 때문에 나를 싫어하는 거라면, 내가 할아버지는 물론이고 아버지를 대신해서 사과할게."

"그게 무슨 말여?"

"엄마가 그러시드라. 니가 아무리 성공을 하드래도 모산 사람들한테는 잘해야 한다고 말여. 내가 왜 그래야 하느냐구 물어보니까, 모산 사람들이 할아버지하고 증조할아버지를 존경하지는 않을 거라며……. 증조할아버지가 일정시대 때 후지모토라는 사람의 마름이었을 때부터 동네 사람들에게 피도 눈물도 없이 대하셨다는 말을 들었어. 모산에 있는 그 많은 땅도 일본이 망하지 않았다면 여전히 후지모토의 땅이었을 것이라는 점도 알고 있구면……. 할아버지도 증조할아버지 못지않게 지주라는 신분을 이용해서 동네 사람들을 쥐어짰다는 말도 들었어. 그래서 인숙이네 집안이 우리 집안을 안 좋게 생각하실 수 있잖아. 더구나 아버지는 인숙이 아버지가 그렇게 다치셨는데 겨우 삼백만 원으로 합의를 본 것도 잘못됐다고 봐. 그 점 때문이라면 내가 평생 동안 사죄하며 살아갈 수가 있구면."

"다 지나간 세월이잖아. 그렇다고 일제 강점기 시대에 그들이 저지른 만행을 용서한다는 말은 아냐. 적어도 너하고 나 사이에 그런 역사의 잔재들이 끼어들지는 않았다는 말이야. 아버지에 대한 일은 너는 모르고 있었잖아. 의원님과 사모님은 부부니까 사과를 해야 할 일이야……. 아니, 어쩌면 사모님도 피해자인지 모르지. 젊은 시절을 승철이 오빠를 낳은 들례라는 여자 때문에 피해자로 사셨으니까, 원치 않게 의원님이 하시는 모든 일에 방관자가 되셨을지도……."

"잠깐! 승철이 오빠를 낳은 들례라는 여자라니?"

승우는 처음 듣는 말에 인숙의 말을 끊으며 물었다.

"들례라는 여자의 존재에 대해서 모르고 있었어? 승철이 오빠를 낳아 준 여자잖아?"

인숙이 새삼스럽다는 얼굴로 반문했다.

"나, 난 첨 듣는 말인데?"

"그럼, 내가 하지 말았어야 할 말은 한 거란 말여?"

인숙이 당황하는 얼굴로 반문했다.

"아냐, 내가 반드시 알아야 할 말을 해 준 거 같아. 들례라는 여자가 도대체 누구야? 혹시 학산에 살았어?"

승우는 언젠가 승철과 함께 승철이 살던 집을 구경했었다. 그때 승철의 얼굴이 우울했던 이유를 알 것 같았다.

"그려, 승철이 오빠가 학산에서 국민학교를 댕겼잖여. 그때 학산에서 같이 살던 여자가 승철이 오빠 어머니라고 들었구면. 근데 사모님이 그 말씀을 안 해 주셨단 것이 이해가 안 되네?"

"나도 이해가 안 돼. 하지만 승철이 형이 왜 그렇게 살았는지는 이해가 되는구면."

승우는 의자에서 벌떡 일어서서 창문 앞으로 갔다. 습기가 묻어 있는 창문 밖은 보이지 않는다. 시내에서는 크리스마스 캐럴이 넘쳐흐르고 있을 것이다. 창고같이 습기 찬 사무실에서 사랑하는 여자 인숙으로부터 전해 들은 충격적인 사실을 어떻게 받아들여야 할지 혼란스러워 자신도 모르게 중얼거렸다.

"승철이 오빠가 왜?"

"사실, 승철이 형이 집을 나가서 따로 살고 있거든. 승철이 형이 집을 나가서 따로 살면서 결혼을 했구면. 조카도 생겼어. 그런데도 아버지는 형수님과 조카를 인정하지 않으시겠댜. 승철이 형도 아버지가 아내와 딸을 인정하지 않는 이상 집에 들어오고 싶은 생각이 없다고 하드만…

…."

승우는 왜 인숙이 자신과 결혼하지 않으려는지 희미하게나마 알 것 같았다. 독백하듯 말을 하다가 인숙을 향해 돌아섰다.

"그런데 그 들례라는 여자는 어디로 간 거지? 이유야 어쨌든 승철이 형 어머니라면 나하고도 관계가 있는 분이잖아."

"나도 몰라. 그리고 더 이상은 너희 집안에 대해 나한테 묻지 말고 모산에 계신 사모님한테 물어봐. 난 승우도 어린애가 아니니까 최소한 사모님이나 누나들이 집안 사정을 말해줬을 줄 알았구먼."

인숙이 볼 때 승우는 몹시 괴로워하는 것 같았다. 착한 승우로서는 자신의 아버지가 첩에게서 형을 얻었다는 사실을 쉽게 받아들이지 못할 것이다. 들례에 대한 정보를 갖고 있는 것도 아니지만, 더 이상 승우를 괴롭히고 싶지도 않았다.

"우리 집안에서는 아직도 인숙이 뒤만 졸졸 따라다니는 승우로 알고 있으니까 말을 해 줬을 리는 없지. 그래서 나하고 결혼하기 싫었구나. 좀 더 진작에 말하지 그랬어. 그럼 내가 덜 괴로웠을 것이고, 덜 힘들어했을 거잖아. 내가 그동안 어떻게 살아왔는지 알아? 내가 그동안 너 때문에 얼마나 많은 밤을 지샜는지 아냐구?"

승우는 인숙이와는 영원히 결혼할 수 없겠구나라는 생각이 들면서 눈물이 쏟아졌다. 책상 앞에 앉아서 양손으로 머리카락을 움켜잡고 소리 없이 눈물을 뚝뚝 떨어트리기 시작했다.

"집안 때문은 아니라고 말했잖아……."

"언제까지 날 바보로 만들 생각이야……."

"미안한 말이지만 난 니가 남자로 보이지가 않아. 어릴 때부터 한집에서 같이 살아 그런가, 너를 남자로 생각해 본 적이 없어. 아니, 고등학교 때 가끔 니가 남자로 보인 적은 있었구먼. 하지만 막상 너를 보면 내 동생이나 오빠 같은 생각이 든단 말여. 하지만 강 선배는 대학교 일학년 때부터 나한테 남자로 다가왔구먼. 그게 너하고 결혼을 할 수 없는 이유여……."

인숙은 일어서서 승우 곁으로 갔다. 어깨를 감싸고 일으켜 세웠다. 소리 없이 흐느끼는 승우를 일으켜 세워서 껴안았다. 마치 동생을 타이르는 목소리로 말하면서 같이 눈물을 흘렸다.

"이해를 해 줬으면 좋겠구먼. 이제 그만 나를 놔주고 좋은 여자를 만나서 결혼햐."

"왜 그런 생각을 하는지 이해할 수가 없어, 우린 오누이가 될 수 없잖아. 너는 박씨고, 나는 이씨잖아. 어떻게 박씨하고 이씨가 오누이가 될 수 있다는 건지 도무지 이해를 할 수가 없단 말여."

승우는 인숙을 가만히 밀어냈다. 인숙의 얼굴에 눈물이 번들거리며 흘러내리고 있었다. 말과 다르게 인숙의 영혼은 너무 맑아서 자신을 형제처럼 생각하고 있을지도 모른다는 생각이 들었다.

이런 걸 두고 운명이라고 하는 걸까.

승우는 손수건을 꺼내서 인숙의 얼굴에 흐르는 눈물을 닦아 주었다. 인숙이 헉! 울음을 터트리며 안겨 왔다.

"부탁여, 인제 날 놔 주고 좋은 여자를 만나. 그것이 우리가 가야 할 길여."

"분명한 것은, 이 세상에 있는 모든 여자 중에 내 눈에는 오직 박인숙만 여자로 보인다는 점여. 그 생각은 내가 죽지 않는 이상 변하지 않을 거 같구나……."

승우는 인숙의 얼굴에 흐르는 눈물을 닦아 주고 나서, 이미 인숙의 눈물로 젖은 손수건으로 자신의 눈물을 닦으며 돌아섰다.

"어디 가서 뭣 좀 먹을까?"

인숙이 승우의 등 뒤에서 눈물을 닦으며 물었다.

"갑자기 배가 안 고프구먼. 밖이 굉장히 추워. 따라 나오지 마, 감기 걸릴지도 모르니까."

승우는 인숙을 피하고 싶었다. 인숙과 같이 있으면 지금까지 알고 있지 못했던 또 다른 집안의 치부가 드러날 것 같았다. 다른 한편으로 인숙이에게 더 못난 모습을 보여 줄지도 모른다는 생각에 문을 열었다.

"오늘 크리스마스라고 했잖여."

"그래, 크리스마스 날 일찍 집에 들어가는 것도 의미가 있을 거 같구먼."

승우는 계단을 내려가야 한다고 생각했으나 발이 움직여 주지 않았다. 문 앞에 서 있는 인숙을 향해 손을 내밀었다. 인숙이 말없이 손을 잡아 주었다. 그 손이 너무 부드럽고 따뜻해서 또 눈물이 날 것 같아 뒤돌아 천천히 계단을 내려가기 시작했다.

제39장

1
9
9
4
년

태평가

너도 똑똑해서 탈이지. 인자는 벌써 시집가서 아가 시방 몇 살인데…….
아부지, 저 시집가믄 서울에 집 한 채 얻어 줄 거쥬?
우리 막내 시집가믄 어머가 아파트 한 채 읃어 준다고 했구먼.
어머, 참말여?
남자가 집 한 채 얻을 여력도 읎는 모양이구먼.

이동하의 집은 작은설날인데도 고소한 냄새가 대문 밖을 넘지 못했
다. 집 안에는 무거운 침묵이 감돌고 있는데다 밖에는 눈까지 흩날리고
있어서 을씨년스럽기까지 했다.

이동하는 술상 앞에 앉아서 굳은 얼굴로 술상을 노려보고 있었다. 설
을 쇠러 온 말자는 방 안의 무겁게 내려앉은 분위기 같은 것은 자신과
는 상관없다는 얼굴로 텔레비전을 보고 있었다. 텔레비전에서는 설날
특집으로 <고향의 노래>라는 프로가 방영되고 있었다.

"말자야, 서울에 다시 한 번 즌화 좀 해 봐라."

아랫목에 누워 있던 보은댁이 갑자기 벌떡 일어나 앉았다. 나이에 어
울리지 않게 빠르게 일어나 앉을 때와는 다르게 기운 없는 목소리로 중

얼거리듯 말하며 말자를 바라봤다.

"백 번 전화해 보면 뭐해요 이월 일일자로 사표 내고 그 다음 날 여행 좀 간다면서 가방을 꾸려서 나갔다고 하든데……."

"내 귓구녕으로 듣기 전에는 못 믿겄어. 그랑께 어여 즌화 걸어서 나 좀 바꿔 봐."

"할머니두 참……."

말자는 전화기 앞으로 갔다. 서울 집으로 전화를 걸자마자 춘임이가 전화기 앞에서 기다리고 있었던 것처럼 전화를 받았다.

"저 말자거든요. 할머니 바꿔 줄게요."

"크, 큰마님을……."

"잠깐만 기다리세요"

말자는 겁먹은 목소리로 전화를 받고 있는 춘임에게 보충 설명은 하지 않았다. 전화기 옆으로 와서 앉는 보은댁에게 수화기를 내밀었다.

"아여! 춘임이여?"

"예, 예. 추, 춘임이유."

"너, 내가 하는 말 똑똑히 듣고 대답을 해야 한다. 만약, 손톱 맨큼이라도 그짓말이 있으면 내 손에 죽을 줄 알고 있으면 틀림읎을 껴. 참말로 이 검사님이 양력으로 이달 초하루 날 사표를 냈다고 하데?"

"예, 제가 듣기루는……."

"니가 검찰청에 확인을 해 본 겨?"

"아, 아뉴. 양력으로 이월 초하루가 지난 주 화요일유. 그날 밤 한 시가 넘어서 퇴근을 하셨슈. 그 담날 출근 시간이 돼도 기적이 읎길래, 워디 편찮으신지 알고 방문을 두들겨 봉께……."

"두들겨 봉께?"

"신사복이 아니고, 등산복 차림으로 큰 가방을 들고 나오심서, 나는 어제 날짜로 사표를 냈다. 집에서도 알고 있으니까, 모산 집으로 전화를 할 필요는 없다. 머리 좀 식힐 겸 여행 좀 갔다가 모산 집으로 갈 꺼다. 그, 그렇게 말씀을 하셨슈."

"야! 이년아! 모산 집으로 간다고 했으면 모산으로 왔어야지. 왜 여즉 소식이 읎능 겨?"

보은댁은 승우가 사라진 원인이 춘임이 때문인 것처럼 엉덩이를 들썩거리며 옹골지게 쥔 주먹을 흔들어 보였다.

"부, 분명히 모, 모산 집으로 가신다고 했슈. 워, 원래 검사님이 노, 농담 같은 걸 잘 안 하시고, 있는 말만 하시는 분이잖유."

"이! 썩을 년아! 당장 주리를 틀어도 시원치 않을 년아! 검사님이 사표를 냈다고 하면 당장 모산으로 전화를 했어야지. 뭔 놈의 꿍꿍이가 있길래 열흘이 다 되 가도록 가만히 있었어! 이, 호랭이가 물어 가도 백 번 물어 갈 년아! 네 년 꼴 보기 싫어서⋯⋯."

"할머니!"

보은댁이 엉덩이를 들썩거리며 입에 거품을 물고 악담을 퍼붓자 말자가 얼른 수화기를 빼앗았다. 춘임에게는 말 한마디 하지 않고 그냥 수화기를 내려놓았다. 그리고 보은댁을 부축해서 아랫목으로 데리고 갔다.

"어이구! 이 일을 워쩐댜! 느 할아부지가 저승에서 이 사실을 알았으면 얼매나 원통하고 분해 하시겠냐. 어이구, 승우야! 허구한 날 순 사기꾼하고, 도둑놈들하고, 강도들 같은 인간 말종들하고 만나는 것이 나빠서 사표를 낸 거여! 어떤 놈이 사표를 내면 더 존 수가 있다고 꾀어서 사표를 낸 거여! 워디 몸이 아파서 사표를 낸 거여! 사표를 낼 때는 내드라도 이 할머한테 한마디 언질이나 줄 일이지……."

보은댁이 방바닥을 내갈기면서 통곡을 하기 시작했다. 이동하가 소주잔을 홀짝 비워 버리고 보은댁을 무거운 표정으로 바라봤다.

"승우가 어린애가 아니잖여. 저도 생각이 있응께 사표를 냈을 거잖아. 그라고 모산 집으로 간다고 했으니까 집으로 오겠지. 승우가 언제 빈말하는 거 봤어? 승우는 어릴 때부터 지가 한다는 것은 다 하는 성격이잖아. 뭘 그렇게 걱정해. 이따라도 택시 타고 들어오겠지."

"너는 박사를 돈 주고 산 것도 아닐 텐데 왜 머리가 이렇게 안 돌아가냐? 아! 검사님이 보통 검사님이냐. 사표를 낼 일이 있으면 집에 내려왔든지, 그럴 사정이 아니믄 아부지를 서울로 불러 올리든지 그렇게 할 검사님 아니냐. 이건 분명히 무슨 사단이 난 거다. 암! 무슨 사단이 났응께, 할 수 읎이 사표를 내고 워디로 몸을 피한 거여. 내 말이 틀리는지 맞는지 워디 두고 봐. 어이구!"

"할머니 뫼시고 가라."

보은댁이 다시 손바닥으로 방바닥을 치며 통곡을 하자 이동하가 무겁게 말했다.

"의원님은, 검사님이 소리 소문도 읎이 사라졌는데 술만 마시고 있으면 워틱하는 거여. 워디 연락할만한 데로 연락을 하든지, 직접 찾아 나서야 할 거 아녀."

"연락해 볼 데는 죄다 연락해 봤다고 했잖유. 고 서방이 아는 사람을 통해 남부지청에 연락을 해 봤대유. 지검장이 사표 내지 말라고 일주일 동안이나 사표를 갖고 있었다잖유. 그런데도 일주일 만에 또 즌화가 와서 사표를 처리해 달라고 승우가 통사정을 했다잖유. 그랑께 제발 입 다물고 방에 가서 가만히 둔너 계세유. 어머가 옆에서 그라지 않아도 시방 나도 가슴이 터져 나갈 거 같응께, 제발 이 자식 오래 사는 거 보실라믄 입 다물고 계셔유."

이동하가 윽박지르는 목소리에 보은댁은 눈물을 뚝 그쳤다. 이동하도 슬그머니 시선을 돌리고 소주병을 들었다.

일반 회사도 아니고, 보통 공무원 자리도 아니잖여. 검사 자리에 사표 냈을 때는 필경 그만한 이유가 있겠지.

승우는 어렸을 때부터 승철과 달랐다. 승우는 공부도 잘했고 모범적이다. 승철은 억지로 대학을 졸업시켰다. 승우는 자기 혼자 공부를 해서 검사가 됐는가 하면, 승철은 건설회사 전무를 시켜 줘도 싫다며 가출을 했다. 승우는 내성적인 성격에 침착하고 승철은 외향적이고 거칠다. 승철이 집을 나가서 제멋대로 결혼한 것은 충분히 이해할 수 있었다. 하지만 승우는 아무리 이해를 하려 해도 이해할 틈이 보이지 않아서 가슴이 터져 나가 버릴 것 같았다.

이왕이믄 다홍치마라는 말이 물 건너갔구먼.

고현수의 말에 의하면 검사직에 사표를 냈어도 변호사로 개업할 수 있다고 했다. 승우는 실력이 좋으니까 변호사로 개업을 해도 검사직에 있을 때보다, 더 자유스럽고, 몇 십 배의 돈을 벌 수 있다고 한다. 그런 걸 생각하면 사표를 낸 것이 나쁘지만은 않다. 하지만 승우가 변호사로 아무리 많은 돈을 벌어도 예식장에서 벌어들일 만큼은 벌 수 없다. 검사에 강남 제일의 예식장까지 있다면 승진도 승승장구할 것이었다. 어쩌면 법무부 장관 자리에도 오를 수도 있었을 것이다. 이동하는 승우가 그런 자리를 박차고 나왔다는 점이 너무 원통했다.

안방에는 옥천댁이 인숙이와 앉아 있었다. 개다리소반에는 작년 가을에 딴 감으로 만든 곶감을 썰어 넣은 수정과를 담은 그릇이 있었으나 누구도 건들지 않았다.

"그랑께, 작년 크리스마스에 우리 승우가 니가 있는 사무실로 찾아왔었단 말이지……."

"예……."

"그날 워킹하다가 승철이하고 들례 야기가 나왔단 말이지……."

"승철이가 많이 괴로워 했슈. 눈물을 흘리면서 괴로워하다가 집에 일찍 들어간다면서 나갔는데……."

"일월 달에는 한 번도 즌화가 오거나 만나지도 못했고?"

"죄송해유, 제가 먼저 연락을 해서 위로를 해 줘야 했는데. 저도 바쁘다보니 연락을 못 했슈. 마음이 여린 아다 보니 맘고생을 많이 했나 봐유. 그랑께……."

"아녀, 아녀. 인숙이가 멀 잘못했다고 그려. 인숙이는 잘못한 것이 암것도 읎구면."

옥천댁은 터져 나오려는 울음을 참으며 인숙의 손을 꼭 잡았다.

"죄송해유, 제가 좀 더 붙잡고 있어야 했는데……."

인숙은 고개를 들 수 없었다. 승우가 울다 사무실을 나섰을 때 따라나섰어야 했다고, 승우가 이해할 수 있도록 충분히 납득시켰어야 했다고 몸서리치게 후회가 밀려오면서 눈물이 났다.

"느덜이 먼 잘못이 있겄냐……. 다 으런들 잘못이지……."

옥천댁은 인숙이 고개를 숙이고 눈물을 흘리는 모습을 차마 바라볼 수 없었다. 고개를 들어 들창문을 바라보았다. 들창문 턱에 눈이 소복하게 쌓여 있다. 눈보라가 몰아치는지 감나무에서 눈덩이가 떨어진다.

야가 인숙이하고 결혼을 못한다고 항께, 맘이 상해서 아무도 모르는 곳으로 훌쩍 떠나 버린 겨.

춘임이는 승우가 오늘 집으로 온다고 말했지만 승우가 오지 않을 것이라는 예감을 지울 수가 없었다. 만약 집으로 돌아올 승우라면 사표를 내지도 않았을 것이다. 인숙이를 어릴 때부터 지켜봤지만 어느 하나 흠 잡을 데 없이 얌전하고 바르게 컸다. 박태수의 딸만 아니라면 앞장서서 며느리로 삼고 싶을 정도이다. 그런데도 뚜렷한 이유도 말해 주지 않고 무조건 결혼을 반대했으니 승우의 성격으로 볼 때 보통 상심한 것이 아닌 것 같았다.

"니 생각에는 승우가 오늘 집으로 올 거 같냐?"

"외람된 말씀이지만, 제가 아는 승우는 오늘 집에 안 들어올 거 같구먼유."

인숙이 눈물을 닦고 나서 차분한 목소리로 대답했다.

"나도 그렇게 생각하고 있구먼. 그럼 니 생각에는 승우가 시방 워디가 있을 거 같은 생각이 드냐? 설마 안 좋은 생각을 하고 있는 것은 아니겄지?"

"안 좋은 생각이라뉴?"

"입에 담기가 엄청나서 내 입으로는 그 말을 할 수가 없구먼."

옥천댁은 터져 나오려는 눈물을 참으며 다시 들창문을 바라봤다. 박태수의 들판처럼 넓고 단단한 가슴이 떠오르면서 눈물이 터져 나왔으나 인숙이 모르게 슬쩍 닦아내고 울지 않으려고 이를 악물었다.

"승우는 맘이 약한 아유. 저 때문에 사모님이나 의원님 가슴에 못 박는 일은 못 할 아유. 제 생각에는 승철이 오빠 땜시 너무 충격이 컸던 거 같아유. 충격이 가라앉으믄 집으로 돌아올 것이라고 믿구만유."

"그때가 언제가 될 거 가텨?"

옥천댁이 입 안 가득 담겨 있던 눈물을 꿀꺽 삼켰다. 듣던 중 희망이 보이는 말이라는 생각에 인숙의 손을 두 손으로 잡고 물었다.

"승우가 맘이 약하기는 하지만 한번 마음먹은 것은 어떤 일이 있드래도 해내는 아잖아유."

"어릴 때부터 가는 지가 멀 한번 해야겄다면 꼭 해내야 직성이 풀리는 아는 맞다. 삼학년 땐가, 사학년 땐가 자시 기억이 안 나는데, 너를 영동으로 데리고 오지 않으면 학교를 안 댕기겠다고 떼를 쓰는 통에 결국 니가 영동으로 왔잖여."

"제가 삼학년 때 영동으로 전학갔잖유……."

"그려, 그랑께 승우가 이학년 때 그랬나벼. 이학년이면 제우 아홉 살짜리잖여. 그런 아가 일 년 동안이나 너를 생각하고 있다가 삼학년이 됭께 안 잊어 뻐리고 꼭 너를 데려오라고 했잖여."

"오죽했으면 사표를 냈겠어유."

"그려, 너는 언지 시집을 갈 거여?"

"저는 남자가 있슈."

"그려, 혼기가 차면 시집을 가야 하는 거여. 부모한테는 돈을 많이 주는 것이 효도가 아니고, 제때 시집 장가가서 손주를 보여 주는 것이 진짜 효도여."

옥천댁은 인숙이 결혼하게 되면 승우가 마음을 잡을 것이라 희망을 걸었고, 거기에 생각이 미치자 조금은 안심이 됐다.

"죄송하지만 저는 집에 가 봐야겠어유."

"그려, 슬 쇨라믄 바쁜 아를 붙잡고 있었구먼. 질이 미끄러운께 조심해서 내려가."

옥천댁은 인숙을 더 이상 붙잡고 앉아 있을 수 없었다. 인숙은 말을 기다렸다는 얼굴로 일어섰다.

"집에 가서 승우 사표냈다는 말은 안 해줬으믄 좋겠구먼."

"머 존 야기라고 엄마한테 야기하겠어유."

인숙은 옥천댁이 대문 앞까지 배웅을 와서 하는 말에 얌전하게 고개 숙여 인사했다.

내 죄여, 내 죄여, 내 죄여······.

옥천댁은 마당을 걸어 나올 때 찍어 놓은 발자국을 따라 걸으며 염불이라도 하듯 같은 말을 되뇌었다.

"마님, 적하고 뭣 좀 차려서 올릴까유?"

차례 준비 때문에 와 있는 영동의 안남댁이 정지에서 나와 물었다.

"아녀, 대충 준비했으면 그만 방에 들어가서 쉬어. 날도 찬데 정지에 있으면 감기 걸리니께······."

옥천댁은 기운 없는 목소리로 대답을 하고 대청으로 올라섰다. 대청은 불기가 없어서 겨울에는 차가운데, 오늘은 마루 밑에 불을 땐 것처럼 차갑지가 않았다. 하지만 마음에는 언제 깨질지 모르는 살얼음이 깔려 있었다.

"큰놈은 지멋대로 나가서 애를 까질러 낳지 않나. 짝은놈은 온 세상 사람들이 부러워하는 검사를 그만두고 집을 나가 버리지 않나. 굿을 해도 크게 한번 해야겄어. 자고로 어떤 집이든지 후손들이 잘 돼야 집안이 번성한다고 하든데, 우리 집안은 왜 이라는지 모르겄구먼."

보은댁이 찬 바람을 안고 들어오는 옥천댁이 들으라는 목소리로 차갑게 말했다.

"언지는 검사님, 검사님 하드니. 인제 짝은놈유?"

이동하는 빈속에 소주를 두 병이나 마시고도 가슴이 텅 비어 버린 것 같은 기분을 지울 수 없었다. 옥천댁이 앉기를 기다려 담배를 입에 물었다.

"즈 할머하고 애비가 두 눈 멀쩡하게 뜨고 살아있는데도 지멋대로 사표를 내고 어디로 도망을 간 놈이 무슨 검사여, 검사가?"

"인숙이도 승우가 워디로 갔는지 모른대유."

옥천댁은 보은댁의 말을 못 들은 척하며 이동하를 바라봤다.

"요 근래에 만난 적도 없고?"

이동하가 담뱃불을 붙이다 말고 물었다.

"작년 크리스마스 날 인숙이가 있는 사무실로 찾아왔다고 하대유. 거기서 먼 야기를 하다가 인숙이가 승철이 생모 야기를 한 모양유. 그 말을 듣고 충격을 엄청 받았다고……"

"그년이 미친년이구먼. 은혜를 원수로 갚아도 유분수지, 세상에 할 야기가 읎어서 크리스마스 날 찾아 온 승우한테 들레 야기를 햐?"

옥천댁의 말이 끝나기도 전에 이동하가 이를 박박 갈며 벌겋게 달아오른 얼굴을 실룩거렸다.

"야기를 할라고 해서 한 것이 아니래유. 승우는 벌써부텀 알고 있는지 알고, 딴 야기를 하다가 워티게 그 야기가 나온 모냥유."

옥천댁이 자기하고는 아무 상관없는 다른 사람의 말을 전해 주는 목소리로 말했다.

"내가 볼 때도 인숙이 잘못은 읎구먼. 인숙이가 못 할 말 한 거는 아니잖아. 그 말을 오히려 아부지나 엄마가 좀 더 일찍 승우한테 해 줬어야 된다고 생각하는데."

"말자, 너는 대관절 뉘 편여? 인숙이 그 씹어 죽여도 시원찮을 년 때문에 우리 승우가 집을 나갔는데 시방 그걸 말이라고 하는 거여? 박사까지 땄다는 년이?"

말자의 말이 끝나자마자 보은댁이 삿대질을 하며 엉덩이를 들썩거렸다.

"어머님, 말자 말이 맞는 말여유. 승우가 딴 아들하고 달러서 맘이 굉장히 여린 아잖유. 그런 아라는 걸 잘 알고 있으면서도 언젠가 알게 될 것을 말해 주지 않은 제 죄가 커유. 그랑께 말자 너무 나무라지 마세유."

"이기, 어찌 니 죄여. 그라고 의원님이 못 할 짓을 한 것도 아니잖여. 대는 이어야겄고, 대를 이을 자식이 읎어서……."

보은댁은 옥천댁의 말에 순간적으로 찔끔했다. 하지만 들례를 들이는 점을 옥천댁도 동의를 했다는 생각에 옥천댁에게 삿대질을 했다.

"할머니, 제발 그만두세요 할머니 때문에 언니하고 나하고 영자가 대전에서 어떻게 살았는지 아세요? 할머니가 그 여자를 들이지 않았다면 우리도 엄마가 해 주는 밥을 먹고 학교에 다녔을 거잖아. 할머니는 왜 우리하고 엄마 생각은 조금도 해 주지 않고, 승철이만 생각해 주는 거야. 딸자식은 자식이 아니고, 아들만 자식으로 생각하면 애당초 우리는 낳지를 말았어야 했잖아……"

말자는 그동안 참고 참았던 설움이 복받쳐 오르는 것을 느끼며 말을 잇지 못하고 무릎에 얼굴을 묻고 흐느꼈다.

"말자야, 할머한테 그기 무슨 말버릇여. 어여 잘못했다고 빌어."

옥천댁은 말자의 말에 피를 토하고 싶도록 가슴이 아팠다. 하지만 조금도 내색을 하지 않고 굳은 목소리로 말했다.

"엄마는 맨날 그런 식으로 사니까 이날 이때까지 대접도 못 받고 살잖아. 도대체 내가 뭘 잘못했다고 빌라는 거야. 내가 왜 시집을 안 가는데? 딸은 엄마 팔자를 닮는다는 말이 있잖아. 엄마처럼 살게 될까봐, 무서워서 시집을 못 가는 거란 말여!"

"이것이!"

바락바락 대드는 말자의 말에 옥천댁은 천리만리 낭떠러지로 떨어지는 것 같은 아득한 절망에 사로잡혀 금방이라도 쓰러질 것처럼 휘청거렸다. 그러나 그것도 잠시, 이를 악물고 말자의 뺨을 갈기려고 손을 번쩍 들었다.

"때려! 때리라구. 나도 딴 애들처럼 엄마한테 좀 맞아 보자."

말자가 벌떡 무릎을 일으켜 세우며 얼굴을 옥천댁 앞으로 내밀었다. 그 얼굴에서 눈물이 줄줄이 흘러내리고 있었다.

"그려, 내가 잘못했구먼. 이 어머가 잘못했응께 어여 니 방으로 가……"

옥천댁은 번쩍 치켜들었던 손을 힘없이 내려 방바닥을 짚고 소리 없는 눈물만 뚝뚝 떨어트렸다.

"잘 돼 가는 집구석이다! 잘 돼 가는 집구석여! 자식새끼는 남들 피똥을 싸며 공부를 해도 입어 보지 못할 법복을 지멋대로 벗어 삼천포로 날라 버리고, 돈 들여서 박사 맨들어 놓은 딸자식은 지 어머 팔자 무서워 시십을 못 간다고 하소연을 하고 있으니, 참말로 잘 돼 가는 집구석이다! 술상 확 엎어 버리기 전에 어여 소주나 한 병 더 갖고 와!"

묵묵히 담배를 피우고 있던 이동하가 더 이상 참을 수 없다는 얼굴로 술상을 번쩍 들었다 내려놓으며 고함을 질렀다.

인숙은 대문을 나서자마자 눈물이 핑 돌았다. 언덕길 아래로는 눈이 소담스럽게 쌓여 있다. 사람들의 발자국은 보이지 않고 개들이 뛰어다니고 있다.

등신처럼 왜 사표를 낸 거여. 또, 사표를 냈으면 집에 와야지. 대관절 워디 가 있는 거여.

인숙이 조심스럽게 눈길을 내려가는데 승우의 얼굴이 자꾸 떠올라 눈물이 앞을 가렸다. 하지만 집에 가서 상규네 앞에 이상하게 보일 것을 생각해 눈물을 닦으며 내려갔다.

"마님이 왜 보자고 한 겨?"

인숙이 하얗게 눈을 맞으며 들어오는 모습을 보고 상규네가 물었다.

"좋은 남자 있다고……."

"참말로 중신을 해 줄라고 불렀단 말여?"

집 안은 보일러를 때고 있어서 거실도 아랫목처럼 따뜻했다. 소파에 앉아서 텔레비전을 보고 있던 박태수가 듣던 중 반가운 말이라는 얼굴로 물었다.

"예……."

인숙은 계속 거짓말을 하기가 곤란해, 짧게 대답하고 방으로 들어갔다.

"고모 시집간대유?"

재킷을 벗어버리고 집에서 입기 편한 옷으로 갈아입는데 이순영의 목소리가 들려왔다.

"시집을 가야 가는 거지 머."

상규네가 전을 부치기 위해 계란을 깨서 그릇에 담으며 대꾸했다.

"설 쇠면 만사를 재껴 두고 신랑감부터 알아봐야 햐."

"아부지, 저는 집에서 걱정 안 해도 돼유. 언니 내가 머 도울 거 있어?"

인숙은 박태수가 더 이상 시집운운하지 않도록 쐐기를 박아 놓고 주방 앞으로 갔다.

"객지에서 고생만 하다 왔는데 그냥 편히 셔유."

이순영은 전기 프라이팬 앞에 앉아서 파전을 부치다가 인숙을 바라보며 웃었다.

"어떤 남자랴?"

"무슨 회사를 댕기는 사람이라고 하드만. 근데 나는 남자가 있어서 안 된다고 했구먼. 서울 오빠네 부부는 슬 쇠러 안 오신댜?"

"아까 즌화 왔잖여. 차 안에서 핸드폰인가 멀로 즌화를 하는데 천안 지났다고 하드만. 거기도 시방 눈이 많이 온다고 하드만."

인숙이 이순영에게 묻는 말에 박태수가 길게 하품을 하고 나서 대답했다.

"니가 만나는 남자는 머 하는 남자여?"

상규네가 계란을 푼 그릇을 전기 프라이팬 옆에 놓고 앉으며 물었다.

"회사 댕기는 사람여."

"슬 쇠고 언지 한번 데리고 와. 내가 생각하기로는 작년 슬에도 결혼할 남자가 있다고 한 거 같은데."

"맞아유. 저도 그렇게 들었구만유. 고모가 만나는 남자분이야 어련하시겄슈. 신랑감으로 치믄 일등 신랑감이 틀림읎을규. 원래 고모가 똑소리 나잖아유."

이순영이 파전 익은 것을 소쿠리에 담으며 말했다.

"너도 똑똑해서 탈이지. 인자는 벌써 시집가서 아가 시방 몇 살인데……"

"아부지, 저 시집가믄 서울에 집 한 채 얻어 줄 거쥬?"

"우리 막내 시집가믄 어머가 아파트 한 채 은어 준다고 했구먼."

"어머, 참말여?"

"남자가 집 한 채 얻을 여력도 읎는 모양이구먼."

상규네가 인숙을 흘겨보며 말했다.

"시방은 좀 힘이 들지만 나중에는 진규 오빠처럼 국회의원 해 먹을 수 있는 사람여. 그까짓 돈이 문젠가?"

"허긴 돈이 문제면 벌써 괜찮은 회사 같은 데 취직을 했겠지. 아무 쓰잘떼기 읎는 노동교실인지 먼지를 하겠어?"

상규네는 진규 때문에 참고 있지만 인숙이 노동자들을 돕고 있는 어떤 사업을 한다는 점이 영 마땅치가 않았다.

"파전이 참 맛있게 꿔졌구먼. 아부지 입 심심하지 않아유? 오랜만에 막내딸하고 파전 안주로 막걸리 한잔 할래유?"

인숙은 할 말이 없어 공연히 너스레를 떨며 일어섰다.

"조오치, 그릏지 않아도 춘셉이를 부를까, 길동이 형님 집에 가 볼까 하던 참이구먼."

박태수는 요즘 같아서는 세상만사 부러울 것이 없었다. 지난가을 사과 농사도 풍년이었겠다, 양부모도 아직은 건강하시겠다, 상규는 비록 면서기지만 제 몫을 다하고 있겠다, 진규는 국회의원에 며느리는 박사에 대학교수다. 인자는 군청 직원한테 시집가서 아들 낳고 잘 살고 있겠다, 인숙이는 아직 정확한 직업이 뭔지 모르지만, 어릴 때부터 제 앞가림은 똑소리 나게 해내는 성격이겠다. 그러니 올해든 내년이든 결혼을 할 것이다. 한 가지 흠이 있다면 육신을 마음대로 움직이지 못한다는 점이지만, 정미소에서 먼지 먹지 않고 허구한 날 유야무야 살아갈 수 있는 것은 세상에 둘도 없는 복이다. 박태수는 인숙의 말을 기다렸다는 듯한 얼굴로 웃으며 대꾸하고 마른입을 쩝쩝 소리가 나도록 다셨다.

김춘섭이 새로 집을 짓기 전에는 철재가 지내던 사랑방은 손님방이었다. 새집을 짓고 나서부터는 철용이 결혼했다는 말을 듣고 블록으로 부랴부랴 쌓고 슬레이트 지붕을 얹어 만든 사랑방은 창고처럼 보였다.

박태수의 집이 둥구나무를 정면으로 바라보고 앉은 것에 반해, 김춘섭의 집은 거실 유리문 밖으로 들판이 한눈에 들어오는 구조다. 거실에 앉아 있어도 유리문 사이로 눈이 소복소복 쌓이고 있는 들판을 바라보고 있으면 한 폭의 산수화가 따로 없었다. 박태수 집처럼 기름보일러라서 온 집 안이 한여름처럼 러닝셔츠에 반바지만 입고 있어도 춥다는 것을 느낄 수가 없었다. 게다가 철용이와 금순이 직접 서울에서 내려와 영동에 있는 전자 제품 대리점에서 컬러텔레비전이며, 냉장고, 전자레인지, 전기밥통, 전기다리미, 커피포트, 심지어는 소파와 응접 테이블까지 도시 신혼살림처럼 일습(一襲)을 구비해 줬다.

점심 먹을 때 철재와 함께 막걸리를 한 되 폭을 먹은 김춘섭은 안방에서 가볍게 코를 골며 낮잠을 자고 있었다. 거실에는 대학교 일학년인 정민이가 설이 지나면 열 살이 되는 철준의 아들 창민의 로봇을 조립해 주고 있다. 철재는 신기하다는 얼굴로 그 옆에 앉아 정민의 손놀림을 구경하고 있었다. 중학교 2학년인 수정이는 영숙이 방에 앉아 방학 숙제인 뜨개질을 배우고 있다.

"삼촌도 피시 한 대 들여놔."

"피시라믄 그기 머여? 컴퓨터를 말하는 거여?"

철재가 정민을 바라보며 물었다.

"응, 집에 피시가 있으면 편리한 점이 많아. 삼촌은 포도 농사를 짓고 있으니까, 그날그날 시세를 알아볼 수도 있으니까 얼마나 좋아. 농사 정보 같은 것도 엄청 많이 들어 있거든."

"우리 반 아 중에 김경호는 가 아부지가 피시 사 줬어. 나도 거기 가서 껨 한번 해 봤거든."

정민이 하는 말을 가만히 듣고 있던 창민이 끼어들었다.

"근데 그건 컴퓨터잖어. 너처럼 영어 잘하는 대학생들이나 할 수 있는 거지. 우리처름 촌에서 농사를 짓는 사람들이 어느 세월에 컴퓨터를 배와."

"삼촌이 몰라서 그래. 영어 하나도 몰라도 컴퓨터 얼마든지 할 수 있어. 창민이도 컴퓨터로 게임을 한다잖아. 국민학교 이학년도 컴퓨터를 하는데 삼촌이 못한다면 말이 안 되지.”

“참말로 그렇게 쉬운 거여?”

철재는 창민이도 컴퓨터를 한다는 말을 들으니 은근히 호기심이 일어났다. 당장이라도 배울 기세로 물었다.

“삼촌을 무시하는 말은 아닌데, 어려우면 삼촌한테 컴퓨터 사라고 하겠어?”

“컴퓨터를 할라면 한 대 사야 된다는 야기 아녀. 몇백만 원씩 하지?”

“요즘 최고급이 사팔육 컴퓨터거든. 삼성이나 금성, 대우 같은 데서 나오는 것은 이백만 원 정도는 줘야 할 겨. 하지만 제우정보 같은 데서 파는 것은 백이십만 원 정도만 주면 살 수 있어.”

“넌, 그람 아부지가 이백만 원짜리 컴퓨터를 사 줬단 말여?”

철재가 놀란 얼굴로 물었다.

“나는 더 비쌀 때 샀어. 프린트하고 합쳐서 사백만 원 정도 들었어. 요새는 가격이 많이 떨어졌거든.”

“서울 사람들은 웬만해서 집집마다 컴퓨터가 있다고 하든데, 사백만 원씩이나 들여서 사면 본전이나 뺄 수 있남?”

철재가 도무지 이해할 수 없다는 얼굴로 물었다.

“요새는 정보화 시대여. 쉽게 말해서 삼촌이 우리 집에 보내 줬던 포도 한 박스 얼마씩 받고 팔았어?”

정민이 로봇의 팔을 붙이면서 물었다.

“비쌀 때는 삼만 원도 받고, 쌀 때는 만 팔천 원도 받았구먼. 평균 이만 원은 받았구먼.”

“서울에서 삼촌 포도를 받아서 파는 사람은 소매상한테 얼마씩 받아

파는지 알고 있어?"

"그걸 내가 워티게 알아. 내가 서울 직접 따라간 것도 아니고 그냥 지덜이 얼매씩 팔았다고 입금을 시켜주믄 그런가 보다 하는 거지."

"삼촌 내 말 잘 들어 봐. 서울에서 삼촌 포도를 받아서 파는 사람은, 삼촌이 포도 가격을 모르니까 삼만 원에 팔 수도 있고, 삼만 오천 원에 팔 수도 있어. 만약 삼만 원에 팔고 삼촌한테 이만 원만 부쳐줬으면 삼촌은 가만히 앉아서 만 원씩 손해 보는 거잖아. 포도 가격에 대한 정보를 모르니까 말여."

"오백 박스만 해도 오백만 원 손해를 본다는 말이구면."

"컴퓨터는 이백만 원이믄 살 수 있어. 컴퓨터를 배워 두면 당장 삼백만 원을 번다는 말과 같어."

"참말로 컴퓨터만 있으믄 별걸 다 알아볼 수 있냐? 작년 십이월 십오일에 타결된 우루과이라운드 같은 것도 알아볼 수가 있는 거여?"

"피시통신을 하면 뉴스 같은 것도 볼 수 있으니까, 세상에서 일어나는 일을 죄다 알 수 있어."

"야, 내년에는 뭔 일이 있어도 컴퓨터부터 한 대 사야겠구면."

"삼촌이 컴퓨터 사면 나는 방학 때는 맨날 여기서 살아도 되지?"

로봇이 완성됐다. 창민은 완성된 로봇을 가지고 하늘을 나는 흉내를 내어보이다가 기대에 찬 표정으로 물었다.

사랑방에서는 철용네와 금순이 차례 음식 준비를 하고 있었다. 편하기로 치자면 싱크대가 있는 안채가 좋지만, 새집에 기름 냄새가 밴다는 철용네의 말을 듣고는 상규네처럼 전기 프라이팬을 신문지 위에 놓고 전을 부치고 있었다.

"그랑께, 그 머여. 집이 삼 층짜리란 말이지?"

"그려유. 그 근방에 이 층짜리 집은 있지만 삼 층짜리 집은 경훈이 오빠 집 한 채뿌에 읎슈. 그래서 옥상에 올라가면 사방이 훤히 보여유. 큰 길까지 보인당께유."

"느덜은 집 안 질 생각여?"

"왜 안 져유. 시방 생각은 내년이나 내후년에 지금 미장원 자리에다 이층집을 질 생각유. 일 층은 미장원을 하고 이 층은 살림집으로 사용할 생각유."

"참말여?"

철용네가 배추 적이 잘 익도록 수저로 꾹꾹 누르고 있다가 놀란 얼굴로 물었다.

"정민이 아빠가 고물상에서 돈 잘 벌고, 미장원도 먹고 살 만큼 버니께 늦어도 내후년이면 질 수 있슈."

"하여튼 나는 이 세상 사람 중에서 경훈이만큼 경우가 밝고, 이해심 많고, 즈 부모 알기를 하느님처럼 아는 효자는 읎다고 생각하고 있구면. 너도 아는지 모르겠지만, 정민이 아부지가 서울 영등포에 있는 시립병원에 입원해 있을 때를 생각하믄 시방도 온몸이 오싹오싹해질 정도로 가슴이 서늘해진당께. 그런 철용이가 경훈이 땜시 잘 살고 있잖여."

금순이 소금에 절인 배추를 팬 위에 깔고 밀가루 반죽을 부으면 철용네는 수저를 이용해서 부치는 일을 맡았다. 수저로 능숙하게 배추 적을 뒤집으며 습관처럼 한숨을 내쉰다.

"저도 경훈이 오빠가 대단한 사람이라고 생각해유. 경훈이 오빠가 맘만 좋은 기 아녀유. 시방은 그런 일이 읎지만, 그 동리가 원래 판자촌이 었잖유. 그래서 깡패며 건달들이나 술만 마시면 깽판을 놓는 사람들이 엄청 많았슈. 그런 사람들을 꼼짝 못하게 맨든 것이 경훈이 오빠하고 정민이 아부지잖유. 근데 경훈이 오빠가 정민이 아부지가 병원에 있는 건 워티게 알았데유?"

철용네가 익은 배추 적을 소쿠리에 내려놓는다. 금순은 소금물에 절인 배추 잎 세 장을 팬 위에 나란히 놓았다. 그 위에 묽게 반죽한 밀가루 반죽을 국자로 퍼서 동그랗게 원을 그리며 적당하게 부었다.

"시방은 돌아가신 쌍출이 양반 덕분여. 그 양반이 우리 철용이를 얼매나 불쌍하게 생각하고 있었는지, 경훈이한테 편지를 보냈다능 겨. 철용이가 철공소에서 일을 하다 팔을 크게 다친 모양잉께 한번 찾아가 보라고 말여."

"그렇구먼유. 언간한 사람 같았으믄 음료수나 한 박스 들고 찾아가서 몸조리 잘하라는 말만 하고 끝냈을꺄. 경훈이 오빠나 하는 사람잉께. 척 상황을 살피고 아, 야가 이런 몸으로 모산에 내려가 봤자 사람대접 못 받겠구나. 이런 아는 내가 데리고 있음서 서울에서 기반을 닦는 것이 빠르겠다, 이렇게 생각하고 시간이 있을 때마다 병원에 찾아 갔었다고 하대유."

"정민이 애비가 그런 말을 하데?"

철용네는 지금 생각해도 눈물이 났다. 자신도 모르게 흘러내리는 눈물을 손등으로 닦으며 젖은 목소리로 물었다.

"언진가, 술에 엉망으로 채서 집에 온 날이 있슈. 그날 무슨 일이 있었는지, 잠자고 있는 정민이 얼굴을 가만히 쓰다듬으면서 그런 말을 하데유. 우리 둘은 우리 부모님한테도 잘하고 장인어른, 장모님한테도 잘해야 하지만, 경훈이 형 은혜를 잊으면 개보다 못한 인간들잉게 앞으로는 시방보다 더 잘하자고 말을 함서 어린아처름 막 울데유……."

금순은 경훈과 철용을 만나지 못했다면 눈이 소복소복 내리는 날 군불을 잔뜩 때 따뜻한 방에 앉아 이렇게 시어머니와 함께 적을 부치는 일은 없었을 것이라는 생각이 들었다. 왈칵 눈물이 쏟아져 국자를 내려놓고 돌아앉아서 치마 끝자락으로 눈물을 찍어내며 코맹맹이 소리로, 그래서 저도 따라서 울었슈……, 라고 말했다.

"그려, 사람이라믄 왜 눈물이 안 나겄냐. 사람의 탈을 쓰고 이 세상에 태어났다면 나이 칠순 팔순이 되드라도 눈물이 앞을 가리겄지. 하지만 오늘 같은 날 조상님께 드릴 음식을 맨들면서 눈물 짜는 것이 아녀. 그랑께 어여 눈물 닦거라."

"예……."

금순은 철용네가 젖은 목소리로 하는 말에 눈물을 닦고 돌아앉았다.

"근데, 철용이 말로는 경훈이 처가 여즉 상태가 안 좋담서?"

"아뉴. 교회를 댕김서 많이 좋아졌슈. 교회를 댕기기 전에는 바깥출입을 안 했잖유. 그래서 집에서 먹을 배추며, 상추나 무슨 반찬거리를 경훈이 오빠가 손 의원님 가게에서 죄다 사다 날랐잖유. 시방은 비가 오는 날이나, 일이 늦게 끝날 것 같은 날은 적을 부치거나 칼국수 같은 것을 끓여서 고물상에 갖다 주고 그래유. 경훈이 오빠 형수 있잖유?"

"죽은 시훈이 식구?"

"예, 쌀집을 하다가 시방은 경훈이 오빠가 하던 빵 가게를 하거든유. 거기 가서 많이 도와주는 거 같드라구유. 어쩔 때는 저한테 즌화가 와서 목욕하러 가자고 할 때도 있어유."

금순이 한결 밝은 목소리로 말하며 다시 배추를 프라이팬 위에 깔았다.

"아까 말한 손 의원이라는 이는 누구여?"

"아! 봉천동 재건대장 출신인데유. 고향이 보은인데 어머하고는 어릴 때 헤어져서 고아원에서 컸대유. 그런데도 사람이 얼마나 바른지 몰라유. 언간한 사람 같았으면 재건대원이라고 깽판이나 놓고, 남들 물건을 훔치다 들켜 감옥이나 들랑거리며 살 거잖유. 근데 손 의원은 그 반대유. 새마을운동 할 때부터 꼭 일주일에 두 번씩은 동리 청소를 하고, 명절 끝이면 재건대원들찌리 돈을 모아서 동리 어른들을 모시고 음식을 대접하는 일을 해유. 하도 착하게 상께 동리 어른들이 지난 선거 때 구의원 나가보라고 해서 당선이 됐잖유."

"구의원이라믄 그 머여. 여기 군의원하고 같은 거여?"

"예, 서울은 군이 읎응께 구의원이라고 불러유."

"선거 운동할라믄 돈이 솔찮게 들어갔을 건데?"

철용네는 통일주최국민회의 대의원 선거에서 떨어져 쫄딱 망한 끝에 서울로 갔다가, 결국 소 파동 때 죽은 시훈의 얼굴이 떠올랐다. 착한 사람이 무엇 때문에 정치를 하느냐는 생각에 걱정스럽게 물었다.

"선거 운동을 하고 말 것도 읎슈. 상대 후보가 나오지 않아서 무투표로 당선이 됐응께."

"무투표라는 말은 금시초문이구먼."

철용네는 화력이 너무 세다는 생각에 고개를 숙이고 프라이팬 온도를 조금 낮추었다.

"원래 선거에는 여러 명이 나오잖아유. 그래서 이 사람을 찍을까, 저 사람을 찍을까 고민을 하다가 지가 좋아하는 사람을 찍잖유. 하지만 혼자 나서면 투표를 할 필요가 읎이 무조건 당선잉께 무투표 당선이라고 해유."

"무조건 당선잉께 무투표 당선이라는 말은 알아 듣겄는데, 정치 그거 아무나 할 일이 아녀. 너도 알고 있겄지만 말여, 경훈이 즈 성이 정치 바람에 휘말려서 결국 그릏게 된 거잖여."

철용네는 낮말은 새가 듣고 밤말은 쥐가 듣는다는 말이 생각나서 귓속말로 속삭였다.

"저도 알고 있슈. 상 치를 때 저도 정훈이 아부지하고 같이 내려왔었잖유. 하지만 손 의원님은 시훈이 오빠하고 경우가 틀려유. 그랑께 어떤 식이냐 하면…… 하여튼 지 돈 들어갈 일은 읎슈."

"지 돈 들어갈 일이 읎다면 다행이지만, 정치는 아무나 하는 것이 아녀. 하늘이 정해준 사람만 정치를 해야 되능 겨. 저 위에 의원님은 원래 학산면 부면장이었잖여. 그런데도 국회의원을 및 번씩이나 해먹고도, 서울에 빌딩이 및 채에다 재산이 어마어마하다잖여. 시방은 서울바닥에서 젤 큰 예식장을 질라고 터를 닦고 있다고 하드만."

"돈이 비봉산만큼 많으면 뭐해유. 죽을 때 싸 가지고 가는 것도 아닌데, 돈 필요할 때 이웃에 꾸러가지 않을 만큼만 있으면 되는 거 아녀유?"

"왜 아녀. 순배 영감이 그라는데, 돈은 딱 먹고 살 만큼만 있는 것이 젤 좋다능 겨. 그란데 사람이 워디 그려? 당장 요 앞집 상규네 집 좀 봐. 과수원 농사져서 일 년에 몇 천씩 착착 벌어들이면서도 농사 고만 짓겠다는 말 안 하잖여. 내가 볼 때 그 집은 농사 그만 져도 죽을 때까지 먹고 살 돈은 있을 겨."

"어머님 말씀이 맞아유. ……배추 적은 인제 그만 꾸고, 삼색전 좀 꿀까유?"

금순은 말과 다르게 고생고생해서 돈 많이 벌어 봤자 죽으면 다 소용없다고 생각하며 철용네에게 물었다.

미시족

굽이 높은 힐과
발목에 보일 듯 말 듯 가느다란 발찌를 하고
손목에는 가죽 매듭으로 된 팔찌가 자연스럽게 어울린다.
그 모습이 자유분방한 예술가처럼 보이기도 하고
커리어우먼처럼 보이기도 한다.

집 안은 개미 기어가는 소리가 들릴 정도로 조용하다. 햇볕이 넘실거리고 있는 베란다에는 계단 화분 받침대가 있다. 그 위에는 앙상하게 말라 죽은 꽃나무 가지, 뿌리째 뽑혀 나간 빈 화분, 봄을 맞아 억지로 고개 내민 이름 모를 잡초들이 차지하고 있는 화분 여덟 개가 있다. 보잘 것 없는 그 화분들도 환하게 햇볕을 받고 있다. 한 달 전부터 내다 버릴 생각으로 묶어 놓은 신문 뭉치, 걸레가 매달려 있는 마대 자루, 비 오는 날 베란다 유리를 청소하는 용도로 사다 놓은 고무호스, 빨래를 널 때 신는 파란색 고무 슬리퍼, 고무 양동이, 한때는 매일 화분에 물을 줄 때 사용하던 플라스틱 수대 등이 수천 미터 심해에 있는 것처럼 미동도 하지 않고 있다.

애자는 소파에 앉아 팔걸이에 두 팔을 얹고 한참 동안 베란다 안의 물건들을 바라보고 있으니까 시나브로 그것들이 낯설게 보이기 시작했다. 화분을 차지하고 있는 죽은 꽃의 나뭇가지, 흙먼지가 묻어 있는 화분과 잡초들, 바로 어제 오전에도 사용했던 마대 자루며, 성찬이가 학교 간 후에 빨래를 널기 위해 신었던 파란색 슬리퍼가 자신하고는 아무런 연관이 없는 것처럼 낯설게 느껴졌다.

전화벨 울리는 소리가 아득하게 먼 곳에서 들리는가 싶더니 빠르게 다가와 귓전을 때렸다. 전화기는 거실 안 응접 테이블 위에 있다. 상체를 돌려 소파 중앙에 앉아 손을 뻗으면 닿을만한 거리에 있다.

울고 있네…….

전화기는 조금의 미동도 없이 그저 소리만 지르고 있다. 그런데 어느 순간 애자의 눈에는 수화기가 어깨를 들썩거리며 울고 있는 것처럼 보였다.

영동인가?

고현수는 특별한 일이 없으면 영동에서 생활을 한다. 집에 가정부가 상주하고 있으니 늙은 박 여사의 손을 빌리지 않아도 밥을 해결할 수 있다. 애자 생각에 고현수는 원래 섹스를 즐기지 않는 편이니 아내와 자식이 있는 서울보다는, 사랑하는 어머니와 끼니를 해결해 주는 가정부가 있는 영동이 더 어울리는 것 같았다. 그것을 증명이라도 하듯 고현수는 특별한 일이 없으면 서울에 전화를 하지 않았다. 그나마 가끔 안부 전화가 올 때는 신문사며 건설회사 회의가 끝나는 10시쯤이다. 벽시계를 확인해 보니 10시다. 고현수의 전화일 것이라고 생각하며 천천히 손을 뻗어서 수화기를 들었다.

"애자 씨?"

전화는 예상 밖에 서초동에서 혼자 살고 있는 박순자다.

"순자 씨?"

애자는 갑자기 입 안에 단물이 고여 오는 것을 느끼며 수화기를 다른 손으로 바꿔 잡았다. 가능한 편한 자세로 소파 등받이에 몸을 기대며 웃었다.

"지금 뭐해?"

"뻔하지."

"궁상떨고 있는 거야?"

"딱 맞췄네."

"오늘 점심 때 맞춰서 우리 가게로 와. 어제 신상 들어왔거든. 그거 구경하고 같이 점심 먹자. 오랜만에 와인도 한잔하고."

"무슨 신상이야?"

"일단 나와 보라구. 딱 자기 스타일이니까. 그럼 이따 봐."

전화를 일방적으로 끊은 박순자의 목소리에는 생기가 넘쳐흘렀다. 그녀는 이혼하고 적지 않은 위자료를 받았다. 위자료로 받은 방배동의 30평짜리 주택이 2년 만에 거의 갑절이나 올랐다. 그때부터 부동산 투기에 재미를 붙이더니, 땅을 사서 집을 지은 다음에 되팔고 하기를 거듭해서, 어느 해는 일 년에 세 번이나 이사한 적도 있다. 지금은 서초동에 있는 50평짜리 삼풍아파트에 살면서 5층짜리 자기 건물에 <에꼴>이라는 옷가게도 하고 있다. 그밖에도 여기저기 깔려 있는 상가며 아파트며 땅을 포함하면 재산이 70억이 넘는다.

"내가 뭐라고 했어. 나는 이혼해도 잘 살 수 있다고 했지. 애자 씨도 나처럼 이혼했으면 나보다 훨씬 잘 살고 있을 거야. 난 방배동에 있는 서른 평짜리 집 한 채로 시작했지만, 애자 씨는 더 크게 시작할 수 있을 거잖아."

언젠가 비가 오는 날이었다. 서초동 어느 골목 어귀에 있는 카페에서 박순자가 칵테일 잔을 빙빙 돌리며 말했었다.

"나도 말자 말을 듣고 심각하게 생각을 하고 있는 중야. 남편의 얼굴을 보면 당장 이혼을 하고 싶지만 성찬이한테 상처를 안길 자신이 없어 ……."

"나도 그랬다고, 나도 하지만 지금은 모두 만족하고 있어. 영은이도 날 원망하지 않고, 나를 놓아준 영은이 아빠도 재혼해서 행복하게 살고 있어. 한마디로 세 명 사이에 불협화음을 일으키고 있던 내가 빠짐으로서 모두가 완벽해진 거지."

"부러울 뿐이다."

박순자의 말을 듣고 있자니 고현수의 얼굴이 떠올랐다. 고현수는 이혼해 달라고 조르고 졸라도 절대 거부할 사람이다. 가족 중에도 이혼에 동의해 줄 사람은 말자 정도일 것이다. 그렇다고 해도 고현수와 평생 함께 할 자신은 없었다.

박순자가 경영하고 있는 에꼴까지는 택시로 20분이면 도착할 수 있는 거리다. 애자는 아직 시간이 2시간 정도 남았다는 생각이 들어 리모컨을 잡았다.

텔레비전에서는 <주부경제 정보>가 방영되고 있었다. 프로그램 이름은 주부경제인데, 여성학 박사라는 여자가 나와서 요즘은 <매니저 우먼> 시대라고 떠들고 있다. 사회자가 매니저 우먼의 뜻이 뭐냐고 물었다. 가정과 삶을 경영하는 여자의 뜻이라고 말하는 것을 들으며 채널을 돌렸다. 다른 채널에서는 <퀴즈 주부대학>이 방영되고 있다. 주부들이 알아야 할 상식을 문제로 내면 주부들이 알아맞히는 프로지만 관심이 없어서 전원스위치를 눌러 텔레비전을 꺼 버렸다.

애자는 안방으로 들어가 경대 앞에 앉았다. 거울 안의 얼굴이 몹시 지쳐 보인다. 아침 먹고 빨래하고 간단하게 청소를 했을 뿐인데도 눈꼬리 끝에 피곤이 묻어 있는 것처럼 보여서 손가락으로 문질러 본다.

주름살이 또 하나 늘었구먼.

요즘 주름살을 줄여주는 고농축 에센스 화장품이 유행이다. 가격은 팔천 원에서 만 오천 원 사이지만 효과는 없다. 돈은 돈대로 들어가고 주름살은 주름살대로 늘어간다. 하지만 가끔가다 이웃집 여자들의 40대 중반으로 보인다는 찬사를 진실로 받아들이고 싶어 에센스를 바르지 않을 수 없다.

앞으로 칠 년 있으면 예순인가?

애자는 자신도 모르게 양손으로 젖가슴을 받쳐 본다. 풍만한 젖가슴은 아직 탄력이 있다. 가만히 눌러 보니 바람이 가득 들어 있는 고무풍선처럼 단단하다. 이웃집 여자들이 말하는 것처럼 몸은 40대다. 하지만 마음은 병들어 죽어 버린 베란다 화분의 꽃나무처럼 나무 한 그루, 풀한 포기 없는 사막이다. 사막도 해 질 녘의 사막은 아름답다. 그러나 애자의 마음을 점령하고 있는 사막은 암흑이 깔려 있는 한밤중의 사막과 같다고 생각하며 티셔츠를 벗었다.

집에서 하는 일 없이 먹고 노니까 아랫배가 조금 나왔다. 그러나 보기 흉할 정도는 아니다. 가정주부가 열심히 운동을 해도 40대가 되면 자연스럽게 늘어나는 것이 뱃살이다. 피부는 아직 탄력이 있다. 목 밑의 쇄골도 깊숙이 파여 있어 뱃살만 보이지 않는다면 30대 후반으로 보일 정도다.

애자는 화장솜에 에센스를 묻혀서 눈 밑에 붙였다. 박순자 말에 의하면 에센스를 묻힌 화장솜을 눈 밑에 10분에서 15분 정도 붙여 두면 눈 밑 주름살이 생기지 않는다고 한다. 그 사이에 로션을 얼굴 전체에 스며들도록 양쪽 손가락 끝으로 마사지하며 천천히 문지르기 시작했다.

이러면 뭐가 달라지는 거지?

외출을 하기 위해서 화장을 할 때마다 늘 똑같이 반복되는 말이다. 화장을 하면 하지 않은 것보다는 외형적으로 피부가 젊어지는 것은 사실이다. 피부가 젊어진다고 해서 세상이 변하는 것은 아니다.

박순자처럼 젊은 남자를 만나는 것도 아니고, 동문회나 동창회에 참석하는 것도 아니고, 계모임에 참석해서 젊어 보이는 피부를 자랑할 일이 있는 것도 아니다. 그런데도 외출을 할 때마다 한 살이라도 젊어 보이기 위해 화장을 하는 이유를 알 수 없었다.

애자는 길게 한숨을 내쉬고 나서 란제리를 벗었다. 그 위에 하늘색 블라우스를 입었다. 헐렁한 면바지에 무릎까지 내려오는 긴 조끼를 입고 경대 앞에 선다. 애자의 머리는 요즘 삼십 대 여성들처럼 머리카락을 층지게 잘라 자연스러움을 강조한 샤기 스타일이라서 스스로 생각해도 오십삼 세의 나이라고는 믿기지 않는다. 마흔두세 살 정도로 보인다.

애자가 에꼴에 들어섰을 때 박순자는 매장 정리를 끝내고 막 커피를 마시려던 참이었다.

"미스 현, 여기 커피 한 잔 더 줘. 오늘 신경 좀 썼네? 아주 예뻐 보이는데, 젊어 보이고"

박순자는 소파에 앉아서 자연스럽게 다리를 꼬며 등받이에 비스듬하게 기댔다.

"장사는 잘 돼?"

애자는 건성으로 매장을 두리번거리더니 박순자 옆에 앉았다.

"일단 가게 세가 안 나가잖아. 그런데다 장사목도 괜찮고, 종업원 애들이 예쁘고 친절하니까 그런대로 되는 거 같아."

"영은이는 잘 있고?"

"영은이 가끔 여기 오잖아. 그저께도 와서 몇 시간 있다 갔어. 혼자 독립해서 살고 싶다고 하길래, 강남 쪽에 있는 오피스텔을 알아봤거든. 요즘 분양 중인 역삼동의 성지하이츠 오피스텔이 평당 칠백에서 칠백오십만 원 하드라구. 아무리 혼자 산다지만 열다섯 평짜리는 사 줘야 할 거 같애."

"영은이 아버지가 뭐라고 하지 않을까?"

애자가 보기에 박순자는 권태와 고독에 몸부림치던 예전 은행지점장의 아내가 아니다. 짧게 커트 친 머리에 소매가 긴 히피풍의 헐렁한 블라우스, 엉덩이가 도드라지도록 꽉 쪼이는 바지, 굽이 높은 힐과 발목에 보일 듯 말 듯 가느다란 발찌를 하고 손목에는 가죽 매듭으로 된 팔찌가 자연스럽게 어울린다. 그 모습이 자유분방한 예술가처럼 보이기도 하고 커리어우먼처럼 보이기도 한다.

"호적상에는 영은이 아버지지만, 내 피를 물려받은 내 딸이잖아. 엄마가 딸한테 오피스텔 하나 사 준다고 하는데 문제될 거 없다고 봐."

"성찬이는 의대라서 아직 학교 다니고 있지만 영은이는 졸업했잖아.

뭐한데?"

영화배우처럼 아름다운 20대 종업원이 쟁반에 커피 잔을 얹어서 들고 왔다. 애자가 커피 잔을 받아 들면서 물었다.

"요즘 젊은 애들 드라마라면 깜박 죽잖아. 영은이도 드라마를 굉장히 좋아하거든. 드라마 작가가 되려고 무슨 방송국 드라마 작가 교육원에 등록을 했다네. 드라마를 쓰려면 차도 있어야 된다고 해서, 차도 한 대 빼 주기로 했어. 이왕 빼 줄 바에 괜찮은 걸로 빼 주려고 해. 성찬이가 몰고 다니는 차가 무슨 차지?"

"작년 방학 때 전국일주 한다고 소나타 투로 바꿨잖아. 차 값만 천사백팔십만 원 줬다고 그러던데. 차 가지고 온 날 나도 한 번 타 봤는데 소나타 원보다는 승차감이 훨씬 좋더라. 소리도 작고……."

에꼴에서 손님에게 접대하는 커피는 국산이 아니다. 원두를 직접 갈아 만든 커피라서 향이 독특하다. 애자는 천천히 커피 향을 즐기면서 강 건너 불구경하는 표정으로 말했다.

"그 돈을 죄다 과외로 벌었단 말야?"

"과외로 번 돈은 쓰기 바쁘잖아. 제 아버지가 사 줬겠지. 원래 성찬이 아버지는 성찬이 말이라면 껌벅 죽잖아. 학생이 무슨 차가 필요하냐고 반대하던 눈치더니 성찬이가 계속 조르니까 한 대 빼 준 거 같아."

"강남에 있는 땅하고 건물이 오백억이 넘는 부자가 이왕이면 벤츠로 사 주지. 요즘 벤츠 싼 것은 삼천오백만 원이면 살 수 있다고 하든데."

"영은이는 벤츠 사 줄 생각이야?"

"남자는 몰라도 여자가 벤츠 몰고 다니면 강도들이 노리잖아. 그래서 그냥 성찬이처럼 소나타투로 사 줄 생각이야. 벌써 내년이 국회의원 선거네? 선거 운동하려면 영동 가서 살아야겠네?"

박순자는 돈을 어느 정도 벌어 보니 아무리 많은 돈이 있어도 권력 앞에서는 돈은 그냥 종잇조각이라는 것을 알았다. 에꼴에 오는 손님들 중에 무슨 국회의원이나, 검사, 판사 부인들이 종종 있다. 그녀들은 씀씀이도 씀씀이지만 은근한 우월감으로 세상을 바라보는 눈빛이 있다. 가게 앞에 세워 놓은 자동차에 딱지 붙은 것을 보고, 당장 해당 경찰서로 전화해서 담당 경찰을 혼쭐내는 것을 본 적도 있다. 애자의 남편이 국회의원이 된다면 애자는 권력과 돈을 모두 가지게 될 것이라는 생각에 부러운 눈빛으로 바라봤다.

"국회의원 선거는 내년이 아니고 내후년이야. 그리고 나 원래 선거 운동 안하잖아."

애자는 이동하가 국회의원 되는 것을 원치 않았던 것처럼, 고현수가 국회의원 출마하는 것도 반대했다. 하지만 고현수는 인생의 목표를 수정해서 국회의장이 되는 것이 꿈이라며 결심을 굳혔다. 애자는 어차피 고현수가 자신의 말을 들어주지 않을 것이라는 생각에 혼자서 영동으로 내려간 후로는 그 점에 대해서는 더 이상 말을 하지 않았다. 그나마 다행스러운 점은 다른 후보들처럼 아내를 선거 운동에 끌어들이지 않는다는 점이다. 오늘따라 커피 향이 진하게 혀를 적신다고 생각하며 지나가는 말처럼 말했다.

"지난 선거에서 큰 표차로 진 것이 아니니까, 다음 선거 때는 당선이 되시겠네. 그럼 애자 씨는 국회의원 사모님이 되시는 거네. 정말 부러워."

박순자가 손가락을 까닥거려 종업원을 불렀다. 그녀에게 커피 잔을 내밀고 나서 팔짱을 끼고 애자를 바라봤다.

"내가 장담하는데 다른 지역에서 출마를 하면 몰라도, 영동에서는 나음 선거에도 미역국을 먹을 거야."

종업원은 애자의 커피 잔을 기다리며 미소 띤 얼굴로 반듯하게 서 있다. 애자는 두 손으로 종업원에게 커피 잔을 내밀었다.

"무슨 악담을 그렇게 해? 애자 씨는 정말 이상해. 성찬이 아버지가 국회의원이 되면, 자기가 국회의원 된 것과 같다는 거 몰라?"

"그이가 국회의원 되는 것이 싫은 게 아냐. 이왕이면 다홍치마라고 되면 좋지 뭐. 내가 장담하는 건 현재 그 지역의 국회의원이 너무 막강하다는 점야. 박진규라고 내 친정 동네 사람인데 전국적으로 이름이 알려져 있는 인물이거든. 그리고 우리나라가 바로 서려면 박진규 같은 사람이 국회의원이 되어야 한다고 생각해. 순자 씨 같으면 몇천억짜리 병원을 사회복지재단에 내놓을 수 있겠어?"

"그게 무슨 말야?"

박순자는 어제 새로 입고된 옷을 애자에게 보여주기 위해서 일어서며 물었다.

"그 박진규라는 사람은 나보다 몇 살 어린 동생뻘 되는 남자야. 검정고시로 충남대학교에 입학해서 박사 학위를 받았거든. 근데 대학교 일학년 때부터 따라다니던 여학생이 있었나 봐. 그 여학생이 대전에서 유명한 충일병원 무남독녀거든. 그 무남독녀하고 결혼을 했어. 병원 설립자가 이북에서 단신으로 월남을 한 분이라서 친척이며 형제들이 없는 상황이니까, 언젠가 그 병원이 진규 것이 되는 건 당연하잖아. 하지만 진규는 그 병원을 사회복지재단에 넘겨주는 조건으로 결혼을 했다는 거야. 순자 씨 같으면 그럴 수 있겠어?"

"정상인은 아니네……. 하지만 사람들한테 존경은 받겠네. 그래서 성찬이 아버지가 힘들다는 거야?"

박순자가 걸음을 멈추고 행거에서 실크 천에 검은색 장미가 기형적으로 그려져 있는 스커트를 꺼냈다. 애자는 스커트를 허리에 대본다. 실크 천이 흐느적거리면서 애자의 허벅지를 돋보이게 만든다. 싱긋 웃으며 스커트를 행거에 다시 걸어두고 천천히 걷는다.

"그것 뿐이 아냐. 텔레비에 가끔 나와서 농민들의 어려움을 해결해 주는 방법을 제시하기도 하고, 농민 정책을 많이 입안하고 있으니까 농촌 지역에서는 확실하게 표를 잡을 수 있잖아."

박순자가 가죽 천처럼 번들거리는 갈색 천으로 된 베이지 색 조끼를 선반에서 꺼내 애자의 상체에 대본다. 만족한 웃음을 지으며 행거 앞으로 가서 스커트 위에 조끼를 올려놓고 다시 걸었다.

"성찬이 아버지도 신문사를 운영한다고 했잖아. 신문에다 그 박진균가 하는 국회의원을 막 까면 되는 거 아냐?"

박순자는 진한 갈색 반팔 셔츠를 꺼내 들고 행거 앞으로 갔다. 스커트와 조끼, 티셔츠를 애자에게 안겨 주고 탈의실 문을 열어 주었다.

"난 성찬이 아버지가 국회의원이 되든, 총리가 되든 상관 안 해."

애자가 탈의실 안에서 옷을 갈아입으며 말했다.

"남편한테 그렇게 관심이 없으면 나처럼 이혼을 해. 단 하루를 살아도 인간답게 한번 살아 봐."

"인간답게 사는 것이 뭔데?"

"인간하고 동물하고 뭐가 틀려? 인간은 생각이 있잖아. 애자 씨 생각이 움직이는 대로 한번 살아 보라구."

"시어머님이 돌아가시면 생각해 볼게."

"이혼하는 마당에 시어머님 걱정은 왜 하는데?"

"같은 여자잖아……."

애자는 옷을 갈아입고 탈의실을 나갔다.

애자가 옷을 갈아입고 나왔다.

"말자 씨가 그랬잖아. 남자 앞에서 예쁘고 싶은 욕망을 잃어버렸다면 이미 여자로서 정체성을 잃어버리는 것이라고 애자 씨는 아직 여자야."

"굿! 미스 박, 잠깐 이리와."

박순자가 싱긋이 웃으며 미스 박을 향해 손가락을 까닥거렸다.

"정말 아름다우셔요"

미스 박이 달려와서 거울 앞에 서 있는 애자를 보며 두 손을 깍지 껴서 가슴 앞에 대고 황홀한 눈빛을 보냈다.

"너무 젊어 보이는 거 아냐?"

애자가 거울 속으로 박순자를 바라보며 말했다.

"아냐, 굿. 베리 굿야. 미스 박, 사모님 입고 오신 옷 잘 챙겨서 쇼핑백에 담아 가지고 와."

"나, 이 옷 가격도 모르는데?"

"애자 씨 기분도 우울해 보이고 하니까, 내가 프레젠트 할게."

"그럼 안 되지, 내가 카드로 결제할게. 오늘 아직 개시도 안 했잖아."

애자가 당황한 얼굴로 테이블 앞으로 갔다. 테이블 위에 있던 핸드백을 열고 작은 지갑을 꺼냈다.

"애자 씨 같은 분이 처음으로 옷을 가져가면 장사가 더 잘 된다구. 정

미안하면 점심 사. 내가 프랑스 요리사가 직접 만드는 레스토랑을 발견했거든. 거기 가서 와인도 한잔하자."

박순자가 애자의 손목을 잡으며 어깨를 살짝 흔들어 보였다. 애자는 하는 수 없다는 얼굴로 핸드백을 닫았다.

민초예는 흰색 개량 저고리를 입고 재색 조끼를 걸쳤다. 같은 색깔의 바지까지 입고 거울 앞에 섰다. 머리카락을 쓸어 올리는데 새치가 희끗희끗 보인다. 세월이 흐르긴 흘렀다는 생각이 들어 슬그머니 웃음이 나온다.

"준비 안 된 거여?"

염주를 들고 거실로 나가 보니 유정이 보이지 않는다. 유정의 방문은 열려 있었다. 유정은 재색 개량 한복차림으로 컴퓨터 앞에 앉아서 부지런히 키보드를 치고 있다.

"어머니 잠깐만요. 시방 동호회에 글 올리고 있구먼유."

"동호회라는 말이 머여?"

민초예가 유정의 방으로 들어가며 물었다.

"천리안이나 하이텔에 있는 건데, 자기가 좋아하는 취미나 공부 같은 것을 같이 할라고 피시통신 안에서 모이는 모임을 말하는 거유."

"우리 유정이는 무슨 동호회에 회원여?"

"제가 천리안에 맨들었슈. 노인사랑이라는 이름으로 맨든 동호횐데, 회원 수가 삼백 명이 넘어유."

"참말로 별난 세상이구면. 나는 우리 유정이 말 듣고 컴퓨터 안에 별 것이 다 있다는 말은 들었어도, 노인들을 사랑하는 모임이 있다는 말은 츰 듣는구먼. 컴퓨터 하는 사람들은 죄다 배운 사람들이나 대학생들 아녀. 그런 사람들이 노인을 사랑할 줄 알겄어?"

"어머니, 어머니가 그러셨잖아요. 이 세상에는 나쁜 사람보다 좋은 사람들이 몇만 배나 많다고 말유. 대학생들도 그래유. 술 마시고, 노래방 가서 놀거나, 어디 바닷가 같은 데 여행이나 다니는 걸 좋아하는 학생들보다 열심히 공부를 하는 대학생들이 더 많아요. 그중 할아버지나 할머니가 있는 집안의 학생들도 많을 거잖아요 뭐, 할아버지나 할머니가 없는 집도 있지만유."

"니가 삼백 명이나 되는 사람들이 어떤 집안에 사는지 죄다 안다는 거여?"

"제가 어떻게 알아요. 동호회원들끼리 채팅을 하다 보면 알게 되는 거지. 다 됐응께 어서 가유."

유정이 컴퓨터를 끄고 일어섰다. 등산용 모자와 배낭을 챙겨 들고 민초예의 등을 가볍게 안았다.

"채, 채팅인가 하는 거는 또 머여?"

"하여튼 우리 어머니는 신세대랑께. 채팅이 머냐 하면요. 쉽게 말해서 컴퓨터로 전화를 하는 것이나 마찬가지유. 전화는 서로 얼굴을 모르는 상황에서 수화기를 통해서 말을 하고, 컴퓨터는 글씨를 써서 서로 통화를 하는 거유. 전화하고 다른 점은, 전화는 일단 상대방의 전화번호만 아는 사람들끼리 통화할 수 있지만, 컴퓨터는 상대방을 몰라도 내가 좋으면 상대방하고 우리 채팅하자, 라고 글씨를 써서 보내서 서로 통하면 대화할 수 있어요."

"나는 무슨 말을 하는지 통 모르겄구먼."

민초예는 고개를 갸웃거리며 절에 갈 때만 신는 흰색 고무신을 꺼냈다.

"쉽게 말씀을 드려서 컴퓨터를 통해 서로 글씨로 대화를 한다고 생각하시믄 되유."

유정은 운동화를 꺼내 신고 현관문을 열었다. 민초예가 밖으로 나오기를 기다렸다가 문을 잠갔다.

민초예와 유정이 원통사 마당으로 들어서자 정 보살이 먼저 알아보고 반가운 얼굴로 합장을 해 보였다.

"부처님께 인사부텀 드리고 올게유."

유정은 밝게 인사를 하고 민초예를 따라서 대웅전 안으로 들어갔다. 향불을 사르고 민초예와 나란히 서서 삼배를 했다.

"유정이는 시집가도 되겠구먼. 언제 이렇게 몰라보게 컸댜? 질거리에서 봐도 인사를 안 하믄 딴 사람처럼 바라보기만 했을 거구먼. 어떤 집 처잔지 참말로 이쁘게 컸다, 라고 생각만 하면서 말여."

정 보살이 민초예와 유정이 나오기를 기다리며 마당을 서성거리고 있다가 웃는 얼굴로 바라봤다.

"안직 대학도 졸업하지 않았는데 시집을 워티게 간데유. 그라고 저 시집 안 가유. 어머니하고 평생 같이 살거유."

정 보살이 손을 잡고 하는 말에 유정이 얼굴을 붉히며 웃었다.

"그려, 너만 할 때는 죄다 그렇게 말하지. 우리 유정이는 대학 졸업하고 머 할텨?"

정 보살이 일도가 있는 선방 쪽으로 향하며 물었다.

"보살님은 우리 유정이가 의과대학 댕기는 거 잊어뻐렸슈? 시방 본과 삼학년유."

민초예가 정 보살과 나란히 걷다가 걸음을 멈추고 말했다. 한 달 전에 왔을 때보다 정 보살의 주름살이 부쩍 는 것 같다.

"맞아. 유정이는 의사가 돼서 우리 양로원에 있는 식구들 돌본다고 하는 걸 깜박했구먼. 올해 들어서 내가 부쩍 깜박깜박하네그려. 나도 슬슬 갈 준비를 해야 할 때가 온 거 가텨."

"보살님도 별말씀을 다 하시느만. 요새는 사람들이 잘 먹고 잘 사니께, 환갑잔치 안 하는 집이 얼매나 많아유. 칠순잔치도 옛날처럼 돼지 잡고 떡 하고 안 해유. 일가들찌리 어디 식당 같은 데 가서 한 끼 사 먹는 걸로 끝나는 집이 많아유."

민초예는 선방 앞에서 걸음을 멈췄다. 정 보살이 가볍게 기침을 하며 문을 열었다. 그녀를 따라 유정과 함께 들어갔다.

"양로원은 한번 둘러봤는가?"

민초예와 유정이 일도에게 예를 드리고 앉았다. 일도가 왼손으로 천천히 염주를 굴리며 부드럽게 물었다.

"시님한테 인사부텀 드리고 돌아볼 생각유. 식구들이 또 늘었남유?"

"아닐세. 늘어난 식구는 없는데, 한 식구가 줄어들 모양여. 당진에서 오신 꽃할머니가 몸이 아주 안 좋으시네. 내 생각에는 이 달을 넘기기 힘들 거 같아."

"꽃할머니라면, 맨날 화병에 꽃 꽂아 놓으시는 그분을 말씀하시는 거유?"

"그려, 보름 전에 감기 몸살이라고 해서 약을 지어다 드렸거든. 그래도 듣지 않아서 택시를 불러 충일병원에 모시고 갔잖어. 병원에서 하는 말이 특별한 병은 아니고 노환이라시는 거여. 그때부터 자리를 못 털고 계시는구먼."

일도가 차를 타기 시작했다. 정 보살이 찻잔을 챙겨서 다탁 위에 올려 놓았다.

"만약 가시게 되믄 어디 연락할 때는 있슈?"

"외아들이 당진읍에서 무슨 장사를 하고 있었는데, 시방은 어디로 이사를 가고 없다는구먼. 하여튼 자식은 많을수록 좋아. 아들 하나 있는 거 금이야 옥이야 키워봤자, 나이 들고 병들면 천대받기 일쑤라니께."

정 보살이 일도를 흘겨보고 나서 혼잣말로 중얼거렸다.

"보살님, 외아들 전부가 그런 건 아니죠?"

일도가 정 보살에게 차를 권하며 웃었다.

"글쎄유."

정 보살이 나이에 어울리지 않게 입술을 삐죽거리고 나서 웃었다.

"보살님 외아들만 그런 거죠? 딸은 끝까지 효도를 하잖유. 그렇죠?"

"다른 집 딸은 몰라도, 우리 유정이는 이 할머가 믿지. 암! 내가 유정이를 안 믿으면 이 세상의 누구를 믿겠어."

정 보살이 부드럽게 웃는 얼굴로 유정이를 바라봤다. 유정의 성숙한 얼굴에는 어린 나이에 양친을 잃고 천애 고아로 자란 흔적이 털끝만큼도 보이지 않는다. 민초예가 정말로 유정을 잘 키웠다는 생각이 들었다.

"양로원에 머 부족한 것은 읎슈?"

민초예가 조심스럽게 차 한 모금을 마신 후에 일도를 바라봤다.

"갑자기 식구가 는 것도 아니고, 직원을 더 채용한 것도 아니고, 특별히 아픈 식구가 있는 것도 아니고 그냥 바람 불지 않는 날 강물처럼 하루하루 조용히 흘러가고 있는데 뭐가 필요하겠나?"

"필요하신 것이 있으면 언제든 전화를 하세유. 참, 정 보살님은 오늘 저하고 대전에 좀 가야겠슈."

"왜유?"

정 보살이 차를 마시다 말고 고개를 들었다.

"제가 잘 아는 한의원이 있거든유. 그 한의원 원장이 얼매나 실력이 좋은지, 저 멀리 부산에서도 약을 지러 온다고 하대유. 그렇게 용하다고 소문이 나도 딱 받을 값만 받지, 비싸게 받는 승질이 아뉴. 먹는 것도 얼매나 겸손하게 드시는지, 우리 식당 단골이랑께유⋯⋯."

"누가 아프기라도 한 건가?"

일도가 걱정된다는 얼굴로 물었다.

"보살님 얼굴을 봉께, 한약 두어 첩 드셔야 할 거 같아서 드리는 말씀유. 오늘 저하고 같이 내려가서 진맥 보고 약 주문해서, 저희 집에서 주무시고 낼 약 찾아 올라오시믄 되잖아유."

"에이, 난 또 뭐라고 아! 멀쩡한 사람이 보약을 먹으면 병 생기는 법유. 나는 괜찮응께, 관 두고 우리 스님한테 보약 좀 한 첩 져 드려유. 지난봄부터 부쩍 입맛을 잃으신 후로 여직까지 밥 한 공기를 비우지 못하시잖유. 그렇지 않아도 언지 날 잡아서 스님을 모시고 대전에 나가 볼 참이었는데 잘됐구먼."

정 보살이 마침 잘됐다는 얼굴로 일도를 가리켰다.

"허어! 저는 살이 쪄서 요새 그 뭡니까? 유정아 살 뺄라고 밥 덜 먹는 것이 뭐지?"

"다이어트요?"

"그, 그려. 산에 살면서 맨날 먹고 놀아서 그런지 몸무게가 오 킬로나 늘었지 뭡니까? 그래서 살 좀 뺄라고 밥을 덜 먹는 거니까, 제 걱정은 하지 마세요. 보살님이야말로 보약을 드셔야 합니다."

일도는 절대로 보약을 먹지 않겠다는 표정으로 말하고, 아이처럼 뒤로 물러나 앉으며 손을 저었다.

"어이구, 서로 양보하실 것 읎이 두 분이 같이 내려가시믄 되겠네유. 안 그려 유정아?"

"맞아요 어머니 말씀처럼 두 분이 같이 내려가셔유. 저녁에 제가 맛있는 거 해 드릴께유."

민초예가 묻는 말에 유정이 일도 앞으로 당겨 앉으며 말했다.

"유정이가 무슨 음식을 할 줄도 아능 겨?"

"우리 유정이가 못하는 것이 읎슈. 짜장도 잘하고, 그 머여, 카, 카레라이스도 할 줄 알고, 김밥은 또 얼마나 맛있게 싸는데유. 청국장은 참말로 둘이 먹다가 하나가 워티게 될지도 모를 정도로 끓여유."

정 보살이 묻는 말에 민초예가 자랑을 하고 싶어서 간신히 참고 있었다는 얼굴로 말했다.

"참말로 유정이는 별나구먼. 요즘 대학생들은 빵에다 괴기 넣는 거 하며, 양식집에서 양쪽 손으로 먹는 음식이나 콜라 같은 것을 좋아한다는데 청국장을 끓일 줄 안단 말여? 청국장은 우리 같은 사람들이 좋아하는 음식인데……."

정 보살이 보면 볼수록 귀여워 죽겠다는 표정으로 유정의 손을 쓰다듬으며 말했다.

"어머니가 청국장을 얼마나 좋아하시는지 몰라요. 그래서 대전에서 청국장 제일 잘하는 식당에 일부러 찾아가서 주방장한테 배웠슈. 우리 어머니가 청국장을 너무 좋아하시는데, 워틱하믄 청국장을 잘 끓일 수 있냐고 물어봤거든유."

"그런 건 영업 비밀일텐데 알려주던가?"

일도가 기특하다는 표정으로 유정을 바라봤다.

"갈켜 주는 것에 그치지 않고, 세상에 저 같은 효녀 첨 봤다면서 청국장도 한 대접 싸줬어요. 그리고 청국장 만드는 법도 주방장님이 직접 적어 줬슈."

유정이 손바닥에 글씨 쓰는 흉내를 내보이며 자랑스럽게 말했다.

"그려, 내가 주방장이라도 유정이처럼 예쁜 대학생이 어머니한테 청국장을 맛있게 끓여 드릴려고 배우러 왔다면 얼른 알려 주겠네. 그럼, 보살님 우리 유정이가 끓여주는 청국장 때문에라도 오늘 대전에 나가는 수밖에 없겠습니다."

"암요. 보약은 두 번째 치더라도 꼭 나가봐야겠네유."

정 보살은 유정의 착한 마음에 가슴이 짠해졌다. 저것이 양친이 살아 있었으면 얼마나 좋았을까 하는 생각이 들어서였다.

"참, 어머니. 오늘 점심 공양은 이십 인분 정도 더 지어야 해유."

유정이 갑자기 생각났다는 얼굴로 민초예를 바라봤다.

"그기 먼 말여?"

민초예가 일도와 정 보살을 번갈아 바라보고 나서 유정에게 반문했다.

"아침에 집에서 제가 노인사랑 동호회원들한테 글 올렸다고 했잖아유."

"컴퓨터로 올렸다는 그거?"

"예. 어젯밤에 오늘 원통사에 있는 들꽃양로원에서 봉사활동 할 수 있는 회원들을 모집했더니 대전, 조치원, 천안에 있는 회원들도 온다고 연락이 왔어요. 꼭 참석하겠다는 회원이 스무 명이거든유."

"그랑께, 그 머여. 그 사람들이 여기 양로원으로 와서 봉사활동을 한단 말여?"

일도는 눈을 지그시 감고 고개만 끄덕거렸다. 정 보살은 유정이 지금 무슨 말을 하느냐는 얼굴로 눈만 껌벅거렸다. 민초예가 놀란 얼굴로 물었다.

"예. 청소도 하고, 세탁도 하고, 간식도 만들어 주기로 했거든요. 일단 오늘은 그냥 해 보고, 앞으로는 정기적으로 한 달에 한 번씩 날을 정해서 방문하도록 계획하고 있어유."

"어이구, 착한 거. 스무 명이나 와서 청소하고, 세탁을 해 주면 양로원이 들썩들썩하겠구먼. 그라고 노인들은 젊은 사람들이 북적이는 걸 보시면 얼매나 좋아하시겠어?"

"그려, 삼계탕 한 그릇씩 드리는 것보다 젊은 사람들이 와서 말동무해 주고, 청소해 주면 더 큰 보약일세."

민초예가 손뼉을 치며 어린애처럼 좋아하는 것을 본 일도가 빙긋이 웃으며 유정을 바라봤다.

"난, 당최 시방 무슨 말들을 하고 있는지 모르겠구먼. 누가 양로원에 와서 청소를 해 주고 빨래를 한다는 말인지 모르겠어……."

"보살님, 우리 유정이가 컴퓨터로 양로원에 와서 봉사활동할 사람들을 모집했대유. 그렇게 대전이며 조치원, 천안 같은 데서 젊은 사람들이 스무 명이나 온다잖아유."

"컴퓨터로 사람을 모집할 수 있는 거여?"

"보살님, 요즘은 컴퓨터 시대라서, 모르는 사람들끼리도 컴퓨터를 통해서 서로 친구가 되기도 하고 정보를 주고받기도 한답니다. 유정이가 하는 말도, 컴퓨터에 양로원에서 봉사활동 할 사람을 모집한다는 글을 올려서, 그 글을 보고 스무 명이나 되는 사람들이 모였다는 말입니다."

일도가 정 보살을 향해 앉아서 차근차근한 목소리로 설명을 했다.

"난 컴퓨터가 워티게 생겼는지는 알지만, 컴퓨터로 사람을 모집한다는 말은 금시초문이구먼."

정 보살은 일도가 하는 말을 어느 정도는 이해했으나 완벽하게 이해하지 못해 굳은 얼굴로 말했다.

"양로원 사무실에도 컴퓨터가 있잖아요. 언지 시간 나면 사무국장한테 자세하게 설명을 해 주라고 하겠습니다. 그럼 됐죠?"

일도의 말이 끝나자마자 밖에서 많은 사람들이 웅성거리는 소리가 들려왔다.

"도착했나 봐유."

유정이 들뜬 얼굴로 일어서면서 말했다. 민초예도 덩달아 들뜬 얼굴로 유정을 따라서 나갔다.

중독된 사랑

나는, 절벽 앞에 서 있었으니 내가 살려면 할 수 없었어.
하지만 너는 그렇지 않잖아.
인숙이를 그렇게 사랑하면 능력도 있고 하니까,
집안에서 반대를 하든 말든
결혼식 올리고 같이 살면 되는 거 아니었냐?

논현동에 있는 진주예식장이 개업하는 날이다. 대지 2,000평에 건평 6,000평짜리 5층 건물이다. 3개의 예식홀과 한꺼번에 1,000명을 수용할 수 있는 실 건평 720평짜리 식당을 갖춘 매머드급 예식장이다. 지하도 5층까지 만들어 750대 정도를 동시에 수용하는 주차장까지 만드니 개업 2달 전부터 예약이 쏟아지기 시작했다.

이동하는 아직 밖이 캄캄한데도 잠을 이룰 수 없어 일어나 앉았다. 어둠 속을 더듬어 불을 켜니 옥천댁이 돌아누웠다.

"잠이 안 와유?"

옥천댁이 눈을 감은 채 물었다.

"왜 이렇게 시간이 안 가는지 모르겠구먼. 난 새벽 다섯 시나 된 줄 알았는데 네 시벽에 안됐구면."

이동하는 어제 고현수를 상대로 늦도록 술을 마셨더니 목이 말랐다. 춘임이는 자고 있을 것이다. 남자 체면에 정지로 들어가 물 찾기도 뭐해서 자고 있는 옥천댁의 엉덩이를 발끝으로 툭 건드렸다.

"왜유?"

"물 좀 떠와. 목말라 죽겠구면."

"오늘 준공식하믄 또 술을 원없이 마실 양반이, 어짓밤에 먼 술을 그릏게 많이 마셨댜."

옥천댁은 마른 목소리로 중얼거리며 일어났다. 거실의 불을 켜고 밀창문을 열었다. 칠월 초순의 밤바람에 상큼하게 잠옷이 펄럭였다.

"고 서방 생각대로 예식장을 졌으면 쫄딱 망할 뻔 했잖여."

이동하가 물 한 대접을 단숨에 들이켜고 새삼스럽게 화가 난다는 얼굴로 중얼거렸다.

"언지는 고 서방 땜시 떼부자 되겠다고 하드니……"

옥천댁은 찬 바람을 맞으며 정지에 갔다 왔더니 잠이 말끔하게 달아나 버렸다.

"아! 예식장에 예자도 모르는 사람 말만 듣고 그대로 했으면 예식장을 위티게 짓기는 졌겠지만, 파리만 날릴 뻔 했응께 하는 말 아녀."

"그건 또 무슨 말유?"

"고 서방은 총건평을 삼천오백 평으로 잡았잖여. 하지만 서울바닥에서 젤 크게 질라믄 식당만 해도 한 층에 천 명은 집어넣어야겠더라구. 그래서 한 층당 천이백 평으로 늘렸잖여. 그것 뿐여? 주차장도 지하 오 층까지 집어 늫느라고 공사비가 생각했던 것보다 천억이 더 들어갔잖여.

135

송파에 사 뒀던 땅 이천 평 근처에 구청이 들어온다고 하는 통에 비싸게 팔아서 다행이지, 그 땅 읎었으면 영락읎이 부도 맞고 알거지가 될 뻔 했잖여."

이동하는 설계를 변경하지 않으면 예식장을 지어 놔야 파리만 날릴 것이라는 전문가의 말을 들었을 때를 생각하면 지금도 소름이 쫙 끼친다. 그럴수록 제대로 알지도 못하면서 전문가 행세를 한 고현수가 원망스러웠다.

"그 야기는 지난 설 때 했던 말 아뉴. 다 끝난 야기를 갖고 인제 와서 머가 잘못됐느니 함서 고 서방을 원망하면 안 되쥬."

"아! 전문가들 말 들어 봉께 고 서방 말대로 하면 예식홀을 세 개 뻭에 못 는다고 하잖여. 근데 고 서방은 개뿔도 모르는 사람이 열 개를 늘 수 있다고 큰소리치지 않았어? 돈이 일이백 억 더 들어가는 것도 아니고, 천억 원이나 들어가는 대공산데 그렇게 암 생각 읎이 쥐끼믄 되겄냐 이거여. 시간이 왜 이릏게 안 간댜? 일어난지 한참 된 거 같은데 제우 네 시 반뱆에 안 됐구먼. 인제 도로 둔너도 잠은 오지 않을 거 같고, 예식장 개업하는 날부터 사람 환장하겄구먼."

이동하는 벽시계를 보고 혼잣말로 궁시렁거리다가 물대접을 들었다. 한 모금 정도 남은 물을 쭉 소리가 나도록 마시고 대접을 내려놓았다. 쩝쩝 소리가 나도록 입맛을 다시다 어둠이 깔려 있는 창문을 바라본다.

"예식홀이 세 개뻭에 안 되드라도 하루에 스무 쌍은 받을 수 있다고 항께, 외려 더 좋아진 거 아뉴?"

"당신은 워티게 된 사람이 하나부터 열까지 매사에 고 서방만 두둔하는 거여?"

"고 서방처럼 착하고 열심히 사는 사람도 드물잖유……. 에이그, 오늘 같은 날 승철이하고 승우가 옆에 있었으믄 얼매나 좋겄어. 승철이야 즈 애비가 안 받아 준당께 그룿다 치지만, 승우 야는 대관절 워디 가 있는 거여."

"오늘 같은 날 승우하고 승철이는 왜 찾는 겨. 그놈들이 손톱만큼이라도 인간의 도리를 알고 있으믄 그 지랄로 내 속을 뒤집어 놓지는 않을 껴. 승철이 그놈이야 어채피 버린 놈잉께 그룿다 쳐. 승우 그 자식까지 내 속을 뒤집어 놓을 줄은 참말 꿈에도 몰랐구먼."

이동하는 생각 같아서는 버럭 소리를 지르고 싶었다. 하지만 5천억 원 이상 들여 완공한 예식장을 개업하는 영광스러운 날이라 화를 참았다.

"당신도 참말로 답답하구먼. 대관절 그 고생을 하면서 예식장은 왜 지은 거유?"

옥천댁이 답답하다는 얼굴로 이동하를 바라보며 물었다.

"무슨 뜻으로 묻는 말여?"

"돈이 읎어서 예식장을 진 거는 아니잖유."

"그걸 말이라고 하능 겨? 돈이야 평생 흥청망청 써도 남을 만큼 있지만, 그기 다는 아니잖여."

"그람, 또 머가 남았슈? 국회의원도 원 없이 해 봤겄다. 돈도 영동군에서는 상대할 사람이 읎고, 충청북도 전체에서도 몇 째 갈 만큼 벌었겄다, 대관절 뭣 땜시 예식장을 진 거유?"

"야! 더 많은 돈을 벌라고 진 거 아녀. 내 평생 일조 원은 벌어야겄다는 생각으로 진 거잖여."

"시방 있는 재산도 예식장하고 빌딩을 합치면 얼추 그 정도는 되잖유."

"답답하기는, 아! 예식장 지면서 빌딩을 담보로 대출받은 돈은 갚아야 할 거잖여."

"새벽부터 이런 말 하믄 안 됐지만, 일조 원이 있으면 영원히 안 죽는 다는 거유?"

"이 여자가 오늘은 예식장 개업하는 날이라서 승질 안 낼라고 참고 있는 것도 모르고, 시방 머라고 신소리를 하고 있는 거여!"

이동하가 금방이라도 물대접을 던질 기세로 옥천댁을 노려봤다.

"내 말은 츰부터 자식이 읎었다믄 몰라도 자식이 하나도 아니고 둘씩 이나 애비를 안 보고 있는 상황에서 일조 원이 아니라, 십조 원이 있으 면 뭐 하냐 이거유."

"더 이상 말하기 싫응께 할 일 읎으면 입 닥치고 둔너 자."

이동하는 화가 난 얼굴로 주먹을 불끈 쥐고 흔들다가 마음을 가다듬 고 겨우 내리면서 옥천댁을 등지고 앉았다.

"성찬이네는 집이 그 근방잉께, 시간 맞춰서 올 거고 영동 고모네하 고 옥천 고모네는 기차 타고 오신다고 했응께…… 오늘 한 시에 준공식 하기로 했쥬?"

옥천댁은 잠이 오지 않았다. 누워서 천장을 바라보고 있다가 모로 돌 아누우며 혼잣말로 중얼거렸다.

"대전 최 서방은 말자하고 차로 올라온다고 했지?"

이동하도 한풀 꺾인 목소리로 물었다.

"예, 말자네 집으로 가서 말자 태워서 올라온다고 했슈. 토요일이지만 내려가는 쪽이 아니고 올라오는 쪽잉께 늦어도 열두 시에는 예식장에 도착할 수 있을뀨. 어이구, 이런 날 승철이하고 승우가 있었으면 얼매나 좋아. 여식아들은 하나도 빠지지 않고 죄다 참석하는데, 사내 자식놈들은 죄다 빠지는구먼……."

"또, 또! 염장 지르기 시작한다. 물이나 한 그릇 더 떠와. 이놈의 시간이 고래 심줄을 삶아 처먹었나, 오늘따라 왜 이렇게 시간이 안 가는 거여."

이동하는 맹꽁이처럼 튀어나온 배를 습관처럼 슬슬 문지르다가 반대편을 향해 누워 있는 옥천댁을 노려봤다.

"오늘 준공식하면 좋다고 날 잡아 준 이가 순배 영감이잖유."

"그려, 오늘이 음력으로 유월 초하루고, 양력으로 칠월 구일이잖여. 내 사주하고 딱 맞는 날이 오늘이라고 하드만."

"순배 영감님이 날도 잡아 주셨고 항께, 상규 할아버지나, 시훈이 아버지하며 동리 사람들도 관광버스 한 대 대절해서 초대를 했으면 좋았을 거인데……."

옥천댁은 음력으로 6월 1일이라는 말에 문득 6월은 썩은 달이라는 말이 생각났다. 6월은 햇볕이 좋아서 만물이 무성하게 자라지만 습기가 많아서 관리를 잘못하면 썩을 수도 있다. 음식도 부패하기 쉬워서 자칫 건강을 해칠 수도 있다. 그래서 옛날부터 6월에는 이사를 가거나, 옷을 해 입는 것도 금했다. 이동하에게 말해 봤자, 7월까지 개업을 미루면 몇억이 공중으로 날아가는 줄 아느냐는 타박만 돌아올 것 같아 그 말은 입 밖으로 내지 않고 말했다.

"좌우지간 당신은 아무 생각 없이 사는 걸 보면 참말로 신기햐. 아!

내가 미쳤다고 그 양반들을 관광버스로 태워서 귀경시켜? 우리 예식장에서 결혼을 시킬 자식이나 일가도 없는 사람들을?"

"당신은 하나만 알고 둘은 몰라유. 당신이 서울에서 젤 큰 예식장을 져 놓으면 머해유. 예식장이 텔레비에 나오는 것도 아니고, 당신이 사장이라는 것이 신문에 나오는 것도 아니잖유. 당신 입으로 아무리 큰 예식장을 졌다고 광고를 해도 얼매나 큰 예식장인지 동리 사람들이 알겠슈?"

"모르면 모르는 거지……. 내가 즈덜 때문에 사는 것도 아니고……."

이동하는 혼잣말로 중얼거리고 가만 생각해 보니 옥천댁의 말도 일리가 있는 것 같았다. 예식장 사진을 찍어서 일일이 돌릴 수도 없는 노릇이고, 비디오로 녹화를 해서 새마을회관에서 틀어줄 수도 없는 노릇이다. 백문이 불여일견이라고 백 마디 말보다 직접 구경을 시켜 줘야, 모산서부터 시작해서 영동 전체에 소문이 날 것 같다는 생각이 들었다.

그려, 언지 반공일 날 한번 불러 올려야 겠구먼. 뷔페에서 즘심 한번 먹으라고 하믄 소문이 멀리까지 날 테지…….

사람은 누구나 가진 자 앞에서 허리를 굽힐 수밖에 없다. 일조 원 부자라도 남들이 알아주지 않으면 소용이 없다. 이동하는 관광버스 대절료가 아깝기는 하지만 모산 사람들을 초대하는 것이 이익이라고 판단했다.

이동하는 준공식을 삼십 분 앞두고 예식장 앞에 도착했다. 넓은 주차장 안에는 이상하게 차가 한 대도 보이지 않았다.

"워째 차가 한 대도 안 뵈이네?"

"차를 밖에 놔두는 것보다 지하가 시원하잖아유."

이동하가 묻는 말에 최광수는 대수롭지 않다는 표정으로 대답하고 현관 앞에서 멈췄다.

"참말로 엄청나네유. 저 건물이 죄다 예식장이란 말이쥬?"

한복을 곱게 차려 입은 옥천댁은 두어 걸음 뒤로 물러서서 건물을 올려다봤다. 미국의 백악관을 연상하게 하는 흰색의 5층 건물에는 <진주예식장>이라는 간판이 붙어 있다. 건물 앞에는 원형의 화단이 있는데 안에는 백 년 이상의 세월을 보낸 소나무 일곱 그루가 잔디 위에 서 있었다.

"밖에서 보는 것은 약과여. 안에 들어가 보면 깜짝 놀라 깜쓰지 않으면 다행일걸."

이동하는 흐뭇한 얼굴로 건물을 한번 올려다보고 현관 앞으로 갔다.

"오셨습니까?"

현관 앞에서 대기하고 있던 예식장 상무 허인택이 새신랑 같은 예복을 입고 정중하게 인사한다. 허인택은 예식장에서 10년 이상 근무한 베테랑이다. 종로에 있는 백화예식장에서 부장으로 근무하고 있었는데 상무로 승진 제안을 하고 스카우트 했다.

"그려, 딴 사람들은 다 왔는가?"

1층의 로비 가운데에도 꽤 큰 원형의 화단이 있다. 갖가지 잎이 푸른 파초며 나무들이 서 있다. 이탈리아에서 직수입한 대리석 바닥은 얼음판처럼 투명해서 얼굴이 비칠 정도다. 카운터 앞에는 빨간색 유니폼을 입고 비행기 승무원이 쓰는 모자를 쓴 직원 두 명이 긴장한 얼굴로 서 있다. 그 옆으로는 하나같이 날씬한 이십 대 여성 열 명이 똑같은 유니폼을 입고 인형처럼 서 있다. 이동하가 뜨겁게 고여 오는 침을 꿀꺽 삼키며 어깨를 반듯하게 펴고 물었다.

"사장님, 혹시 뉴스 들으셨습니까?"

"무슨 뉴스?"

이동하는 천장을 바라봤다. 삼백만 원짜리 샹들리에가 천천히 돌아가면서 불빛이 반짝거린다. 가슴이 벅차오르는 것을 느끼며 침을 꿀꺽 삼켰다.

"북한의 김일성이가 죽었답니다."

"김일성이 왜 죽어?"

카운터 앞에 서 있던 여직원들이 이동하 부부를 향해 허리를 구십도로 숙이며 인사했다. 이동하는 국회의원 시절처럼 한 손을 번쩍 들어 보이며 건성으로 물었다.

"어제 새벽 두 시에 심근경색으로 사망했다고, 오늘 열두 시에 북한 중앙방송과 평양방송에서 발표했답니다."

옥천댁은 허인택의 말에 걸음을 멈추고 놀란 얼굴로 이동하를 바라봤다. 이동하는 만족한 얼굴로 로비를 둘러보고 있다.

"시방 허 상무, 먼 야기를 하고 있는 거여? 평양방송이면 이북에 있는 거잖여. 이북에 있는 방송에서 워티게 김일성이 죽었다고 발표를 하는 거여?"

"그기 참말유?"

옥천댁이 계속 걷고 있는 이동하의 팔을 잡아당기며 허인택에게 물었다.

"예. 조금 전에 뉴스 속보로 나왔습니다. 김일성이 사망했기 때문에 지금 군인들하고 정부 부처는 물론이고, 경찰들까지 비상대기하고 있답니다."

"허 상무, 시방 북한에 있는 김일성이 죽었다는 말을 하고 있는 거여?"

이동하가 뒤늦게 놀란 얼굴로 허인택에게 물었다.

"네, 그렇습니다. 김일성이 사망해서 정부의 모든 공식 일정이 취소되거나 연기가 되었답니다."

"아니, 김일성 그 인간이 죽을라면 며칠 있다 죽든지, 며칠 전에 죽어야지. 왜 해필 오늘 뒈졌다는 거여?"

이동하는 다 된 밥에 재를 뿌려도 유분수지, 왜 오늘 김일성이 죽어서 준공식을 망치냐는 생각에 화를 내며 물었다.

"그걸 이이가 워티게 알아유?"

옥천댁이 어이가 없다는 얼굴로 이동하의 팔을 잡고 돌아섰다. 엘리베이터 문이 열리고 미리 와서 예식장을 둘러보고 난 임상천이며 정영일 부부와 영자 부부, 말자가 나오는 모습이 보인다.

"김일성 그 새끼는 할아부지와 할머니도 돌아가시게 하드니, 예식장 준공식 날까지 파토를 놓고 있응게, 승질이 안나?"

이동하가 화를 참지 못해 벌겋게 달아오른 얼굴로 따져 물었다.

"제발 체신머리 좀 살펴유. 시방 그걸 말이라고 하는 거유? 그라고 저이가 김일성이 죽으라고 기도를 한 것도 아니잖유. 그랑게 제발 좀 체신 좀 살펴유…… 고모들 오셨네유?"

옥천댁은 작은 목소리로 꾸짖고 나서 얼른 얼굴 표정을 바꾸고 여순과 천순이 앞으로 갔다.

"김일성이 죽었다고 해서, 내일 결혼식 하는 사람들 중에 예약 취소는 읎지?"

이동하는 정영일과 임상천과 인사를 하는 둥 마는 둥 하고는 갑자기 생각났다는 얼굴로 얼른 돌아섰다. 난감한 표정으로 서 있는 허인택 앞으로 다가가서 물었다.

"네, 한 건도 없습니다. 김일성이 죽든 말든 내일 예식 일정은 정상적으로 진행이 됩니다."

허인택은 김일성이 죽든 말든이라는 말에 힘을 주며 이동하를 안심시켰다.

"그람, 오늘 구청장하고 경찰서장하고 국회의원들은 못 온단 말여?"

"아까 말씀을 드린 것처럼, 지금 공무원들은 비상대기라서 빠져 나올 수 없답니다."

"그람, 음식이 많이 남겠구먼."

"그 점은 걱정하지 않으셔도 됩니다. 냉장창고 안에 보관했다가 내일 식당에 내놓으면 됩니다."

"그려, 하여튼 허 상무가 잘 알아서 해 줄 것으로 믿네."

이동하는 고현수와 애자가 들어오는 것을 보고 허인택에게 물러가라고 했다.

"워티게 된 사람이, 집이 코앞이면서 나보다 늦게 온댜?"

"죄송합니다. 어제 갑자기 급한 일이 생겨서 오늘 아침에 영동에서 출발했습니다."

고현수는 이동하에게 정중하게 인사를 한 뒤 옥천댁이며 친척들에게 인사를 했다.

"성찬이는 왜 안 데리고 왔댜?"

옥천댁이 애자에게 물었다.

"오늘 학교에서 특강이 있다드만. 참말로 굉장하네. 돈 좀 있는 여자라면 이런 데서 결혼하고 싶어 하겠어. 아버지 알고 보면 정말 사업수완이 대단해."

애자는 말과 다르게 건조한 눈빛으로 로비를 둘러보았다.

"느 아부지가 이런 머리가 돌아가겠냐? 고 서방이 한번 해 보라고 해서 시작한 거지."

"고 서방이 아무리 좋은 아이템을 줘도 받아들이는 쪽에서 사업수완이 없으면 거절했을 거잖아."

애자는 가까이 다가오는 말자와 가볍게 포옹하고 나서 다른 사람들에게 인사하기 시작했다.

"장인어른 대단하십니다. 신문사에는 알렸습니까?"

고현수가 이동하 옆으로 다가가서 귓속말로 물었다.

"신문사에 멀 알린다는 거여?"

이동하는 고현수 덕분에 예식장 사업을 시작했지만, 송파 땅이 없었다면 부도날 뻔했다는 것을 생각하니 퉁명스럽게 대답했다.

"서울에서 제일 큰 예식장이 생겼으니까 신문에서 다룰 만합니다. 이런 걸 시작할 때는 신문사 기자들을 불러서 기자회견도 하면서 봉투를 돌려야 합니다. 신문에서 서울 최고의 예식장이라고 떠들어야 소문이 납니다."

고현수는 이동하가 예식장을 짓다가 부도가 날 줄 알았다. 그러나 부도는커녕 더 부자가 되는 것이 아닌가 생각하니 속이 쓰렸다. 하지만 아직 기회는 있다. 고현수는 이동하에게 잃어버린 신뢰를 되찾기 위해 은근한 목소리로 말했다.

"그려? 역시 신문사 사장이 보는 눈은 틀리구먼. 근데 신문기자들을 워티게 불러야 하나?"

"그 점은 걱정하지 마십시오. 제가 이따 허 상무를 불러서 자세하게 방법을 알려주겠습니다. 그리고 기자회견 날짜가 잡히면 저한테 연락을 주십시오. 제가 올라와서 효과적으로 설명을 해 주겠습니다."

"고맙구먼. 역시 서울대 나온 사람은 머가 달라도 달라."

이동하는 언제 고현수를 마땅치 않게 생각했느냐는 얼굴로 활짝 웃으며 부드럽게 어깨를 툭툭 쳤다.

인사동에 있는 미술관에서 만화가들의 전시회가 열렸다.

전시회장에 걸려 있는 그림들은 일본 만화와 그것을 모방해서 그린 한국 만화가 동시에 걸려 있었다. 걸려 있는 그림들은 20여 점으로 승철의 만홧가게에도 꽂혀 있는 그림들이다. 『천하무적의 결전』, 『권법소년의 바다의 전사』, 『천지신명』, 『번개처럼, 태양처럼』 등의 만화는 왜색 분위기가 물씬 풍기거나 폭력 장면이 눈에 띄는 것들이다.

"저 정도 실력이면 순수하게 창작 만화를 그릴 수 있는 거 아녀?"

"저 그림을 그린 놈은 만화가가 아녀. 그냥 그림을 따라서 그리는 놈이지."

승철은 옆에서 소곤거리는 소리에 시선을 돌렸다. 몇 번 술을 같이 마신 적이 있는 만화가 고철이다.

"언지 온 겨?"

승철이 먼저 고철에게 악수를 청했다.

"지금 막 왔구먼. 인사하지, 이쪽은 나하고 같은 동기생인 유명한 이라고 하네. 골목대장 뚱이를 그린 만화가지. 이쪽은 이승철이라고 요즘 젤 잘 나가는 만화가인데 기업만화로는 거의 독보적이야.”

고철은 가운데 서서 유명한과 승철을 소개시켰다.

“첨 뵙겠습니다. 이승철이라고 합니다.”

승철은 같은 만화가라는 말에 부담 없이 악수를 청했다.

“일본 만화는 너무 자극적이고 폭력물이 많다구. 애들이 만화를 보고 그대로 따라 하다가 사고라도 나면 만화가들 책임 아녀?”

고철이 『용소야』를 보면서 말했다.

“문제는 이런 저질 만화를 간행물윤리위원회에서 심의필 마크를 찍어 준다는 점여. 그랑께, 악덕 출판업자들이 만화가 지망생들을 모아서 하루에도 몇 권씩 찍어 내고 있잖아.”

승철은 오른쪽을 보고 있는 주인공을 방향만 다르게 왼쪽을 보고 있는 것으로 그린 그림을 보고 혀를 찼다.

“우리 모임에서 문화체육부에 몇 번이나 건의를 했습니다. 하지만 저작권을 가지고 있는 일본 만화가나 출판사에서 문제 제기를 하지 않는 이상 처벌할 수 있는 근거가 없다는 겁니다.”

“일본 출판사는 오히려 한국에서 자기들 만화를 베껴 먹고 있는 걸 좋아할 겁니다.”

유명한이 하는 말에 승철이 토를 달았다.

“그건 무슨 말여?”

고철이 승철에게 물었다.

“구십칠 년도부터 우리나라 만화 시장이 일본에 개방되잖아. 그때 이미 익숙해진 한국 독자들이 일본 만화를 보게 하려는 꼼수잖아.”

"이 작가 말을 듣고 보니 그렇네. 하여튼 악덕 출판사 때문에 우리처럼 밤새우고 코피 쏟으면서 만화를 그리는 작가들만 욕을 먹는다니까."

"그럴수록 우리가 더 열심히 좋은 작품을 그려야 하잖아. 그런 의미로 간단하게 한잔 할까?"

승철이 손가락을 동그랗게 말아서 술 마시는 흉내를 내보였다. 고철과 유명한은 기다렸다는 얼굴로 찬성을 했다.

"너, 승우 아녀?"

승철은 인사동 골목에서 얼큰하게 술을 마신 뒤 도심의 노을을 밟으며 종로로 걸어 나갔다. 버스를 타고 남가좌동으로 가서 집 근처에서 내렸다. 혼자만 술을 마시고 들어가는 것이 미안해서 치킨센터에서 치킨을 한 마리 샀다. 김수애와 마실 맥주까지 두 병 사서 휘파람을 불며 골목으로 들어갔다. 만홧가게 앞에서 2층을 올려다보고 있는 남자의 옆모습이 아무래도 낯이 익었다. 가까이 가서 보니 놀랍게도 승우다. 깜짝 놀라서 승우의 손을 잡았다.

"형!"

승우는 승철의 손을 반갑게 마주 잡았다.

"너, 시방까지 어디 있었냐? 엄마가 얼마나 걱정하시는 줄 알어? 집에는 전화했냐? 지금 어디서 오는 길여? 저녁은 먹었냐?"

승철은 마음고생이 심했을 승우를 갑자기 만나게 되니 무엇부터 물어야 할지 정신이 없었다. 생각나는 대로 연달아 질문을 퍼부었다.

"하, 한 가지씩 물어."

"그려, 그렇구나. 우선 집으로 들어가자."

승철은 이상하게 눈물이 날 것 같았다. 승우의 손을 잡고 빠르게 계단으로 올라갔다.

"보람이 엄마, 시방 누가 왔는지 알어?"

김수애는 박스 안에서 신간을 꺼내고 있는 중이었다. 승철과 함께 들어오는 승우를 보고 감전이라도 된 사람처럼 하던 일을 멈추고 승우를 바라봤다.

"혀, 형수님. 저 왔습니다."

"사, 삼촌. 어떻게 된 일이세요? 어머님이 얼마나 걱정하고 계시는지 몰라요. 어서 안으로 들어가세요."

김수애는 박스를 책상 안쪽에 내려놓고 서둘러 방 안으로 들어갔다.

"저녁은 드셨어요?"

"밥만 차려. 여기 치킨 한 마리 사 왔으니까. 보람이는 어디 갔어? 승우 삼촌 왔는데 어서 와서 인사하지 않고?"

김수애가 바쁘게 대충 방을 치우며 승우에게 물었다. 승우가 뭐라고 말하기 전에 승철이 먼저 김수애에게 물었다.

"학원에서 아직 안 왔어요. 참, 우리 관주 아직 못 봤죠?"

"참말로 이쁘구먼. 삼촌이 왔는데도 모르고 잠만 쎄근쎄근 자네."

김수애가 아랫목에서 자고 있는 관주를 부끄럽게 소개했다. 승우는 지난 1월에 태어난 관주의 얼굴을 가만히 들여다봤다. 승철이보다 김수애를 닮아서 장차 크면 미남형이 될 것처럼 보였다. 손가락 끝으로 얼굴을 톡 건드려 본다. 관주는 마치 승우를 알고 있는 것처럼 빙긋 웃는다.

"형수님, 관주 깬 거 아녀유? 날 보고 웃네."

"아이들은 가끔 그래요. 내 정신 좀 봐, 얼른 저녁 차릴게요."

김수애는 깜박 잊고 있었다는 얼굴로 일어나서 주방으로 갔다.

"우선 맥주 한잔 할래? 이상하게 오늘 치킨 한 마리를 사들고 오는 길에 맥주도 사야겠다는 생각이 들더라. 승우가 우리 집에 오는 것을 할아버지가 알고 점지해 주셨는 것 가텨."

"그럴까?"

승우는 관주를 좀 더 바라보고 난 뒤 승철을 향해 앉았다.

"목이 마를 테니 우선 한 잔씩 하자."

김수애가 바쁘게 밥상을 내려놓았다. 치킨만 달랑 내어 놓을 수가 없어서 오이를 썰어 고추장과 함께 내놓았다.

"보람이는 무슨 학원에 다녀? 아직도 피아노 학원 다녀?"

승우가 승철이 따라 주는 맥주를 받으며 물었다.

"피아노 학원 다니잖아. 지난번에는 서울시 교육청에서 주최하는 전국 중고등학교 피아노 콩쿠르에서 중등 부문 대상을 받았어. 거기서 대상을 받으면 자기가 가고 싶은 대학교에 장학생으로 들어갈 수 있다드만."

"우리 집안에서도 피아니스트가 나오겠네. 형수님 좋으시겠어요 보람이는 유명한 피아니스트가 될 거에요."

"피아니스트로 성공을 하려면 외국으로 유학을 갔다 와야 된다드만. 그래서 내가 요즘도 밤 잠 안자고 만화 그리고 있잖아."

"형이 만화 열심히 그리는 것이야 좋은 일이지만, 보람이 유학비 때문이라면 그건 걱정하지 마. 집안에서 보람이 유학 안 보내주겠어? 설마 형 아부지하고 영 등지려는 것은 아니지?"

승우는 아무 생각 없이 말하다가 승철의 표정이 변하는 것을 보고 긴장한 얼굴로 물었다.

"내가 어떻게 아버지하고 등을 지고 살겠냐……."

승철은 이동하가 김수애를 안 보겠다고 했단 말은 차마 할 수 없었다. 쓴 웃음을 지으며 맥주잔을 들었다.

"하여튼 형도 고집은 대단햐. 아버지도 많이 늙으셨잖아. 언지 날 잡아서 모산 한번 내려가서 용서를 빌면 받아 주실 거야."

"난 그렇다고 치고 너는 왜 집에 말도 없이 사표를 던지고 잠적했냐? 지금 어디서 살고 는 거야?"

승철이 우울한 표정을 바꾸고 걱정스러운 목소리로 물었다.

"나 신학대학 들어갈 생각여."

김수애는 오랜만에 온 승우에게 집에서 먹는 반찬을 내놓을 수가 없었다. 쇠고기라도 사와야겠다고 생각하며 밖으로 나가려다가 승우의 말에 놀란 얼굴로 걸음을 멈춰 섰다.

"검사를 하던 놈이 신학대학이라니? 무슨 사정으로 사표 냈는지 모르겠지만 이왕 사표를 냈으니까 변호사 사무실을 개업해야 하는 거 아녀?"

"형수님, 걱정하실 필요 없습니다. 제가 아무 생각 없이 사표를 낸 것도 아니고, 섣부르게 행동하는 사람도 아니니까 어서 하던 일 하세요."

승우가 말을 듣고 놀란 얼굴로 서 있는 김수애를 바라보며 웃었다.

"너, 혹시 인숙이라는 그 여자 때문에 그러는 것은 아녀?"

김수애가 밖으로 나간 후였다. 승철이 승우의 잔에 맥주를 따르다 말고 작은 목소리로 물었다.

"형이 그걸 어떻게 안댜?"

"엄마가 지난번에 와서 말씀하셨어. 니가 둥구나무거리에 사는 진규 형 막내 동생하고 결혼하고 말겠다고 선언까지 했다고 하드라. 그것 때문에 아버지가 노발대발하시고, 엄마는 충격 받아 기절까지 하셨다는 말까지 하셨어. 인숙이 때문이냐?"

"전혀 관계가 없다는 말은 못하겠어. 형도 잘 알고 있겠지만 인숙이는 내가 최초로 사랑한 여자잖여. 지금도 사랑하고 있는 여자니까."

"죽을 만큼 사랑하냐?"

"다른 여자들은 아무리 이뻐도 눈에 보이지가 않아."

"그람 나처럼 데리고 도망을 치지 그랬냐?"

"형이 부러울 뿐야. 형은 아버지가 형수님하고 결혼을 반대하시니까, 앞뒤 잴 것도 없이 형수님을 데리고 사라졌잖아."

"나는, 절벽 앞에 서 있었으니 내가 살려면 할 수 없었어. 하지만 너는 그렇지 않잖아. 인숙이를 그렇게 사랑하면 능력도 있고 하니까, 집안에서 반대를 하든 말든 결혼식을 올리고 같이 살면 되는 거 아니었냐?"

맥주 두 병이 금방 바닥났다. 승철이 냉장고에서 소주 한 병을 꺼내와 밥상 앞에 앉으며 말했다.

"형하고 다른 점은 인숙이가 다른 남자와 결혼하겠다는 거여. 부모님이 찬성을 하면 다른 남자가 있든 말든 어떻게 해 보겠는데…… 부모님도 반대하시고, 인숙이는 다른 남자를 생각하고 있으니까. 내 기분이 어떻겠어?"

"시방 드라마 찍고 있냐? 니가 적극성을 보이지 않으니까 인숙이 다른 남자를 생각하는 거잖아. 니가 부족한 것이 뭐가 있냐? 대한민국 검사에다, 몇천억대 재산을 물려받을 상속자에, 서울대학교를 졸업했고, 얼굴이 못난 것도 아니잖아. 그런 니가 적극적으로 나가면, 인숙이가 바보가 아닌 이상 딴 남자를 찾겠냐?"

"형은 돈이 인생의 전부라고 생각햐? 검사면 대단한 직업이라고 생각햐? 아니면, 서울대학교만 나오면 세상에 모든 여자들이 원할 것이라고 생각햐? 물론 보통 여자들은 내가 원하기만 하면 얼른 달려오겠지. 하지만 인숙이는 달라. 인숙이가 결혼하려고 하는 남자가 누군지 알아?"

승우는 승철이 맥주 컵에 절반 정도 따라 준 소주를 단숨에 비워 버렸다. 오이를 고추장에 찍어서 들고 절망어린 시선으로 승철을 바라봤다.

"너보다 좋은 조건은 아닌 거 같구먼."

"형, 놀래지마. 인숙이 결혼을 하려고 하는 남자를 나도 알고 있어. 강훈구라고 인숙이 충남대학교 선배여. 인숙이가 대학교 일학년 때부터 그 남자를 좋아한 거 가텨. 근데 시방 그 강훈구는 보안법 위반으로 감옥에 있어. 그것도 첨이 아녀. 벌써 두 번째로 들어가 있는 거여."

승우은 말을 끝내고 절망에 젖은 얼굴로 오이를 와작와작 씹어 먹기 시작했다.

"허! 시방 그 말을 나한테 믿으라고 하는 거냐?"

승철이 자작으로 술을 따르고 나서 물었다.

"내가 언제 거짓말하는 거 봤어? 난 내가 생각해도 너무 정직해서 탈여."

"그려, 승우 말이라면 팥으로 메주를 쑨다고 해도 죄다 믿지……. 근데, 인숙이 그 애 이상한 애 아니냐?"

"인숙이가 이상한 것이 아니고 내가 이상한 건지도 모르지……. 내가 집착증에 걸린 것이 아닌가 생각도 해 봤어. 형도 그렇지만 나도 어릴 때부터 부족한 것 없이 살았잖아. 그런데다 서울대학교에, 사법고시에,

검사까지 내가 하고 싶은 것은 모두 이뤘어. 단 하나 인숙이만 얻지 못했어. 그것도 그냥 인숙이가 아녀. 내 첫사랑 여자였어. 인숙이한테 잘 보이려고 코피 쏟으며 밤새워 공부했고, 인숙이 앞에서 당당해지려고 사법 고시에 도전했어. 인숙이를 행복하게 해 주려고 검사가 됐단 말여. 바꿔서 말하면 그만큼 인숙이에게 집착했었다고도 볼 수 있잖여."

"그런데?"

승철은 승우의 성격으로 볼 때 충분히 가능한 일이라고 생각하며 반문했다.

"그건 집착이 아니고 사랑이었어. 다른 여자는 도저히 사랑할 수 없는 중독된 사랑이었단 말여."

"내가 그렇게 진심을 보여줬는데도 인숙이는 끝끝내 싫다는 거여?"

"날 싫어할 수밖에 없더라고."

"그 이유라도 있단 말여?"

"인숙이 아버지가 정미소에서 일을 하다 왼쪽 팔을 잃어 버렸어. 허리도 잘 못 쓰신다고 하드만. 그런데 아버지는 위자료로 고작 삼백만 원 줬다는 거여. 인숙이네 집에서는 옛날부터 우리 집에 신세진 것도 있고 해서 합의를 했던 것 가텨."

"그건 내가 생각해도 너무했구먼."

"아버지만 그러신 것이 아녀. 이 말은 엄마한테 들은 말인데, 할아버지는 지주라는 신분을 이용해서 동네 분들을 쥐어짜셨다는 거여. 증조할아버지는 일본인 후지모토의 마름으로 있으면서 할아버지보다 더 심하게 동네분들을 괴롭혔다고 하더군. 동네 사람들은 아버지가 국회의원이고 부자라는 점 때문에 고개를 숙이고 살았지만, 삼대가 똑같이 악하게 굴었으니 마음속으로는 얼마나 경멸하고 있었겠어.”

“그건 니 생각이고 요즘 누가 그런 것 때문에…….”

“또 있어. 형한테 이런 말하기 거북하지만……. 우리가 어린애들도 아닝께 해야겠어.”

“들례라는 여자 문제냐?”

“형도 알고 있었어?”

승우가 예상외라는 얼굴로 빠르게 반문했다.

“고등학교 삼학년 때 알았어. 하지만 그 문제로 고민해본 적은 없어. 나한테 엄마는 한 분밖에 안 계시니까.”

승철은 들례의 얼굴이 머릿속에서 빠르게 스쳐가는 것을 느끼며 술잔을 단숨에 비워 버렸다.

“형은 그렇게 생각하고……. 아니, 믿으려고 노력하고 있겠지만 천륜을 버릴 수는 없잖어. 형은 안 그렇다고 믿고 있을지 모르지만, 맘 한 구석에는 친어머니에 대한 그리움이…….”

“그만해. 그 여자는 우리 집 식모였다구. 식모”

승철이 승우의 말을 끊으며 굳은 얼굴로 말했다.

“형이 흥분하는 것도, 친어머니에 대한 정을 끊지 못하고 있기 때문여. 그렇게 생각이 흐르는 대로 그냥 행동을 햐. 억지로 친어머니에 대한 그리움을 끊을라고 하지 말란 말여. 세상에 생각대로 맘이 변하는 것은 아무것도 없다고 봐. 더구나 핏줄이잖여. 핏줄의 정이 어떻게 생각대로 이어지고, 끊어지고 한다고 생각하는 거여. 시방은 형이 젊으니까 형 맘대로 컨트롤할 수 있겠지만 나이가 들면 반드시 후회하게 될 거여.”

“니가 뭐라고 해도 나한테는 엄마는 한 분밖에 안 계셔.”

"형이 친어머니를 찾는다고 해서 모산 엄마가 서운해 하실 분도 아니잖어. 외려 형이 원한다면 직접 나서서 찾아 줄라고 노력하실 분이라는 걸 형도 잘 알고 있잖아. 그랑께 이제라도 친어머니를 찾아보는 것이 도리라고 생각햐. 그라고 형 입장에서는 친어머니를 안 보면 그만이라고 생각하면 끝이지만, 최소한 친어머니한테 왜 그렇게 됐느냐고 물어는 봐야 되는 거 아녀?"

승우는 아스라하게 취기가 올라오는 것을 느끼며 울먹이는 목소리로 물었다. 승철이 그동안 다른 사람들한테 말 한마디 못 하고 얼마나 힘들게 살았을까를 생각하니, 상대적인 죄책감에 눈물이 나올 것 같았다.

"그 야기는 그만하자. 아무튼 그런 문제들 때문에 사표를 내고 신학대학을 가서 목사가 되겠다는 거냐?"

승철은 단 한 번도 들레의 입장에서 생각해 본 적이 없었다. 갑자기 어떤 슬픔 같은 것이 해일처럼 밀려와 얼른 화제를 돌렸다.

"내 말 아직 안 끝났어. 들레라는 그 분은 형한테는 친어머니가 되지만, 나한테는 작은어머니가 되시는 분여. 그랑께 반드시 찾아야 햐. 모자가 상봉하는 길만이 영혼을 편안하게 해 드릴 수 있는 유일한 방법여."

"너는 내가 묻는 말에 대답을 하지 않았어. 그 문제들 때문에 신학대학에 가서 주님한테 용서를 빌 생각이냐?"

"아무리 생각해 봐도 인숙이가 아닌 다른 여자를 사랑할 자신이 없드라고 평생을 혼자 살아야 된다는 말하고 같잖어. 평생 혼자 살 바에는 뭐가 필요하겄어. 명예도 필요 없고, 돈도 필요 없잖여. 그래서 사표 내고 강원도 원주에 있는 금연 학교에서 지냈구면."

"금연 학교라니, 너 담배 피웠냐?"

"컴퓨터로 찾아봤지. 몇 개월 동안 지낼 수 있을만한 데로 어디가 적당한지 말여. 첨에는 무슨 섬에 들어가 방을 얻어 지내볼 생각으로 심을 검색해 봤거든. 하지만 그것도 하루 이틀이지, 내가 배 타고 고기를 잡는 것도 아니고 섬에서 무얼 하겠어. 그래서 춘천이나, 남해, 전라도에 있는 작은 도시에서 지낼까도 생각해 봤지만 마땅치 않았어. 그러다 마침 사기 사건을 해결해 준 원주의 금연 학교 교장이 생각이 났어. 조용한 데다 물이 맑아서 수양하기 좋은 곳이니까 꼭 한번 놀러 오라고 전화가 몇 번이나 왔었거든. 거기 가서 담배 끊으러 오는 학생들 관리해 주고 지냈구먼."

"거기서 신학대학에 가겠다고 결심을 했구먼."

"신부가 되는 것도 괜찮다는 생각이 들었어. 주님에게 의지하고 봉사하며 사는 것도 괜찮다는 생각이 들었단 말이지. 하지만 나이 때문에 신부가 되는 것은 어렵고, 신학대학을 졸업해서 목사가 될 생각여."

"집에서 찬성을 해 줄 거 가텨? 엄마가 그라시는데 아버지가 강남 논현동에 어마어마한 예식장을 져서 돈을 많이 버신다고 하든데……."

"나하고는 상관없는 일여."

"그래도 집에서 절대로 허락하지 않을 것이라는 거는 너도 알고 있잖아?"

"내가 사표 낼 때 부모님 허락을 받은 건 아니잖여."

"신부보다는 목사가 되믄 부모님도 한시름 놓겠네. 너도 신한테 의지하면서 살다 보면 다른 여자를 사랑하게 될 수도 있잖아."

"목사가 돼서 교회를 개척할 생각은 읎어. 아프리카 같은 곳으로 가서 평생을 살 생각이거든."

"지금 삼촌이 뭐라고 하셨어요?"

김수애가 방으로 들어서다 승우가 하는 말을 듣고 우뚝 멈춰 섰다. 믿어지지 않는다는 얼굴로 승철에게 물었다.

"나도 무슨 말을 들었는지 모르겠어. 내가 시방 꿈을 꾸고 있는지, 승우가 꿈을 꾸고 있는지 모르겠네."

"목사가 돼서 아프리카로 가겠다고 하시지 않았어요?"

김수애는 주방으로 갈 생각을 잊고 승우에게 물었다.

"의사가 아니라서 슈바이처는 되지 못하겠지만, 내 한 몸을 바쳐서 그 사람들이 조금이라도 행복해진다면 그런대로 이 세상에 왔다가 간 흔적을 남기는 것 아니겠습니까?"

"우리 승우 참말로 결심하면 큰일 나는데?"

"형, 지금 생각은 그려. 하지만 아직 엄마한테 말하지 마. 내가 확실하게 결심이 서면 직접 모산 내려가서 말을 할 생각잉께…… 형, 술이 짝지 않아? 내가 나가서 몇 병 더 사올까?"

"맥주하고 소주하고 짬뽕을 하고도 아직 멀쩡한 거여?"

"내가 검사 노릇하면서 는 것이 딱 두 가지여. 하나는 우리나라에 있는 범죄자들을 엄청 많이 알았다는 점하고 술이 엄청 늘었다는 점여. 스트레스를 많이 받응께, 일이 끝나고 나믄 양주에 맥주를 탄 폭탄주를 엄청 마시거든."

승우는 일어나서 승철의 어깨를 툭 치고 바깥으로 나갔다. 만홧가게 안에는 대학생으로 보이는 손님 열댓 명이 앉아 편안한 자세로 만화를 보고 있었다. 텔레비전에서는 드라마가 방영되고 있었다.

"보람이 아녀?"

승우는 계단을 내려가다가 교복을 입고 올라오는 중학생을 보고 걸음을 멈췄다.

"삼촌! 언제 왔어?"

보람이 계단을 뛰어 올라가 승우 앞에 멈춰 서서 반갑게 물었다.

"아까 왔구먼. 보람이 피아노 콩쿠르에서 대상 받았다며?"

승우는 승철에 대한 보이지 않는 죄책감 때문인지 보람이가 눈물이 나도록 반가웠다.

"삼촌이 우리 보람이 대상 탔응께 선물 사 주고 싶구먼. 머 사다 줄까?"

"삼촌 언제 가는데?"

"내일은 가 봐야지."

"그럼, 나 학교 갔다가 온 다음에 가면 안 돼? 나, 서태지와 아이들 시디하고 브로마이드 꼭 사고 싶었거든."

"그려, 그람 내일 보람이 학교 갔다 올 때까지 만화책 보고 있으면 되겠구먼. 어여 올라가. 삼촌이 과자하고 아이스크림 사다 줄 모양잉께."

승우는 보람이의 손을 잡고 만홧가게까지 들어갔다가 다시 밖으로 나갔다. 거리는 어느 틈에 어둠 속에 잠겨 있었다.

짱구

부모 복이 있슈, 기술이 있슈, 돈이 있슈?
죄다 부모 복이 드럽게 읊는 놈들이잖유.
형님이 거둬 주셔서,
하루 세 끼 뜨신 밥 먹고 사람대접 받으면서 살잖유.
형님을 안 만났으면 우리 같은 놈 미래는 뻔한 것이잖유.

국회의사당 안으로 들어선 정오영은 안내데스크 앞으로 갔다. 긴장한 얼굴로 박진규 국회의원과 약속이 있어서 왔다고 말했다.

"주민등록증."

정복을 입은 여직원은 정오영을 쓱 쳐다보고 나서 박진규 사무실 전화번호를 눌렀다. 여직원은 짤막하게 통화를 하더니 정오영을 쳐다봤다.

"주민등록증은 나가실 때 찾아가세요."

여직원은 방문이라고 쓰여 있는 명찰을 정오영에게 내밀고는 표정 없는 얼굴을 하고 컴퓨터로 무언가를 확인하기 시작했다.

"저, 박진규 의원님실이 사 층에 있는 거 맞습니까?"

"저쪽에서 엘리베이터를 이용하시면 됩니다."

"아! 고, 고맙습니다."

정오영은 자신도 모르게 여직원에게 손을 비비며 인사하고 나서 이내 쓴웃음을 지으며 돌아섰다. 아무리 국회에 근무하고 있다지만 여직원은 일개 직원에 불과하다. 그래도 명색이 영동군수라는 놈이 국회의사당이라는 권위에 짓눌려 여직원 앞에서 쩔쩔맸다는 생각이 들었다.

옆구리에 서류를 끼고 로비를 오가는 사람들은 하나같이 넥타이를 반듯하게 맨 젊은이들이다. 지하에서 올라온 엘리베이터 안에는 보좌관으로 보이는 젊은이들이 책을 10여 권씩 들고 무거운 표정으로 서 있었다. 정오영은 당당해야 한다고 생각하면서도 자신도 모르게 고개를 숙여 인사를 하고 엘리베이터에 탔다.

"사, 사 층 좀."

정오영의 더듬거리는 말에 번호판 앞에 서 있던 남자가 4층을 눌러준다.

국회의사당 안은 바깥에서 봤을 때보다 놀라울 정도로 넓었다. 엘리베이터에서 내려 사무실 번호를 읽어가며 한참 동안 걸어간 후에야 국회의원 박진규라는 팻말이 보였다. 그 앞에서 길게 심호흡을 한 뒤 가운데 손가락만 이용해 정중히 노크했다.

"네!"

안에서 여자의 짧은 목소리가 흘러나왔다. 정오영은 들어오라는 것인지, 문을 열어줄 테니 기다려 달라는 건지 알 수가 없어서 입 안에 고여오는 침을 꿀꺽 삼키고 가만히 서 있었다.

젠장, 언제까지 기다리라는 거여.

언뜻 일 분 정도의 시간이 흘러간 것 같았다. 하지만 손에 땀이 고여 올 정도로 긴장하고 있었더니 일 분이 십 분이나 되는 것처럼 길게 느껴졌다. 정오영이 다시 노크를 하려고 손을 드는데 문이 바깥으로 열렸다. 얼른 뒤로 물러섰다.

"그럼 조심해서 내려가십시오."

낯익은 김성수 보좌관이 황간에 있는 무슨 교회 목사와 같이 나온다. 정오영은 반가운 마음에 침을 꿀꺽 삼키고 마른 웃음을 지었다.

"아이구, 군수님 오셨군요 지금 오시는 길입니까? 어서 안으로 들어가시죠. 저는 목사님 좀 배웅해 드리고 오겠습니다."

김성수가 활짝 웃는 얼굴로 정오영 앞에 손을 내밀었다.

"오, 오랜만입니다."

정오영은 얼른 김성수의 손을 두 손으로 잡고 흔들었다. 김성수가 목사와 함께 엘리베이터 쪽으로 가는 모습을 잠깐 지켜보다 사무실 안으로 들어갔다.

"영동군수님이세요?"

여자가 책상 앞에서 일어나 상냥하게 웃으며 물었다.

"네, 영동군수 정오영입니다."

"지금 의원님 농림수산위원회 회의에 가셨습니다. 원래 지금쯤 끝날 시간인데 좀 늦어지는 것 같습니다. 그동안 차 한잔 드릴까요?"

"아, 네. 고맙습니다."

정오영은 황송하다는 얼굴로 대답하고 방문객이 대기하는 소파 앞으로 갔다.

"군수님, 군수님이 어쩐 일이십니까?"

정오영이 막 소파에 앉으려고 할 때였다. 신문을 읽고 있던 옥천군수

김용직이 반갑게 웃으며 손을 내밀었다.

"의원님 면담하러 오셨습니까?"

정오영이 김용직 옆에 바짝 붙어 앉으며 물었다.

"사적인 부탁이 있어서 면담 좀 할려고 왔습니다만……."

"저는 농공 단지 건에 대해서 부탁 좀 드리려고 왔습니다. 옥천은 잘 돌아가고 있쥬?"

여직원이 일회용 컵에 담긴 차를 가져왔다. 정오영이 일어나서 차를 받아 앉으며 물었다.

"아무래도 영동만큼 돌아가겠습니까? 팔은 안으로 굽는다고, 의원님이 영동보다는 덜 신경을 쓰지 않겠슈?"

"그건 의원님을 잘 모르시고 하는 말씀입니다. 우리 의원님은 절대로 그런 분 아닙니다. 매사에 영동은 제 고향 아닙니까. 그러니까 군수님이 좀 양보를 하셔야겠습니다, 라고 말씀을 하십니다."

"참말유?"

"허! 제가 없는 말 하겠습니까? 근데 무슨 부탁을 하실라고?"

"사적이라면 사적일 수 있고, 공적이라면 공적인 부탁일 수도 있습니다. 나중에 말씀드리죠. 군수님은 무슨 부탁 때문에 오셨습니까?"

"영동에 농공 단지를 한 군데 조성하려고 하는 문제 때문에 왔습니다."

"요즘 농공 단지 붐이 불어 전국이 들썩거려 공장 입주가 쉽지 않을 텐데?"

"올해 하반기부터 규제가 많이 완화됐잖유."

정오영은 빈 컵을 들고 일어섰다. 어디에 버려야 할지 몰라 두리번거리는데 여직원이 얼른 다가와 받아 간다.

"그래도 전국에 있는 시, 군이 모두 공장 유치로 혈안이 되어 있는데 쉽겠습니까?"

김용직이 농공 단지는 관심 없다는 얼굴로 신문을 펼치며 말했다.

"아따, 내가 알기로는 옥천은 고속도로 톨게이트가 있어서 농공 단지가 열 곳은 되는 걸로 알고 있는데, 지금 자랑하시는 겁니까? 옥천은 교통이 좋아서 터만 닦아 놓으면 서로 먼저 들어오려고 추첨까지 했다면서요?"

사무실 안에는 모두 다섯 명이 근무를 하고 있다. 눈에 익은 운전사가 길게 하품을 하며 앉아 있다. 다른 직원들은 컴퓨터에 열심히 무언가를 입력하고 있기도 하고, 조용한 목소리로 전화를 하거나, 수북하게 쌓인 명함을 한 장 한 장 살피고 있기도 했다. 말없이 미소를 지으며 고개 숙여 보이는 운전사에게 인사를 하며 물었다.

"군수님도 가만히 보면 내 말은 안 하시고 남 말 하시는데 선수네. 영동 톨게이트 근처에 있는 용산 농공 단지만큼은 덜 했을 겁니다…… 동아건설에서 천오백억 원을 들여 성수대교를 다시 만들어서 서울시에 헌납하기로 결정했다고 하니 하여튼 웃기는 세상여. 아니, 다리를 얼마나 부실로 만들었기에 마치 케이크를 칼로 자른 것처럼 툭 떨어진데유?"

김용직이 신문에 적힌 <성수대교 재시공 헌납>이라는 고딕체 글씨를 손가락으로 짚으며 속삭였다.

"지난 시월 이십일일 난 사고 말하는 거요? 나도 신문 봤는데 참말로 신기하데. 한강물 위로 떨어진 상판 길이가 오십 미터라고 하대유. 바닥으로 떨어진 상판 위를 달리던 시내버스하고 봉고차며 승용차가 열 대가 똑같이 떨어져서 서른두 명이 죽고, 열일곱 명이 다쳤다고 하대유. 다리를 풀로 붙인 것도 아니고……."

문이 열리면서 서류뭉치를 옆구리에 낀 진규가 모습을 드러냈다. 정오영은 속삭이다 말고 얼른 일어섰다.

"의원님 오셨구먼."

정오영이 일어서는 기척에 고개를 든 김용직도 혼잣말로 중얼거리며 일어섰다.

"영동군수님하고, 옥천군수님이 와 계십니다."

김성수가 빠르게 진규 앞으로 가서 속삭였다.

"아! 제가 좀 늦었구먼유. 날씨도 추운데 올라오시느라 고생 많았쥬."

진규는 활짝 웃는 얼굴로 자기 앞으로 다가온 정오영에게 악수를 청했다. 이어서 김용직하고도 악수하고 나서 사무실 안으로 들어갔다.

"급하게 통화할 곳이 있어서 그러니 잠깐만 기다려 주십시오."

김성수가 소파 앞에 서 있는 정오영 앞으로 다가와서 작은 목소리로 말했다.

"아! 네."

정오영은 웃는 얼굴로 소파에 앉았다. 괜히 손을 슥슥 비비며 어깨를 으쓱거리다 김용직을 바라본다.

"군수님, 내년 지방선거에 출마하신다는 소문이 있던데?"

김용직이 정오영과 눈이 마주치는 순간 심심한 목소리로 물었다.

"누가 그래요? 혹시 남부연합신문 발행인한테 들은 말입니까?"

정오영이 고개를 갸웃거리다가 작은 목소리로 물었다.

"하여튼 들었습니다. 그 사람 잘 아십니까? 민자당 남부삼군 위원장에다, 연합건설이라는 건설회사도 하고 있고……. 그 사람 재산도 몇백억 된다면서요?"

"옛날 중앙정보부에 있다가 청와대로 들어가서 근무를 하고, 안기부에서 퇴직을 했으니까 어련하겠습니까?"

정오영은 피식 웃으며 시선을 돌렸다.

"그분이 이동하 전 국회의원 사위라면서요. 부친도 옛날 자유당 위원장을 하시던 분이고?"

김용직은 정오영이 고현수를 달갑지 않게 여긴다고 생각하며 다시 물었다.

"연합건설의 전신이 원래 이동하 전 의원이 갖고 있던 송산건설유. 소문에는 감정해서 돈을 주고 샀다고 하지만, 아무려면 장인이 사위한테 회사를 팔겠슈? 그 양반도 서울에 재산이 몇천억 되는 분인데. 영동 같은 데 있는 건설회사를 돈으로 환산하면 얼마나 하겠습니까?"

"그분 말로는 돈을 주고 샀기 때문에 회사 이름을 바꿀 수 있다고 하대유."

"하긴, 이동하 전 의원 그 양반도 돈에 대해서는 보통이 넘는 양반이니까 자식들이 한 명도 아니고, 둘이나 있는데 사위한테 공짜로 물려주지는 않겠구먼."

정오영은 비아냥거리는 목소리로 말하면서 진규의 사무실 문을 바라봤다. 무슨 통화를 하는지 오 분이 넘도록 나오지 않는다는 생각에 괜히 손바닥을 문지르며 침을 삼켰다.

"소문에 듣자하니 둘째 아들이 서울 남부지검 검사로 있다가 사표 냈다고 하든데? 무슨 사건이 있던 겁니까?"

"몇천 억대 부자 아들 아닙니까? 게다가 서울대 나왔다고 하더군요. 군수님 같으면 그래도 검사질 하겠습니까?"

"우리 아버지가 몇천 억대 자산가라면 검사 아니라 판사를 시켜 준다고 해도 안 할 겁니다."

김성수가 다가왔다. 김용직은 긴장한 얼굴로 일어났다.

"오시기는 옥천군수님이 먼저 오셨습니다. 하지만 의원님하고 시간 약속은 영동군수님이 먼저시니까, 옥천군수님은 잠깐 기다려 주십시오."

"아! 알겠습니다."

정오영은 소파에 힘없이 앉은 김용직에게 가볍게 인사를 해 보이고 김성수를 따라갔다.

"어서 오세유. 오래 기다리게 해서 죄송하구먼유. 커피 하시겠습니까?"

"아닙니다. 마셨습니다."

"커피 좀 들여보내게."

진규는 정오영이 체면 상 사양한다는 생각에 김성수에게 눈짓을 보냈다. 정오영에게 회의용 탁자에 앉으라고 안내한 후에 자리로 가서 앉았다.

"영동은 잘 돌아가고 있쥬?"

진규가 메모지와 볼펜을 반듯하게 챙기면서 물었다.

"의원님이 항상 밀어주시는 덕분에 조금씩 좋아지고 있습니다."

"자제분은 학교 잘 다니고 계시쥬? 올해 졸업반인가유?"

진규가 볼펜을 들고 메모 준비를 하며 물었다.

"아니, 의원님이 그걸 어떻게 알고 계십니까?"

정오영이 놀란 얼굴로 물었다.

"지난봄에 영동에 있는 식당에서 충북대학교 다니는 아들이 졸업도 하기 전에 한국화약에 취직했다고 말씀을 하셨잖유."

"아! 제가 그랬나요. 저는 잊어버리고 있었는데 의원님께서 기억하고 계시니 민망해서 고개를 들지 못하겠습니다."

정오영은 진규가 생각했던 것보다 상대방에 대한 배려가 많은 것을 보고 새삼스레 놀랐다.

"이제, 슬슬 군수님 말씀을 들어보기로 할까유?"

"잘 알고 계시겠지만, 내년 칠월 일일부로 제 임기가 끝납니다. 재임 중에 영동 발전을 위해 무엇이라도 좀 해 볼까하고 왔습니다."

정오영은 노골적으로 내년 선거에 출마하겠다는 말은 할 수 없어 실없이 웃기만 하며 말했다.

"대단하시네유. 딴 분은 벌이는 일도 축소하고 떠나는 마당에, 영동 발전을 위해 일을 하신다니 제가 꼭 도와드려야겠네유."

"다름이 아니라 금동 쪽에 농공 단지를 만드는 문제 때문에 말씀 좀 드리려고 왔습니다."

"농공 단지 기준이 바뀌었다는 점은 알고 계시쥬? 전에는 십만 평, 이십만 평, 삼십만 평으로 묶어서 허가를 내줬잖유. 시방은 그런 기준 읎이 무조건 상한선을 삼십만 평으로 통일시켜 놨슈. 금동 쪽에 농공 단지가 들어설 만한 땅이 없을 거 같은데?"

진규는 메모지를 꺼냈다. 정오영이 이해하기 쉽도록 볼펜으로 숫자를 적어 가며 설명했다.

"용산 농공 단지처럼 넓은 땅은 없습니다. 하지만 금동에서 설계리 넘어가는 길의 왼쪽으로 산이 있지 않습니까. 야산이라서 공장이 들어설 만한 자리는 꽤 됩니다.”

노크 소리와 함께 여직원이 커피를 들고 왔다. 일회용 컵이 아닌 고급 커피 잔에 담긴 커피를 정오영 앞에 조심스럽게 내려놓고 뒷걸음쳐서 물러갔다. 정오영이 찻잔을 들었다가 놓으며 박진규를 바라봤다.

“최소한 십만 평은 넘어야 하는데유?”

“십만 평이 조금 부족하지만 설계리 쪽까지 지정을 해 주시면……”

“설계리 쪽에는 동네가 있는 걸로 알고 있는데?”

“상공부에서 나와서 실측 조사를 해도, 의원님께서 손을 써 주시면……”

“커피 마셔유. 다른 부탁도 아니고, 군수님이 영동 발전을 위해 일부러 여기까지 올라오셨는데 실망을 안겨 드릴 수가 없네유. 우리가 머, 딴 맘먹고 잇속을 챙기기 위해 하는 일도 아니고 함께, 되는 쪽으로 밀어붙여 보도록 하쥬.”

“아이구, 고맙습니다. 하여튼 의원님한테 뭐든지 부탁드리면 안 되는 것이 없다는 소문이 자자합니다.”

정오영은 출장 온 목적을 달성했다는 생각에 웃으면서 커피 잔을 들었다.

“시방은 법이 바뀌어서 농공 단지에 공장을 유치하기가 훨씬 쉬워졌 슈. 제가 말씀을 드리지 않아도 군수님께서 잘 알고 계시겠지만 말유. 올해 상반기만 해도 업체를 세 개 이상 확보해야 하고, 오십 프로 이상 분양이 되야 한다는 조건이 붙었었잖유. 그 조건이 없어졌습니다. 그라고 전에는 군에서 공장 터를 분양할 때 십 프로 이익을 붙여서 분양하도록 했는데, 시방은 실비로 분양을 해도 되니까 공장 쪽이 훨씬 유리해유."

"예, 저도 알고 있습니다. 터에 대한 재산권도 이 년 뒤에 주는 것이 아니라 입주 즉시 양도를 해 주니까 공장들도 좋아합니다. 의원님이 힘써서 법을 바꾸신 걸로 알고 있습니다."

"에이, 저 혼자 다 할 수 있겠습니까? 농공 단지를 규제하는 법이 너무 많응게 공장들이 입주를 꺼려하는 경향이 많았잖유. 그래서 여러 의원님들이 서로 힙을 합쳐서 규제를 완화시켰슈. 그나저나 점심 약속은 하고 올라오셨는지 모르겠네유?"

"아까 의원님 오시기 전에 옥천군수하고 같이 먹기로 했습니다만……."

정오영이 진규의 눈치를 살피며 말꼬리를 흐렸다.

"그람 잘됐네유. 여의도에서는 아주 고급 음식점이 아니믄 다 비슷해유. 그랑께 옥천군수님하고 저하고 스이 국회식당에서 같이 드시면 어떻겠습니까?"

"점심까지 사 주신다니 황송할 따름입니다. 옥천군수님도 저하고 점심을 같이 먹기로 했으니까 좋다고 하실 겁니다."

"그럼, 옥천군수님하고 면담 끝나는 대로 같이 식사하러 가셔유."

진규는 웃는 얼굴로 일어섰다. 정오영보다 앞장서서 문을 열어 주었다.

"군수님."

김성수가 책상 앞에 앉아 있다가 김용직을 불렀다.

"아! 네."

김용직은 얼른 일어나서 진규 앞으로 다가갔다.

"날씨가 춥쥬?"

진규는 김용직을 안으로 안내한 후에 돌아서서 사무실 문을 닫았다.

어둠 속을 더듬어 벽에 있는 전등 스위치를 올리는 순간 방 안이 환해졌다. 오숙자는 소리 나지 않게 일어서면서 경훈을 바라본다. 경훈은 세상모르게 잠들어 있다. 벽시계는 정확히 4시를 가리키고 있었다.

할렐루야!

다른 신도들은 자명종을 맞춰 놓지 않으면 새벽에 일어나기 어렵다고 한다. 하지만 오숙자는 자명종을 맞춰 놓지 않아도 누가 깨운 것처럼 정확히 4시면 눈이 떠졌다. 하나님의 보살핌이 없으면 힘들다고 생각했다.

오숙자는 경훈이 눈치채지 않도록 조용히 일어나 목욕탕으로 들어갔다. 주님을 영접하려면 몸과 마음을 깨끗하게 하는 일이 기본이다. 매일 샤워는 못해도 머리는 감아야 한다는 생각에 머리를 감고, 양치까지 하니 마음도 깨끗해지는 기분이다. 겨울 날씨에 감기에 걸리지 않도록 마른 수건과 드라이를 이용해서 머리카락이 따뜻해질 정도로 말린 다음에 밖으로 나갔다.

경훈은 여전히 자고 있다. 화장대 앞에서 가볍게 스킨을 바르는 것으로 화장을 끝내고 장롱 앞으로 갔다. 바깥은 싸리비로 얼굴을 휘갈기는 것처럼 매섭고 찬 바람이 불 것이다. 어쩌면 밤사이 눈이 소복하게 쌓여 있는지도 모를 일이다. 지금까지도 눈보라가 휘날리고 있을지도 모를 일이다. 겨울 속내의를 입고 그 위에 두꺼운 티셔츠를 입었다. 오리털 점퍼를 걸치고 모자를 뒤집어쓰고야 소리 나지 않게 문을 열고 거실로 나갔다. 거실의 전등 스위치를 올리고 장갑을 꼈다. 응접 테이블 위에 있는 성경책을 챙겨 들고 현관 앞으로 갔다.

밖은 눈이 내리지 않았지만 길바닥은 차가운 철판 위를 걷는 것처럼 단단하게 얼어 있었다. 하늘에는 별 하나 보이지 않았다. 먹물을 풀어 놓은 것 같은 검은 하늘 밑의 거리에는 칼바람만 서성거리고 있었다. 이른 새벽이라 신문을 돌리는 소년도, 우유 배달부도 보이지 않는다. 가로등 불빛은 창백하게 납덩어리 같은 빛을 떨어트리고 있다.

봉천동 하나님의교회는 집에서 멀지 않은 곳에 있다. 숨을 쉴 수 없을 정도로 맞바람이 불어 고개를 숙이고 신경을 곤두세운 채로 빙판길을 조심조심 걸었더니 교회에 도착했을 때는 춥다는 것을 느낄 수가 없었다. 몸은 땀이 나서 뜨겁고 얼굴은 얼어서 얼얼했다.

새벽 기도를 나오는 신도는 15명 안팎이다. 거의 60세가 넘은 노인들뿐이다. 어둠에 싸여 있는 교회 문은 잠겨 있지 않았다. 성스러운 마음으로 문을 열고 안으로 들어가서 전등 스위치를 올렸다. 썰렁한 한기가 얼굴을 덮었으나 개의치 않고 신발을 벗어 신발장에 넣었다.

하나님의교회는 개척교회라서 전체 신도라고 해야 2백 명이 넘지 않는다. 30여 평의 예배당 안에는 연탄난로 2대만이 겨울의 한기를 녹이는 유일한 난방 도구다. 새벽에는 연탄불이 없으니 연탄난로는 열기 대신 냉기를 뿜어내고 있었다.

오숙자는 늘 그랬던 것처럼 두 손을 모으고 겸허한 마음으로 십자가 앞으로 천천히 걸어갔다. 십자가 앞에 멈춰서 고개를 숙이고 주님께 감사 기도를 드린 다음 의자에 앉았다. 모자를 벗었더니 으스스한 한기가 돌았다. 두 손을 모아 제단에 있는 십자가를 바라보았다. 가슴이 착 가라앉는 것을 느끼며 눈을 감았다.

"하늘에 계신 우리 아버지여! 기룩하신 아버지여!"

눈물이 핑 돌았다. 심호흡을 길게 하고 슬픔이 가라앉기를 기다리며 제단에 있는 예수만 생각했다.

"하느님의 은혜와 축복하심에 대하여 깊이 감사와 찬양을 드립니다. 지금까지 보잘것없는 저를 보호하시고 좋은 길로 인도하시고 특별히 하나님을 아버지로 부르도록 자녀삼아 주심을 진심으로 감사드리나이다."

문이 열리는 소리와 함께 찬 바람이 등을 휘갈겼다. 누군가 들어오는 소리가 났다. 다시 심호흡을 길게 하고 마음을 가다듬었다.

"감사함으로 그 문에 들어가며, 찬송함으로 그 궁정에 들어가서 그에게 감사하오며 그 이름을 찬송하나이다. 하늘 아래 보잘것없는 저를 어여삐 여기시고 그동안 살아오면서, 진작에 하나님께 가까이 다가가지 못한 죄를 용서하시기를 비나이다. 가족을 먹여 살리겠다고 손톱에 금이 가도록 일을 하느라, 저보다 불쌍한 사람을 업신여기고, 저보다 낮은 사람들에게 큰소리치고 당당하게 굴었던 것을 뼈가 시리도록 후회하고 있사오니 하나님의 넓은 마음으로 용서하여 주시기 바랍니다. 지난 광주민주화운동 때 군인의 총에 맞아 풀잎처럼 쓰러져 간 두 동생의 모습을 보고 하나님을 욕했던 것도, 하나님이 이 못난 저를 시험하시는 것을 모르고 십여 년 동안의 방황을 용서하여 주시고, 오직 저를 위해 한겨울에 손발이 얼어 가는데도 열심히 일을 하며 저만을 사랑해 준 남편의 공도 모르고, 햇볕 보기를 두려워하며 하나님을 욕했던 점도 뼈저리게 후회하고 있사오니 하나님의 넓은 품으로 용서하여 주시기 바랍니다…… 아멘!"

기도할 때마다 울지 않겠다고 백 번 넘게 다짐을 했으면서 눈물이 났다. 얼굴을 덮는 뜨거운 눈물이 턱 밑으로 툭툭 떨어져 기도를 잇지 못하고 어깨를 잔뜩 움츠리고 두 손을 꼭 잡았다.

"주여! 용서하소서!"

뒷자리에 앉은 노파가 간절하게 구원을 바라는 소리가 아프게 들려와 가슴 안으로 슬프게 내려앉았다. 침을 삼키고 눈물이 멎을 때까지 십자가를 바라보았다. 눈물이 멎었다는 생각이 들 무렵 다시 기도를 시작했다.

"이 땅에 거룩하신 빛을 보내시어, 어려운 자에게 행복을 주시고, 절망하는 자에게 희망을 주시고, 슬픔에 젖은 자에게 용기를 주신 전지전능하신 하나님께 간절하게 비나이다. 벌건 대낮에 비명횡사한 제 동생들이 천국에서 하나님 곁에 있게 해 주시길 간절하게 비나이다. 제 동생에게 총을 겨눈 젊은 군인이 자신의 뜻이 아니라, 위에서의 명령 때문에 살인을 저질렀다면 그 군인도 용서해 주시길 비나이다. 저를 위해 고생하고 계신 저의 남편이 사람들을 당당하게 대할 수 있도록 제가 갖고 있는 모든 아픔을 씻어 주시기를 비나이다. 제가 가지고 있는 모든 원망을 강물로 흘려보내시어 당당하게 남편을 도와 일을 할 수 있게 용기를 주시길 간절하게 비나이다. 저의 가족 모두가 하루하루 행복하게 살 수 있도록 이끌어 주시기를 간절하게 비나이다. 저의 형님 빵집이 어제보다 잘 되고, 오늘보다 더 잘 되어서 형님 가족 모두가 행복하게 살아갈 수 있도록 전지전능한 하나님의 힘으로 영도하여 주시기를 간절하게 비나이다. 이 모든 것이 저의 뜻이 아니고, 오직 하나님의 뜻이기를 간절하게 구원하며 비나이다. 아멘!"

언제부터인지 모든 잡념이 사라졌다. 장갑을 끼지 않은 맨손인데도 춥지가 않았다. 바람이 불지 않는 날의 호수처럼 마음은 고요했다.

"전지전능한 하나님의 허락을 받고 오늘도 이 자리에 앉아서 예수님께 기도를 하옵니다. 이 한 몸이 쓰러지는 그날까지 예수님의 은혜를 잊지 않고, 아침에 눈을 뜨고 저녁에 잠을 자는 그 순간까지 모든 것이 예수님의 은총으로 알고 오늘도 간절하게 기도를 하였나이다……. 아멘."

오숙자는 마음이 한결 가벼워진 것을 느끼며 일어섰다. 늦게 와서 기도를 하고 있는 신도들이 기도하는데 신경 쓰이지 않도록 발소리를 죽이며 조심스럽게 걸어 바깥으로 나갔다. 하늘을 바라봤다. 교회 올 때는 별 하나 보이지 않았는데 새벽 별 하나가 유난히 반짝인다. 그러나 바람은 더 차갑고, 더 날카롭게 울부짖고 있었다.

따뜻한 거실에 들어서자 얼굴이 따갑도록 화끈거린다. 전등 스위치를 올렸다. 환한 불빛 밑으로 보이는 소파며 텔레비전 장식장 냉장고 등이 정겨운 모습으로 다가온다.

"언지 일어났어? 공부하는 거여?"

영철이 방에서 무슨 소리가 난다. 문을 살짝 열어 보니 올해 대학교에 들어간 영철이 컴퓨터 앞에 앉아서 무언가를 하고 있다.

"교, 교회 갔다 오시는 거예요?"

영철이 당황한 얼굴로 물었다.

"그려, 언제 일어났는데?"

오숙자는 방 안으로 들어갔다. 영철이 얼른 컴퓨터를 꺼 버리고 침대 앞으로 간다.

"뭔데, 엄마가 보면 안 되는 거야?"

영철이 이불 속으로 들어가며 딴청을 피웠다.

"아, 아무것도 아녀요. 지금 몇 시나 됐지?"

"여섯 시는 넘은 거 같은데, 더 자. 내가 이따 깨울 테니까."

오숙자는 뭔가 미심쩍었지만 어찌할 도리가 없어 이불만 다독거려 주고 나갔다. 안방으로 들어가 보니 경훈은 여전히 정신없이 자고 있었다. 소리 나지 않게 조용히 옷을 갈아입고 밖으로 나가서 아침 준비를 했다.

"고등학교 다닐 때처럼 숙제가 있는 것도 아니니까 방학 때 영어 학원에 좀 다녀야겠어요."

아침 밥상에서 영철이 경훈을 바라보며 말했다.

"학원비가 얼마냐?"

경훈은 영철이 대학교를 다닌다는 것만 생각해도 저절로 힘이 난다. 그래서 공부를 하는데 필요한 돈이라면 두말없이 내주는 편이다. 영철의 말이 떨어지기 무섭게 물었다.

"학원비가 만만치 않을 텐데, 그냥 집에서 공부하면 안 되는 겨? 집도 도서관처럼 조용하잖아."

오숙자는 경훈이 영철이 원하는 것은 앞뒤 재지 않고 무조건 들어주는 점이 못마땅했다. 경훈이 좋아하는 깻잎 장아찌 접시를 앞으로 옮겨 주며 마땅치 않은 표정으로 영철을 바라봤다.

"요즈음은 영어 못하면 대기업에 취직도 못해. 대학교 일학년 때부터 꾸준히 공부를 해야, 나중에 대기업에 취직할 수 있다구. 내 친구들도 모두 방학 때 영어 학원에 등록한다고 했거든."

"그려, 그려. 딴 데 쓰는 것도 아니고 영어 잘할라고 학원 댕긴다는데 필요한 돈이라믄 얼매든지 줘야지. 얼매를 주믄 되는 겨?"

"육만 원 정도 하는 걸로 알고 있어요. 변두리 학원은 삼만 원짜리도 있지만 이왕 학원에 다닐 바에는 실력 있는 선생들이 가르치는 종로나 강남에 있는 학원이 낫잖아요."

영철은 학원비에 만 원을 더해서 태연하게 말했다.

"삼만 원짜리 하고 육만 원짜리가 어떻게 다른데?"

"육만 원만 주면 되능 겨?"

경훈이 오숙자의 말을 무시해 버리고 물었다.

"학원에 다니려면 회수권도 사야 하는데……."

"요새 뻐스비가 얼매여? 난 당최 뻐스 탈 일이 있어야지."

"일반이 이백구십 원이고, 좌석이 육백 원입니다. 일반 버스 타고 다닌다고 해도 하루 육백 원씩 쳐서 만 오천 원은 있어야 하는데……."

"아주 기둥뿌리를 뽑는구면."

오숙자는 얼른 계산해 봐도 점심 값까지 포함한다면 9만 원이나 10만 원을 요구할 것이라고 생각하며 경훈을 바라봤다.

"그려, 대학생이니께, 친구들하고 커피도 마셔야 하고, 영화도 한 번씩 보고 할라믄 십만 원은 있어야겠구면. 여보, 영철이 십만 원만 줘."

"고맙습니다, 아버지. 열심히 영어 공부해서 졸업 후에 대기업에 취직해서 효도할게요."

"너도 나중에 돈 벌어 보면 알겠지만 돈 버는 것이 쉬운 것이 아녀. 맘 단단히 먹고, 허리띠 졸라매면서 일을 해야 돈 벌 수 있는 겨. 더구나 엄마가 미용실에 다니면서 돈을 버는 것도 아니고 고물상에서만 돈이 나오잖아. 요새 날이 추워서 장사가 안 돼도 아부지가 딴소리 일절 안하시고 주시는 돈이니까 아껴 써."

오숙자는 경훈의 말을 거역해 본 적이 없었다. 정신적이든 육체적이든 힘들게 살 때도 경훈이 단 한 번도 짜증을 부리거나 화를 내는 것을 본 적이 없었다. 집안은 물론 바깥에서도 경우에 벗어나는 행동을 하지 않았다. 경훈이 일단 결정을 내렸으니 돈을 주는 수밖에 없다고 생각하며 영철을 흘겨봤다.

영철은 아침에 학원에 등록한다고 나갔다. 경훈은 바쁜 여름과 다르게 고물상에 나가봤자 할 일이 없어서 소파에 비스듬히 누워 리모컨으로 텔레비전을 켰다. 왕종근, 이금희가 사회를 보는 <무엇이든 물어보세요>라는 프로가 진행 중이다.

"커피 한잔 할래요?"

오숙자가 설거지를 끝내고 물었다.

"좋지. 동생들도 전화해서 올라오라고 하지. 날도 추운데 커피 한잔씩 하고 나가면 좋잖아."

경훈은 일어나 앉으며 채널을 돌렸다. <주부도 경쟁력이다>, <알뜰 살림 퀴즈> 모두 주부들을 대상으로 한 프로그램이라는 생각에 텔레비전을 꺼 버렸다. 경훈은 오숙자가 짱구에게 전화하는 모습을 지켜보다 갑자기 생각이 났다는 얼굴로 철용이도 부르라고 말했다.

"아침부터 먼 일 있남? 고물상에 출근하믄 어채피 얼굴 보게 될 텐데 ……."

짱구와 짝눈은 아래층에 사는데 철용이 먼저 허연 입김을 토해 내며 들어섰다. 귀를 덮는 털모자를 벗어 바지에 툭툭 털며 경훈의 옆에 앉았다.

"느 형수가 커피 한잔 끓여 준다고 해서 불렀잖여."

"형수님, 무슨 특별한 커피 사왔남?"

"내가 끓여주는 커피는 다 특별하잖아요. 커피 지금 갖고 갈까요, 아니면 이따 삼촌들 오시면 갖고 갈까?"

오숙자가 주방 앞에서 경훈을 바라봤다.

"이따 갖고 오지."

경훈은 오숙자가 교회에 다니기 시작하고부터 조금씩 증세가 호전되는 걸 생각하니 아무런 근심 걱정이 없었다. 오늘따라 오숙자의 얼굴에 화색이 돌아 기분 좋은 얼굴로 대답했다.

"짱구하고 짝눈도 불렀어?"

"딴 기 아니고, 짱구하고 짝눈이 장가가는 문제 땜시 회의 좀 할라고."

"짱구는 여자가 있지만, 짝눈은 사귀던 생선 가게 여자하고는 지난여름에 헤어졌다고 하지 않았어?"

"다시 만나는 모양여."

"잘됐구먼. 영철이는 워디 갔댜? 방학인데……"

철용이 영철이 방을 바라보며 물었다.

"영어 학원 알아본다고 나갔구먼. 정민이는 영어 학원 안 댕겨? 요새는 영어를 잘해야 대기업에 취직할 수 있다고 그라든데."

경훈이 은근히 자랑스러운 목소리로 물었다.

"정민이는 어제 밤늦게까지 컴퓨터 하는 거 같드니, 아침도 안 먹고 아직 자고 있구면."

"참! 새벽에 교회 갔다가 들어와서 보니 말유. 영철이 방에 문이 살짝 열려 있더라구요. 그래서 들여다 봉께 영철이가 컴퓨터를 하고 있지 뭐

에요. 그래서 새벽부터 무슨 컴퓨터를 그렇게 열심히 하느냐고 물어 봉께, 내가 볼까봐 얼른 컴퓨터를 끄고 잠이나 더 자야겠다고 그러더라구요. 도대체 뭘 하고 있길래, 엄마가 보면 안 되는 거여, 라고 물어 봉께 암것도 아니라면서 말을 돌리더라구요."

오숙자가 걱정된다는 얼굴로 경훈에게 물었다.

"아, 그거! 신경 안 써도 돼유. 요새 컴퓨터로 야한 사진 보는 것이 유행이라고 하드만."

철용이 걱정 안 해도 된다는 얼굴로 웃으며 말했다.

"야한 사진이라니? 야한 사진이 컴퓨터에서 나온단 말여?"

"한국 여자는 드물고, 일본이나 미국 컴퓨터에 나오는 것을 우리나라 컴퓨터에 욍겨 놓는 사람들이 있다드만. 그걸 대학생들이 자주 보는 모양여. 우리 정민이가 나한테 한번 뵈 주길래, 깜짝 놀랐당께. 완전 홀딱 벗은 것들이 자세도 요상하게 해 갖고설랑 좌우지간 뭐라고 설명을 못 하겄구먼."

"아니, 그렇게 추잡한 사진을 제 친구도 아니고, 아버지한테 보여 준단 말이에요?"

오숙자가 이해할 수 없다는 표정으로 철용을 보고 물었다.

"우리 정민이는 그런 거 안 따져유. 하루는 혼자 컴퓨터를 보면서 실실 웃고 있길래, 머가 재미있어서 혼자 그렇게 웃고 있냐고 물응께, 이 것 좀 한번 보세요. 요샌 이런 사진이 많이 돌아다닙니다, 라고 하면서 보여 주더라니께유."

"정민이 저는 그런 사진 안 본다는 말이구먼. 그랑께 즈 애비한테도 뵈어 주지."

"형, 영철이도 츰에는 신기해서 몰래 보지만 나중에는 안 볼 껴. 맛있는 겅거니도 맨날 보믄 질리는 것처름, 야한 사진도 맨날 보믄 질릴 거잖여."

"그건 니 말이 맞는 말 같구먼. 아무리 이쁜 마누라도 삼 개월만 같이 살다 보믄 이쁜 줄 모른다잖여. 물론 우리 영철이 엄마야 백 번 보면 백 번 이뻐 뵈지만 말여."

"어이구, 그런 말에 넘어갈 나이는 지났슈."

노크 소리도 없이 문이 열렸다. 오숙자는 짱구가 왔을 것이라는 생각에 기분 나쁘지 않다는 얼굴로 현관 앞으로 갔다.

"날이 춥죠?"

오숙자가 문을 열고 들어서는 짱구와 짝눈을 반갑게 맞이했다. 예전 같았으면 문 앞에서 간신히 인사만 하고 안방으로 들어가 버렸을 것이다.

"형님도 와 계시네유."

짱구가 슬리퍼를 벗으며 철용에게 인사했다.

"아침부터 머 존 일이 있는 개뷰?"

짝눈은 기대된다는 얼굴로 웃으며 들어갔다.

"커피나 한잔씩 하자고 불렀구먼."

"커피는 고물상에도 있잖유."

짱구도 궁금하다는 얼굴로 뒤통수를 긁적이며 경훈을 바라봤다.

"짝눈 너는 생선가게 여자하고 화해를 했담서?"

"싸, 싸운 적이 있어야 화해를 하쥬……."

철용의 뜬금없는 말에 짝눈이 당황한 얼굴로 대답했다.

"나도 생선가게 여자 여러 번 봤거든. 사람이 미워 보이는 쪽은 아니고, 가만히 뜯어보면 오목조목하게 생긴 것이 이쁜 얼굴인데. 맨날 보믄 술을 같이 마시는 여자들 얼굴이 똑같드만. 같이 슈퍼에 근무를 하는 여자들여?"

"예. 삐쩍 마른 여자하고, 뚱뚱한 여자는 매장에 근무를 하고, 김화자는 생선 코너 담당이잖유. 세 명이 잘 어울려유."

짝눈이 괜히 짱구를 바라보며 멋쩍게 웃었다.

"맨날 보믄 김화자 씨가 대장 노릇하고 있슈. 나이는 삐쩍 마른 여자가 젤 많고, 그 담에 뚱뚱한 여자유. 김화자는 그 세 명 중에 막내면서 큰언니처럼 행동하잖유."

"그렇게 드센 여자를 감당해낼 수 있겠어?"

오숙자가 커피를 쟁반에 들고 와서 옆에 앉았다. 경훈이 짝눈을 바라보며 물었다.

"그래도 맘은 착하고 여려유. 어쩔 때는 열아홉 소녀처럼 수줍어할 때도 있슈. 그랑께 제가 좋아하쥬."

"사장님이 짝눈 결혼이라도 시킬 생각이시구먼."

짱구가 커피를 받으면서 빙긋이 웃었다.

"그려, 짱구 너는 반찬 가게 하는 엄미영 씨하고 잘 지내고 있지?"

"요새는 그 조카도 저를 잘 따라유. 내가 가면 내 손을 잡고 인형을 사 달라, 아이스크림을 사 달라고 조른당께유."

경훈이 묻는 말에 짱구가 얼굴을 붉히며 대답했다.

"조카하고 결혼할 거는 아니잖여. 엄미영 씨가 워티게 생각하는지가 중요하잖아."

철용이 묻는 말에 오숙자도 궁금하다는 얼굴로 짱구를 바라봤다.

"그러지 않아도 집도 있고 함께 장가를 가도 되는데 여자가 읎어서 고민이라고 했드니 말유. 남자답게 덩치도 좋겄다, 사람 건실하고 착하겄다, 고물상에 댕기기는 하지만 사장님하고 친형제하고 같응께 쫓겨날 일 읎겄다. 나 같으믄 얼른 시집 가겄다고 말해 놓고, 부끄러운지 슬그머니 얼굴을 돌리드라구유. 그 얼굴이 얼마나 이쁘던지, 내 가슴이 벌렁벌렁해서 혼났슈."

"형님, 그런 걸 사랑이라고 하능 겨. 사랑을 하면 가슴이 떨린다고 하잖여."

"그람 너도 김화자 씨하고 같이 있으면 가슴이 떨린단 말여?"

짱구가 그답지 않게 소년처럼 수줍어하는 얼굴로 짝눈에게 물었다.

"맨날 그런 거는 아니고, 어쩔 때는 그런 기분이 들 때가 있구면."

"자, 자! 일 절만 하고, 느덜 오기 전에 철용이하고 상의를 했는데 말여, 돌아오는 명년 봄에는, 꺽다리도 정식 결혼식을 올리지 않았잖여. 그랑께, 느덜 스이 합동결혼식을 올렸으면 해서 보자고 한 겨."

"형님!"

짱구가 덩치에 어울리지 않게 경훈의 손을 덥석 잡으며 눈물을 왈칵 쏟았다.

"이 사람 왜 이랴?"

경훈이 겸연쩍은 얼굴로 손을 빼며 중얼거렸다. 짱구가 손을 다시 잡으며 눈물을 줄줄 흘렸다.

"형님들을 만나지 못했으면 우린 인간 말종에 쓰레기로 살았을규. 시방도 잠을 자다가 그 생각을 하면 눈이 번쩍 떠지면서 잠이 안 와유. 우리가 배운 것이 있슈, 부모 복이 있슈, 기술이 있슈, 돈이 있슈? 죄다 부모 복이 드럽게 읎는 놈들이잖유. 형님이 거둬 주셔서, 하루 세 끼 뜨신 밥 먹고 사람대접 받으면서 살잖유. 형님을 안 만났으면 우리 같은 놈 미래는 뻔한 것이잖유. 인간쓰레기 같은 놈들이 제 앞으로 등기된 집 한 채이라도 차지할 수 있었겠슈? 집을 져서 이사 들어오는 날 형님이 우리한테 등기 권리증을 내밀었을 때를 생각하면 시방도 너무 고마워서 눈물이 나유. 더구나 나이 쉰 살이 넘은 놈을 결혼식까지 시켜 주신당께 너무 고맙고 감격스러워서 눈물이 자꾸 나네유……."

짱구가 어깨를 들썩거리며 눈물을 쏟자 짝눈도 옆에 앉아서 손가락을 만지작거리며 소리 없이 울었다.

"허, 남들이 들으면 대단한 일을 한 것 같구먼. 아, 니덜이 열심히 따라 줬으니까 나나 철용이도 자네들을 친동생처럼 여기고 살아온 거잖여. 그만 진정햐. 그만 진정하고 커피나 마셔. 커피 다 식겠구먼. 우리 이럴 것이 아니라, 해장으로 한잔씩 할까?"

"형수님, 오늘 같은 날 가만히 있으면 안 되겠쥬?"

철용도 경훈의 배려를 생각하면 눈물이 앞을 가린다. 짱구와 짝눈이 흐느끼는 모습에 눈물이 나서 고개를 옆으로 돌리고 눈물을 닦고 있다가 오숙자를 바라봤다.

"그라고 봉께, 삼촌도 결혼식 안 올렸잖아요. 좀 늦었기는 하지만 금순이 언니 머리에 면사포 좀 얹어 주는 것도 좋을 거 같은데."

오숙자가 스웨터 자락으로 눈물을 닦다가 철용을 바라보며 말했다.

"맞아, 내가 왜 그 생각을 못했지?"

경훈이 철용의 무릎을 치며 눈을 빛냈다.

"에이, 나는 괜찮여. 정훈이가 시방 몇 살인데 인제 면사포를 써. 그냥 이대로 살아도 우린 행복하구면."

"너는 괜찮지만 제수씨는 안 그려. 어차피 결혼식 하는 날 신부화장은 제수씨가 해 줄 텐데 그때 기분이 워떻겠어?"

"영철이 아버지 말이 맞는 말이니까 같이 하는 걸로 해요. 양복이야 집에 있는 거고, 동서 웨딩드레스만 빌리면 되잖아요. 신부화장이야 나하고 직원들이 해 주면 되는 거고."

"내 참 괜찮다는데도……."

철용은 금순이를 생각하니 이 기회에 면사포를 씌워 주는 것도 나쁘지는 않다는 생각에 얼굴을 붉혔다.

제40장

1
9
9
5
년

도화살

도화살이 끼면 겉으로 볼 때 고집이 쎄고,
생각하는 거하고 내뱉는 말이 분명해져유.
지가 주장하는 대로 행동을 하는 승질이라서,
맘에 들지 않는 일이 있으면,
그 맘이 수그러들 때까지 걷잡을 수 없는 행동을 하는 수도 있슈.

옥천댁은 승우가 잠적을 한 후로 단 한 번도 대문의 빗장을 채우지 않았다. 언제 어느 시에 승우가 지친 몸을 이끌고 들어올지 모른다는 생각에 대문을 잠그지 않았다. 그것을 알리기 위해 늘 한 뼘 정도 열어 두었다.

옥천댁이 승우의 부재를 알게 된 날로부터 정확히 1년이 되는 작은설이다. 마당으로 들어서도 차례 준비를 하는 냄새가 나지 않았다. 아궁이를 없애고 입식으로 만든 정지는 문을 닫으면 방 안과 같아서 냄새가 바깥으로 흘러나가지 않는 까닭이다. 안남댁 혼자 조용히 차례 음식을 만드는 소리만 간간히 달그락거렸고 마당에는 부잣집 개답지 않게 삐쩍 마른 독구가 코를 킁킁거리며 뜨럭 앞에 앉아 있었다.

순배 영감은 독구를 볼 때마다 이동하의 집도 쇠락해 가고 있다는 눈빛으로 바라보며 마음속으로 혀를 찼다. 이동하의 집은 누가 보더라도 배산임수형인 명당이다. 하지만 아무리 명당이라도 주인이 그 집터를 이겨 내지 못하면 흉당이 될 수가 있다. 명당이 흉당이 되는 것은 주인이 터를 이겨 내지 못할 때 나타난다. 그리고 그 집의 터를 주인이 이겨 내는지를 알려면 개를 보면 안다. 개가 살이 찌고 건강하면 주인이 밥을 잘 먹고 건강하게 지낸다는 증거다. 그 반대로 개가 야위고 병치레를 하면 주인이 잘 먹지 못하고 있다고 볼 수 있다. 아무리 부잣집이라도 주인이 잘 먹지 못하면 개밥이 부실하게 나갈 수밖에 없는 까닭이다.

사랑방은 기름보일러를 깔아서 적당히 따뜻했다. 누마루 쪽의 들창문도 알루미늄 새시로 이중창을 만들어서 방 안이 너무 건조해 입 안이 깔깔해질 지경이다. 윗목에는 십이만 원짜리 인켈 오디오 위에 칠십일만 원짜리 25인치 컬러텔레비전이 차지하고 있다. 컬러텔레비전에서는 설날 특선 프로로 <황혼에 피는 꽃>이라는 드라마가 방영되고 있었지만 어느 누구 하나 집중해서 시청하고 있지 않았다.

옥천댁은 표출할 수 없는 죄책감에 시달려 사느라 1년 사이에 폭삭 늙어 윤기 나는 피부를 찾아볼 수가 없었다. 눈꼬리와 콧잔등이며 입술 가에는 주름살이 깊게 파여 있고, 끼니를 제때 챙겨 먹지 않아 머리카락도 반백으로 변해 버렸다. 아무 걱정 없는 사람처럼 가볍게 코를 골며 자고 있는 이동하 옆에 앉아 텔레비전을 바라보고 있기는 하지만 온 신경은 대문가에 가 있었다.

이동하는 날로 번창하고 있는 예식장에서 가마니로 돈을 긁어모으는 재미에 늙을 겨를이 없었다. 나이가 드니 식탐이 줄어들어 배는 오히려 홀쭉해지고 얼굴은 팽팽하게 혈색이 돌았다. 무슨 꿈을 꾸는지 씩 웃고 나서 살찐 얼굴을 실실 긁고 모로 돌아누우며 방귀를 뀐다.

"멀 먹었길래 냄새가 이리 지독햐."

보은댁은 승우가 집을 나가기 전과 비교해 특별히 더 늙어 보이거나 젊어 보이지도 않는 그대로이다. 곶감을 손톱 끝으로 잘라서 야금야금 먹다가 이동하가 방귀 뀌는 소리에 인상을 쓰며 고개를 돌렸다.

"하여튼 이 세상에서 젤 맘 편하게 사는 이는 저이뿐에 읊을 껴."

옥천댁도 기운 없는 목소리로 중얼거리며 잠깐 인상을 썼지만 곧 텔레비전 쪽으로 시선을 돌렸다.

"길동이 딸내미도 나이가 등께 신기가 떨어졌나벼……."

텔레비전에서는 탤런트 사미자가 눈물을 흘리고 있었다. 보은댁은 옥천댁처럼 건성으로 텔레비전을 보고 있는 중이라서 왜 사미자가 울고 있는지 이유를 알 수 없었다.

"의원님 국회의원에 당선되는 것을 귀신처럼 알아내던 때만 해도 열몇 살이었잖여. 그동안 몇십 년이나 우려 먹었응께 신도 싫증이 나서 딴 데로 갔겄지."

옥천댁이 반응을 보이지 않자 보은댁이 다시 혼잣말로 중얼거렸다.

"향숙이가 올개는 틀림읎이 집에 온다고 했슈."

"오늘이 그믐 아녀. 시방 및 시나 됐는지 모르지만 왔으면 벌써 왔을 아 아녀. 시방까지도 기척도 안 하는 걸 봉께……."

보은댁은 말이 씨가 된다는 말이 생각났다. 아직 오늘 하루가 넘어가려면 열두 시간 이상 남았다. 괜히 불길한 말이 씨가 될지 모른다는 생각에 슬그머니 입을 다물었다.

"향숙이 말을 떠나서 저도 인간이라면 오늘은 들어오겄쥬."

옥천댁은 창문 쪽으로 시선을 돌렸다. 예전에는 손바닥만 한 창문이었지만 창문을 알루미늄 새시로 바꾸면서 크게 만들었다. 이중 창문이라 바람은 들어오지 않지만 담장 너머로 뒷동산이 보일 정도로 훤했다. 바람이 부는지 누렇게 잎이 바랜 상수리 잎새들이 콩새 떼처럼 우수수 잿빛 하늘로 올라간다.

옥천댁은 승우가 집을 나간 후에 용하다는 점집을 한 달에 한 번꼴로 찾아 갔다. 굿도 세 번이나 했다. 그때마다 점쟁이들이 하는 말이 달랐다. 동쪽에서 도를 닦고 있으니 여름이 오기 전에 꽃처럼 환한 모습으로 들어온다는 둥, 집에 말하지 못할 고민 때문에 잠시 피해 있는 중이니 조만간 좋은 소식이 올 거라는 둥 매번 기대를 줬지만 승우는 모습을 보이지 않았다.

"길동이 딸한테 한번 가보는 기 어뗘?"

"어머님, 시방 동리에 소문낼 일 있슈? 요새는 향숙이 어머가 대전에 두 달에 한 번꼴로 댕기는 모양인데, 모리댁 귀에라도 들어가 봐유. 동리 어디까지나 소문이 날 거 아녀유?"

하루는 보은댁이 향숙이를 거론했다. 옥천댁은 순간 박태수의 벗은 몸이 불같이 일어나는 것을 느끼며 정색을 하고 반대를 했다.

"그건 니가 모르는 말여. 의사가 환자 병을 남한테 말해 주는 거 봤남? 점쟁이는 절대로 손님들이 점 본 야기를 안 해 주는 법여. 그런 것이 소문나믄 누가 점쟁이를 찾아가겄어. 점쟁이 집에 찾아가는 이들 대부분이, 말 못할 고민 때문에 찾아 가는 일이 많잖여."

"그래도 향숙이는 안 되유. 제가 용하다는 점쟁이를 한번 찾아볼게유.”

옥천댁은 보은댁의 말도 일리가 있다고 생각했다. 하지만 지은 죄가 너무 커서 쉽게 결단을 내릴 수가 없었다.

“지난 슬날도 초상집처럼 보내느라 조상들한테 인사도 제대로 못 드렸잖여. 추석 때도 그렇게 보낼 참여?”

보은댁은 추석을 며칠 앞두고 더 이상 참을 수 없다는 얼굴로 직접 향숙을 찾아가겠다고 나섰다.

“알았슈. 지가 오늘 대전에 가 볼께유.”

옥천댁은 보은댁이 향숙을 찾아갔다가 더 큰일이 벌어질지도 모른다는 생각에 보은댁을 안심시키고 대전으로 향했다.

“도화살을 안고 태어났구면유.”

향숙이 잠시 눈을 감고 있다가 뜨면서 단정 짓는 목소리로 말했다.

“도, 도화살이라니? 시방 먼 소리를 하고 있는 거여?”

옥천댁의 상식으로 남자가 도화살이 끼면 남녀 관계가 문란하다는 얘기였다. 향숙이 박태수와의 관계를 알고 있는 것 같아서 소스라치게 놀라며 반문했다.

“도화살이 끼면 겉으로 볼 때 고집이 쎄고, 생각하는 거하고 내뱉는 말이 분명해져유. 지가 주장하는 대로 행동을 하는 승질이라서, 맘에 들지 않는 일이 있으면, 그 맘이 수그러들 때까지 걷잡을 수 없는 행동을 하게 되는 수도 있슈. 그치만 도화살을 잘 다스리면 무슨 영화배우나 탤런트가 될 수도 있구면유.”

“그, 그람 우리 승우가 지가 주장하는 대로 안 됭께 시방 그라고 있는 거구먼.”

옥천댁은 어느 사이에 이마에 맺힌 식은땀을 느끼며 마음속으로 안도의 한숨을 내쉬었다.

"제가 볼 때는 남녀 관계에서 승우가 감당하지 못하는 일이 있구먼유. 선녀님이 그러시는데 그냥 직장에 댕겼으면 지 승질을 이기지 못해서 크게 잘못되었을 거라고 하시네유. 그래도 천성이 워낙 착하고 바른 사람이라서 칠성대신이 도와 살아남을라고 사표를 냈다고 하시네유."

"참말로 다행이구면, 참말로 다행이여……."

옥천댁은 인숙을 향한 승우의 사랑이 얼마나 깊었으면 죽음까지 생각하고 있었을까 생각하니 눈물이 앞을 가렸다. 고개를 숙이고 눈물을 철철 흘리며 신들린 사람처럼 참말로 다행이라는 말을 쉼없이 중얼거렸다.

"늦어도 올해 그믐이 지나기 전에는 집으로 들어온다고 하네유. 그랑께 너무 걱정하지 마시고 영동에 내려가셔서 아침마다 정한수 떠놓고 열심히 기도나 하셔유."

"차, 참말로 올게 그믐 안에는 들어온단 말여? 우리 승우가?"

"선녀님이 그렇게 말씀을 하시네유. 그랑께 집에 가서 정한 마음으로 기다려 보세유."

향숙은 단정짓지 않았다. 그래도 옥천댁은 향숙의 말에 믿음이 갔다. 늦어도 그믐이라면 다섯 달 안쪽이다. 지금까지도 기다렸는데, 무사히 집으로 온다면 그 정도도 못 기다릴까 하는 위안을 갖고 눈물을 닦았다.

"꿩 대신 닭이라고, 이런 날 승철이라도 왔으면 명색이 짝은설날이 이렇게 초상 치르고 난 집처름 텅 빈 거 같지는 않을텐데……."

보은댁은 입을 쩝쩝 다시며 돌아눕는 이동하를 바라보며 혼잣말로 중얼거렸다.

"어머니, 어째서 승철이가 꿩 대신 닭이래유? 승철이는 엄연히 이 집 장남유. 호적에도 승우 즈 형으로 돼 있잖유."

옥천댁이 건성으로 텔레비전을 보고 있다가 서운하다는 표정으로 보은댁을 바라봤다.

"내가 그걸 몰라? 즈덜찌리 살면서 아를 둘씩이나 낳았는데도 며느리를 집 안에 발도 못 들이게 항께 하는 말이지."

"그 말씀은 맞는 말씀유. 승철이 가가 어릴 때부텀 만화라믄 밥보다 더 좋아했잖유. 그런 아가 만화 좀 그리게 해 달라믄 못 이기는 척 받아 주지. 텔레비서 봉께 요새는 학력도 필요 읎이 뭐든 잘하기만 하면 먹고 사는데 지장 읎고, 이름도 난다잖유. 그란 아를 만화가는 절대로 안 된다고 못 박아 놓응께 견디다 못해 집을 나간 거잖유. 집을 나가서도 삐틀게 산 것도 아니고, 지가 그리고 싶은 만화를 열심히 그려서 시방은 지 이름으로 낸 만화도 내고 먹고 살잖유……."

옥천댁은 보은댁을 향해 하소연을 하다 이동하가 눈을 뜨는 것을 보고 입을 다물었다.

"내가 은지 승철이를 안 받아 준다고 했남? 승철이는 내 자식잉께 돈을 삼천만 원이 아니라 수십억을 썼다고 해도 받아 준단 말여. 그라지만 슈퍼집 딸은 내 눈에 흙이 들어가면 몰라도 절대로 받아 줄 수 읎단…… 가만있어 봐. 딸내미 하나뿍에 읎다고 했는데, 둘이라니? 그건 또 먼 말여?"

이동하가 누워서 옥천댁을 노려보며 말하다가, 일어나 앉으면서 물었다.

"지난 보름날이 돌이라서 어머님께 말씀드리고 내가 갔다 왔잖유."

옥천댁이 이동하가 놀라건 말건 상관없다는 표정으로 말했다.

"머여, 그람 어머니도 알고 계셨단 말여?"

옥천댁의 말에 이동하가 자빠진 놈 발로 차느냐는 표정으로 보은댁을 바라봤다.

"손녀도 아니고 증손주 돌이라고 하는데 워티게 모른 척햐. 내가 직접 올라가 보지는 못해도 느 처라도 보내서 명을 빌어줘야 할 거 아녀. 그 랑께, 너도 인제 그만 맘을 접고 시방이라도 승철이한테 즌화햐. 승철이 가가 어릴 때 공부하고 거리는 좀 멀었지만, 시방은 만화가로 성공했다 잖여. 그라고 즈덜 둘이만 사는 것도 아니잖여. 돌배기 아들까지 자식이 둘이나 되는데 언지까지 나 몰라라 할 겨."

보은댁도 옥천댁 못지않게 당당한 얼굴로 이동하를 설득했다.

"어머니도 참 아직도 저를 그렇게 몰라유. 여기 앉아 있는 이동하가 비록 모산이라는 촌구석에 앉아 있지만 서울 가면 보통 사람 아녀유. 서 울 시내에서 젤 큰 논현동의 진주예식장 사장 이동하라면 웬만한 사람 들은 다 알아줘유. 그라고 내가 국회의원을 한두 번 했슈? 그런 내가 제 우 시장에서 코딱지만한 슈퍼 사장한테 사둔이라고 불러야겄슈?"

"마빡에다 슈퍼 사장이 내 사둔이유라고 써 붙이고 댕기지 않는 이상 사람들이 워티게 알아? 그랑께 요번 설날은 지발 손주하고 증손녀한테 새배 좀 받아 보자. 아! 미국이나 저 먼 나라에 사는 것도 아니잖여. 시 방이라도 즌화 한 통만 하믄 늦어도 오늘 밤 안에는 도착할 수 있잖여."

"어머니, 그렇지 않아도 금이야 옥이야 키웠던 승우 이 자식마저 내 가슴에 못을 박아 뻐려서 맘이 심란해 죽겠는데 제발 일 절만 하셔유. 내가 즈덜한테 못 해 준 것이 머가 있슈? 어릴 때부터 돈을 들 줬슈? 남들만큼 과외 공부를 안 갈켰슈? 즈덜 원하는 것은 머든지 해 줬잖유. 커서도 승철이 그놈은 군대 가면 고생할께 비 군대까지 빼 줬슈. 승우 그 놈도 방위로 근무를 함서 고시공부만 했잖유. 그람 응당, 애비가 죽으라믄 죽는 시늉까지 해야 되능거 아뉴? 그란데 두 놈이 마치 약속이라도 한 것처럼 나를 안 보겠다고 작정을 하고 나섰는데 내가 워티게 양보를 한 단 말유……."

"아이고! 이게 뉘여? 스, 승우 아녀. 스, 승우가 왔잖여……! 마, 마님!"

마당에서 안남댁이 비명처럼 내지르는 소리가 사랑방 안으로 희미하게 들려왔다. 이동하는 지금 이게 무슨 소리냐는 얼굴로 말을 끊고 옥천댁을 바라봤다.

"안남댁 목소리 같은데……."

기운 없이 일어서면서 중얼거리는 옥천댁의 말이 끝나자마자 방문이 빠르게 열렸다.

"엄마! 승우가 와, 승우가!"

말자가 흥분한 얼굴로 빠르게 외치고 나서 이내 사라졌다.

"엉?"

보은댁은 말자가 빠르게 외치는 말을 알아듣지 못했다. 무슨 사단이 났느냐는 얼굴로 이동하를 바라봤다. 이동하가 엉덩이를 들썩이며 깜짝 놀라 입을 벌렸다.

"스, 승우야!"

옥천댁은 맨발로 뜨럭으로 내려섰다. 턱수염이 거뭇하게 난 승우가 마당에 서 있는 것을 보고 맨발로 달려 나가서 껴안았다.

"어머니, 죄송해유."

승우는 몰라보게 늙어 버린 옥천댁의 모습을 보는 순간 눈물이 솟구쳤다. 자신도 모르게 옥천댁을 꽉 껴안으며 눈물을 떨어트렸다.

"스, 승우 아녀."

보은댁이 거실로 나와서 옥천댁을 껴안고 있는 승우를 보고서야 털썩 주저앉으며 말을 잃어버린 채 허공에 손을 내저었다.

"어여, 어여 들어가자. 응?"

정신을 차린 옥천댁과 말자는 승우를 양쪽에서 껴안고 거실로 올라섰다.

"아버지는?"

"느 아부지는, 승우가 왔다는데 사랑방에서 머 하고 있댜. 여보! 우리, 우리 승우가 왔슈."

옥천댁이 흥분한 얼굴로 이동하를 부르며 사랑방 안으로 들어갔다.

"아버지 저 왔습니다."

"큼!"

이동하는 승우가 그동안 어디서 지냈는지 모르지만 끼니도 제대로 챙기지 않았는지 바짝 야윈 모습을 바로 볼 수 없었다. 눈물이 솟구쳐서 옆으로 돌아앉아 누마루 쪽을 바라봤다.

"죄송해유. 인사드리겠습니다. 할머니하고 어머니도 같이 앉으셔유."

"이, 인사는 무슨 인사. 어여 앉아라. 근데 얼굴이 왜 이렇게 안 된 거여. 대관절 워디서 뭘 하고 있었길래, 얼굴이 이 모양으로 상했댜. 즘심은 먹은 겨? 말자야, 어여 안남댁한테 가서 뭣 좀 챙겨 오라고 햐. 아이구 이놈아! 가슴에 머가 맺혔길래 어머한테 말 한 마디 안 하고 어디 갔다온 거여. 니가 읎는 동안 이 어머가 워티게 살았는지 아냐? 바람만 크게 불어도 우리 승우가 오는지 뛰어나가 보고, 꿈속에서 니 얼굴만 봐도 오늘은 우리 승우가 들어올 테지, 새벽부텀 귀 기울이고 대문턱이 반질반질하도록 드나들었던 날이 한두 날이 아니고, 비만 크게 와도 우리 승우가 이 비를 바라보면서 에미 생각에 울고 있지는 않는지……. 한밤중에 잠을 자다 눈이 떠지면, 우리 승우도 에미가 보고 싶어서 나처럼 뒤척거리며 캄캄한 밤을 뜬 눈으로 보내고 있는 것은 아닌지 생각하느라 먹어도 밥을 먹은 것이 아니고, 텔레비를 보며 웃어도 웃는 것이 아니고, 누가 인사를 해도 자식 소식 모르는 여자가 먼 인사를 받을 자격이 있냐는 생각에 부끄러워 얼굴을 들지 못하고……."

"그만햐. 그만하고 어여 아부지한테 절해라. 니가 사표를 내고 소식이 읎응께, 허구헌 날 술로 세월을 보낸 것을 생각해서라도 앞으로 잘 할 생각하고 어여 절햐."

보은댁이 옥천댁의 어깨를 다독이며 진정시키고 나서 코맹맹이 소리로 말하며 승우를 올려다봤다.

"무슨 과거 급제를 하고 집에 왔다고 절을 하능 겨. 어여 앉아라."

이동하는 눈물을 감추려고 잔기침을 하며 담배를 입에 물었다. 담뱃불을 붙이는 척 슬쩍 눈물을 닦고 나서 돌아앉았다.

"말자는 안남댁한테 가서 어여 술상 좀 봐 오라고 햐. 승우 즘심을 안 먹은 거 같응께, 먹을 것 좀 갖고 오고……."

승우가 이동하에게 절을 했다. 보은댁은 안쓰러운 눈빛으로 승우를 바라보다가 치마 끝자락으로 눈물을 닦았다.

"그려, 그동안 워디서 머를 함서 살았는지는 묻지 않겠다. 얼굴 꼴을 봉께 편히 산 거 같지는 않지만, 니가 자초한 일잉께 애비를 원망하지는 않겄지. 인제 집에 들어 왔응께, 앞으로 워티게 살겄다는 생각은 하고 왔을 걸로 믿는다. 앞으로 워티게 살 거여?"

이동하가 재떨이에 담뱃재를 톡톡 털며 점잖게 물었다.

"인제 집에 들어온 아가 쉴 새도 읎이 야박하게 앞으로 워티게 살 거냐고 묻는 것이 말이나 되는 거유. 승우야, 우선 옷부텀 갈아입고 편하게 셔라. 응?"

옥천댁이 금방이라도 승우를 치마폭으로 감쌀 것 같은 표정으로 말했다.

"앞으로 워티게 살아갈 것인지 말하는 것이 지게질을 하는 것처럼 심을 쓰는 일이냐? 아니믄 도리깨로 콩타작을 하는 것처럼 땀날 일이냐. 잠깐 입으로 및 마디 하믄 되는 거 아니냐. 그랑께 어여 앞으로는 워티게 살아갈 것인지 말부텀 해 봐라."

"할머니, 승우가 집에 들어왔잖아. 지금 당장 나간다는 것도 아니잖아. 내가 볼 때 점심도 안 먹은 거 같은데, 우선 밥부터 먹고 천천히 물어봐도 되잖아."

말자가 보은댁을 흘겨보며 일어섰다.

"누나, 아녀. 할머니 말씀대로 앞으로 워티게 살아갈 것인지 말씀부터 드리는 것이 순서라고 봐."

승우는 양반 다리를 하고 앉았다. 옥천댁이 눈물 맺힌 시선으로 바라보는 모습을 마주 볼 수가 없어서 슬쩍 고개를 숙였다.

"아부지가 서울에서 젤 큰 예식장 사장이라는 거는 알고 있냐?"

보은댁이 승우 옆으로 바짝 붙어 앉아서 살갑게 물었다.

"알고 있습니다."

"어떻게 알았는데?"

이동하는 그래도 이놈이 멀리서 니를 지켜보고 있었구나 하는 생각에 감격스러운 눈빛으로 물었다.

"아는 사람이 거기서 결혼을 했는데 사장님이 아버지라고……."

승우는 승철에게 들었다는 말을 할 수가 없어서 거짓말을 했다.

"애비를 그렇게 생각하는 놈이, 근 일 년 동안 즌화 한 통도 읎이 내 속이 새카맣게 타도록 애를 먹였단 말여?"

이동하는 그래도 승우는 승철이와 다르다는 생각이 들면서 또 눈물이 나려고 했다. 큼! 하고 잔기침을 하며 감동 어린 시선으로 승우를 바라봤다.

"죄송합니다. 아버지! 저 신학을 배워서 목사가 될 생각유."

승우는 이동하에게서 시선을 옮기지 않고 차분하게 말했다.

"야가 시방 머라고 하는 거여? 내가 듣기에는 머를 할라고 하다가, 뭣 때문에 진로를 바꿨다고 하는 말 같은데?"

"목사가 될라면 신학대학을 가야 하잖아. 니가 지금 몇 살인줄 알아?"

말자가 방으로 들어오면서 승우가 하는 말을 듣고 놀란 얼굴로 물었다.

"누나. 내 나이를 내가 모르겠어? 놀라신 거 알아유, 하지만 이미 결심했습니다. 목사가 돼서 아프리카 같은 곳에 가서 어려운 사람들하고 남은 생을 보내는 것이 제 계획입니다."

"에라이, 이놈아! 차라리 나가 뒈져라!"

이동하는 승우가 목사가 된다는 말만 들어도 눈이 뒤집힐 것 같았다. 거기다 아프리카로 가서 어려운 사람들하고 같이 산다는 말을 듣고 나니 눈에 보이는 것이 없었다. 무릎걸음으로 승우 앞으로 가서 뺨을 갈겨 버렸다. 그것도 분에 차지 않아서 뚱뚱한 몸인데도 날렵하게 일어서며 발로 가슴팍을 차 버렸다.

"여, 여보!"

승우가 목사가 되겠다는 말에 잠시 정신을 놓았던 옥천댁이 울부짖으며 일어나서 이동하를 껴안았다.

"마음껏 때려 주세유."

이동하가 갑자기 가슴을 때린 탓에 뒤로 벌렁 나자빠졌던 승우는 일어나서 무릎을 착 꿇고 앉았다.

"나가! 너 같은 놈은 내 자식 아닝께, 당장 나가!"

이동하는 옥천댁이 결사적으로 말리는 통에 뒤로 물러나기는 했지만 너무 화가 나서 견딜 수가 없었다. 발악을 하며 손가락으로 방문을 가리켰다.

"죄송합니다."

승우는 고개를 푹 숙이고 눈물을 뚝뚝 떨어뜨렸다.

"어이구, 우린 망했다. 우리 집안은 망했어. 어이구 영감! 대관절 우리 승우가 왜 이렇게 변했데유. 귀신을 덮어썼는지 일 년만에 나타나서 한다는 말이 고작 목사가 되겠다네유! 어이구 영감, 간다 온다 말도 읇이 홀쩍 떠나실 때 나도 데리고 가지. 내 평생 무슨 잘못이 그리 많길래, 검사를 하던 손자가 난데없이 목사 되겠다고 난리를 피우는 꼴을 보게 만드는 거유. 어이구! 세상도 무심하지. 우리가 뭔 잘못이 그리 많길래, 이렇게 평지풍파를 일으켜 늙은이 가슴을 갈기갈기 찢어 놓는 거유."

"승우야, 오늘은 이쯤하고 나중에 다시 말하는 것이 좋겠다."

옥천댁은 성난 멧돼지마냥 씩씩거리는 이동하를 붙잡고 있느라 승우에게 말할 틈이 없었다. 보은댁은 방바닥을 치며 울고 있었고, 말자가 눈물을 흘리고 있는 승우의 팔을 붙잡고 일으켜 세웠다.

　"상 들어 가유."

　안남댁이 술상 겸 밥상을 거실에 내려놓고 사랑방 문을 열었다. 방 안에서 보은댁은 통곡을 하고 있고, 옥천댁은 길길이 날뛰는 이동하를 필사적으로 붙잡고 있고, 승우는 고개를 숙이고 있는 모습을 보고 어떻게 처신을 해야 할지 몰라서 멍하니 서 있었다.

　이 집에 먼 일이 있나?

　대문이 닫혀 있었다면 이동하의 집에서 난리 굿판이 일어나도 골목까지 말이 새어 나가지 않았을 것이다. 대문이 열려 있는데다 사랑방 문까지 열어 놓아서 이동하가 고래고래 지르는 목소리는 골목 밖으로 흘러갔다. 황인술은 술 한잔 생각에 어깨를 웅크리고 골목을 내려가다가 이동하의 고함소리에 자석처럼 이끌려 마당으로 들어갔다.

　"당장 안 나가! 너 같은 후레아들 놈은 더 이상 이동하의 아들이 아녀. 내가 있는 재산을 죄다 불 질러 버리고 죽는 한이 있드래도 너 같은 놈한테 물려줄지 아냐? 내가 설 쇠고 나면 당장 호적에서 파 버리고 말팅께, 당장 나가 이 자식아! 검찰청에 사표 내고 지멋대로 집을 나갔다가, 일 년 만에 집구석으로 끄질러 들어와서 한다는 말이, 죄송합니다. 아부지, 저 목사가 되기로 했습니다여? 그려 나가서 목사가 되든, 집사가 되든, 전도사가 되든 니 맘대로 해 처먹으란 말여!"

　황인술이 듣자 하니, 이동하가 발악하며 외치는 말은 승우한테 하는 말이 분명했다. 승우가 검찰청에 사표를 내고 집을 나갔다가 일 년만에 돌아왔는데 목사가 된다는 말 때문에 이동하가 화가 나서 소리를 지르는 것 같았다.

가만있어 보자. 그리고 봉께 승우가 한동안 내려오지 않드니, 검사직을 그만 뒀기 때문이라는 말 아녀?

이동하의 집은 담이 높아서 바람을 막아준다. 하지만 마당이 넓어서 들판에 서 있는 것처럼 온몸이 오그라들도록 바람이 차다. 황인술은 승우가 검사를 그만뒀다는 말만 해도 뒤로 나자빠질 정도로 놀랄 일이어서 추운 줄도 모르고 귀를 기울였다. 독구가 어느샌가 나타나서 꼬리를 치며 반겨도 바라볼 여유가 없었다.

"제발, 동리 사람들 듣겄슈. 제발 그만 하고 쬥이 말해유. 쬥이 말한다고 못 들을 승우가 아니잖유. 승우야, 너는 누나 말대로 어여 니 방에 가 있어라. 니가 오늘 들어올 줄 알고 아침부터 보일러 틀어 놨응께 방이 따실 겨."

"어이구! 우린 망했다, 망했어! 암만 돈이 태산처럼 쌓여 있어도 옛날 과거 합격처름 사법고시에 합격한 자식이 신학대학에 새로 가서 목사가 된다는데 먼 놈의 소용이 있어. 아이고! 영감, 대관절 이 일을 워틱하믄 좋대유. 멀쩡하게 검찰청에 댕기던 승우가 사표 낸 것도 부족해서, 집을 나갔다가 일 년 만에 들어와서 하는 말이 예수쟁이가 되겠다고 하네유. 대관절 이 일을 워틱하믄 좋아유."

"안남댁, 동리 사람 다 듣겄네. 상 이따 갖고 오고 어여 문 좀 닫아. 응?"

황인술이 옥천댁의 말을 듣고 나서야 깜짝 놀라 도둑고양이처럼 대문 쪽으로 달렸다. 독구도 신이 나서 황인술을 따라갔다.

내가 시방 꿈을 꾸고 있는 거여. 꿈이었지. 필경 꿈일 거여.

정신없이 언덕 중간까지 뛰어 내려가서 걸음을 멈췄다. 바람이 쌩쌩 부는데도 추위가 느껴지지 않아 얼굴을 힘껏 꼬집었다. 눈물이 쏙 빠지도록 아팠다.

이동하가 서울에서 젤 큰 예식장을 맨들어서 돈을 가마니로 끌어 모은다고 하드니, 망할 때가 됐나?

분명 꿈은 아니었다. 꿈이 아니라는 사실이 두렵게 와 닿았다. 이 엄청난 사실을 누구에게 말을 해야 할지, 마음속에 간직하고 살아야 할지 분간이 가지 않아 걸음이 떨어지지 않았다. 겨울의 짧은 해는 멀리 방천 길에 턱을 걸치고 노랗게 떨고 있었다.

"여기서 뭐 해유?"

"응! 아, 암것도 아녀."

황인술은 등 뒤에서 어깨를 툭 치는 윤길동의 손길에 깜짝 놀라며 뒤로 물러섰다.

"왜 이렇게 놀래유? 꼭 바람피다 마누라한테 들킨 사람처름 뵈이는구면."

"바, 바람이라니. 내가 술을 좀 좋아하기는 하지만 자네 눈에 바람피는 사람처럼 뵈이는 거여?"

황인술은 봉산댁의 뽀얀 살결이 눈앞에 어른거리는 것을 느끼면서도 팔짝 뛰었다.

"구장님, 오늘 여러 가지로 이상하네. 별것도 아닌 말을 갖고 왜 깜짝 깜짝 놀라는 거유?"

"아, 암것도 아니랑께. 어허! 이거 참."

황인술은 허연 입김을 토해 내며 대관절 어떻게 해야 할지 모른다는 얼굴로 뒷짐을 지고 걷기 시작했다.

"암만해도 오늘 이상햐. 집에 뭔 일 있슈?"

윤길동이 나란히 걸으면서 물었다.

"지, 집에 먼 일이 있을 택이 있남? 큰며느리는 어지 내려왔고, 짝은 며느리야 설 대목 보느라 이따 밤중에 내려올 터이고……. 허! 이거 참."

황인술은 자신도 모르게 걸음을 멈췄다. 하늘을 바라보며 한숨을 내쉬고 나서 다시 걷기 시작했다.

"구장님 술 한잔 할튜?"

윤길동은 황인술이 오늘따라 왜 자꾸 한숨을 내쉬는지 궁금해서 견딜 수가 없었다. 황인술이 술 몇 잔 들어가면 그 이유를 말해 줄 것이라는 생각에 어깨를 껴안으며 물었다.

"그렇지 않아도 술 한잔 생각에 회관에 가는 참인데, 자네는 워딜 갈라고 나옹 겨?"

"우리야 달랑 두 식구라서 지지고 볶고 할 것도 읎잖유. 둘이 앉아서 텔레비를 보고 있응게 입이 심심해서 회관에나 가 볼까 해서 나오는 길유. 이왕 마실 바에 춘셉이하고 태수도 부를까유?"

"그려. 내 돈 들어가능 거 아닝게 동리 사람 죄다 불러도 상관읎지 머. 허! 이거 참."

황인술은 또 한숨을 내쉬고 타박타박 걸어 내려갔다. 둥구나무거리에서 윤길동이 김춘섭의 집 쪽으로 갔다. 황인술은 그냥 내버려 두고 혼자 해룡네 집으로 향했다.

"어따, 춥다. 이 집 손자는 슬 쇠러 안 내려오나?"

동네 사람 어느 집이나 방에 보일러를 논다, 입식 부엌으로 만든다, 문틀을 바꾼다 하면서 살기 좋고 편하게 집수리를 했다. 해룡네 술청만 10년 전이나 20년 전이나 변한 것이 없다. 변한 것이 있다면 집 앞 도로를 포장할 때 술청 바닥에 시멘트를 입혔다는 점뿐이다. 그마저 세월이 흘러서 시멘트가 갈라지고 깨져서 겨울에는 무슨 창고처럼 보여 더 썰렁했다. 황인술이 술청 안으로 들어서면서 해룡네를 불렀다.

"왜 안 내려와. 그저께 내려와서 있구먼."

해룡네가 방문을 열고 자랑스럽게 말했다.

"그래서 해룡네하고 진천댁 얼굴이 안 뵈이는구먼. 오랜만에 온 아들 얼굴 바라보느라고 말여."

황인술은 마치 자기 방에 들어가는 것처럼 가겟방 안으로 들어갔다. 해룡네가 앉았던 아랫목에 앉으며 깔아 놓은 이불을 한쪽으로 치웠다. 단칸방이라 방이 뜨끈뜨끈하다.

"아까까지 여기 있다가 쪼끔 전에 즈덜 집에 갔구먼."

"손자 군대 갔다 온 거는 알고 있는데 복학은 했남?"

황인술은 갑자기 뜨거운 방에 들어왔더니 얼굴이 따끔거렸다. 손바닥으로 얼굴을 쓱쓱 문지르다 이내 얼음장처럼 차가운 양쪽 귀를 문질렀다.

"복학만 햐? 졸업하고 박사될라고 석사 댕기고 있잖여."

"언지는 의과대학 가서 의사가 된다고 안 했남?"

"그렇게 생각했는데 저는 사람 병 고치는 거보다 공부하는 것이 좋다고 하데. 그래서 박사가 돼서 평생 공부만 한다드만."

"이 동리에 또 박사 나오겠구먼. 손자가 박사가 되믄 진규가 좀 치겄는데?"

"치긴 멀 쳐. 진규는 자가용 운전사에 비서까지 따라댕기는 국회의원 인데. 혼자 술 마시러 온 겨?"

"츠! 사람을 워티게 보고."

"사람을 워티게 보긴?"

"아! 이 황인술이 암만 이 동리에서 인심을 잃었다고 해도 명색이 구장인데, 술 한잔 같이 먹을 사람 읎을까 봐?"

"떡 줄 년은 생각도 안 하는데 짐칫국부터 마시고 있구먼."

"어이구, 이 떡 좀 만져 볼까?"

황인술이 같잖다는 얼굴로 해룡네의 젖가슴을 손가락으로 찌르려 하는데 밖에서 두런거리는 소리가 들려온다.

"좌우지간 남정네는 숟갈 들 힘만 있어도 그 짓을 생각한다드니……."

황인술의 손가락이 젖가슴 앞에까지 와도 꿈쩍도 안하던 해룡네는 어이가 없다는 얼굴로 일어섰다.

"오늘 같은 날은 안주 안 시켜도 되겠지?"

윤길동이 방으로 들어서면서 해룡네에게 물었다.

"그랴. 우리 손자도 왔는데 그까짓 두부 몇 모 못 줄까?"

"해룡네는 두부했나 벼? 우리는 학산에서 사 왔는데."

박태수가 힘겹게 방으로 올라서면서 물었다.

"우리 찬수가 집에서 맨든 두부를 얼매나 좋아하는지 몰라. 집에 오자마자, 할머니 저 할마니가 만드신 두부 먹고 싶어요, 라고 말하잖여. 그 말을 듣고 내가 가만히 있을 수가 있남? 상규네 집에 가서, 우리 손자가 두부를 해 달라고 해서 왔는데 콩 있으면 두어 되만 팔라고 했드니, 공짜로 주잖어. 돈을 줄라고 해도 손주 먹을 두부 콩쯤은 줄 수 있응께 그냥 갖고 가라지 머여."

"그람, 두부는 공짜로 먹어도 되겄구먼. 그냥 뜨신 물에 데쳐 오지 말고 이왕이믄 다홍치마라고 두부찌개로 맨들어 오면 좋겄구먼."

김춘섭이 손바닥을 방바닥에 대고 냉기를 녹이며 말했다.

"그랴. 내가 돼지괴기 사다 놓은 것도 있응께 맛나게 끓여 줄팅께 우선 한잔씩 하고 있어."

"해룡네가 오늘은 웬일여?"

윤길동이 오늘따라 사근사근한 해룡네가 이상하다는 얼굴로 김춘섭을 바라봤다.

"찬수가 대학원에 댕긴댜. 박사가 될라고……."

황인술이 바깥으로 나가기 위해 재킷을 걸치고 있는 해룡네를 턱으로 가리켰다.

"에이, 그람 술값도 안 받아도 되겄구먼."

"그랴, 그까짓 술 몇 되 못 주겄어? 우리 찬수가 집 좀 고치라고 돈을 천만 원이나 갖고 오는데……. 천만 원으로 방 두 칸짜리 집을 질 수 있을까?"

해룡네가 김춘섭을 바라보며 뱅글뱅글 웃었다.

"거실도 읎이 달랑 방 두 칸에 술청을 넣고 기름보일러를 깔 정도는 되지……. 그란데 처, 천만원을? 공부를 하는 학생이 워티게 벌었댜?"

김춘섭이 놀란 얼굴로 물었다.

"서울에서도 오천만 원짜리 전셋집에 산다는 말 들으면 깜 쓰겄구먼."

해룡네는 재킷을 걸친 위로 목도리까지 했다. 찬수가 사다 준 털실로 만든 목도리라서 따뜻했다.

"아, 글씨 무슨 수로 학생이 그릏게 많은 돈을 벌었다능 겨?"

"찬수가 원래 알뜰하잖여. 과외도 갈키고 장학금도 받고 함께 돈 좀
모았겄지."

박태수가 연이어 묻는 말에 황인술이 대수롭지 않은 표정으로 빈정거
리듯 말했다.

해룡네는 피식 웃으며 말대꾸를 하지 않고 바깥으로 나갔다. 연탄아
궁이 위 양은솥에서 설설 끓고 있는 물에 한 되짜리 술주전자를 담궈서
젓가락으로 휘이 저었다. 먹기 좋을 만큼 알맞게 따뜻해진 후에 김장 김
치를 듬뿍 썰어서 방으로 들여놨다.

"근데, 구장님은 아까부터 질바닥에서 먼 한숨을 그리 연거푸 내쉰거
유?"

윤길동이 막걸리 한 잔을 달게 들이키고 황인술에게 시선을 돌렸다.

"누가 질바닥에서 한숨을 셨다고 그랴. 회관에 가는 길에 잠깐 뭐 좀
생각하느라 서 있었던 걸 가지고……."

황인술은 쉽게 승우에 대한 말을 털어 놓을 수가 없어서 딴청을 피웠
다.

"에이, 길동이 형님 말을 들어 봉께. 꼭 바람피다 들킨 사람처름 깜짝
놀라며 한숨을 내쉬었다고 하든데. 대관절 무슨 일 땜시 그라고 서 있었
슈?"

"사둔도 참! 동리가 큰 것도 아니고 달팽이 껍데기만한 동리서 하룻
밤을 지나면 다 알게 될 일을……."

박태수의 말에 토를 단 김춘섭은 김장 김치를 젓가락으로 쭉 찢어서

맛있게 먹기 시작했다.

"엄한 사람 붙잡고 질바닥에서 한숨을 쉬니 마니 딴소리만 하시 말고 술 좀 따라 봐."

황인술은 내가 이 말을 해야 하나 말아야 하나 갈등하며 윤길동에게 빈 술잔을 들어 보였다.

이걸 말을 해야 하나 말아야 하나. 아녀, 괜히 소문을 냈다가 난중에 이동하가 알게 되믄 어뜬 놈이 헛소문을 냈냐고 노발대발할 테지…… 가만! 내가 없는 야기를 지어낸 것도 아니고, 지까짓 것이 끈 떨어진 갓 주제에 머라고 할 거여…… 가만있어 보자. 이왕 소문을 낼 바에 이동 하 간이나 보고 소문을 내는 것이 좋지 않을까? 날 세배를 가서, 검사님 이 사표를 내서 얼매나 가슴이 아프요, 라고 슬쩍 운을 떼면 세뱃돈을 두둑이 줄지도 모르잖여. 딴 일도 아니고 검사짓을 하다 목사를 한다는 걸 보믄, 무슨 큰 사고를 친 것이 틀림없어…….

윤길동이 따라 주는 술잔을 받으며 곰곰이 생각을 해 보니까 아직은 소문낼 때가 아니라는 생각이 들었다.

"막내 딸내미는 요번 설에는 안 뵈이든데?"

"시집가라고 하도 성화를 항께, 그 말 듣기 싫어서 안 내려 올라나. 아니믄 오늘 밤에라도 내려 올지 모르겄슈."

황인술이 갑자기 묻는 말에 박태수는 그렇지 않아도 걱정이라는 얼굴 로 대답했다.

"막내둥이 나이도 솔찮게 됐지?"

"왜 아녀, 마흔이 넘었잖여. 옛날 같으믄 손자를 볼 나이여."

"막내둥이가 그 나이 되도록 시집을 안 가는 걸 보믄 뭔 생각이 있는 모양이구먼. 막내가 원래 상규 어머를 닮아서 똑소리 나는 아잖여. 그런 아가 여즉까지 시집을 안 가고 있을 때에야 먼 생각이 있겠지."

윤길동은 황인술이 길거리에서 한숨을 쉬던 생각은 까마득하게 잊어버렸다. 늘 그랬듯이 명절 때마다 비봉산만 한 그리움으로 내려앉는 향숙이 얼굴이 떠올라서 마음속으로 한숨을 내쉬며 술잔을 들었다.

"내 말이 바로 그 말여. 인숙이야 대학까지 나온 데다 원체 똑똑한 앙게 상규 어머도 귀경만 하고 있겠지. 상규 어머 승질에 막내딸을 마흔 너머까지 내비 두었어? 우리 철재가 걱정여. 요새 여자들이 곧 죽어도 서울에서 수돗물에 밥해 먹을라고 하지, 농촌으로는 쳐다도 안 봉께, 잠이 안 온당께."

"사둔만 그런 것이 아니고 우리 광배도 있잖여. 즈 친구들은 죄다 장가 가서 아들딸 놓고 잘 살고 있잖여. 철재가 집에서 자고 나가는 모습을 볼 때마다 두 노총각 놈이 머리를 맞대고 먼 생각을 하면서 밤을 보냈을까를 생각하면 내 가슴이 짠하당께."

황인술도 승우가 검사직에 사표를 냈다던 사건은 금방 잊어버리고 한숨을 내쉬며 술잔을 들었다.

"요새 농촌 총각들이 장가를 못 가께 중국 연변 여자들을 데리고 오는 경우가 종종 있다고 하대."

윤길동이 지나가는 말처럼 말했다.

"나도 그 말을 들은 적 있구먼. 연변은 우리나라하고 말도 똑같고 풍습도 똑같다는 거여. 외려 부모한테 효도를 하고 남편 알기를 하늘처럼 여기는 것은 우리나라보다 더 지킨다는 거지. 내가 생각해도 그럴 수밖에 읎어. 원래 만주며 연변 그쪽은 해방 전까지만 해도 우리나라였다고 하잖여."

해룡네가 샐쭉샐쭉 웃으며 김치찌개 냄비를 들고 들어왔다. 해룡네가 상 가운데 김치찌개 냄비를 내려놓을 수 있게 김춘섭이 옆으로 비켜 앉는 것을 바라보며 박태수가 말했다.

"에이, 아무리 장가를 못 보내도, 천리 타국 연변 아가씨를 워티게 며느리로 들여?"

황인술이 입맛을 쩝쩝 다시며 수저를 들고 말도 안 된다는 표정으로 말했다.

"텔레비서 봉께 일본은 벌써부터 중국은 물론이고, 베트남이며 필리핀 같은 나라에서 신붓감을 사온대유."

"마, 말도 안 되는 소리 하지도 마. 며, 며느리가 무슨 송아지나 돼지 새끼여? 돈 주고 사 오게, 막말로 그 말이 맞다고 쳐. 그람 마누라를 데리고 살다가 맘에 안 들면 갖다 팔고, 딴 여자를 사 오겄네……."

해룡네는 김치찌개를 제대로 대접하려고 작정을 했는지, 돼지고기도 두툼하게 듬뿍 집어넣고, 집에서 만든 두부도 국물이 걸쭉하도록 듬뿍 넣었다. 매운 고춧가루로 간을 하고 파를 길쭉길쭉하게 썰어 넣기까지 한데다 빨간 기름이 둥둥 떠 있는 것이 먹음직스럽다. 황인술은 살코기를 숟가락으로 떠서 간을 보느라 코를 벌름벌름거렸다.

밀가루 반죽

주, 주막은 생각나지 않지만,
엄마가……. 엄마가!
밀가루 같은 것을 납작하게 펴서,
부, 부석에다 꿔주는 걸 맛있게 먹은 기억이 나유.
맞아……. 마, 마당도 있는 집에 정지가 있었슈…….

학산 미용실은 아침부터 신부화장을 하느라 정신이 없었다. 의자에는 연령층이 각각 다른 봉숙이와 김화자, 엄미영이 앉아 있었다. 일찌감치 신부화장을 한 금순의 진두지휘로 오랜만에 오숙자도 나와서 솜씨를 발휘하고 있었다.

"앞으로 영 안 보고 살 사람들도 아닝께, 며칠 전에 회식자리에서도 말을 했지만 말여, 이 자리에서 족보를 확실하게 정하는 것이 좋다고 보는데……."

나이로 치자면 엄미영이 가장 어렸다. 그 위가 김화자고 봉숙이가 가장 나이가 많았다. 김화자가 거울 안으로 봉숙이를 바라보며 말했다.

"우리끼리 있는데 무슨 족보는 따져. 그냥 서로 어려운 처지에 만났으니까 자매처럼 지내지."

봉숙이 웃으며 엄미영을 바라봤다.

"엄머머, 그람 미영 씨가 나한테 언니라고 부르는 거여? 그람 안 되지. 나보다 나이가 어려도 형님인데."

김화자가 자기 일도 아니면서 어림도 없다는 얼굴로 봉숙이를 바라봤다.

"늘 그렇게 부르라는 말은 아니고, 우리끼리 있을 때는 그렇게 부르는 것이 편하지 않을까? 미영 씨 생각은 어뗘?"

봉숙이는 엄미영이 김화자보다 나이가 적으니까 자기편을 들 것이라고 생각하며 샐쭉 웃으며 말했다.

"글쎄……."

엄미영이 그동안 지켜본 김화자는 성격이 화끈하다. 자칫 말을 잘못했다가는 일생에 단 한번 뿐인 결혼식 날 봉변을 당할지 모른다는 생각에 김화자의 눈치를 살폈다.

"내가 볼 때는 화자 씨 생각이 맞는 거 가텨. 나도 여기 숙자 씨를 형님으로 모시고 있거든."

신부화장을 일찌감치 끝낸 금순이 고데기로 엄미영의 머리를 다듬으며 거울 안 김화자를 바라봤다.

"솔직히 나도 미영 씨한테 형님이라고 부르기 거북하구면. 하지만 우리가 서로 잘 지내야 남자들도 사이좋게 지내는 법이잖아. 그러니까, 우리 다섯 명이 오늘 이 자리에서 순서를 정하자구요 사장님 사모님이 젤 큰형님, 둘째 형님은 미장원 원장님, 세 번째 형님은 미영 씨, 네 번째는 나, 그리고 봉께 봉숙 씨가 막내네."

"그게 먼 소리여? 화자 씨하고 나하고는 동급 아녀?"

"나한테 따지지 말고 다영이 아빠한테 물어봐. 우리 그이가 나이가 적은지, 아니면 한 살 많은지 알테니까."

"언지 그걸 조사했댜?"

봉숙이 어이가 없다는 얼굴로 김화자에게 물었다.

"우리 앞으로 남남이 아니고 친척으로 살게 되는 거잖아. 동서들끼리 잘 지내려면 기본부터 지켜야 되는 거 아녀? 큰형님 제 말이 틀렸나요?"

김화자가 자신의 머리를 만지고 있는 오숙자를 거울로 보며 물었다.

"할렐루야, 신의 가호가 있기를."

오숙자는 짧게 웃으며 김화자의 긴 머리를 보기 좋게 고데기로 말기 시작했다.

합동결혼식은 번잡하게 예식장을 빌리는 것이 아니라 동사무소 2층의 회의실에서 하기로 했다. 벽에는 축 결혼이라는 글씨가 붙어 있고, 연설대 앞에는 <신랑 김철용, 신부 황금순>, <신랑 김창재, 신부 엄미영>, <신랑 소영식, 신부 김화자>, <신랑 박한식, 신부 이봉숙>이라고 쓴 종이가 나란히 붙어 있었다.

종갑이와 콩새는 아침부터 나와 회의실을 예식장 분위기로 만드느라 땀을 흘리고 있었다. 만국기처럼 고무풍선을 매단 줄을 천장에 길게 매달았다. 입구에는 손기문이 보낸 화환도 적당한 곳에 배치했다. 신랑신부가 웨딩마치에 맞춰 걷는 길은 빨간색 천을 구할 수 없어 은박지로 된 야외용 돗자리를 연이어 붙여 놓았는데 그럭저럭 봐줄 만 했다. 메뚜기는 시장에서 장사를 하는 틈틈이, 필요한 종이며 테이프며 장갑 등을 연신 사다 나르느라 바빴다.

"우리는 언제 이 길을 걸어 보냐?"

종갑이 은박지로 만든 버진로드 앞에 서서 부러운 눈빛으로 연단을 바라봤다.

"의원님이 집 살 돈만 생기면 이삼 년 안에 우리도 합동결혼식을 시켜 준다고 했잖여."

파랗고 노랗고 빨간 은박지로 된 반짝이줄을 입구부터 연단 앞까지 이어 붙이고 난 콩새도 부러운 시선으로 길을 바라봤다.

"결혼은 너하고 나하고 둘이 하냐?"

"짱구 형도 의원님이 중신을 했다잖여. 의원님이 시장회 회장이시니까 좋은 여자를 소개시켜 주겠지."

"고물상 장 사장님은 참말로 대단한 분여."

종갑이는 하객들이 앉을 의자 줄을 반듯하게 맞추기 시작했다.

"의원님도 장 사장님 못지않다고 봐."

콩새는 올가을에 장가간다는 생각만 하면 잠이 오지 않았다. 손기문은 경훈이처럼 집을 한 채씩 마련할 형편은 못 된다. 하지만 방 두 칸짜리 다세대 주택을 전세로 얻어 준다고 약속했다.

"참말로 수고가 많구면."

예복을 입은 짱구가 싱글벙글 웃으며 들어왔다. 그 뒤를 짝눈과 껑다리가 따라 들어왔다.

"짱구 형은 십 년은 젊어 보이는구먼."

콩새가 뒤로 몇 걸음 물러서서 짱구를 바라봤다. 늘 재킷에 청바지며 운동화를 신은 허름한 차림만 봤었다. 이발을 하고 검정색 양복에 붉은색 넥타이를 단정하게 매고 구두를 신은 짱구의 차림은 40대 초반으로 보였다.

"참말이냐?"

"참말이랑께! 내 눈으로 봐도 엄청 젊어 뵈이는구먼. 형수님이 엄청 좋아하시겄어."

"나는 워뗘?"

꺽다리가 어깨를 반듯하게 펴고 종갑이를 바라봤다.

"최고여."

종갑이 엄지손가락을 세워 보이며 웃었다.

"근데 사장님은 왜 안 보이지? 이발하고 여기로 오라고 하셨는데?"

짝눈이 의자에 앉으며 종갑이를 바라봤다.

"금방 오시겄지. 신혼여행은 워디로 갈 거여?"

콩새가 짝눈 옆자리에 앉으며 물었다.

"손 의원님이 야기 안 하데?"

"형들 신혼여행 가는데 왜 의원님이 말씀하셔?"

"아! 의원님이 이박삼일 기간으로 비행기 표하고 호텔 숙박비며 죄다 예약을 해 주셨거든."

"그려? 워디로 가는데?"

종갑이 부럽다는 얼굴로 물었다.

"제주도로 가는데 느덜도 따라갈래?"

"참말로?"

"콩새야, 찬물 먹고 속 채려. 이박삼일 동안 장사 안 할 셈여?"

콩새가 정말로 따라갈 것처럼 반기는 말에 종갑이 오를 수 없는 나무라는 표정으로 말했다.

"느덜 합동결혼식 할 때는 우리 사장님이 죄다 부담하기로 약속하셨구먼. 그랑께 너무 부러워하지 마."

껑다리가 혼자서 버진로드를 걸어갔다가 되돌아오며 말했다.

"내가 쫌 늦었구먼."

짱구도 껑다리처럼 옆에 신부가 있는 것처럼 팔짱을 낀 자세로 딴딴 따단 흥얼거리며 버진로드를 걷다가 경훈의 목소리에 뒤로 돌아섰다.

"의원님도 여기로 오기로 했는데?"

철용도 새로 맞춘 양복에 넥타이를 맨 차림으로 들어왔다.

"금방 오시겠쥬. 부사장님은 안 떨리쥬?"

짱구가 철용이 앞으로 갔다. 넥타이를 반듯하게 매주며 물었다.

"왜 안 떨려, 가슴이 두근두근해서 청심환 하나 사 먹었는데……."

철용은 얼굴을 붉히며 괜히 고개만 갸웃거렸다.

"연습 한 번씩 안 해 봐도 되겠어?"

경훈이 연단 앞에 서서 큰 소리로 말했다.

"당연히 해 봐야쥬. 두 명씩 짝을 맞춰서 딴딴딴 하면서 저 앞에까지 걸어가 봐유."

종갑이 사회자 자리로 뛰어가서 말했다.

"오늘 사회는 종갑이가 보기로 했지?"

경훈이 웃는 얼굴로 짱구며 철용을 바라보고 있다가 갑자기 생각났다는 표정으로 종갑이를 바라봤다.

"저도 청심환 한 병 먹고 왔슈. 안 떨리고 할 자신 있슈."

"그게 아니고 이틀 전에 대구 지하철 공사장에서 가스가 터져 백 명 넘게 사망했잖여. 그랑께 사회를 볼 때 그 점을 염두에 두고 있으란 말여."

이틀 전인 4월 28일 아침 등굣길에 대구 상인동 지하철 공사장에서 대형 가스폭발 사고가 났다. 영남중 교사, 학생 등 101명이 사망하고 200여 명이 부상을 입었다. 경훈은 전 국민이 지하철 사고로 충격에 빠졌기 때문에 결혼식을 연기하려고 했다. 하지만 손기문이 호텔이며 비행기를 이미 예약했기 때문에 어쩔 수 없이 결혼식을 강행하기로 했다.

"예, 장난스러운 말은 안 하고 정중하게 할게유. 그람 시작합니다. 시방부터 영동고물상 합동결혼식을 거행하기로 하겠습니다. 신랑 입장!"

"스톱! 스톱!"

종갑의 말이 끝나자마자 콩새가 방정맞게 손을 흔들었다.

"왜?"

"신랑하고 신부하고 같이 입장하기로 했잖여."

"아, 맞다. 다시 시작할게유. 시방부터 영동고물상 가족들 합동결혼식을 거행하기로 하겠습니다. 사정에 따라 신랑하고 신부가 동시에 입장을 하는 걸로 하겠습니다. 먼저 신랑 김철용, 신부 황금순 입장!"

종갑이 말을 끝내고 싱긋 웃는 얼굴로 철용을 바라봤다. 철용은 눈밑이 시큰거리는 것을 느끼며 손을 허리에 대고 고개를 반듯하게 들었다. 종갑이 어서 걸어오라는 흉내를 내보였다. 콩새가 딴딴따 하고 입으로 웨딩마치를 불렀다. 그 소리에 맞춰서 천천히 앞으로 걸어갔다.

"종갑이는 나 좀 보자."

경훈은 예행연습이 끝난 후에 종갑이를 데리고 밖으로 나갔다. 동사무소 옆의 현대 다방으로 데리고 들어가기 전까지 아무 말을 하지 않았다.

"형은 워디 간 겨?"

잠시 후에 종갑이 혼자 들어왔다. 철용이 긴장을 푸느라 물을 마시고 있다가 종갑에게 물었다.

"의원님하고 같이 오신대유."

종갑이는 싱긋 웃으며 신랑들은 회의실 밖에서 손님들을 맞이하라며 내보냈다. 철용이며 짱구가 긴장한 얼굴로 나가자, 곧 신랑신부 부모님 자리를 만들었다.

결혼식이 시작하기 전에 시장 상인들이 속속들이 의자를 채우기 시작했다. 봉천동의 유지들과 새마을 회원, 동사무소 동장과 직원들, 파출소 소장이며 고물 장사들도 깨끗한 옷을 입고 의자를 채워 갔다. 경훈과 손기문, 그리고 신랑은 일렬로 늘어서서 손님들에게 인사를 했다.

"축의금은 어데다 하노?"

경상도 박 씨가 품 안에서 봉투를 꺼내 들고 철용에게 물었다.

"오늘 축의금은 안 받기로 했슈. 저기 써 있잖유."

철용이 웃으며 벽을 가리켰다. 벽에는 <축의금을 받지 않습니다. 축의금을 꼭 내고 싶으신 분은 현금이 아닌 쌀로 내주시기 바랍니다.>라는 글이 쓰인 모조지가 붙어 있었다.

"야 좀 봐라. 그카모 시방 나가서 쌀을 사오란 말이가?"

"봉투에다 쌀 몇 말 값이라고 써 가지고 저 함에 넣어도 괜찮아유."

경훈이 흰 장갑을 낀 손으로 출입문 옆에 있는 함을 가리켰다. 함에는 <쌀 모금함>이라는 글씨가 쓰여 있었다.

"아무리 나이가 많이 들어도 이 옷을 입으면 떨리는개 벼."

금순을 비롯한 신부들이 웨딩드레스 차림으로 들어왔다. 그녀들은 동사무소 직원의 안내로 1층 사무실로 들어갔다.

드디어 결혼식이 시작됐다.

신랑 신부들은 콩새의 안내를 받으며 하나같이 긴장한 얼굴로 출입문 앞으로 갔다. 정훈과 영철이 카메라 한 대씩을 들고 연신 플래시를 터트리기 시작했다. 신부들은 플래시가 터질 때마다 얼굴을 붉히며 서로를 바라봤다.

"에! 지, 지금……. 지금부터 합동결혼식을 거행하도록 하겠습니다. 축하해 주러 오신 분들은 모두 자리에 앉아 주시길 바랍니다."

종갑은 동장이며 파출소장에, 동네 유지들이 앞자리를 차지하고 앉아 있는 모습을 보니 목소리가 떨렸다. 아랫배에 힘을 잔뜩 주어 말한 뒤 연단 앞에 서 있는 구청장을 바라봤다.

"먼저 신랑 부모님의 입장이 있겠습니다."

구청장이 어서 시작하라고 눈짓을 보냈다. 종갑이 출입문 쪽을 바라보며 말하자 축하객들이 웅성거리기 시작했다.

"무슨 말여?"

종갑의 말이 떨어지길 기다리며 금순과 같이 서 있던 철용도 이해할 수 없는 얼굴로 좌우를 두리번대다 다시 종갑을 바라봤다.

"쪼끔만 비켜 주세유."

"아, 아부지!"

금순은 뒤에서 들려오는 콩새의 목소리에 등을 돌렸다. 순간 눈앞에 믿을 수 없는 광경이 벌어졌다. 양복과 한복을 곱게 차려 입은 김춘섭 부부와 황인술 부부가 멋쩍은 얼굴로 서 있었다.

"아버지……."

철용은 금순이 팔짱 낀 팔을 흔드는 통에 뒤로 고개를 돌렸다. 김춘섭과 눈이 마주치는 순간 가슴에서 쿵 소리가 나는 듯 했다. 눈물이 앞을 가렸다.

"축하햐."

김춘섭이 어색한 표정으로 금순을 바라보며 말했다. 금순은 너무도 죄스러워 고개를 들 수 없었다.

"오늘 같은 날은 우는 것이 아녀. 우리가 식을 올려줘야 하는데 경훈이가 식을 올려주느만……."

철용네가 금순의 손을 꼭 잡고 감격 어린 목소리로 속삭였다.

"어여 눈물 그쳐. 뚝!"

모리댁도 고개 숙여 우는 금순을 보자니 눈물이 맺혔다. 철용네와 더불어 금순의 손을 잡고 아이를 달래는 목소리로 속삭였다.

"언지 올라 오셨슈?"

"경훈이가 즌화 했잖여, 오늘 열한 시까지는 봉천동에 도착하라고 그래서 아까부터 요 옆에 있는 다방에서 기다리고 있었잖여."

철용이 묻는 말에 김춘섭은 넥타이 때문에 목이 조이는 것 같아 목을 길게 빼고 겸연쩍게 말했다.

"에, 오늘 합동결혼식은 특별한 결혼식입니다. 신랑 김철용 군을 제외한 세 쌍의 신부는 불행히도 부모님이 안 계십니다. 그리하여 대표로 신랑 김철용 군의 부모님과 신부 황금순 양의 부모님이 양가 부모님을 대신하기로 했습니다."

구청장이 경훈에게 미리 언질을 받은 대로 설명을 했다. 구청장의 말이 끝나기 무섭게 사회자의 요청이 없었는데도 박수가 터져 나왔다.

울면 안 되는 거여. 울면 안 되는 거여.

금순은 울면 화장이 지워진다는 것을 알고 있었다. 울지 않으려고 눈자위에 힘을 잔뜩 줬지만 봇물이 터진 것처럼 눈물이 그렁하게 솟아올랐다. 턱을 치켜들고 눈물이 쏟아지지 않도록 천장을 바라봤다. 흰 장갑을 낀 손가락으로 눈물을 조심스럽게 찍었다.

경훈이 오빠, 참말로 고맙구면. 이 은혜는 죽어도 못 잊을 겨. 행복하게 살게. 참말로 행복하게 살 겨.

금순은 김우성에게 순결을 빼앗겼던 순간부터 한일여관에서 세코날에 취해 손님을 받던 순간들이 빠르게 머릿속을 스쳐가면서 눈물이 다시 쏟아졌다. 아이새도가 지워질 것이라고 생각했지만 참을 수가 없었다. 눈물을 보이지 않으려고 양손으로 얼굴을 감싸며 고개를 숙였다.

"에, 신부가 너무 행복해서 행복의 눈물을 흘리고 있습니다. 여러분 모두 격려의 박수를 쳐 주길 바래유."

종갑이도 눈물이 났다. 손바닥이 아프도록 박수를 쳤다. 축하객들도 숙연한 마음으로 박수를 치기 시작하자, 금순이 뒤에 서 있던 엄미영도 훌쩍거리며 울기 시작했다. 성격이 화끈하지만 마음이 착한 김화자는 엉엉 소리내어 울었다. 봉숙이도 꺽다리를 껴안고 아이처럼 울기 시작했다.

"특종이다!"

구청장의 특별 부탁을 받고 막 도착한 신아일보 주재기자는 네 명의 신부들이 어린애처럼 우는 모습을 보는 순간 머릿속에서 번쩍 빛이 발하는 것을 느끼며 연거푸 플래시를 터트리기 시작했다.

이튿날 서울에서 발행되는 신아일보에 <노력과 근면으로 입은 눈물의 웨딩드레스>라는 제목으로 네 쌍의 신랑신부가 얼싸안거나, 고개를 숙이고, 혹은 신부끼리 껴안고 눈물을 흘리는 컬러 사진과 함께 기사가 실렸다. 박스 기사 안에는 합동결혼식을 주선한 경훈이와 손기문의 얼굴도 나왔다.

전주식당은 점심 장사가 끝난 후에는 조용했다. 주방에서 달그락거리며 빈 그릇 씻는 소리가 간간이 새어 나왔다. 늦은 점심을 먹는 시장의 장사꾼 한 명이 텔레비전 앞에 앉아 느긋하게 해장국을 먹고 있었다.

민초예는 점심 매상을 대충 정리하고 카드 영수증까지 차곡차곡 쌓아 별도의 상자에 집어넣었다. 설거지가 한창인 주방을 잠깐 바라보다 테이블 위에 있는 신문이 눈에 들어왔다. 심심한데 신문이나 읽어야겠다는 생각으로 천천히 일어났다.

"아이구, 우리 유정이가 웬일여."

민초예가 신문을 드는데 유정이 식당 안으로 들어왔다. 뜻밖이라는 얼굴로 반갑게 맞이했다.

"오늘 수업 휴강이 있어서 일찍 끝났어요. 오랜만에 해장국이나 먹고 올라갈라고유."

"시방 세 시가 다 되는데 여즉 즘심을 안 먹었단 말여?"

민초예는 유정에게 용돈을 넉넉히 주는 편이다. 돈이 없어서 점심을 안 먹었을 리는 없고, 어디 몸이 아픈가 하는 생각에 얼굴을 살펴보며 물었다.

"그런 날 있잖아유. 갑자기 어떤 음식이 먹고 싶은 그런 날……. 그래서 그 음식을 먹기 위해 어디까지 멀리 가는 날 말유."

"그럼, 오늘은 콩나물해장국이 먹고 싶어서 역부러 즘심을 안 먹었단 말여?"

"예, 오늘은 콩나물해장국에 고춧가루를 타서 얼큰하게 먹고 싶어유."

"아이고, 우리 유정이가 콩나물해장국을 먹고 싶다믄 얼른 해 줘야지. 어여 여기 앉아."

민초예는 신문을 들고 주방으로 갔다. 순길이 엄마에게 해장국 한 그 릇을 얼른 말아 오라고 시킨 후에 유정이 앞자리에 앉았다.

"공부하기 심들지?"

"학생이 공부하기 심들면, 그기 학생인가유? 건달이지."

순길이 엄마가 해장국을 말아 왔다. 유정이 민초예가 챙겨주는 젓가 락과 순가락을 받으며 입맛을 다셨다.

"그려, 일도 시님이 말씀하셨잖여. 학생은 공부를 잘 하고, 우리 같은 이는 맛있게 해장국을 끓여서 팔고, 농사꾼은 열심히 농사짓는 것이 근 본이라는 거라고 말여."

"그람유……. 그런데 그기 무슨 기사유, 눈물의 웨딩드레스라는 기사 가?"

유정이 콩나물해장국에 고춧가루를 타다가 민초예가 테이블 위에 올 려놓은 신문을 보고 젓가락으로 사진을 가리키며 물었다. 예복과 웨딩 드레스를 입은 남녀가 울고 있는 사진이다.

"난도 안 읽은 신문여……."

민초예는 혼잣말로 중얼거리며 유정이 가리킨 부분을 펼쳤다. 새신랑 새신부들의 사진이 아닌 중년 부부들의 합동결혼식 사진이다.

노력과 근면으로 입은 눈물의 웨딩드레스?

헤드라인 제목이 왠지 가슴을 짠하게 울렸다. 지난 4월 30일 관악구 봉천동 동사무소에서는 이색 결혼식이 열렸다. 이날 결혼식에는 이미 결혼을 하여 살고 있는 김철용, 황금순 부부와 50세가 넘어 결혼식을 올리는 박한식, 이봉숙 부부 외 두 쌍의 부부가 있었다. 봉천동에서 영동 고물상을 운영하는 장경훈 씨가 주선을 하고 봉천동 구의원인 손기문 씨가 신혼여행 및 예물반지를 선물했다.

소, 손기문?

손기문이라는 이름이 세상에 한두 명이 아닐 것이다. 그런데도 갑자기 입 안의 침이 다 마르도록 소름이 끼쳤다. 손가락으로 기사를 더듬어 손기문이라는 이름을 찾아냈다. 박스 안에 손기문 의원이라는 설명과 함께 사진이 실려 있다.

"어머니, 갑자기 왜 그러셔유?"

신문을 읽던 민초예의 얼굴이 하얗게 질리는 것을 본 유정이 놀란 얼굴로 물었다.

"아, 암것도 아녀."

민초예는 손을 흔들며 손기문에 관한 기사를 읽기 시작했다.

<지난 지방선거에서 동네 유지들의 추천으로 무투표 당선이 된 손기문 의원은 고아 출신으로 봉천동 재건대장을 역임했었다. 충북 보은이 고향이고 어머니와 함께 어린 시절을 보냈다는 것이 부모에 대한 기억이 전부인 손기문 의원은 나도 어렸을 때 어머니와 헤어진 후에 고아로 고생하며 살았다. 오늘 결혼식을 올리는 부부도 모두 부모가 있지만 고아처럼 자랐다. 그 사람들에게 희망을 주기 위해, 작은 선물을 주기로 했다……>

손기문의 고향이 충북 보은이라는 말에 신문이 갑자기 흐릿하게 보였다. 머릿속이 텅 비어 버린 것처럼 아무것도 생각이 나지 않았다.

추, 충북 보은이라믄…… 어머니와 함께 어린 시절을 보냈다믄…….

어쩌면 아들 기문인지도 모른다는 생각이 들면서 온 몸의 힘이 다 빠져나가는 것 같았다.

"어! 어머니."

유정은 민초예가 갑자가 테이블 위로 상체가 풀썩 무너지는 것을 보고 깜짝 놀랐다. 비명을 지르며 일어나 민초예를 부축했다. 핏기라고 하나 없는 민초예의 얼굴은 이 세상 사람이 아닌 것처럼 보였다.

"사, 사장님!"

"어서, 찬물 한 그릇 떠오세유."

유정은 학교에서 배운 대로 얼른 맥박을 재 봤다. 맥박은 정상으로 뛰고 있었다. 무슨 일 때문인지 몰라도 잠시 혼절했을 것이라는 생각에 주방에서 뛰어나오는 영식이 엄마에게 찬물을 떠오라고 말했다.

"우선 의자를 붙이셔유. 편하게 해 드려야 항께."

순길이 엄마가 유정이 시키는 대로 얼른 의자 몇 개를 붙였다. 유정이 그 위로 민초예를 편하게 눕히고 가슴에 귀를 대봤다. 심장이 정상으로 뛰고 있는 것을 보니 심각한 수준은 아니라는 생각이 들었다. 찬물을 입에 넣었다가 얼굴 위로 힘껏 뿜었다. 이어 가볍게 손가락 끝으로 뺨을 때렸다.

"으, 음!"

민초예는 오래 혼절해 있지 않았다. 유정이 피가 통하도록 연신 팔과 다리를 주무르는 사이 곧 눈을 떴다.

"사장님, 괜찮아유?"

유정은 민초예가 눈을 뜨니 너무 놀란 끝이라 눈물이 앞서서 말이 나오지 않았다. 순길이 엄마가 어깨를 주무르다 말고 물었다.

"괘, 괜찮아! 나, 이, 이 층으로 올라가 볼 모양잉게, 순길이 엄마가 계산대 좀 봐."

민초예는 꿈을 꾸는 것 같았다. 모기만 한 목소리로 말을 하고 신문을 찾았다. 신문은 테이블 위에 있었다. 유정이 먹여주는 물 몇 모금 덕에 힘이 나는 것 같았다. 신문을 챙겨 들며 일어섰다.

"어머니, 괘, 괜찮겄어유?"

"나, 난 괜찮응게 어여 이 층으로 올라가자."

"그려유."

유정은 얼른 민초예를 부축했다. 반대편에서 순길이 엄마가 부축하여 조심스럽게 밖으로 나갔다.

"난, 괜찮응게 순길이 엄마는 들어가 봐."

민초예는 바깥바람을 맞으니까 한결 정신이 맑아졌다고 느꼈다. 순길이 엄마가 부축하고 있던 팔을 빼고 그녀의 등을 밀었다.

"약방에 가서 진정제 같은 것 좀 사 올까유?"

유정이 2층으로 올라가는 계단 앞에서 물었다.

"아녀, 커피나 한잔 마시믄 괜찮아질 거 가텨."

민초예는 계단에 한 발을 올려놓고 하늘을 바라봤다. 기문이의 얼굴을 그렸으나 떠오르지 않고 푸른 하늘만 보일 뿐이다.

그려, 부처님한테 내 죄를 용서 받았으믄 우리 기문이가 맞을 테고…… . 내 죄를 안직 용서받지 못했으면 딴 기문일테지……

아무렇지도 않게 늘 걸어 올라가던 계단이 오늘은 까마득하게 높아 보인다. 계단을 오를 힘이 없어서는 아니다. 몸은 자꾸 위로 올라가는데 행여, 기문이가 아닐지도 모른다는 생각에 마음은 밑으로 내려가는 것 같았다.

"커피 끓일까유?"

유정이 볼 때 민초예는 안정을 되찾은 것처럼 보였다. 거실 안으로 들어서며 물었다.

"그려."

민초예는 의식적으로 신문을 보지 않고 바닥에 주저앉았다. 신문을 내려놓고 침을 꿀꺽 삼키며 창문 밖을 바라봤다. 어느새 근처에 2층집이 많이 생겼다. 하늘을 바라본다. 구름 한 점 없는 푸른 하늘을 바라보는데 눈에 눈물이 차오른다.

그려, 내가 평소에 머 착한 일을 한 것이 있다고 기문이를 찾겠어. 우리 기문이는 아닐 거여.

마음을 비워야겠다는 생각이 들었다. 마음을 비우지 않고 있다가 신문 속의 인물이 기문이가 아닌 경우에는 감당하지 못할 고통이 따를 것 같았다.

관세음보살 나무아미타불.

텔레비전 옆에 있는 염주를 끌어 당겼다. 정좌를 하고 염주를 굴리며 마음을 비우기 위해 염불을 하기 시작했다.

"어머니, 커피 가져왔어유."

"그려, 오랜만에 우리 유정이가 끓여주는 커피 맛을 보게 되는구먼."

민초예는 한결 마음이 가라앉아 있는 것을 느끼면서도 유정 모르게 길게 한숨을 내쉬었다.

"신문에 뭔 기사가 났길래……."

유정은 민초예에게 커피를 권하고 나서 신문을 끌어당겼다. 눈물의 웨딩드레스라는 기사가 있는 부분을 펼쳤다. 놀랍게도 민초예가 그토록 애타게 찾고 있던 손기문에 관한 기사가 나와 있다. 갑자기 온 세상이 침묵 속에 잠기는 것을 느끼며 천천히 기사를 읽기 시작했다.

"우리 기문이가 아니지?"

민초예가 유정이 숨을 멈추고 신문 기사를 읽는 동안 조용히 커피를 마시고 있다가 물었다.

"제, 제 생각에는 기문이 오빠가 맞는 거 같아유. 아니, 분명히 맞다고 봐유."

"니가 기문이 얼굴을 아는 것도 아니잖여……. 근데, 뭘 보고?"

민초예는 마음을 비워야 한다고 생각하면서도 가슴이 떨렸다.

"우선 이름이 같잖아유. 그라고 보은에서 아버지도 아니고 어머니와 살다가 고아원으로 간 사람이 몇 명이나 되겠슈. 제가 금방 알아볼 수 있어유. 여기 기사를 쓴 신문기자 이름이 나와 있잖아유. 이 기자분한테 연락을 하면……. 아니지, 관악구의회로 전화를 해 보믄 금방 통화를 해 볼 수도 있겠네유."

"그, 그런데 구의원이 됐다는 것이 좀 그렇지 않냐? 우리 기문이는 학교도 지대로 못 댕겼을 텐데……."

"요새 고아원에서 학교 더 잘 보내유."

유정은 손가락 끝이 떨리는 것을 느끼며 서울 114로 전화를 걸었다. 안내원에게 관악구의회 번호를 알려 달라고 했다.

"소, 손기문 의원님하고 통화를 하고 싶어유. 여기 대전 시외전화거든
유. 빨리 좀 부탁드려유."

유정은 관악구의회 직원의 목소리가 나오자 민초예를 바라봤다. 민초
예는 눈을 감고 염주를 굴리고 있다. 눈꺼풀이 바르르 떨리고 있는 것을
보니 겉으로는 태연한 척 했지만 마음은 벼랑 끝에 서 있는 사람처럼
절박할 것이라는 생각이 들어 눈물이 났다.

"의원 사무실 담당자 바꿔드리겠습니다."

"고마워유."

유정은 눈물을 닦으며 의원 사무실로 전화가 연결되기를 초조하게 기
다렸다.

"지금 손 의원님 안 계신데 어떤 관계이십니까?"

"여기 대전인데, 동생되는 사람유. 어떡하면 연락을 할 수 있나유?"

"손 의원님 고아라고 하셨는데 여동생이 계셨나 보네요. 핸드폰으로
통화해 보세요. 제가 알려드릴 테니까."

유정은 얼른 휴대전화 번호를 받아 적기 위해 메모 준비를 했다. 직원
이 또박또박 전화번호를 알려줬다.

"기, 기문이라는 사람 휴대전화 번호를 알았냐?"

민초예가 눈을 뜨고 물었다.

"예, 그런데 뭘 물어볼까유? 일단 보은이고 어렸을 적에 어머니하고
같이 살았다는 점은 확인이 됐잖아유."

유정이 전화번호를 적은 메모지를 든 채로 물었다.

"글씨, 뭘 물어볼까? 어릴 때 사진이 있는 것도 아니고……."

"어머니는 보은 어느 동리에서 사셨는지 알고 계시잖아유."

"나야, 빤하지만 기문이는 알 턱이 읎잖여."

"일단 통화를 해 보면 서로 통하는 점이 나올 기유. 피를 나눈 모자 사이라믄 말여유……."

유정은 마른 침을 삼키며 휴대전화 번호를 하나하나 차분하게 눌렀 다.

"아, 손기문유. 어디세유?"

손기문이 있는 곳은 어떤 시장인 모양인지 소란스러웠다. 하지만 목 소리는 또렷하게 들려왔다.

"여기 대전인데유. 손기문 씨 어머니라고 생각하시는……."

"인 줘봐."

민초예는 불현듯 손기문의 얼굴이 또렷하게 떠오르는 것을 느끼며 전 화를 낚아챘다.

"시, 시방 머라고 했슈?"

손기문의 떨리는 목소리가 귓속으로 파고드는 순간 가슴 속에 찌르르 하는 전류가 흐르는 것 같았다.

"여보세유. 나, 나는 민초예라고 하는 사람인데 보은에 살 때 손기문 이라는 아를 고아원에 보낸 적이 있슈. 서, 서울에 있는 고아원유. 이름 이 손기문인데, 어릴 때 얼굴은 잘 알고 있지만…… 사진 같은 거는 갖 고 있는 것이 없슈. 그짝은 엄마에 대해서 생각이 나는 것이 읎슈? 주막 같은 거 기억 나유? 내가 주막에서 식모를 했었거든유. 우리 기문이하고 정지에서 밥을 먹기도 했슈, 정지에서……."

민초예는 어린 기문이를 옆에 앉히고 아궁이 앞에서 불을 때며 신세 타령을 하던 때가 선명하게 떠오르는 순간 눈물이 나서 말을 이을 수가 없었다.

"주, 주막은 생각나지 않지만, 엄마가……. 엄마가! 밀가루 같은 것을 납작하게 펴서, 부, 부석에다 꿔주는 걸 맛있게 먹은 기억이 나유. 맞아……. 마, 마당도 있는 집에 정지가 있었슈……."

손기문이 건물 안으로 들어갔는지 시끄러운 소리가 나지 않았다. 조용한 가운데 착 가라앉은 손기문의 목소리만 또렷하게 들렸다.

"미, 밀가루가 아니고 수제비 반죽 아닌가유?"

"맞아유. 수제비 반죽을 숯불에 꿔서 줬어유. 뜨거웅게 쪼끔씩 먹으라고 하면서……."

수화기 저편에서는 더 이상 말을 잇지 못하고 아이처럼 흐느껴 우는 소리가 들려왔다. 민초예는 눈을 감았다. 눈물이 얼굴을 타고 줄줄줄 흐르는 것을 느꼈다. 그냥 흐르는 눈물이 아니었다. 눈물이 흐르는 살은 불에 데인 것처럼 무척 뜨거웠다.

영웅의 길

그렇다고 내가 영웅이라고 자랑하는 것은 아녀.
자네도 느꼈을지 모르지만 말여,
나는 어렸을 때부텀 시방까지 고독하게 혼자 살아왔다는 거여.
순전히 나 혼자 결정하고,
나 혼자 노력해서 이 자리에 도달했다는 거여.

　남부연합신문사가 있는 3층 건물 창에서로 바라보면 로터리가 한눈에 들어온다. 로터리에는 <군민의 성원에 보답하기 위하여 더 열심히 일하겠습니다.>라는 현수막이 7월 중순인데도 아직까지 붙어 있다. 지난달 27일 지방선거에서 당선된 정오영 군수가 내건 감사 현수막이다.

　영동은 군수부터 시작해 군의원 전원을 자민련이 싹쓸이 했다. 지난 2월 9일에 민자당에서 탈당한 김종필이 3월 30일 자유민주연합을 창당했다. 1992년 4월 김영삼, 이종찬 경선을 앞두고 김영삼의 손을 들어 주었던 그는 결국 토사구팽 당하고 말았다. 올해 1월 2일 민자당을 탈당하면서 '요즘 세상이 이렇게 어지러운 것은 최소한의 도덕도 저버리고 일을 추진하는 사람들이 있기 때문이다.'라며 '마오쩌둥도 나쁜 놈이더라. 자기가 직접 애기하는 법 없이 다 시켜서 하고 자기는 멀찍이서 동정하는 체 하다가 어느 순간 정적을 쳐 버렸다.'며 김영삼을 비판했다. 탈당한 후에 충청도 핫바지론이 먹혀 자민련이 충청도는 물론 비슷한 처지에 있는 강원도까지 점령해 버린 것이다.

민자당을 탈당하고 자민련으로 붙지 않으면 백전백패겠지.

고현수는 요즘 들어 심각하게 고민하고 있었다. 내년 4월이면 총선이 있다. 기간으로 치면 9개월 정도 남았지만 비선조직은 한참 왕성하게 활동을 하고 있을 때이다. 하지만 6·27 지방 선거가 완전히 판도를 바꿔 버렸다. 박진규 하나만을 상대하는 것도 힘겨운 싸움이 될 터인데 생각지 않았던 자민련이라는 복병이 터졌다. 군수와 군의원은 국회의원 선거에서 당락에 영향을 미칠 만큼 중요한 자원이다. 자민련이 남부 삼군을 점령해 버렸으니 민자당은 빈껍데기나 다름없다.

"회장님, 의원님 오셨습니다."

고현수는 바람에 펄럭이는 현수막을 바라보고 있다가 노크 소리에 뒤로 돌아섰다. 소병문이 문 안으로 고개만 내밀고 말했다.

"죄송합니다. 제가 직접 찾아뵈어야 하는데, 마침 영동 나오시는 길이라고 하셔서……."

고현수는 얼른 밖으로 나갔다. 이동하가 손수건으로 땀을 닦으며 회장실 쪽으로 오고 있었다. 얼른 다가가 정중하게 인사했다.

"나야, 어채피 서울에서 며칠, 영동에서 며칠, 모산에서 며칠 세월만 보내는 사람인데 뭐."

이동하는 청바지를 팽팽하게 입고 있는 우형자에게 손을 슬쩍 들어 보였다. 우형자가 얼른 일어나서 인사를 한다. 만족한 미소를 지어 보이며 고현수를 따라 회장실 안으로 들어갔다.

"시원한 냉커피 한잔 하시겠습니까?"

고현수가 에어컨의 온도를 낮추고 나서 물었다.

"난, 냉커피보다 션한 물이나 한잔 주게."

이동하는 에어컨이 팽팽 돌아가는 덕분에 금방 땀이 마르는 것을 느꼈다. 땀에 젖은 손수건을 착착 접어 바지 주머니에 넣었다.

"처남은 신학대학 잘 다니고 있습니까?"

고현수는 인터폰을 눌러 얼음물을 가져오라고 지시를 한 후에 소파에 앉았다.

"그놈은 버린 놈잉께, 내 앞에서 그놈 야기 끄집어내지도 말게."

"처남이 아직 세상 물정을 몰라서 그런 겁니다. 정신을 차리면 장인어른의 사업을 훌륭하게 키워나갈 수 있을 겁니다. 그러니 너무 노여워하지 마십시오. 당장 목사가 되는 것도 아니잖습니까?"

"내 말은 제깐 놈이 뭐가 부족해서 목사가 될라고 하느냔 말여? 검사가 하기 싫으면 변호사를 하면 되고, 법 상대하는 놈들이 싫어서 변호사도 하기 싫으면 자네 말대로 내 사업을 물려받으면 되는 거 아녀?"

우형자가 얼음물이 담긴 컵을 쟁반에 담아 들고 왔다. 이동하는 우형자의 탄력 있는 하체를 슬쩍 보고 나서 컵을 받았다. 물을 단숨에 마시며 뒤로 물러서려는 우형자에게 잠깐 기다리라고 눈짓을 보냈다. 물을 단숨에 비워 버리고 빈 컵을 쟁반 위에 얹었다.

"장모님께서 그러시는데 승철이 처남은 연락이 된다고 하시던데, 승철이 처남이라도 부르시지……."

고현수는 이동하의 표정이 일그러지는 것을 보고 슬그머니 입을 다물었다.

"그놈이 그놈이지. 어떻게 된 노릇인지 두 놈이 자로 잰 듯이 똑같이 행동하는 통에……. 그렇지 않아도 음력으로 유월은 썩은 달이라고 해서 예식 손님이 많이 줄었잖여. 엎어진 놈 밟는다고, 그놈의 삼풍백화점이 무너지는 통에 예식장 손님이 확 줄었당께."

"어제 또 생존자가 나왔다고 하더군요. 무려 보름이 넘은 십칠일 동안 갇혀 있다가 구출됐답니다. 우리나라에서는 지난 육십칠 년 구봉산에서 매몰당한 양창선 씨가 삼백예순아홉 시간 만에 구출된 것이 최고 기록이었는데, 어제 구출된 열여덟 살짜리 박승현이 삼백일흔일곱 시간 만에 구출돼서 기록을 깼다고 하더군요. 세계에서는 두 번째랍니다."

지난 6월 29일 오후 5시 57분경 서울 서초동에 있는 삼풍백화점이 붕괴됐다. 확인된 사망자 수만 502명이고 부상자는 1,000명 가까운 937명이다. 그 여파로 서초구청장을 비롯한 수십 명이 구속되는 등 정국이 혼란스러웠다. 고현수는 단일 사고로는 6·25 이후 최대 사고인데도 예식장 손님이 떨어졌다고 투덜대는 이동하가 새삼스럽게 보이지는 않았다.

"좌우지간 우리나라는 소 잃고 외양간 고치는 데는 세계에서 최고랑께. 아! 백화점 무너지고 사람 죽고 다친 담에 돈 처먹은 놈들 조사하믄 뭐햐……. 하긴 조사를 해 봤자, 그물에서 빠져 나갈 놈은 죄다 빠져 나가겠지만."

이동하는 아무 생각 없이 말을 해 놓고 생각하니 경솔했다는 생각에 슬그머니 말을 바꿨다.

"검찰에서 이번에는 철저하게 수사를 한다고 했으니까 조만간 자세한 결과가 나올 겁니다. 다름이 아니라 장인어른을 찾아뵈려고 전화를 드린 것은 말입니다……."

고현수는 이동하와 삼풍백화점 붕괴사건을 더는 성토하고 싶지 않아 본론을 끄집어냈다.

"그려, 내가 마침 서울에 올라가는 길이라서 직접 들렀구먼."

이동하는 고현수 때문에 부도날 뻔했던 것을 생각하면 신문사에 발길도 하지 않았을 것이다. 그러나 고현수 덕분에 서울 모든 중앙지에서 진주예식장을 대대적으로 홍보하니 많은 돈을 벌게 되었다. 그때부터 예식장을 준공하기 전의 안 좋은 감정은 금방 누그러졌다. 지금은 예전처럼 서울대 출신의 유능한 사위로 대하고 있다. 눈을 가늘게 뜨고 부드러운 표정으로 물었다.

"잘 알고 계시는 것처럼 이번 지방선거에서 민자당이 충청도에서 완패를 당하지 않았습니까?"

"내가 생각해 볼 때 민자당은 이제 끝났구먼. 당장 지난 십팔 일에 오일팔 고소 고발 사건에서 전두환하고 노태우는 물론이고 쉰여덟 명 전부를 공소권 없다고 불기소처분했잖여. 국민들 알기를 똥으로 알고 있다는 증거여. 그랑께 김대중도 그 낌새를 알아차리고 정치를 그만두겠다고 선언한지 이 년 칠 개월 만에 다시 정치를 시작한다고 하면서 신당 창당을 선언했잖여."

"전두환 대통령하고 노태우 대통령이 오일팔을 저지른 것은 맞습니다. 하지만 장인어른이나 제가 그분들 덕을 본 것은 사실 아닙니까? 우리가 광주에 살고 있어서 피해를 본 것도 아니고……."

"자네는 중앙정보부에 근무해서 세상살이를 훤하게 알고 있는 줄 알았는데 안직 멀었구먼. 정치에서는 영원한 동지도 없고 영원한 적도 없는 법여. 내가 비록 그 사람들 덕분에 국회의원을 해먹기는 했지만, 시방은 나하고 아무런 상관도 없는 사람여. 역사의 심판을 받아야 하는 사람들에 불과하단 말여."

이동하가 한심하다는 얼굴로 고현수를 바라봤다.

"하지만 저는 당장 민자당에 소속되어 있어 김영삼 대통령을 지지할 수밖에 없는 입장 아닙니까?"

"내가 볼 때 민자당은 이빨 빠진 호랑이여. 자네는 그런 생각이 안 드나?"

"사실은 저도 지금 결단이 서지 않아서 장인어른께 자문하는 것입니다. 민주당은 깨진 당이나 마찬가지고, 김대중도 새로운 당을 만들 것 아니겠습니까? 그럼 내년 총선은 민자당하고 자민련하고, 김대중이가 만든 새로운 당 삼파전이 예상됩니다. 경상도에서야 민자당으로 나서도 해볼 만하지만 여긴 자민련 지역 아닙니까? 박진규와 대결하려면 제가 자민련으로 자리를 옮겨야 한다는 결론이 나는데 그것이 쉽지 않다는 겁니다."

고현수는 이동하가 정치에서는 은퇴했지만 나름대로 안목이 있다는 생각에 조심스럽게 자신의 생각을 털어 놓았다.

"그렇지. 자민련 위원장이 두 눈 시퍼렇게 뜨고 살아 있응께, 당연하겠지."

이동하는 문득 처음 정치에 입문하던 때가 생각났다. 그때도 고현수의 아버지인 고병호가 두 눈 시퍼렇게 뜨고 살아 있었다.

우연이라고 봐야 할지, 숙명이라고 해야 할지 모르겠구먼.

생각 같아서는 자민련 위원장을 모함해서 쫓아내는 방법을 알려주고 싫었다. 하지만 행여 고현수가 눈치챌지 모른다는 생각에 노골적으로 말해 줄 수가 없었다.

"외람된 말씀이지만 장인어른이 저 같은 상황이라면 어떻게 하시겠습니까?"

"자네야 원래 이런 상황에 전문가 아닌가? 중앙정보부나 안기부에서 배운 실력을 발휘해 보게."

"그때는 조직의 한 사람으로 실수를 해도 상관에게 질책만 받으면 그만이지만, 지금은 자칫 잘못하면 제 인생이 끝날 수 있는 일이라 조심스럽습니다."

"내가 다른 것은 몰라도 하나는 알고 있지. 정치라는 것은 말일세……."

이동하는 눈을 지그시 감았다. 처음 정치를 한다고 쌀을 팔아서 청주로 올라가는 버스에 앉았을 때가 생각났다. 그때만 해도 정치판이라는 것이 상대를 죽이지 않으면 살아남지 못하는 아수라판인 줄은 몰랐다. 세월이 참 많이 흘렀다고 생각하며 눈을 뜨고 고현수를 바라봤다.

"가장 단순한 세계라네……."

이동하가 마치 노승이 선문답을 하는 듯한 표정으로 말했다.

"그게 무슨 말씀이십니까?"

고현수는 오늘따라 이동하가 다르게 보였다. 고개를 갸웃거리며 심각한 얼굴로 물었다.

"내가 이기지 못하믄 진다. 지믄 모든 것이 끝장이다. 그게 정치판의 진리여. 서울대학교 나온 사람한테 해서는 안 될 말이지만 진리라는 것이 뭔지 아나? 위에서 아래로 물이 흐르는 것이 진리라는 말일세."

"장인어른 말씀은?"

"그려, 수단 방법을 가리지 말고 싸워서 이길 때만 정치가 존재한다는 거여. 자네를 무시하는 말은 아니네만, 자네가 아무리 똑똑해도 박진규라는 놈한테 지니께 정치를 못하고 있지 않은가?"

"그렇다면?"

"그려. 자네 머릿속으로 생각하고 있는 대로 실행을 하믄 되는 걸세. 자고로 사람이 큰 정치를 할라믄 작은 것들은 희생을 시킬 수벆에 읎는 거여. 막말로 말해서 나라 위해 정치하는데, 이까짓 군소재지에 사는 사람 몇 정도 희생시켜도 눈 하나 깜짝하지 않을 수 있는 배짱을 갖고 있어야 국회의원이 될 수 있다는 걸세."

"그렇군요."

고현수는 이동하가 탐관오리 같은 국회의원이라는 것은 진작에 알고 있었다. 그러나 막상 이동하가 직접 하는 말을 듣고 나니 소름이 끼쳤다. 다른 한편으로는 가진 것이라고는 돈밖에 없는 이동하가 살아남으려면 그럴 수밖에 없었을 것이라는 생각이 들었다.

"중요한 것은 고 서방이 국회의원이 되고 싶은 야망이 있는가 없는가 일세. 야망이 있다면 무엇을 못하겠는가. 안 그려?"

이동하는 노련한 정치 스승이라도 되는 것처럼 고현수를 쏘아보며 볼을 실룩거렸다.

"저는 반드시 국회의원이 되고 싶습니다."

"내가 볼 때 야망은 읎어 보이는구면."

"장인어른이 보실 때 어떻게 하면 야망이 있는 것처럼 보이는 겁니까?"

순간 고현수는 자신도 모르는 사이 이동하와 같은 류가 되어가고 있는 것을 느끼며 마음속으로 소스라치게 놀랐다. 하지만 이에는 이, 칼에는 칼이라는 생각으로 심각하게 물었다.

"자네는 사람들한테 욕을 먹는 경우는 없잖은가? 야망이 있으면 반드시 욕을 먹게 되어 있구먼. 왜냐? 남들을 짓밟지 못하믄 절대로 클 수가 읎기 때문이여. 내가 놀라운 사실을 하나 말해 줄까?"

"말씀해 주십시오."

고현수는 고병호에 대한 말이 나올지도 모른다는 생각에 긴장한 눈빛으로 이동하를 바라봤다.

"원래 영웅은 고독하고 외롭다는 말을 자네도 잘 알지? 그렇다고 내가 영웅이라고 자랑하는 것은 아녀. 자네도 느꼈을지 모르지만 말여, 나는 어렸을 때부텀 시방까지 고독하게 혼자 살아왔다는 거여. 나는 친구 한 명 읎어. 그래도 답답한 거 읎구먼. 외려 친구가 읎응게 먼 결정을 할 때 쉽더라고 순전히 나 혼자 결정하고, 나 혼자 노력해서 이 자리에 도달했다는 거여. 그동안 내가 얼매나 고독하고 외롭게 살아왔는지 구구절절 말하믄 한 달 열흘 밤을 새도 모자를 거라 이 말일세. 만약 내가 친구의 정에 이끌리고, 자네 장모의 정에 이끌리고, 자식의 정에 이끌려서 살아왔다믄 학산 부면장 출신인 내가 시방 이 자리까지 올라올 수 있었겠는가. 그 반대여. 만약 내가 말일씨……."

이동하는 말을 하면서 생각해 보니 참으로 외롭고 고독하게 살아왔구나라는 생각이 절실하게 마음을 울려서 눈물이 나오려고 했다. 말꼬리를 흐리며 손짓으로 물을 마시는 흉내를 내보였다.

"알겠습니다."

고현수는 평소 보지 못하던 이동하의 모습에 적잖이 놀라며 인터폰을 눌러서 얼음물을 가져오라고 했다.

이동하는 물을 가져오는 동안 지그시 눈을 감고 생각에 잠겼다. 생각해 보니까, 그 많은 세월 동안 죽마고우 하나 불러 옆에 앉혀 놓고 술한 잔 한 적이 없었다. 친구와 술에 취해 어깨동무를 하고 밤늦은 시간에 홍도야 울지 마라 오빠가 있다! 고래고래 노래 부르며 밤거리를 배회한 적도 없었다. 결혼을 하여 2남 3녀를 두었지만 기나긴 겨울밤에 옥천댁과 머리를 맞대고 군밤을 까먹으면서 자식들의 미래에 대하여 근심걱정 해 본 적도 없었다. 자식들 손을 잡고 강가로 나가서 돗자리를 깔아 놓고 김밥을 먹거나 삼겹살을 구워 먹으며 두런두런 정담을 나눈 적도 없었고 오직 한 길, 돈과 국회의원 자리를 향하여 무서운 속도로 질주한 세월이라는 생각이 들자 눈물이 나오려고 눈자위가 실룩거렸다.

"고정하십시오."

고현수는 이동하가 갑자기 슬픔에 젖은 이유를 알 수 없었다. 문이 열리고 직원들이 이동하의 약한 모습을 보면 곤란하다는 생각에 조심스럽게 말했다.

"그려……."

이동하는 슬픔에 젖어 아까와는 달리 우형자의 빵빵한 청바지가 눈에 들어오지 않았다. 물을 적당히 마시고 컵은 테이블 위에 내려놓았다.

"아까 말을 하다 말았지만 말여, 내가 맘을 약하게 먹고 이래도 흥, 저래도 흥 했으면 시방쯤 학산 면장으로 퇴직을 해서 우리 아버지처럼 동리 사람들이나 달달 볶고 있을 거잖여. 하지만 나는 오직 국회의원이 되기 위해 사사로운 정에 얽매이지 않고 열심히 뛰었잖여. 이 세상 사람들은 이동하가 오직 출세를 하기 위해 인정사정 없이 구는 그런 인간으로 볼 지 모르지. 하지만 나는 말여, 고 서방이 알고 있는 것처럼 국회의원에 떨어졌을 때도 내 밑에 직원들 생계는 책임져 준 사람여. 그기 무슨 뜻이냐? 사람들이 생각하는 것처럼 피도 눈물도 없는 놈은 아니란 말여. 누구나 나처럼 성공을 할라믄 나처럼 행동할 수밖에 없는 거여. 그것을 바로 진리라고 하는 거여, 진리!"

이동하는 스스로 생각해도 명연설을 했다고 생각했다. 고현수도 감동을 받았는지 결연한 얼굴로 앉아 있다.

"장인어른 말씀 잘 들었습니다. 제가 인생을 살아가는데 많은 도움이 될 것으로 믿습니다."

"당연히 그래야. 그라고 말여, 말이 나온 김에 한마디 더 해야겠구면. 자네도 많이 외로울 줄 아네. 하지만 아까도 말했지만 말여. 성공을 위해서는 오직 결단력 있게 혼자 판단하는 습관을 길러야 한다는 점일세. 그렇다고 나처름 집안을 등한시하믄 안 되는 거여. 세월이 지나고 봉께, 내가 너무 집안에 등한시했다는 생각이 자주 들드만. 자네도 나 못지않게 성공할라고 노력하는 사람이라는 것을 내가 모르는 게 아녀. 하지만 애자가 너무 심들어 하는 거 같드만. 내 말 무슨 뜻인지 잘 알겠지?"

"네, 명심하겠습니다. 그런데 자민련 위원장 자리는……."

"내가 시방까지 말할 때 뭔 생각하고 있었나? 한마디로 말해 주지. 털어서 먼지 안 나는 놈 봤남?"

"하지만 최두현이라는 놈은 거꾸로 매달아 털어도 먼지 한 점 안 나올 겁니다. 가톨릭신자인데다, 옥천군 새마을지회 회장 출신에 청년 때부터 사에치 클럽 회장을 하던 자라서 사람도 정직한 모양입니다."

"최두현이라는 놈이 자민련 위원장여?"

"내년 선거에 나오려고 벌써부터 새마을 지회를 통해서 조직을 만들고 있습니다."

"고 서방은 안직 멀었구먼. 맑은 물에는 흙탕물 한 방울만 떨어트려도 금방 흐려지는 법이지. 하지만 말여, 흙탕물에는 맑은 물을 여간 많이 뭐도 물이 맑아지지 않는 법이란 말여. 이쯤만 하믄 무슨 뜻인지 잘 알겄지. 난 서울 올라가야 항께, 이만 일어나야 겠구먼. 에이, 그놈의 삼풍백화점 무너진 것 땜시 이번 달 매상이 삼십 프로는 떨어지겠는 걸 생각하믄 승질이 나서 잠을 못 잔당께."

이동하는 생각만으로도 화가 난다는 얼굴로 볼을 실룩거렸다.

"장인어른 예식장 사업 잘 되시면 호텔 사업도 한번 생각을 해 보십시오. 제가 알기로는 웬만한 호텔 하나만 가지고 있으면 서울 바닥에서 상류층에 속한다고 봅니다."

"상류층이라니? 자네는 자네 눈으로 볼 때 내가 중류층으로 뵈이는 거여?"

고현수가 내미는 낚싯밥을 덥석 문 이동하가 일어서다 말고 다시 앉으며 기분 나쁜 얼굴로 바라봤다.

"제가 말씀을 드리는 상류층은 돈이 많다고 해서 되는 것이 아닙니다. 특급 호텔은 외국에서 오는 정치인이라든지, 기업가, 연예인 같은 사람이 이용합니다. 그런 호텔을 갖고 있으면 안목이 높아져서……."

"자네 말도 일리가 있구먼. 하지만 내 예식장에서 예식을 할라믄 최소한 천만 원은 있어야 된다는 거 모르나? 장관 딸은 보통이고, 국무총리

아들도 우리 예식장에서 예식을 했단 말일씨. 그람 나도 상류층 아닌가?"

이동하가 고현수의 말을 끊고 화를 누르는 목소리로 말했다.

"물론 저도 알고 있습니다. 하지만 특급 호텔을 갖고 계시면 안기부라든지 청와대, 정부 부처 사람들하고 친하게 지낼 수 있습니다. 고급 정보를 빼내서 재벌이 될 수 있는 기틀을 마련할 수도 있다는 겁니다."

"하지만 호텔은 예식장하고 격이 틀리잖여. 나도 호텔에서 많이 자 봤지만 말여. 웬만한 특급 호텔은 직원들만 해도 몇백 명은 되야 하고, 바닥에 까는 양탄자는 물론이고, 가구며 천장에 매다는 등 같은 것도 죄다 외국에서 유명한 수입품을 쓰던데 몇천 억 갖고는 흉내도 못 낼 걸?"

이동하는 재벌이 될 수 있다는 말에 화가 가라앉는 것을 느끼며 얼음이 다 녹아 버린 물컵을 들었다.

"우선 호텔이 들어설만한 자리의 땅을 사두는 것부터 시작하시면 됩니다. 땅값은 하루가 다르게 오르니까, 돈이 부족하면 대출을 받는 한이 있더라도 땅을 먼저 마련해 두어야 합니다. 그래야 나중에 땅값이 천정부지로 오르면 그 땅을 담보로 호텔을 지을 수도 있다고 봅니다."

"하긴, 은행 이자야 얼매 하는가? 땅값 오르는 것에 비하믄 새 발의 피지. 하여튼 알겠네."

이동하는 곰곰이 생각해 볼 필요가 있다고 생각하며 일어섰다. 고현수가 얼른 문을 열어준다. 큼! 잔기침을 하며 사무실을 나간다. 우형자가 발딱 일어나 인사를 한다. 무얼 먹고 사는지 청바지에 꽉 조여진 하체가 침 넘어가도록 섹시하다.

철재와 광배는 운전 학원 버스에서 내렸다. 학원 버스가 지나간 후에 약속이나 한 것처럼 서로를 바라봤다.

"니 꺼 좀 보자."

철재가 웃으며 광배 앞에 손을 내밀었다.

"니 꺼하고 똑같은 건데 뭐."

광배는 소리 죽여 히히 웃으면서 바지 뒷주머니에서 지갑을 꺼냈다. 지갑 안에 고이 간직하고 있던 자동차 운전면허증을 꺼내서 내밀었다.

"황광배, 보통 일종. 주소……. 사둔 면허증 딴 걸 축하햐. 축하하는 의미에서 내가 멋지게 한잔 사도 되는 거지?"

철재가 면허증을 도로 내밀면서 킬킬 웃었다.

"사둔이 술을 사믄 내가 안주를 사지. 오랜만에 광어회나 먹으러 갈까?"

"조오치. 시장 횟집에 스키다시가 많이 나온다고 하든데 그리 가자."

철재는 휘파람이라도 불고 싶은 심정으로 시장 횟집 쪽으로 슬슬 걸었다.

"근데, 요새 중고 포터 한 대에 얼마나 할까? 우리 형편에 집 질 때 받은 대출금도 갚아야 하고 새 걸 뺄 수는 없잖여."

시장으로 들어가는 길목에 남부연합신문 무료 가판대가 있었다. 광배는 가판대 앞을 지나가면서 신문 한 부를 빼서 들고 걸었다.

"운전 학원에서 같이 연습을 하던 사람이 그라든데 새 차가 육백만 원에서 뭣 좀 달고 하면 육백사십오만 원 한다고 하든데?"

"한 삼 년 굴러먹은 것은 삼백만 원 정도 하겠구먼. 올해는 그냥 경운기로 몰고, 내년에나 생각해 봐야겠구먼."

"차는 꼭 필요햐."

시장 횟집 출입문 옆의 수족관에는 도다리며 광어, 돔 같은 활어와 멍
게, 해삼, 소라 등이 바닥에 깔려 있다. 앉은뱅이 식탁이 있는 넓은 홀에
는 낮인데도 손님이 많았다. 광배가 운동화를 벗고 에어컨 쪽으로 향했
다.

"차 값이야 얼매 안 하지만 보험료며, 기름 값이며, 수리비가 만만치
않다고 하든데."

자리에 앉자마자 종업원이 차가운 물수건을 가져왔다. 광배는 익숙하
게 수건을 받아서 손을 닦으며 주변을 돌아봤다. 넥타이를 맨 손님들은
보이지 않고 대부분 무슨 장사를 하거나, 면소재지에서 일부러 맘먹고
회를 먹으러 온 손님들로 보였다.

"너는 하나만 알고 둘은 몰라. 차가 있으면 우리 포도를 비싸게 팔 수
있다는 생각은 못해 봤냐?"

"포도를 차에 싣고 돌아댕김서 팔자는 거여?"

광배는 신문을 식탁 위에 펼쳤다. 특별히 눈에 띄는 기사는 보이지 않
았다. 뒷부분은 2단짜리 광고들로 채워져 있다. 중고차를 팔겠다는 광고
도 많이 나와 있다. 현대자동차에서 나온 1톤 트럭 포터 가격이 200만
원에서 350만 원짜리까지 나와 있다.

"어제 철용이 형한테 전화를 해 봤는데 말여. 서울에서 영동포도 한
박스에 삼만오천 원까지 판다더라. 이 정도 말하면 감이 잡히냐?"

"대단하구먼. 너는 오늘 면허증 받은 놈이 서울까지 차 몰고 갈 생각
을 하고 있는 거여?"

"시도는 해 봐야지. 시도도 안 해보면 우린 뼈 빠지게 농사져서 장사

꾼들한테만 존 일 시켜 주는 거여. 그라고 포도 농사짓는 것도 우리는 첨이라 땅이 좋아서 그나마 다행이지만, 오 년 이상 지나면 땅 관리도 해야 한다능 겨. 우리가 땅 관리할 줄 모르잖여. 포도 종자도 여러 가지고, 이왕 농사짓는 바에는 돈이 많이 되는 종자를 심어야 할 거잖여. 그랑게 이런저런 정보를 많이 입수할라믄 부지런히 돌아댕겨야 항께 차가 있어야 할 껴."

광어회가 나오기 전에 안주가 나오기 시작했다. 꽁치 구운 것부터 시작해서 부침이며, 소라, 멍게, 오징어회무침 등이 순식간에 상을 가득 채웠다. 철재가 입맛을 다시며 소주 뚜껑을 땄다.

"맞는 말여. 농사꾼들도 배워야 햐. 안 배우면 우리 아버지나 할아버지 때하고 다를 것이 하나도 읎겠지."

"우리가 포도 농사 안 졌으면 영동 나와서 이 광어회 맛이나 보겠냐?"

"그건 맞는 말여. 포도 농사 안 지고 안직도 나락 농사 지고 있었으면 우리 집 갑방에서 사 홉짜리 소주에 새우깡이나 먹고 있겠지."

"겨울에는 범골까지 나무하러 가야잖여."

"세상이 좋아진 건지, 우리가 머리를 잘 써서 그런 건지는 모르지만, 작년보다 올개가 낫고, 내년에는 올개보다 더 나아질 것 같응께 얼매나 다행여. 그전에는 죽지 못해 일만 했잖여. 그런 뜻에서 건배 한 번 하자."

광배가 광어회를 상추에 싸 들고 술잔을 들었다. 건배를 하고 나서 소주를 쭉 들이키고는 광어회 쌈을 입 안에 넣었다. 오랜만에 먹어 보는 광어회가 입 안에서 사르르 녹는 것 같았다.

"장가는 가야 할 거 아녀."

철재가 술을 몇 번 따르지 않았는데도 금방 빈 병이 되었다. 술 한 병을 더 주문하고 나서 한숨 섞인 목소리를 내며 광배를 바라봤다.

"우리도 올가을에는 농촌지도소에 신청을 해 볼까?"

광배가 상추쌈을 싸다 말고 눈을 빛냈다.

"농촌지도소에서 중국 교포 소개해 주는 거 말이냐?"

"그려. 중국 여자면 어뗘. 한국말 다 하고, 우리처럼 추석 때 송편 맨들어 먹고, 슬에는 떡국도 끓여 먹는다고 하든데."

"그건 농민후계자가 되야 한다고 하든데?"

철재가 쭉 소리가 나도록 술을 비우고 관심 있는 얼굴로 광배를 바라봤다.

"우리도 농민후계자 신청하면 되잖여. 농민후계자로 선정이 되면 싼 이자로 대출도 해 준다고 하드라. 대출받아서 논을 사던지 밭을 더 사서 포도밭도 몇 마지기씩 더 사자구."

"농민후계자가 될라믄 고등학교 나와야 되는 거 아녀?"

"사둔, 고등학교 나와서 농사짓는 놈들이 몇 놈이나 되겠냐?"

"아녀, 요새 학산 같은 데는 서울이나 부산 같은 데서 공장도 아니고 회사 같은 데 다니던 아들이 많이 내려왔다고 하더라. 솔직히 대기업이 아니고 쪼맨한 회사 같은 데서 월급을 몇백만 원씩 주는 것도 아니잖여."

철재가 풀이 죽은 목소리로 말했다.

"하긴 포도밭 다섯 마지기만 져도 웬만한 회사 댕기는 거보다는 낫지. 경북 성주에 참외 농사 많이 짓잖여. 우리가 볼 때 참외가 여름에 나옹께 농사짓기가 편할 거 같지? 근데 안 그렇다능 겨. 겨울에 모종부터 시작해서 참외가 끝나믄 다시 논 갈아엎고 하우스 치고 하면 일 년 농사라는 거여. 하지만 포도 농사는 여간 편한 것이 아녀."

"말이라고 햐? 포도 농사는 신사 농사잖여. 그래서 실속 있는 아들은 내려와서 지덜 아버지가 모 심던 논이나 밭에 포도밭을 꾸미고 사는 일이 많다고 하더라. 농민후계자를 무조건 신청하는 대로 뽑는 것이 아니고, 각 면마다 몇 명씩 뽑으라는 지침이 있을 거 아녀. 농촌지도소에서도 이왕이면 그런 아들을 뽑지, 나처럼 제우 국민학교만 간신히 졸업한 사람을 뽑아 주겄냐?"

철재는 새삼스럽게 못 배운 것이 한이 됐다. 그렇다고 해서 김춘섭이나 철용네를 원망하고 싶지는 않았다. 어느 부모인들 자식한테 투자하는 것을 아까워하랴, 라는 생각이 들면서도 오늘따라 소주가 설탕물처럼 달다.

"밑져야 본전이잖여. 낼이라도 아부지한테 말씀드려서 자격이라든지, 신청을 언지 하면 되는지 알아봐야 겄구먼. 참, 아부지도 나이가 드셔서 구장 자리를 내놓으신다고 하드라. 내가 생각해 봐도 내놓으실 때가 벌써 지났지. 구장 회의에 나가 보시믄 딴 동리는 우리보다 더 젊은 아들이 구장하는 데도 있다드만."

광배가 철재에게 술을 따라 주며 말했다.

"그람, 니가 하면 되겄네. 모르는 것이 있으면 사둔어른한테 그때그때 물어볼 수 있응께 여간 좋아?"

"에이, 그람 동리 사람들이 욕하지. 저 집은 구장을 대대로 한다고 말여."

광배가 관심은 있으면서도 철재의 의중을 떠볼 생각으로 고개를 흔들었다.

"욕할 사람도 없어. 사둔어른이 구장직을 계속하신다면 모를까, 구장 자리를 내놓으신다면 동리에서 누가 하겠어? 우리 아부지가 하시겠어? 아니면 상규 형네 아부지가 하시겠어? 어채피 너 아니믄 내가 해야 된다는 결론이잖여. 그럴 바에는 니가 하는 것이 낫지."

"그래도 동리 어른들이 회의를 해서 뽑아야 되는 거 아녀?"

광배는 자기가 원하는 대답이라는 생각에 은근한 목소리로 물었다.

"물론 회의를 하시겠지. 하지만 백 번 회의를 해 봐야 결론은 하나뿐에 없어. 너 아니면 난데, 나는 죽어도 못햐. 그랑께 아싸리 말하는데 니가 구장할 생각을 하고 있어, 알겠지?"

"일단 니 말은 무슨 말인지 알아 들었구먼. 집에 가서 아버지한테 말씀드리고 조만간 동리 회의를 열자고 할게. 한잔 했응께 우리 노래방에 가서 한 곡조 뽑고 갈까?"

광배는 황인술로부터 이미 구장을 하면 안 하는 것 보다는 백 번 낫다는 말을 수차례 들었었다. 철재가 양보를 한 이상 차기 구장 자리는 내 것이나 마찬가지라는 생각에 기분 좋게 말했다.

"좋지."

철재는 그렇지 않아도 벌겋게 달아오른 얼굴로 벌건 대낮에 집에 들어가는 것이 민망하던 참이었다. 노래방에 가서 한 시간 정도 놀다가, 한잔 더 먹으면 날이 캄캄해질 것이라는 생각에 손가락을 딱 소리나게 쳤다.

요즈음 노래방 열풍이 전국을 강타해서 학산만 해도 노래방이 두 곳이나 된다. 심지어 읍내는 어느 곳에서나 쉽게 눈에 띄는 것이 노래방이다. 철재와 광배는 낮부터 취한 얼굴로 길을 걷는 것이 부담스러워 시장통 입구에 있는 노래방으로 들어갔다.

"도우미 불러 드릴까요?"

광배는 소주 한 병을 달라고 했다. 노래방 주인은 술을 대놓고 팔 수 없다면서 음료수 병에 소주를 담아 새우깡과 함께 들고 왔다. 노래를 선곡하고 있는 광배에게 물었다.

"도우미가 뭐유?"

"한 시간에 만 원만 주면 아줌마들이 와서 신나게 같이 놀아 주는 거지 뭐."

"우리 총각들인데?"

광배가 얼른 대답을 못하고 철재를 바라보며 잘게 웃었다. 철재가 짐짓 퉁명스러운 목소리로 말했다.

"아따, 아가씨들도 있당께. 근데 아가씨들은 만 오천 원씩여. 두 명 불러 줄까?"

"사둔 생각은 어뗘?"

철재가 침을 삼키며 광배에게 은근한 목소리로 물었다.

"좀 깎아주면 안 돼유?"

광배가 대답 대신 주인에게 물었다.

"깎을 것이 따로 있지, 아가씨 값을 워티게 깎는댜?"

"그람, 아가씨들을 데리고 나가도 되는 거유?"

철재가 광배의 눈치를 살피며 물었다.

"우리 집에 속해 있는 아가씨들이 아녀. 김천서 오는 아가씨들인데, 데리고 나가든지 지지고 볶든지 하는 것은 사장님들 능력이지 머."

도우미들을 데리고 모텔에 가려면 최소한 오만 원 이상은 줘야 한다. 노래방 사장은 한눈에 보기에도 면소재지에서 농사짓는 것으로 보이는 철재와 광배를 번갈아 바라보며 시원하게 대답했다.

"사둔이 회값을 냈응께 도우미 값은 내가 내지 머."

철재가 오랜만에 여자 손목 좀 잡게 됐다는 생각에 들뜬 표정으로 말했다.

"그 대신 노래방 시간 계산은 도우미들 도착했을 때부터 계산해야 해유."

광배가 촌놈이라고 무시하지 말라는 표정으로 야무지게 말했다.

"아따, 사장님들 보기보다는 실속 있구먼. 알았슈, 도우미들이 도착할 때까지 서비스로 넣어 줄 모양잉께 목이나 풀고 계셔."

주인이 기분 좋게 말하고 밖으로 나가자 광배가 철재 옆으로 얼른 옮겨 앉았다.

"괜히 부른 거 아녀? 돈이 삼만 원이면 포도를 한 박스 반은 따야 하잖여."

"그람 광어회를 먹지 말았어야지. 광어회에다 술 먹은 것도 포도 두 박스 값이잖여."

"하긴, 이런 맛 없으면 무슨 낙으로 그 땡볕에서 고생하냐. 우리가 맨날 광어회에 술 마시고 노래방 오는 것도 아니잖여. 어여 노래나 부르자. 너 뭐 부를 텨?"

"나, 송창식의 고래사냥 부를란다."

"그럼 너 먼저 불러라."

광배는 주인이 음료수 병에 넣어온 소주를 몇 모금 마시고 새우깡을

아작아작 씹었다. 노래책을 끌어당겨, 부를 노래를 찾는 한편 한 손으로
는 탬버린으로 허벅지를 두들기며 리듬을 맞췄다.

출소자들

미안햐.
지켜주지 못해 미안하고,
보살펴 주지 못해 미안하고,
혼자만 잘 살고 있어서 미안햐.
선배 참말로 미안햐⋯⋯.

영등포교도소 앞에는 크리스마스 특사로 감형을 받거나, 사면을 받아 출소하는 수인을 마중 나온 사람들이 장사진을 이루고 있었다. 출소자가 입을 옷을 들고 땀을 닦는 사람이 있는가 하면, 생두부가 들어있음직한 비닐봉지를 들고 있거나, 둥그렇게 모여 연신 철문을 바라보며 두런두런 이야기하는 사람도 있었다. 그중에 그들을 압도하고 있는 무리들은 양복에 넥타이를 맨 사람들이다. 얼른 봐도 백여 명이 넘는 넥타이들 무리는 많게는 수십 명, 적게는 서너 명씩 무리를 이루고 있었다.

"오늘 특사로 나오거나 사면 복권된 사람들이 삼천 명이라지?"

"옛날에 방구 깨나 끼던 사람들은 죄다 사면된다고 하대. 수서택지 분양사건으로 들어가 있는 국회의원들도 죄다 나오고, 박철언이며 재벌들도 죄다 복권이 됐다고 하대."

"김영삼이가 대통령이 되고 사정 차원에서 잡아들인 율곡비리 사건, 파친코 사건, 동화은행장 뇌물 사건으로 들어간 사람들도 특별 복권시켜 줬다며?"

"권력으로 부정을 저지른 놈들을 복권시켜 선거에 출마할 수 있게 해 준 것은 오공 때나 육공 때도 없었다는 거여."

"이번에 생계형 범죄는 특사에서 죄다 빠졌다지?"

"지존파가 왜 생겼는지 알겠어."

"좌우지간 이 나라에서 빽 없으면 이민을 가든지 해야지. 빽 없는 놈은 살 곳이 못 되는 나라여."

"그래도 국회의원 선거 때면 인물은 보지 않고, 술이라도 한잔 사 주는 쪽 찍을 테지?"

"그걸 말이라고 하는 겨? 어차피 그놈이 그놈인 바에는, 비누라도 한 장 사주는 쪽 찍어야지…… 나올 때가 됐나, 고급 승용차들이 막 들이닥치는구먼."

인숙은 중년들이 주고받는 말에 뒤를 돌아다 봤다. 한눈에 봐도 외제차로 보이는 검은색 승용차들이 어느 틈에 도로가를 점령하고 있다. 그런데도 끊이지 않고 승용차들은 계속 몰려 왔다.

이윽고 문이 열리면서 출소자들이 한 명씩 모습을 드러내기 시작했다. 겸연쩍은 얼굴로 나오는 사람도 있었고, 고개를 푹 숙이고 황급히 자리를 뜨는 출소자가 있는가 하면, 마중 나온 사람을 찾아 철문 앞에서 두리번거리며 서 있는 출소자도 있었다. 양복의 무리들은 철문 앞에 장막을 치고 그들이 원하는 출소자가 나오면 일제히 달려가 허리 숙여 인사했다.

폐병 때문에 감형을 받은 강훈구는 쇼핑백을 들고 나왔다. 누구든지 한눈에 봐도 병자라고 여겨질 만큼 백짓장처럼 창백한 얼굴에 광대뼈가 도드라진 모습이었다.

"고생 많았지?"

인숙은 강훈구가 들고 있던 쇼핑백을 받으며 눈물을 글썽였다.

"고생은 무슨, 인숙이가 옥바라지 하느라고 밖에서 고생 많았지."

폐가 좋지 않은 강훈구는 말할 때마다 쇄쇄거리는 바람 소리를 냈다.

"저는 건강하잖유, 건강한 사람이 뭘 못햐."

출소하는 사람들을 태우고 가기 위해 도롯가에 택시들이 몰려들었다. 인숙은 택시 뒷문을 열고 강훈구를 태웠다.

"가리봉동 집으로 가는 거야?"

강훈구가 상체를 의자에 편하게 기대며 물었다.

"가리봉동 집 나와서 사무실에서 지냈잖여."

"지금 뭐라고 했어? 그동안 너 혼자 사무실에서 먹고 자고 했단 말여?"

강훈구는 힘겹게 상체를 일으키고 놀란 얼굴로 물었다.

"선배 일단 몸보신이 중요하잖아. 그래서 오빠한테 부탁해서 구로동에 다세대주택을 전세로 얻었어. 지금은 그 집으로 갈 거여. 선배도 집이 마음에 들면 좋겠구먼."

인숙은 손을 뻗어 강훈구의 손을 잡았다. 손가락의 뼈마디가 만져질 정도로 앙상했다. 병보석으로 형집행정지 처분이 내려졌을 때, 굳이 병원에 가서 다시 검진을 받아 보지 않아도 폐결핵은 상당하게 진행되었음을 짐작할 수 있었다. 하지만 절망하고 싶지 않았다. 폐결핵은 몸이 건강해지면 치유가 가능하다는 말을 믿고 열심히 보신을 하면 상황이 좋아지리라 믿고 싶었다.

"진규 선배한테 도움은 못 주고 폐만······ 끼치는구먼."

강훈구는 오랜만에 말을 많이 하니 숨이 찼다. 숨을 몰아쉬느라고 잠시 쉬었다가 말을 이었다.

"누구든 어려울 때는 도움을 줘야 하는 거여. 나는 어릴 때부터 그렇게 생각해 왔구먼. 그랑께 오빠한테 부담 갖지 말아 줬으면 좋겠어. 그라고 더이상 말하지 마. 말하면 더 힘들잖여."

인숙은 안타까운 시선으로 강훈구의 옆모습을 바라봤다. 이 남자가 맞나? 내가 그토록 애태워하고 그리워하던 남자가? 얼굴에 윤기가 없으니 머리카락도 마른 이끼처럼 힘없어 보였다. 차 안에 에어컨이 돌아가고 있기는 했지만 얼굴에 땀은커녕 조금의 윤기도 찾을 수 없었다.

"인숙이한테도······ 미안하고······."

강훈구가 말을 하다 말고 가슴을 움켜잡으며 허리를 숙였다. 길게 숨을 몰아쉬고 나서야 의자에 머리를 기댔다.

"선배, 나중에, 나중에 말해도 되잖아요. 우리에게는 이제 시간이 너무 많아. 그러니까 지금은 좀 쉬세요 응?"

인숙은 안타까운 눈빛으로 강훈구를 바라보았다.

강훈구는 말하지 않고 고개만 끄덕거렸다. 잠시 감고 있던 눈을 뜨고 창문 밖으로 시선을 돌렸다. 택시는 구로동에 접어들고 있었다. 거리의 풍경이 무척이나 낯설어 보였다. 교도소에 들어가기 전보다 고층 건물도 많이 들어섰다.

미안하다······.

강훈구는 인숙을 향해 시선을 돌렸다. 정면을 바라보고 있는 인숙의 머리카락에 새치 몇 개가 보인다. 인숙이 대학 일학년 때는 여고생의 티가 남아 풋과일처럼 풋풋했다. 농촌 봉사활동을 가서 얼굴에 흙을 묻힌 채 새하얀 치아를 드러내고 하얗게 웃던 여대생의 모습은 찾아볼 수가 없었다. 세파에 찌들고, 고뇌하고 절망하며 산 흔적이 묻어 있어 가슴이 아팠다.

택시가 멈춘 곳은 구로시장 근처에 있는 연립주택 단지다. 골목 안으로 보이는 2, 3층짜리 건물들은 기계로 찍어내기라도 한 것처럼 비슷한 구조의 붉은 벽돌로 지어졌다.

"근처에 시장이 있어서 편리해유."

인숙이 먼저 택시에서 내려 강훈구가 내리는 것을 도와주며 말했다.

"사무실도 이 근처 같은데?"

강훈구는 택시에서 내려 땡볕 밑에 서 있어도 덥다는 것을 느낄 수 없었다. 주변을 두리번거리며 혼잣말로 중얼거렸다.

"집에서 걸어가면 십오 분쯤 걸려. 시장도 가깝고 노동교실도 걸어서 다닐 수 있으니까 얼마나 편리한지 몰라."

인숙이 강훈구를 부축하려고 했지만 강훈구는 인숙의 부축을 거부하고 그림자처럼 천천히 걸었다.

"이 집여."

인숙은 큰길에서 20여 미터 걸어가다 어느 3층집 앞에서 멈췄다. 2층과 3층으로 올라가는 계단은 건물 옆에 따로 붙어 있어 대문 안으로 들어가지 않아도 되는 구조다.

"몇 층인데?"

"이 층 오른쪽 집이유."

인숙은 강훈구에게 먼저 계단을 올라가라는 눈짓을 해 보이며 옆으로 비켜섰다.

"전세가 비싸겠는데?"

강훈구가 난간을 붙잡고 한 계단씩 천천히 올라가며 중얼거렸다.

"방 두 칸에 화장실이 딸린 집인데, 별로 비싸지 않아."

인숙은 행여 강훈구가 뒤로 넘어질지 모른다는 생각에 잔뜩 긴장한 얼굴로 뒤따라 올라갔다.

"밤에도 창문을 열어 놓으면 바람이 잘 통해서 좋을 거유……."

강훈구는 2층으로 올라가서 주위를 둘러보았다. 인숙이 강훈구 앞으로 가서 핸드백 안에 있는 열쇠를 꺼내 철문을 열었다.

문을 여니 작은 거실이 보였다. 벽 쪽으로 주방과 창문이 있다. 인숙은 싱크대 위의 창문을 열고 안방 문을 열었다. 방의 창문도 열고 부랴부랴 선풍기를 틀었다. 강훈구가 누울 수 있도록 얇은 담요를 아랫목에 까는데 눈물이 툭 떨어진다.

"선배가 뭘 잘못했어? 선배가 뭘 잘못했는데, 이런 모습으로 나와야 하는 거여."

인숙은 눈물을 참으며 강훈구가 입고 있는 와이셔츠를 벗겼다. 소매가 없는 러닝셔츠를 입고 있는데 갈비뼈가 툭툭 불거져 나와 더욱 앙상해 보였다. 눈물이 왈칵 쏟아졌다. 강훈구 앞에서 눈물을 보이지 않겠다고 결심했었다. 그러나 그 결심은 온데간데없이 슬픔이 강물 되어 가슴 안으로 흘러들었다. 강훈구를 껴안고 울었다.

"난 괜찮아. 난 일어설 수 있어. 그러니까 진정해."

"미안햐. 지켜주지 못해 미안하고, 보살펴 주지 못해 미안하고, 혼자만 잘 살고 있어서 미안햐. 선배 참말로 미안햐……."

당사자인 강훈구의 가슴이 찢어지게 아플 것이라는 생각에 인숙은 눈물을 그쳤다. 강훈구를 배웅하러 가기 전에 압력밥솥에 앉혀 놓은 삼계탕을 가지러 가야겠다고 일어섰다. 그러나 또 왈칵 눈물이 나서 강훈구 앞에 엎드려 숨죽여 울었다.

모래내시장은 2년 전과 변한 것이 하나도 없었다. 여전히 사람들이 북적댔고 근원을 알 수 없는 비릿하고 퀴퀴한 냄새가 시장에 진동하고 있었다.

팔봉은 시장 안으로 들어서자 더 천천히 걸었다. 순댓국을 파는 집 앞에 멈춰 유리창으로 안을 들여다봤다. 장사꾼으로 보이는 남자 홀로 소주를 반주 삼아 순댓국을 먹고 있었다. 교도소 안에서 가장 먹고 싶었던 음식이 모래내시장 안에서 파는 순댓국에 소주였다. 입 안 가득 침이 고여 오는 것을 느끼며 길게 숨을 내쉬었다.

"들어갈 거요?"

등 뒤에서 누군가 거칠게 물었다.

"아, 아녀."

거친 목소리와 다르게 왜소한 체구의 청년이 팔봉을 째려봤다. 그 옆에는 홀쭉하지만 키가 백팔십은 넘어 보이는 청년이 먼 산을 보고 있었다. 팔봉은 그들에게 길을 비켜주었다. 문이 열리면서 순대의 구수하고 비릿한 냄새가 코를 찔렀다. 커다란 양은솥에서는 기름기 둥둥 뜬 국물이 펄펄 끓고 있었다.

"여기, 순대하고 쇠주 한 병 줘유."

팔봉은 자석에 이끌리듯 식당 안으로 들어갔다. 구석 자리에 앉으며 벽에 걸려 있는 달력을 바라봤다. 12월 달력이 펼쳐져 있다. 정확하게 2년 20일 동안 창살이 쳐져 있는 창문을 바라보며 마룻바닥에서 잠을 자고, 배식구를 통해 들어오는 밥을 먹으며 지냈다. 짧다면 짧은 세월이고 길다면 긴 세월이지만 하루도 잊지 않고 다짐한 것은 출감을 하면 반드시 복수하고 관음사를 되찾겠다는 것이었다.

"진작 잡아 처넣었어야지, 왜 인제 잡아 처넣었는지 모르겠네."

"다 그놈이 그놈이고, 저놈이 저놈잉께. 이제야 잡아 처넣는 거지."

청년들이 술잔을 주고받으며 한마디씩 했다.

"아무래도 그렇지, 딴 사람도 아니고 전두환도 그렇고 노태우도 대통령을 했잖아. 옛날로 치면 임금님들인데, 어떻게 임금님들을 감옥에 집어넣을 수 있다?"

60대 정도로 보이는 뚱뚱한 여주인이 순대를 썰면서 끼어들었다.

"전두환하고 노태우가 감옥에 갔슈?"

순대 오기를 기다리며 멀거니 달력을 바라보고 있던 팔봉이 자신도 모르게 물었다.

"저 양반 어디 갔다 왔나 벼? 아! 전두환 대통령은 어제 초사흘 날 구속됐고, 노태우 대통령은 그 앞전인 십일월 십육일 날 구속이 됐잖여."

주인이 어이없다는 얼굴로 팔봉을 바라보고 하는 말에 청년들이며, 혼자 순댓국을 먹고 있단 장사꾼이 팔봉을 바라봤다.

"살인죄로 깜방에 있다가 오늘 풀려났슈. 큰집에서 푹 수양을 하고 왔드니, 그런 일이 있었구먼."

팔봉은 대수롭지 않다는 표정으로 말을 하고 다시 달력을 바라봤다.

"사, 살인 죄?"

팔봉을 째려봤던 청년이 기가 죽은 목소리로 속삭였다.

"그쪽으로 보지 마."

멀대처럼 키가 큰 청년이 재빠르게 친구의 어깨를 잡아당기며 속삭였다.

"뭣 때문에 살인을 저질렀는지는 모르겠지만. 아무래도 거기보다는 바깥이 날 껴. 그랑께 앞으로는 승질 좀 죽이고 살아."

여주인이 순대와 소주를 갖고 와서 팔봉이 들으라는 목소리로 말했다.

"아줌마는 내가 안 무서워유? 나 전과잔데?"

팔봉이 자신도 모르게 순대접시를 받으며 물었다.

"내 자식도 거기 가 있거든. 살인죄는 아니고 사업을 하다가 부도를 냈어. 무슨 부정수표 단속법이라나 머라나, 그걸로 이 년형 받고 제우 서너 달 지났나? 지난 늦여름에 끌려갔응께."

"그렇구먼유. 근데 전두환하고 노태우는 왜 끌려간거유?"

팔봉은 주인의 아들도 감옥에 갔다는 말을 듣고 나니 묘한 친밀감이 생겨 물었다.

"내란음모죄라나 머라나. 그거하고 광주에 군인들 보내서 엄한 사람들을 수도 없이 죽였다잖여. 그것 땜시 구속을 했다고 하드만. 그래도 감옥에 보내는 건 안 돼지. 광주민주화운동 일어난 지가 십 년도 넘었잖어. 딴 사람도 아니고 대통령이잖여."

"얼어 죽을 대통령여. 그놈들이 해 처먹은 돈이 몇천억인데……."

장사꾼이 휴지로 입을 닦으며 혼잣말로 중얼거렸다.

"돈도 돈이지만, 자기네 맘대로 나라를 갖고 논 죄를 생각하면 징역 갖고는 안 되지."

키 작은 청년이 팔봉의 눈치를 살피며 말했다.

"좌우지간 우리나라 사람들은 맘이 좋아서 탈여. 아, 용서를 해 줄 일이 있고, 평생 못 해 줄 일이 있지. 대나가나 용서해 중께, 나라가 이 모양 이 꼴로 흘러가지."

멀대도 팔봉의 눈치를 살피며 혼잣말로 중얼거렸다.

"세상 참 좋아졌구먼. 옛날 같았으면 감옥에 끌려가고도 남을 만한 말을 백주 대낮에 아무렇지도 않게 내뱉고 있구먼."

팔봉을 제외한 모두가 전두환과 노태우를 성토하자 주인은 더 이상 할 말이 없다는 얼굴로 입을 다물었다.

팔봉은 소주를 딱 한 병 마셨는데도 달력의 숫자가 흔들려 보일 정도로 취한 느낌이었다. 더 이상 마셨다가는 집까지 걸어가지 못할 것이라는 생각에 비틀거리며 일어섰다.

"오늘 나왔다는 사람이 돈이 어디 있다고……. 우리 아들 생각해서 돈은 안 받을 테니, 조심해서 들어가슈."

"잘 먹었슈. 그라고 나 살인죄로 형 산 것이 아뉴. 사실은 형사를 사칭했다고, 공무원사칭죄하고, 협박으로 금품을 갈취한 죄로 갔다 왔슈. 사실은 말유, 형사를 사칭한 것도 아뉴. 내가 형사처럼 군 것도 아니고, 형사가 있는 척한 것 뿐유. 그것도 돈을 뜯어낼라고 그란 것이 아니라 말유, 내 돈을 찾을라고 내 뒤에 형사가 있는 척했을 뿐유."

식당에는 팔봉이 혼자 밖에 없었다. 팔봉이 비틀거리는 몸의 중심을 잡으려고 기둥을 붙잡고 하소연하는 목소리로 말했다.

"워녕 내가 볼 때 살인을 저지를 양반처럼 보이지 않드라. 그런 일이 있었으면 변호사를 사든지 해야지. 왜 억울하게 옥살이를 했댜?"

"나를 잡아 집어 넣는 쪽에 검사가 버티고 있응께, 변호사도 필요 읎대유. 형사들이 그라데유. 괜히 돈 들어서 변호사 사 봐야 돈만 까먹는다. 저쪽에서 집어넣을라고 작심을 하고 있응께, 아싸리 한 이 년 고생할 생각하는 것이 속 편하다고 말유. 그랑께 별 수 있슈? 돈 읎고, 빽 읎고, 배운 것 없는 놈은 그 형사가 하는 말처럼 몸으로 때워야지……."

팔봉은 천 보살과 청운이 신도회장인 수원 보살에게 거짓말을 해서 그녀의 오빠인 박 검사가 손을 썼을 것이라고 믿고 있었다. 복수를 하게 되면 박 검사의 옷도 벗기고 말겠다며 이를 갈았다.

"하긴, 우리 아들도 따지고 보면 빽이 읎어서 감옥 살러 간 거나 다름 없구먼. 지가 누구한테 사기를 친 것도 아니고, 회사 돈을 빼돌린 것도 아니고, 열심히 산 죄밖에 없어. 누구 말대로 빽만 있어도 감옥에 안 가도 된다고 하대……."

주인은 맥주 컵에 소주를 가득 따라서 팔봉이 앞으로 내밀었다. 머리고기를 큼직하게 몇 점 썰어 접시에 담아 고춧가루 섞은 소금과 함께 내놓았다.

"이거, 저 먹으라고 주는 거유?"

팔봉이 침을 삼키며 물었다.

"그려, 앞으로는 여하튼 어떠한 일이 있드래도 감옥 가지 말라고 주는 술잉께 마셔. 집에는 아무도 없능 겨?"

"왜 없슈. 마누라도 있고 아들도 있고 딸도 있슈⋯⋯."

팔봉은 비틀거리는 몸을 바로 잡고 술잔을 들었다.

"그람 왜 혼자여? 오늘 나오는 줄 집에서 모르고 있능 겨?"

"원래 나오기로 한 날보다 한 열흘 빨리 나오다 보니 혼자 동네까지 오게 됐네유. 그라고 머 대단한 일 했다고 온 식구를 마중 나오라고 해유⋯⋯. 솔직한 맘으로는 식구 보기에 남부끄러워서 집에 들어가기도 싫구먼유."

팔봉은 2년 만에 마시는 술이라 사방이 흔들리는 것을 느끼면서도 한 컵을 단숨에 비워버렸다. 돼지 머리 고기를 우물우물 대충 씹어 삼키고 한숨을 내쉬며 말했다.

"그람, 식구가 집에 들어오지 말라는 거유?"

"한 달에 한 번씩 꼭꼭 면회를 왔슈. 집에서야, 안직도 남편이고 즈 아부진데 기달리고 있겠쥬."

"그람 술 더 이상 먹지 말고 빨리 들어가 봐. 빈손으로 들어가기 미안 하믄 들어가는 길에 튀김 닭이라도 한 마리 사 들고 가."

"알았슈. 잘 먹고 가유."

팔봉은 손바닥으로 입술을 쓱 닦고 나서 밖으로 나갔다. 찬바람이 쌩 불어오면서 눈물이 찔끔 났다. 비틀거리는 걸음으로 시장 통로를 걷기 시작했다. 시장의 풍경은 2년 전하고 조금도 변한 것이 없었다. 올챙이 처럼 튀어 나온 배를 좌우로 흔들며 칼질을 하는 정육점 주인이며, 일 년 내내 파리채를 들고 있는 건어물상의 신경질적으로 생긴 여주인, 난 전을 펴놓고 채소를 파는 경상도 여자도 여전히 같은 자리에서 시금치 며 파며 배추나 무를 쌓아 놓고 있었다.

젠장!

세상은 온통 그대로인데 혼자만 훌쩍 딴 세상으로 떠났다가 온 것 같아 기분이 복잡 미묘했다. 기름 솥에서 닭을 튀겨 파는 곳도 여전했다. 좌판에는 닭튀김이 수북하게 쌓여 있었다.

"한 마리 줘유."

"한동안 안 보이시드니, 어디 외국이라도 갔다가 왔슈?"

기름에 전 흰색 앞치마를 한 주인이 일차로 튀겨 놓은 닭을 기름 솥에 집어넣으며 말을 걸었다.

"사우디에 갔다 왔잖유."

"돈 많이 벌어 왔겄네. 제우 한 마리만 사는 거유?"

"그람 두 마리 주든지……."

팔봉은 주머니를 뒤져서 담배를 찾았다. 이내 교도소 안에서 담배를 끊었다는 것을 기억해 내고는 쓰게 웃었다.

박장옥은 집에 있었다. 팔봉이 대문 앞에서 초인종을 누르자 거실 문을 열고 누구냐고 물었다.

"나여!"

팔봉이 비틀거리다 대문을 손바닥으로 짚으며 말했다.

"나라니?"

박장옥의 목소리가 떨려 나왔다.

"그새 서방님 목소리를 잊어 뻐렸남?"

"희, 희순이 아부지?"

박장옥이 마당을 뛰어 나오며 물었다.

"그려. 닭 먹으라고 닭튀김 사 왔구먼."

팔봉이 어디 잠깐 외출했다가 집에 들어오는 표정으로 말했다.

"이 년 동안 출장 갔다 오신 양반이 제우 닭 두 마리 들고 왔슈? 어여 들어가 있슈, 내가 잠깐 가게 좀 댕겨올팅게."

박장옥은 팔봉을 마당으로 들어가게 하고 그 길로 구멍가게로 향했다.

"서방이 들어오는데 워딜 가능 겨?"

팔봉이 대문 밖으로 다시 나가 잰걸음으로 걷고 있는 박장옥의 등 뒤에서 물었다. 박장옥은 시선을 돌리지 않고 어서 들어가라는 듯이 팔만 내저으며 걸어갔다.

2층에는 누가 사는지 문이 잠겨 있는 것처럼 보였다. 방에는 아무도 없었다. 박장옥은 부업으로 기성복의 단추를 달고 있는 중이었다. 단추를 달아야 할 옷이 마대 자루로 쌓여 있고, 한쪽에는 단추를 단 여자 재킷이 잔뜩 쌓여 있다.

내가 읎어도 집구석은 잘 돌아가고 있었구먼.

방 안을 둘러보았다. 장식장 위에 있는 텔레비전이 시선을 잡았다. 교도소 가기 전보다 치수가 큰 컬러텔레비전이다. 장롱이며 경대는 그대로인데, 전에는 보이지 않던 커피포트도 눈에 보이고, 시디(CD)를 넣을 수 있는 라디오도 눈에 띈다. 라디오 앞에는 몇 장의 시디도 널려 있다. 자신이 없어도 여전히 집안은 건재하다는 생각이 들면서 서글픈 눈물이 삐죽이 흘러 나왔다. 이내 눈물을 닦으며 벌렁 누웠다.

집구석이 좋기는 좋구먼. 거기서는 취침시간 이외는 누워 있을 수가 없다. 작업이 없는 일요일에도 앉아서 있어야 한다. 벌렁 누워서 천장을 바라보니 낯익은 벽지가 눈에 들어온다. 비로소 집에 왔다는 생각이 들면서 졸음이 밀려오기 시작했다.

"일어나유. 어여, 일어나서 이것 좀 먹어유."

팔봉은 깜빡 잠이 들었다가 박장옥이 흔들어 깨우는 통에 일어나 앉았다. 정신을 차릴 틈도 없어 박장옥이 두부를 입 안으로 밀어 넣었다.

"이, 이게 먼 짓여?"

"거길 갔다 와서는 두부를 먹어야 다시는 안 간대유!"

"아! 요새 콩밥 먹는 교도소가 어딨어? 거기서도 쌀밥 먹을 때도 있단 말여. 최소한 보리쌀하고 쌀이 섞여서 나오지 콩밥은 일절 안 나와."

팔봉이 입 안에 억지로 밀어 넣은 두부를 씹는 둥 마는 둥 삼키고 뒤로 물러나 앉으며 말했다.

"그래도, 이거 한 모는 다 먹어야 해유. 그래야 두 번 다시는 안 간다는 거유."

"아, 먼 맛으로 두부 한 모를 다 먹어. 술이나 한 병 받아 오든지."

"술을 많이 마신 거 같은데, 또 술을 찾아유?"

박장옥은 팔봉의 입에서 술 냄새가 물씬물씬 풍기기는 했지만 출소한 날이라는 생각에 일어섰다.

"자네도 한잔햐."

"거기 가 있는 동안 아들 생각을 다 잊어 버렸슈? 희수하고 희순이가 워티게 지내는지는 안 물어봐유?"

"그렇지 않아도 한숨 돌리고 나서 물어볼 참이었구먼. 희수는 뭐햐?"

팔봉이 소주 한 잔을 달게 비우고 박장옥에게 잔을 돌렸다.

"희수는 컴퓨터 고쳐 주는 가게를 차렸잖유. 명지대학교 근방에서 하고 있는데 장사가 그런대로 되는 개뷰. 당신이 거기 가 있는 동안 가가 돈 벌어서 먹고 살잖유."

박장옥이 두 손으로 술을 받으며 말했다.

"가가 그전부텀 컴퓨터를 붙들고 살드니 결국 그 길로 나갔구먼."

"직원도 한 명 두고 있응께 그런대로 지 밥벌이를 하는 건 문제가 읎을 거 같유. 희순이 아부지도 나오고 했응께 장가도 보내야쥬."

팔봉이 두부는 건들지도 않는다. 박장옥은 두부를 수저로 큼지막하게 잘라 간장을 찍어 팔봉이 입 안으로 무조건 디밀었다.

"아! 내가 먹는다고 했잖어. 희순이는 뭐햐?"

팔봉이 두부를 대충 씹어 삼키고 나서 화가 난 얼굴로 물었다.

"희순이는 남자 만나 가지고 동거 생활 하고 있잖유. 이 동리서 살고 있응께 저녁에 불러야겠구먼."

"도, 동거 생활이라니, 내가 없는 새에 딸년을 워티게 교육을 시켰길래 그새를 못 참고 동거 생활을 한댜?"

"그것이 임신을 했지 머유. 작년 십이월에 돌이 지났응께 벌써 세 살이 되는 건가?"

"허! 벌써 아를 났단 말여?"

팔봉이 기도 안 막힌다는 얼굴로 물었다.

"다 당신 탓유. 당신이 거기 들어가고 나서 희순이가 얼매나 울었는지 몰라유. 우리 아부지 불쌍하다고, 몇 날 며칠이나 밖에도 안 나가고 울어쌌는 통에 그것이 잘못될지도 모른다는 생각이 들지 뭐유. 그래서 희수하고 둘이서 바깥에 나가서 좀 돌아 댕기고, 친구도 만나고 술도 한잔씩 하라고 사정을 했잖유……."

"아! 누가 거길 가고 싶어서 갔남? 당신도 내가 참말로 거길 들어갈 사람처럼 뵈이는 거여?"

팔봉은 희순이 자신 때문에 몇 날 며칠씩이나 울었다는 말을 들으니까 눈물이 핑 돌았다. 술 한 잔을 빠르게 따라서 단숨에 마셔 버리고 옆으로 돌아앉았다.

"희순이도 그걸 알고 있응게 몇 날 며칠씩이나 밥도 안 먹고 정신병자처럼 울고만 있었잖유. 아가, 잔뜩 맘이 상해 있는데 그전에 어쩌다 한 번씩 만나는 김 서방하고 술을 한잔 했나뷰. 김 서방이……."

"김 서방이라는 놈이 희수하고 동거 생활하는 놈여? 머를 해 처먹은 놈인데 결혼식을 올릴 처지도 못 되면서 남의 집 아까운 딸내미를 데려갔댜?"

"뻐스 정류소 앞에서 슈퍼를 하는 집 아들이잖유. 김 서방이 당신 때문에 우울해 하고 있는 희순을 많이 달래 준 모양유. 그랗게 희순이 김 서방한테 홀딱 빠져서 임신을 하고 말았잖유. 그런 면에서 볼 때 김 서방이 고맙지 머. 희순이가 김 서방하고 사귀기 시작하면서 웃음을 찾았잖유."

"아! 위로만 해 주믄 그만이지, 멀쩡한 처녀를 임신은 왜 시킨댜?"

"남녀칠세부동석이라는 말도 몰라유? 그 집에서는 희순이가 임신을 했다고 항께, 당장 식을 올리자는 거유. 그란데 희순이가 울 아버지 사우디에 돈 벌러 가셨다, 이 년 계약으로 가셨는데 돌아오시면 식을 올리겄다고 버팅께, 그람 우리 집에 들어와서 살기라도 하라는 통에 들어갔잖유."

"젊은 놈이 재우 슈퍼를 한단 말여?"

팔봉은 자신 때문에 결혼식을 미뤘다는 말을 듣고 나니까 가슴이 찡

해 오면서 할 말이 없었다. 그래도 가만히 있을 수 없다는 생각에 풀 죽은 목소리로 물었다.

"슈퍼는 사둔 되시는 분들이 하고, 김 서방은 무슨 샤쉬로 문 맨드는 기술잔데 돈을 많이 번다고 하대유. 결혼식을 올리고 나서는 독립해서 샤쉬 공장을 차린대유."

"허긴, 요새 기술만 있으면 먹고사는 데는 지장이 읎지."

팔봉은 희순의 얼굴이 보고 싶었다. 하지만 내색을 할 수가 없었다. 박장옥이 또 두부를 먹여 주려는 기미를 보이자 얼른 술을 한 잔 따라 마셨다.

"시방부텀 이런 말 물어보기는 머 하지만, 앞으로는 워티게 살 생각유? 안직 일을 해도 한참 일을 할 나잉께, 먼 계획은 세우고 나왔을 거라고 믿는구만유."

"우선 오늘은 술도 챘고 했응께 푹 쉬고, 낼 관음사 올라가 볼 생각여."

박장옥이 얼마 남지 않은 두부를 한꺼번에 팔봉의 입에 넣어 줬다. 팔봉이 입술에 묻는 두부 찌꺼기를 닦아내며 허공을 노려봤다.

"거기는 왜 가유? 그 연놈들 땜시 이 년 동안이나 그 고생을 하고 질리지도 않았슈?"

"내가 받아 낼 돈이 있구먼. 그 절을 저 혼자 차린 것이 아니잖여. 내 돈도 반천이나 들어갔구먼. 만약 돈을 안 내놓으면 내가 가만히 안 있을 꺼. 절 간판을 내리든지, 연놈이 감옥에 가든지 둘 중에 하나는 선택하게 만들 생각여."

"제발 날 살려주는 셈치고, 관음사 근방에는 얼씬도 하지 말아유. 수

원 보살인가 하는 그 여자 오빠가 안직도 검사래유. 그 박 검사한테 걸리면, 또 들어갈 수벆에 읎슈."

"시방도 수원 보살이 회장여?"

"시방은 그 전에 부회장을 하던 서 보살이라는 여자가 회장을 하고 수원 보살은 아무것도 아니라고 하대유."

"누가 그랴?"

"재무를 보던 김 보살도 그 절에 안 나간대유. 하지만 우리 집에 한 번씩 놀러와유. 당신이 거기 들어가게 되었을 때 지가 증인으로 나섰으면 안 들어갔을 수도 있다고 하대유. 그렁께 당신도 그 절은 잊어버려유. 거기는 당신이 갈만한 데가 못 되게."

"알았구먼. 어여 희순이한테 즌화나 햐. 아부지 나왔응게 즈녁 먹으러 오라고 말여. 나는 술을 너무 많이 마셔서 한숨 자야겠구먼."

팔봉은 박장옥에게 보여주기라도 하듯 큰 대자로 누웠다. 아! 좋구먼. 역시 집이 좋기는 좋아! 라고 중얼거리며 눈을 감았다.

"집이 좋은지 인제 아셨구먼."

박장옥은 큰 대자로 누워서 몇 마디 중얼거리더니 이내 코를 골며 자는 팔봉을 바라보고 있으니까 비로소 눈물이 나기 시작했다.

희순은 팔봉이 출소했다는 말을 듣고 슈퍼로 갔다. 시어머니에게 아버지가 외국에서 돌아왔다고 하니까 쇠고기며 생선에, 온갖 과일과 술까지 혼자 들고 가지 못할 정도로 싸줬다.

"아부지는?"

희순이 유모차에 동일이를 태워서 마당으로 들어서자마자 물었다.

"방에 들어가 뵈. 시방 자니까, 내비 둬. 집이 얼매나 좋은지, 방바닥에 둔느자마자 코를 골며 자드라."

박장옥이 부엌에서 저녁 준비를 하고 있다가 반갑게 나와서 동일이를 품에 안았다.

"딸내미 얼굴이 보고 싶지도 않은 모양이지."

희순은 유모차를 끌고 오는 내내 참았던 눈물을 터트리며 안방으로 들어갔다. 문을 여는 순간 술 냄새가 코를 찔렀다. 출소한다고 이발을 하고 면도도 했는지 얼굴은 깨끗했다. 하지만 2년 동안 올바르게 햇빛을 보지 않아서 취기에 물든 얼굴임에도 창백하게 보여 눈물이 멈추지 않았다.

저녁에는 다른 날과 다르게 희수도 일찍 들어왔다. 박장옥과 희순은 예전 변쌍출과 하 보살이 왔을 때처럼 상다리가 부러지도록 음식을 차렸다. 하지만 팔봉은 술만 마시고 불고기며 잡채만 몇 젓가락 먹었을 뿐이다.

상을 물리고 희순이 사과와 단감을 들고 방으로 들어왔다. 동일이는 그 사이에 팔봉과 얼굴이 익어 팔봉의 무릎에 앉아서 재롱을 떨고 있다.

"아부지, 가가 누구여?"

희순이 사과를 깎으면서 물었다.

"뉘긴 뉘여. 내 외손자지."

"참말로 외손자가 맞기는 맞는 거여?"

희순의 엉뚱한 질문에 희수와 박장옥은 서로를 바라보다 팔봉에게 시선을 돌렸다.

"무슨 말을 할라고 그러는 거여?"

팔봉은 희순이 내미는 사과조각을 받으며 물었다.

"국민학교 댕길 때 까마귀 노는 곳에 백로야 가지 마라라는 시를 배웠슈. 아까 저녁을 함서 엄마가 그러대유. 내일 관음사에 가서 받아 낼 것이 있다고 말유. 아부지가 자세한 내막을 말해 주지 않아서, 뭘 받아 낼라고 하는지는 모르겠슈. 하지만 제 생각에는 관음사 근처에는 얼씬거리지 말았으면 좋겠구먼유."

"내 생각도 희순이하고 가튜. 아부지가 억울하게 옥살이한 것을 생각하면 나도 도끼를 들고 뛰어 올라가서 대웅전을 다 때려 부수고 싶은 생각이 왜 없겠어요? 하지만 그 사람들은 아버지를 감옥에 집어넣을 만큼 무서운 사람들이잖아요. 똥이 무서워 피하는 것이 아니고 드러워서 피한다는 말이 있잖아요. 어떠한 경로든 그 사람들하고 또 다시 얽히게 되면 아버지만 손해에요. 희순이 말대로 이제 할아버지잖아요. 손자를 본 사람이 또 다시 그런 집에 가면 그게 무슨 창피겠어요."

희순이 하는 말을 듣고 있던 희수가 사과를 먹다 말고 끼어들었다.

"지난번에는 얼떨결에 첨 당하는 일이라서 울고 짜면서 서러워했지만, 또 그런 데를 들어가게 된다면, 더 이상 아부지 안 볼 모양잉께 제발 관음사 근처는 얼씬도 하지 마셔유. 돈이 필요하믄 내가 한 달에 얼매씩 갖다 드릴께유. 이따 동일이 아빠가 오겠지만, 동일이 아빠도 아부지 용돈 드릴 정도는 벌어유. 그라고 오빠도 돈 잘 벌잖아유. 그랑께 제발 하나벡에 읎는 딸 살리는 셈치고 관음사 쪽은 쳐다보지도 말고 발길을 끊어유. 아부지 거기 들어가고 나서 내가 워티게 세월을 보냈는지 엄마가 말 안 해 줬슈?"

희순은 지금 생각해 봐도 눈물이 난다는 얼굴로 눈을 벌겋게 물들이며 간곡하게 말했다.

"희순이 자가 얼매나 착한지 당신도 잘 알거유. 지 오빠 땜시 중학교 중퇴하는 날도 눈물 한 방울 보이지 않던 아잖유. 그라고 저는 공부를 못했어도 오빠는 반드시 대학교에 보내야 한다면서 밤잠을 안 자가면서 일을 해도, 단 한 번도 부모 원망을 안 하던 아잖유. 그랑께 제발이지, 우리 세 식구 살리는 셈치고 앞으로는 이상한 사람들하고 절대로 어울리지 말아유."

박장옥은 한술 더 떠서 팔봉이 손을 잡고 간절하게 말했다.

"알겠구먼. 솔직히 말하믄 관음사 주지놈한테 몇천만 원 받아 내야 하는데, 우리 동일이 얼굴을 봐서라도 관음사 근처는 얼씬도 안 할텨."

"아부지 약속해유, 동일이하고 동일아 할아부지하고 약속해야지."

희순이 활짝 웃는 얼굴로 동일이 손을 잡고 새끼손가락을 폈다. 그리고 팔봉의 손을 잡아서 동일이의 새끼손가락에 걸게 했다.

제41장

1
9
9
6
년

사과박스

김종구가 트렁크를 열고 서 있었다.
고현수는 자신의 차에서 가져 온 사과박스를 트렁크 안에 넣었다.
일부러 박스 윗부분을 눌렀다.
박스 틈새가 벌어진다.
그 틈으로 만 원짜리 지폐 뭉치가 살짝 보인다.

남부연합신문 1면에는 <최두현 영동·옥천·보은 자민련 위원장이 유부녀 성추행 경찰조사 중>이라는 기사가 대문짝만하게 실렸다. 무료로 배부하는 신문은 가판대에 평소보다 세 배나 많은 분량이 깔렸다.

최두현이 신문을 본 것은 오전 9시쯤이다. 옥천 지구당 사무실에 출근을 하자마자, 사무장이 새파랗게 질린 얼굴로 신문을 내밀었다.

최두현은 헤드라인을 읽는 순간 가슴이 부들부들 떨렸다. 지금까지 신문에 이름 석 자가 실린 적은 많았다. 옥천군 새마을 지회장을 10년 넘게 하다 보니 이런저런 선행 기사가 난 것이 전부다. 단 한 번도 이미지에 먹칠하는 기사가 난 적은 없었다. 입 안의 침이 바짝 마르는 것을 느끼며 신문을 읽기 시작했다.

최두현 위원장은 옥천군 새마을 지회 단합대회가 열린 지난해 8월경에, 자민련 제7지구당 위원장 자격으로 참석하였다. 옥천군 소재 향원갈비에서 식사를 하고 영노래방으로 이동, 노래를 부르던 중 옥천군 동이면 새마을 부녀회장 박 모(여. 38세) 씨를 과도하게 포옹하고 억지로 입을 맞추는 등 성추행한 혐의를 받고 있다. 박 모 씨는 이날 받은 충격으로 새마을 부녀회를 탈퇴하고, 정신과 치료를 받고 있는 중이다. 옥천경찰서는 박 모 씨가 정식으로 고소를 해 온 것에 따라서 최두현 위원장을 참고인 신분으로 불러서 조사를 마쳤다. 최두현 위원장은 그날 노래방에 간 것은 맞지만 박 모 씨의 손목을 잡은 적도 없다며 완강하게 부인했다. 이와 반대로 박 모 씨는 본지와의 전화 통화에서 '평소 최두현 지회장님을 존경했었다. 하지만 그날 받은 충격으로 남편과 심각한 불화를 겪고 있다. 남자들은 술을 마시면 어느 정도 비이성적인 행동을 한다고 알고 있다. 그러나 최두현 지회장은 노골적으로 나와 여관에 동행하기를 원하면서, 차마 입으로 담지 못할 정도의 수치감을 안겨 줘서 몇 개월 동안이나 참다가 결국 경찰에 고소를 하게 됐다.'라고 털어 났다. 경찰은 추가 조사를 통해서 최두현 위원장을 정식 입건할 방침으로 알려졌다.

최두현은 손을 벌벌 떨며 신문을 읽고 나서 벌떡 일어났다. 다시 주저 앉아서 신문을 갈기갈기 찢어서 뿌려 버리며 당장 박혜숙과 통화를 연결하라고 고함을 질렀다.

"그, 그렇지 않아도 박혜숙 씨 집에 전화를 했습니다. 남편이 전화를 받았는데, 너무 충격을 받아서 어떤 절에 가서 요양 중이라고 합니다."

"허! 날 함정에 빠트려 놓고 잠수를 했단 말이지. 내가 그따위 수작에 넘어갈 사람으로 보여? 당장 신문사에 전화해. 이건 고현수 그 작자가 내 자리를 넘보고 음모를 꾸민 거란 말여."

"신문사에 벌써 전화를 해 봤습니다. 신문사에서는 경찰하고 박혜숙 씨하고 모두 통화를 하고 나서 있는 그대로 쓴 기사랍니다. 억울한 사항이 있으면 법적으로 고소를 하라고……."

"사무장은 이것이 법적으로 고소를 한다고 해결된다고 보나? 앞으로 삼 개월 있으면 국회의원 선거란 말여. 선거 끝난 다음에 누명을 벗으면 말짱 도루묵이잖여. 이놈들은 이 사건을 계속 물고 늘어질 것이 뻔한데, 법에 호소를 한다고 해도……."

"제가 직접 동의면에 있는 박혜숙 씨 집에 찾아가 보겠습니다."

"당장 가서, 그 여자 어디 있는지 알아내. 그 여자가 양심선언하지 않는 이상 누가 믿겠어. 당장 가서 그 여자 어디 있는지 찾아내란 말여."

최두현은 너무 화가 나서 머리가 어지러웠다. 머리가 핑 도는 것을 느끼며 의자에 털썩 주저앉았다. 여직원이 깜짝 놀라 냉장고 앞으로 뛰어가서 냉수를 따라서 들고 왔다.

그 시간에 고현수는 직접 승용차를 몰고 대청호수길을 따라 청주 방향으로 천천히 달려갔다. 조수석에는 오늘 아침에 대전에 있는 신문인쇄소에서 가져온 신문 30여 부가 쌓여 있었다.

지금쯤 소금 친 냄비 속에 있는 미꾸라지처럼 팔짝 뛰고 있겠지…….

각 군 지역은 아침 일곱 시부터 신문을 배포하니까 늦어도 8시쯤이면 시내 전역에 신문이 깔리게 된다. 그 시간은 주요 독자인 군청 공무원들이 출근길에 가판대에 있는 신문을 빼서 들고 갈 수 있는 시간이다. 최두현의 지구당 사무실도 선거가 몇 개월 남지 않았기 때문에 일찍 출근을 할 것이다. 지구당 사무실에도 누가 제보를 하든지 벌써 했을 것이다. 최두현도 신문 기사를 읽었을 것이다. 하지만 길길이 날뛸 뿐, 방법이 없다는 사실을 알고 너무 화가 나서 기절을 했을지도 모를 일이다.

어차피, 1등을 위해서 2등은 희생을 할 수 밖에 없는 거야……

처음 박혜숙을 포섭하기 전에는 망설였었다. 하지만 최두현을 제거할 방법은, 그것도 가장 효과적으로 제거할 수 있는 방법은 성추행범으로 몰고 가는 길 밖에 없었다. 일단 작전이 수립되고 나서는 일사천리로 일이 진행이 됐다.

작전을 진행시킬 일꾼은 이동하가 소개한 하중태가 맡기로 했다. 하중태는 최두현의 본향인 옥천에서 일을 꾸며야 효과적이라고 말했다. 영동이나 보은에서 사건을 터트리면 오히려 최두현을 유리하게 만들 수 있다고 생각했기 때문이다.

최두현에게 가장 쉽게 접근할 수 있는 여자를 물색하다 보니 동이면 새마을 부녀회장인 박혜숙이 물망에 올랐다. 박혜숙은 면소재지에서 작은 식당을 하는 여자로 다분히 끼가 있는 여자였다.

"이천만 원이면, 옥천읍에다 식당을 낼 수 있을 정도의 돈은 될 겁니다."

지난해 8월 초에 옥천의 한 식당에서 삼겹살 불판을 가운데 두고 협상이 시작됐다. 하중태는 박혜숙에게 현금으로 백만 원 다섯 뭉치를 보여주었다. 신문에 기사가 나면 나머지 천오백만 원을 현금으로 주겠다고 제안을 했다.

"돈 이천만 원이 짝은 돈은 아니라는 것쯤은 알고 있슈. 이천만 원을 공짜로 먹으려다 감옥에 갈 수 있다는 것도 알고 있슈."

박혜숙은 쪽 소리가 나도록 술잔을 비우고 나서 신문지로 싼 돈뭉치 쪽을 바라봤다. 손가락 끝으로 톡톡 치면서 하중태에게 싱긋 웃어 보였다.

"감옥 갈 이유는 없지. 최두현하고 블루스를 추자고 하면 싫다고 할까."

"그람, 노골적으로 지회장님을?"

"더 이상 말이 필요 없구먼. 이 돈이 박혜숙 씨 돈이라는 말밖에."

"경찰 일은 신문사에서 책임져 주는 거쥬?"

박혜숙이 돈뭉치를 끌어당기며 샐쭉 웃었다.

"팔월쯤에 일은 진행하고, 터트리는 것은 내년에 터트릴 겁니다. 잔금 천오백만 원은 신문에 기사가 실린 그날 밤에 주는 걸로 하죠."

"내가 이 돈 받았다는 것을 다른 신문사에 제보를 하면 신문사 사장님은 위티게 되는 거유?"

박혜숙이 돈뭉치를 손바닥으로 슬슬 어루만지며 싸늘하게 웃었다.

"내가 아까 그 야기 안 했던가? 신문사 사장님은 이 일하고 아무런 관계가 없다고 하지만 법을 모르고 있는 것 같은데 확실하게 알려주지. 원래 돈을 준 놈보다 받은 놈의 죄가 큰 법여. 만약 박혜숙 씨가 일을 시작하기 전에, 오백만 원을 받았다는 걸 퍼트리게 되면, 헛소문을 퍼트리다 미수에 그친 죄로, 나는 벌금형이나 받게 되겠지. 하지만 박혜숙 씨는 아무도 모르는 곳으로 이사를 가야 할 걸. 내가 이래 봬도 중앙정보부 영동 지구대장 출신이거든. 옛날 중앙정보부 알지? 경찰서장도 나한테 꼼짝 못했었지. 지금 생각해 보면 좋은 세월이었어. 물론 지금은 직업이 없는 백수에 불과하지만 말여."

하중태는 실실 웃으며 상추에 삼겹살을 얹었다. 그 위에 마늘과 풋고추 조각을 얹어서 우적우적 씹으며 박혜숙 못지않게 차갑게 웃었다.

고현수는 대청 호숫길을 삼십 분 정도 천천히 달리다가 호수 쪽에 흰색 그랜저가 서 있는 것을 보고 룸미러를 바라봤다. 뒤따르는 차량이 없다는 것을 확인하고 유턴을 해서 흰색 그랜저 뒤에 차를 세웠다.

"고현숩니다."

차에서 내려 흰색 그랜저 앞으로 갔다. 운전석 유리가 천천히 내려갔다. 머리가 절반은 없는 민머리의 자민련 충북도당위원장 김종구가 앉아 있었다. 민머리 때문에 선글라스를 쓴 얼굴이 기형적으로 보였다.

"타게."

김종구는 찬 바람이 차 안으로 파고들자 노타이 차림인지 추위를 느꼈다. 짧게 기침하며 차 유리를 올렸다.

"감사합니다."

고현수는 얼른 자기 차로 가서 신문 뭉치를 들고 그랜저 조수석에 올라탔다.

"오늘 날짜 신문입니다."

김종구는 고현수가 내미는 신문 한 부를 아무 반응 없이 받았다. 핸들 위에 올려놓고 최두현 기사를 읽기 시작했다.

모르는 사람과 만날 때는 선글라스가 편리하군.

고현수는 김종구가 선글라스를 쓰고 있어서 어떤 표정을 짓고 있는지 알 수가 없었다. 차 트렁크에 실려 있는 돈이 생각났다. 백만 원짜리 묶음 백 개가 사과박스에 빼곡하게 들어 있다. 어제 서울에 있는 은행에서 현금으로 찾아서 승용차로 실고 온 돈이다.

"이 사람 하필 이럴 때……."

"최두현 위원장님을 잘 아십니까?"

"원래 민자당 골수분자인데 내가 탈당을 시켜서 위원장을 만들어 준 사람 아닙니까? 이 사람 이거 이렇게 안 봤는데 큰 실수를 했구먼."

김종구는 혀를 차며 신문을 접어 뒷자리로 넘겼다. 유리창 밖으로 벚나무 가로수 사이로 뻗은 있는 아스팔트가 아름답다.

관직이라는 것이 노력한다고 되는 것이 아니라는 걸 뼈저리게 느끼겠구먼. 최두현 그 친구가 이번에는 국회의원이 될 줄 알았는데 고현수라는 복병이 숨어 있을 줄 누가 알았겠나.

최두현한테는 할 말이 없었다. 하지만 고현수는 수단과 방법을 가리지 않고 최두현을 끌어 내리려 할 것이다. 만약 자신이 고현수의 말을 들어 주지 않으면 중앙당으로 올라가서 청탁을 하겠다는 말을 했었다. 이왕이면 다홍치마라고 중앙당의 지시를 받고 최두현을 자르는 것보다는, 돈도 받고 고현수도 내 사람으로 만드는 것이 낫다는 생각에 결정을 내린 것이다.

"제가 뒷조사를 좀 해 봤습니다. 새마을 지회장을 하다 보면 단합대회 같은 것을 자주 하지 않습니까? 최두현 그 사람, 겉으로는 농민운동을 하네, 새마을 운동을 하네 떠들고 다니지만 여자를 꽤 밝히더군요. 그나마 박혜숙이라는 여자가 고소를 했으니까 앞으로는 정신 차리고 아랫도리 단속은 열심히 할 겁니다."

"하지만 이 정도로는 명분이 좀 약하지 않겠습니까?"

김종구가 다시 신문을 집어 최두현의 얼굴을 손가락으로 콕콕 찌르며 고현수를 바라봤다.

"내일 청주에서 발행되는 일간지 몇 군데에서도 같은 기사가 나갈 겁니다."

고현수가 잘게 웃으며 말했다.

"미꾸라지 한 마리가 온 우물을 흐린다는 말이 딱 맞는 거 같습니다. 김종필 총재님께서 우리 충청도도 뭉쳐야 영남이나 호남사람들에게 핫바지라는 말을 안 듣게 된다는 생각에 중대한 결심을 갖고 자유민주연합을 창당하셨잖습니까? 자민련으로서는 이번이 첫 총선인데, 최두현 같은 사람이 이미지를 흐려 놓아서야 되겠습니까? 그런 사람은 충북도당 차원에서 반드시 정리를 하도록 하겠습니다. 그리고 저도 고 위원장님에 대해서 약간 알아본 것이 있습니다. 옥천, 영동, 보은에 조직이 탄탄하더군요. 그 정도 조직이면 이번 십오 대 총선에서는 금배지를 따 놓은 것이나 마찬가지겠습니다."

김종구는 일간지에도 기사가 난다면 손 안 대고 코 푸는 일일 것이라는 생각에 은근하게 말했다.

"조직이야 박진규 못지않게 탄탄합니다. 박진규 그 사람은 솔직히 조직은 미약합니다. 석정사회복지재단을 등에 업고 자주 텔레비전에 나오다 봉께, 이름 석 자 덕을 보는 것뿐입니다. 지난번에는 저도 준비가 덜 된 상황에서 선거를 치렀고, 박진규도 이름 덕을 봤지만 자민련 입당만 받아주신다면 당선될 자신 있습니다."

고현수는 침을 삼키고 김종구를 바라봤다. 김종구는 청주에서 출마할 생각이다. 하중태가 뒤를 캐봤더니 재산은 없고 스폰서들이 몇 있다고 한다. 아무리 스폰서가 막강해도 최소한의 자기 돈이 있어야 스폰서들을 길들일 수가 있다. 자기 돈이 없이 스폰서만 믿고 출마를 해서 당선이 된다고 해도, 스폰서들의 허수아비로 전락해 버릴 수가 있기 때문이다.

"근데 부위원장이 가만히 있을까?"

김종구가 은근한 목소리로 말을 하며 고현수를 바라봤다.

"그 점은 걱정하지 마십시오. 부위원장이 여자인데다 재력이 없어서 선거에 출마할 수도 없습니다. 위원장님이 적당히 다독거려 주시면 앞장서서 선거 운동을 할 걸로 믿습니다."

"좌우지간 내가 부위원장까지는 책임을 못 집니다. 부위원장은 고 위원장 선에서 탈당을 시키든, 지져 먹든 볶아 먹든 마음대로 하십쇼."

"입당을 받아 주시는 걸로 알고 이만 물러가겠습니다. 그리고 설 잘 쇠시라고 사과 한 상자 가져왔습니다. 트렁크 열어 주시면 제가 직접 옮겨 드리겠습니다."

고현수는 마음속으로 안도의 한숨을 내쉬었다. 김종구가 돈만 받으면 자민련 입당은 확실하게 보장 받을 수 있다. 그뿐만 아니라 앞으로도 김종구를 얼마든지 활용할 수 있다는 생각에 회심의 미소를 지었다.

"명절 대목 때문에 사과 값이 비쌀 텐데……."

김종구는 직접 사과박스를 확인하겠다는 생각에 자동차 키를 빼 들고 밖으로 나갔다.

"원래 영동 사과가 맛있다는 거 아시죠? 꿀이 잔뜩 들어 있어서 아삭

아삭한 것이 아주 맛있습니다."

김종구가 트렁크를 열고 서 있었다. 고현수는 자신의 차에서 가져 온 사과박스를 트렁크 안에 넣었다. 일부러 박스 윗부분을 눌렀다. 박스 틈새가 벌어진다. 그 틈으로 만 원짜리 지폐 뭉치가 살짝 보인다. 김종구에게 시선을 돌렸다. 도둑이 제 발 저린다고 했던가. 사과박스를 노려보고 있던 김종구는 날카롭게 주변을 두리번거린다.

"사과 정말 잘 먹겠습니다. 이번 주 안에 좋은 소식이 있을 겁니다."

"고맙습니다. 열심히 하겠으니 기대해 주십시오."

고현수는 정중하게 인사하고 자신의 차 앞으로 걸어갔다. 운전석에 앉아서 시동을 걸지 않고 김종구를 지켜봤다.

김종구는 차에 타기 전 고현수를 향해 오른손을 슬쩍 들어 보였다. 고현수도 손을 들어 보였다. 김종구는 부드럽게 앞으로 가는 듯하더니 천천히 유턴을 했다. 고현수 옆으로 지나갈 때는 옆을 돌아보지 않았다.

고현수는 영동으로 바로 가지 않고 남부연합신문 옥천지사 쪽으로 갔다. 멀리 옥천지사가 눈에 들어왔다. 옥천지사는 전자대리점 2층을 얻어서 사용하고 있다. 건물 앞에 수십 명의 사람들이 서 있었다. 그들은 피켓과 현수막을 들고 있었다. 가까이 다가가지 않고 시야확보가 되는 지점에서 길 옆에 차를 붙여 세웠다.

자민련 당원들인 모양이군……

경찰차 한 대가 요란하게 경광등을 번쩍이며 다가와서 멈췄다. 경찰 몇 명이 2층으로 올라가는 출입문을 가로막고 섰다. 신문사에서 경찰을 부른 모양이라고 생각하며 핸드폰으로 지사장 전화번호를 눌렀다.

"회장님이십니까?"

지사장의 다급한 목소리가 귀를 울렸다.

"나, 이 근처에 와 있는데 어떻게 된 일입니까?"

"아, 글쎄 최두현 기사는 음모니 뭐니 하면서 당장 오늘이라도 사과문이 게재된 신문을 발행하라고 말도 안 되는 생떼를 쓰고 있지 뭡니까? 죄다 업무방해죄로 고소를 해 버리겠다고 윽박지르고 있는 중입니다."

"일단 기자들을 내보내서 사진을 찍으라고 하십시오. 그리고 절대로 업무방해로 고소를 하니, 그런 험한 말로 자극을 해서는 안 됩니다. 대표를 안으로 불러서 좋은 말로 타협을 해야 합니다."

고현수는 건물 앞에서 데모를 하는 사람들이 결국 모두 자신에게 표를 던질 사람들이라는 말은 차마 할 수가 없었다. 침착하고 작은 목소리로 말했다.

"아! 지금 너 죽고, 나 살자는 식으로 악을 쓰고 있는데 타협이 되겠습니까?"

"내일 일간지에도 똑같은 기사가 나갈 겁니다. 그럼 그때는 청주 가서 항의를 할 것이냐고 물어 보십시오. 남부연합신문은 지역이라서 정보를 좀 더 일찍 안 것뿐이라고 설득을 하면 먹혀 들겁니다."

"알겠습니다. 최대한 빠른 시간에 처리하도록 하겠습니다."

고현수는 차를 돌려 영동 방향으로 달리기 시작했다. 옥천 시내를 벗어나서 한적한 길 옆에 차를 세우고 다시 휴대 전화를 들었다.

"회장님, 어디 계신지 모르지만 신문사로 오시면 안 됩니다."

전화벨이 떨어지자마자 소병문의 다급한 목소리가 귓속을 파고들었다.

"자민련 당원들이 건물 앞에서 데모라도 하는 거요?"

"아니, 어떻게 알았습니까? 지금 옥천지사하고 보은지사 앞에도 자민련 열성 당원들이 떼로 몰려와서 정정기사를 내라고 항의를 하고 있답니다."

고현수는 소병문에게도 옥천지사장에게 했던 말을 다시 들려주었다. 전화를 끊고 나니 갑자기 외로움이 온몸을 조여 오는 것을 느꼈다.

따분하군…….

세상은 상대적이다. 최두현은 분노로 얼룩져 있어서 시간이 어떻게 가는지 확인해 볼 겨를도 없을 것이다. 고현수는 따분해서 시간을 보니 11시다. 집에 가 봐야 낮잠 잘 일밖에 없다. 점심을 먹기에는 이른 시간이지만 식당에서는 점심을 팔기는 팔 것이다. 하지만 점심을 일찍 먹고 나면 오후가 더 지루할 것 같았다.

"아! 여보세요."

문득 애자가 생각나서 서울 집으로 전화했다. 애자는 부재중이다. 근처 마트나 목욕탕에 갔을지도 모를 일이다. 일단 운전을 하면서 오후 일정을 생각해 보자는 생각으로 시동을 걸기는 했지만 지독히도 긴 하루가 될 것 같은 예감이 들었다.

원통사로 올라가는 길은 눈이 녹지 않아서 승용차로 올라갈 수가 없었다. 손기문은 원통사라는 글씨가 새겨져 있는 바위 앞에서 차를 세웠다.

"어…… 머니. 여기서 한참 올라가유?"

손기문은 아직도 어머니라는 말이 낯설어서 더듬거리며 뒤를 돌아다봤다. 뒷자리에는 민초예와 유정과 경재가 앉아 있다.

"아녀. 찻길을 닦기 전에는 맨날 걸어서 댕겼는데 머. 나는 괜찮은데, 우리 유정이하고 손자가 길이 미끄러워서 걸어갈 수 있을지 모르겄구 면."

"할머니, 제가 할머니 업고 올라갈 수도 있어요."

올해 중학교 3학년이 되는 경재가 민초예에게 꼭 잡혀 있던 손을 풀 며 자신 있게 말했다.

"어머니, 제가 어머니 손을 잡고 올라갈게유."

"아가씨, 어머니는 제가 모시고 올라갈 테니, 아가씨는 경재하고 같이 올라가요."

유정의 말에 이어서 조수석에 앉아 있던 강순녀가 차에서 내리며 말 했다.

"그람, 나는 혼자 올라가야 하는 거여?"

손기문은 기분 좋은 얼굴로 룸미러를 통해 차에서 내리는 민초예를 바라본다. 민초예를 만난 지 벌써 해를 넘겼는데도 저분이 참말로 내 어 머니란 말여, 라는 생각이 들었다.

차에서 내리니 바람이 매서웠다. 발목이 빠질 정도로 쌓인 눈길은 순 백의 처녀림처럼 발자국 하나 찍혀 있지 않다.

"양로원에 출퇴근하는 직원이 있는데 발자국이 읎는 것을 봉께, 어제 눈이 많이 온다고 퇴근을 안 한 모양이구면."

민초예가 길 언저리까지 가서 산길을 올려다보며 중얼거렸다. 손기문 이 다가가 자신이 하고 있던 목도리를 벗어서 민초예의 목에 칭칭 감아 주었다.

"나는 괜찮여. 너나 하지 않고······."

민초예는 말과 다르게 손기문이 목에 감아 준 목도리를 천천히 쓰다 듬어 본다. 털실로 짜서 감촉이 매끄럽고 목이 훈훈하도록 따뜻하다. 이 따뜻한 온기에 손기문의 체온이 묻어 있을 것이라는 생각이 드니 괜히 눈물이 핑 돈다.

"어여 올라가자."

민초예의 말이 끝나자마자 강순녀가 얼른 옆으로 다가가서 부축했다.

"나는 괜찮여. 이 눈길을 츰 걸어보는 것도 아닝게, 에미 너나 조심해 서 올라가."

"아녀유. 괜히 미끄러지면 눈길이라 크게 다쳐유."

강순녀는 민초예가 옆구리를 밀었으나 개의치 않았다. 민초예 옆에 바짝 붙어 서서 허리에 손을 감고 올라가기 시작했다.

"나는 고모 손잡고 올라가야지."

경재는 손기문이 들으라는 표정으로 익살스럽게 말하면서 유정의 손 을 잡았다.

"그려, 나는 뒤에서 누가 잘 올라가는지 지켜보면서 그 뒤를 찬찬히 올라가지 머."

손기문은 일행이 조심스럽게 눈길을 올라가는 것을 지켜보며 따라가 기 시작했다.

"고모도 이십삼일 날 천리안에서 서태지와 아이들 은퇴했다는 기사 봤어?"

"너도 서태지와 아이들 팬여? 서태지와 아이들은 우리가 팬인데?"

유정이 우습다는 얼굴로 경재를 바라보며 물었다.

"우리 반 애들 중에 삼분의 이는 서태지와 아이들 팬여. 천리안으로 서태지와 아이들이 은퇴했다는 기사를 보고 우리 반 애들 세 명이 연희동에 있는 서태지 집에 간다고 학교에 안 왔어. 그 애들이 그러는데 연희삼동에 있는 서태지 집 앞에서 충격 받고 기절한 여학생들이 몇 명 있었대."

"우리 경재는 서태지와 아이들 때문에 학교 빼먹고 그러지는 않지? 좋아하는 거하고 학교 빼먹는 거하고는 엄연히 다른 거여."

"나도 서태지와 아이들 노래 엄청 좋아하지만, 학교까지 빼먹고 갈 용기는 없어."

유정이 눈길에서 미끄러지며 비틀거렸다. 경재가 얼른 팔을 잡아 당겨 자세를 바로 잡아 주며 말했다.

"찬찬히 올라가. 시님이 우리 대식구가 올라온 것을 보시믄 깜짝 놀라시겠구먼."

민초예가 유정을 걱정스러운 얼굴로 바라보고 나서 강순녀에게 시선을 돌렸다.

"어머님하고 아가씨하고 우리뿐인데 대식구여유?"

"그람, 대식구고 말고. 나하고 유정이하고 둘이 살다가 느덜이 들어옹께 대식구 중에 대식구라고 할 수 있지. 유정아, 어머 말이 틀렸냐?"

"어머니 말씀이 옳아유. 저도 맨날 혼자 살다가 오빠도 생기고, 새언니도 생기고 이렇게 든든한 조카도 생겨서 얼매나 좋은지 몰라유. 어쩔 때는 잠을 자다 일어나서 오빠 생각하면 혼자 웃을 때도 있어유."

유정이 허연 입김을 토해 내며 웃었다.

"어짜믄 나하고 저리도 똑같을까. 나도 그려. 어쩔 때는 잠을 자다가 느덜 얼굴이 생각나면 정신 나간 사람처럼 캄캄한 밤중에 혼자 웃는당께."

"죄송해유. 어머니, 제가 어머니를 찾았어야 하는데……."

"어이구, 그런 말은 앞으로 절대 하지 마. 나는 니가 케비에스에서 이산가족찾기를 할 때 이름도 모르는 어머를 찾아 달라는 팻말을 들고 사흘 동안이나 여의도를 헤맸다는 말을 듣고 나서 얼매나 후회를 했는지 몰라……. 그때 유정이하고 식당 식구들이 얼매나 등을 떠밀었는지 몰라. 그래도 워낙 죄를 많이 쌓고 살아온 년이라, 무슨 복에 아들을 찾겠냐고 끝내 신청을 안 했잖여. 만약 내가 그때 기문이마냥 팻말을 들고 댕겼으믄 워디서 만나도 만났을 거 아녀. 시방도 그 생각을 하믄 정신이 한 번씩 아찔아찔해진당께……."

"어머니, 어머니가 항상 뭐든지 다 때가 있는 법이라고 말씀하셨잖아요. 그때는 오빠를 만날 때가 안 돼서 어머니가 여의도에 안 가셨을 거유. 그랑께 너무 가슴 아파하지 마세유."

"그려, 나도 그렇게 생각은 하지만 워디 사람 맘이라는 것이 생각한 대로 흘러가는 법 봤어? 나도 생각은 그렇게 하지만 자꾸만 생각이 나는 걸 워틱햐. 시님이 여기서부텀은 눈을 치웠구먼."

산모퉁이를 돌아서자 흙이 드러났다. 민초예가 한시름 놓은 얼굴로 허리를 펴고 멈췄다.

"저기 이 층 건물이 양로원유?"

강순녀가 산자락에 서 있는 2층 건물을 가리켰다.

"그려, 저 이 층은 양로원이고 그 앞에 절이 있구먼. 인제부텀 질이 안 미끄러웅께 찬찬히 가자."

민초예는 목도리를 칭칭 감고 왔더니 땀이 나는 것 같았다. 목도리를 푸니 바람이 시원하다. 웃는 얼굴로 경재를 바라본다. 경재도 땀이 나는지 얼굴이 홍시처럼 빨갛게 익어 있다.

"절에는 츰 와 봤지?"

절 마당으로 들어서서 민초예가 걸음을 멈추고 손기문에게 물었다.

"교회는 선거 운동을 하느라 자주 가 봤지만, 절에는 첨 와 보네유."

"무섭냐?"

민초예가 웃는 얼굴로 물었다.

"귀신이라도 나온데유?"

"절에 츰 와 보는 사람은 무섭다고 하는 사람이 많응께 하는 말이지. 우선 부처님께 인사부터 드리자. 경재는 할머니가 워티게 하는지 가만히 보고 따라 하기만 하면 되는 거여. 알겠지?"

민초예는 경재의 손을 잡고 대웅전 앞으로 갔다. 손기문이 대웅전 앞문으로 가는 것을 보고 옆문 앞에서 불렀다.

"거기는 스님만 댕기는 문이고, 우리는 이 문으로 댕기는 거여. 이 절만 그런 것이 아니고, 딴 절에 가서도 절대로 앞문으로 들어가는 것이 아녀."

민초예는 부드럽게 말을 하고 신발을 벗었다. 경재가 신발 벗기를 기다렸다가 어여 들어가자고 속삭였다.

"어머니, 그만 고정하셔유."

손기문은 어색하게 삼배를 하고 나서 민초예가 일어서기를 기다렸다. 유정이와 경재도 삼배를 하고 밖으로 나갔다. 민초예는 양쪽 손바닥을 부처님에게 향한 채 일어서지 않았다. 강순녀도 일어나서 조심스럽게 민초예를 지켜봤다. 한참 만에 민초예의 어깨가 들먹거리는 것을 본 강

순녀가 민초예 옆에 무릎을 꿇고 앉아 조심스럽게 말했다,

"너무, 너무 고마워서 그랴. 너무 고마워서……."

민초예는 강순녀의 손을 잡고 소리 없이 눈물을 줄줄 흘리며 속삭였다.

"혹시 승철이 생각이 나서 그래유?"

손기문은 바깥에서 기다리고 있다가 다시 대웅전 안으로 들어갔다. 민초예가 눈물을 멈추지 않는 것이 이상해서 조심스럽게 속삭였다.

"사람이라는 것이 간사해서 앉으면 눕고 싶고, 눕으면 자고 싶은 것이잖여. 너를 만났을 때만해도 시방 죽어도 여한이 읎다고 생각했구면. 그런데 이렇게 며느리하고 손자까지 데리고 부처님께 인사를 드리고 있응께, 승철이가 생각나지 머여. 승철이한테 단 한 번만이라도 어머 소리를 들었으면 더 이상 소원이 읎을 것이라는 생각이 들면서, 부처님께 너무 죄스러워 눈물이 났구면."

민초예가 손수건으로 눈물을 훔치며 강순녀의 품에 안겨 속삭였다.

"승철이는 영동 가믄 만날 수 있다고 했잖유. 지가 언지 영동 한번 내려가서 승철이를 데리고 올까유?"

"아녀, 아녀. 잔잔한 둠벙에 돌을 던질 필요는 읎잖여. 내가 참으면 됭께, 어여 시님께 가자."

"그래도 어머니가 낳은 자식 아뉴?"

"승철이는 어머니도 있고 아부지도 있응께 걱정 안 해도 되아. 내가 보고 싶으면 언제고 볼 수 있는 아잖여."

민초예는 말과 다르게 자신의 존재를 모르고 있는 승철에게 이제 와서 새삼스럽게 충격을 줄 수 없다고 생각하며 대웅전을 빠져나갔다. 일

도 앞에서 울었던 흔적을 보이지 않으려고 물이 졸졸 내려오는 약수터 앞으로 갔다. 살얼음을 깨고 손수건을 찬물에 적셔서 눈물을 닦았다.

"어머니, 저도 승철이 한번 보고 싶구먼유. 어쨌든 어머니가 열 달 동안 몸에 품고 있다가 난 아들이잖유. 그랭게 언진가 승철이도 어머니라고 부를 때가 있을 거유. 너무 맘 쓰지 마시고 편히 계셔유."

"그래요. 피는 못 속인다는 말도 있잖아유. 승철이 삼촌도 나이가 들면 어머님을 찾아오실 거예요. 너무 마음 아파하지 마세요. 대전에서 영동이 먼 곳도 아니고, 사람을 보내서 어머님이 대전에 사신다는 것을 넌지시 알려주면 어련히 찾아오지 않겠어요?"

손기문의 말에 이어 강순녀가 민초예의 허리를 잡고 작고 부드러운 목소리로 말했다.

"그려. 그려. 열심히 부처님께 기도를 하믄 존 일이 있겠지. 어여 시님께 인사를 드리러 가자."

민초예는 당혹스러운 얼굴로 얼버무리며 돌아섰다.

"진작부터 보고 싶었는데, 왜 인제 데리고 오시나?"

선방 문을 열고 부끄럽게 들어서는 민초예를 보고 일도가 평소와는 다르게 벌떡 일어나서 웃는 얼굴로 반겼다.

"저는 시님께 진작부터 인사를 드리고 싶었구먼유. 그런데 우리 기문이가 유전자 검산가 그걸 꼭 해 봐야 한다고 버티는 지라, 인제 왔구먼유. 기문아 내가 뫼시는 일도 시님이셔. 일루 와서 에미하고 경재하고 나란히 인사를 드려."

"첨 뵙겠습니다. 손기문이라고 합니다."

손기문은 강순녀에게 절을 하자는 눈짓을 보내고 나서 일도에게 큰절

299

을 했다.

"참말로 반갑네그려. 그래, 그 먼 길을 걸어서 오느라고 얼마나 힘이 들었나?"

"제가 진작에 어머니를 찾아야 하는데 죄송하구먼유."

"보살님 말로는 이산가족찾기를 할 때 팻말을 들고 사흘 동안이나 돌아다녔다고 하던데, 그 사흘이 삼십 년보다 길었겠지. 자네는 할 일을 다 했다고 보네. 그렇다고 보살님이 할 일은 안 했다는 말은 아니라네. 보살님은 보살님대로 맨발로 가시밭길을 걷느라고 고생을 많이 하셨다네."

말을 마친 일도는 눈을 지그시 감고 염주를 천천히 굴리면서 참회하는 표정으로 혼잣말을 했다.

"저만큼 편하게 산 사람도 드물어유. 우리 기문이가 고아원에서 탈출해서 고생한 걸 생각하믄, 지가 맘고생한 것은 천분의 일도 안 돼유."

"어머니두 별말씀을 다 하시네유. 저는 운이 좋아서 어릴 때만 고생했지, 그 후로는 쭉 잘 살아왔슈."

민초예가 눈물을 떨어트리는 모습을 보고 손기문이 손목을 잡았다. 따뜻하게 전해지는 체온이 가슴을 따뜻하게 채워주는 것을 느꼈다.

"고생 끝에 낙이 온다고, 그동안 고생을 많이 했으니까 앞으로 좋은 일만 남았겠지. 손자는 시방 몇 학년인가?"

"올해 삼학년 올라갑니다."

경재가 무릎을 착 꿇고 긴장한 표정으로 말했다.

"편히 앉게. 똑똑하게 생긴 것을 보니 공부를 잘하겠군."

"경재는 공부보다 운동을 좋아해유. 장차 축구 선수가 되고 싶대유."

강순녀가 부끄럽게 말했다.

"요새는 공부만 잘한다고 성공하는 것이 아닐세. 뭐든지 잘하는 거 한 가지만 있으면 성공하는 시대지. 축구를 잘하면 학교에서 선수겠네?"

"시방도 축구 선수유. 저하고 동급생들은 후보로 있는데 우리 경재는 후보 선수가 아뉴. 딴 학교하고 시합만 했다 하면 꼭 한 꼴 이상은 넣어야 직성이 풀리는 아유."

손기문은 강순녀와는 다르게 자랑스러운 얼굴로 말했다.

"아버지 체격을 닮았으니 인내력이 대단하겠구먼. 보살님 말을 들어 봉께, 서울 관악구라는 데서 구의원을 하고 있다고 들었는데?"

일도가 경재를 바라보던 시선을 거두고 손기문을 바라봤다.

"우리 기문이가 봉천동에서 얼매나 착하게 살았는지 말도 못 해유. 지난번에는 그 지역 국회의원이 딴 사람을 구의원으로 내보낼라고 했대유. 그란데 동리 어른들이 손기문을 내보내야 한다. 만약 딴 사람을 내보내면 우린 죄다 선거를 안 할거라고 버텼대유. 그래서 무투표로 당선이 됐대유. 요번에는 정식으로 선거를 했는데 봉천동에서 젤 많은 표를 읃어서 당선이 됐다고 하대유."

민초예가 손기문이 말할 틈도 주지 않고 들뜬 표정으로 말했다.

"봉천동이 객지 아닌가? 게다가 보살님 말씀을 들어 보니, 옛날에 봉천동에서 재건대 대장을 했다고 하던데…… 이 험악한 세상에 재건대 대장을 한 자네를 두 번씩이나 구의원에 뽑아준 것을 보면 굳이 긴 말 안 해도 얼마나 노력을 했는지 알겠구먼."

일도가 고개를 끄덕이며 말하고 나서 눈을 감고 관세음보살 나무아미타불이라고 읊조렸다.

"시님, 제가 드리고 싶은 말씀이 바로 그 말씀유. 우리 기문이가 가진 것이 있슈, 배운 것이 있슈, 아니면 일가친척이 있슈, 부모가 있슈? 있는 것이라고는 지 몸뚱아리 하나뺵에 읎었슈. 그래도 삐틀게 나가지 않고, 저를 천애고아로 만든 세상을 원망하지도 않고, 여하튼 주변 사람들한 테 인정을 받는 사람으로 살아야겠다고 이를 악물고 살았응께 동리 어른들이 구의원을 시켜 준 거잖유. 그걸 생각하면 제 아들이라서가 아니라, 누가 눈물을 안 흘리겠슈."

"세상에 선한 끝은 있어도 악한 끝은 없다는 말이 있지 않는가? 세상을 선하게 살면 복을 받는 날이 오지만, 악하게 살면 희망이 없는 법이지. 자네가 합동결혼식을 하는 부부들에게 결혼반지며 신혼여행비를 대주지 않았다면 신문에 나지 않았을 것이 아닌가. 자네가 선한 행동을 했으니까 자네 얼굴이 신문에 났고, 자네 얼굴이 신문에 난 덕분에 보살님이 자네를 찾은 것이라네. 아주 간단한 원리 같지만 그 원리를 내 것으로 만들기 위해서는 뼈를 깎는 인고의 시간이 필요한 것이라네……."

일도는 문이 열리는 소리에 시선을 돌렸다. 정 보살이 과일과 떡이며 과자를 얹은 상을 들고 들어왔다.

"아이구, 이 학생이 보살님 손자여? 참말로 똑똑하게 생겼다. 공부도 잘하게 생겼구먼. 어여 일루 와서 이것 좀 먹어 봐."

정 보살이 상을 내려놓자마자 경재의 등을 쓰다듬으며 고개를 끄덕거렸다.

"시님, 우리 경재가 참말로 똑똑하게 뵈이시는 거유?"

"보살님은 내가 똑똑하다고 말했는데, 왜 스님한테 물어봐?"

민초예가 일도에게 묻는 말에 정 보살이 뜬금없다는 표정으로 바라봤다.

"아까 시님께서도 똑똑하다고 하시고, 시방 보살님도 똑같이 우리 경재가 똑똑하다고 항께 묻는 말이잖유."

"그렇구먼. 내가 스님처럼 관상을 볼 줄은 모르는데 말여. 눈썹이 똑바르고 인중이 뚜렷한 걸 봉께 머리가 좋고 뭐든지 한번 맘먹으면 꼭 실행을 할 사람으로 뵈이는데. 스님도 그렇게 뵈이시나유?"

"정 보살님이 잘 보셨구먼. 인중이 뚜렷한 사람은 심지가 곧고 옳은 일에만 발을 들여 놓는 상이지."

"스님, 저는유?"

유정이 경재를 바라보고 있다가 일도 앞으로 얼굴을 내밀었다.

"우리 유정이는 관상을 볼 필요도 없어. 앞으로 누가 관상을 봐주겠다고 하면 절대로 얼굴 내밀지마. 죄다 거짓말일 테니까."

"어머! 참말유, 스님?"

유정이 박수를 치며 아이처럼 좋아했다.

"내가 언젠가 대전 보살님한테 말한 적이 있는 걸로 알고 있는데 말일세, 부모와 자식 간에는 아무리 멀리 떨어져 있어도 서로 기가 통하는 법일세. 보살님만 생활이 어려운 노인들을 보살편 것이 아니고, 우리 손의원도 꼭 명절 끝이면 동네 불쌍한 노인들을 불러서 대접했다고 하지 않았는가."

"저는 죽을 때까지 노인분들을 보살필 생각유. 왜 그런지 아세유? 저는 순전히 얼굴도 모르는 부모한테 효도를 못 해 드렸다는 생각으로 명절 끝에 대접해 드린 거벆에 읎슈. 오히려 노인분들이 저한테 엄청나게 큰 걸 주셨슈."

"그게 뭔가?"

일도는 손기문이 무슨 말을 할지 짐작이 가면서도 짐

짓 모르는 척하며 물었다.

"우선, 여기 경재 엄마도 제가 노인분들에게 라면이며 밀가루 같은 것을 드릴 생각 안 했으면 못 만났을 거유. 장인어른이 저를 이쁘게 보셔서 딸을 주신 거유. 그라고 국민학교도 못 나온 저를 턱 하니 구의원으로 맨들어 주셨잖유. 그라고 젤 큰 것은 어머니를 만나게 해 주셨잖아유."

"아빠, 올 삼월 일일부터는 국민학교가 아니고 초등학교라고 불러야 되는 거야. 국민학교는 일본식 이름이라서 삼월 일일부터 초등학교라고 부르기로 했다고 인터넷에 떴드라고"

경재가 손기문의 말이 끝나기를 기다렸다가 자랑스럽게 말했다.

"그려, 아부지는 초등학교도 못나왔지만 우리 경재는 고모처럼 열심히 공부해서 좋은 대학에 가야 하는 겨. 알았지?"

"저는 공부 잘하라는 말 안 해유. 공부를 잘하고 못하고는 지 탓이고 몸 건강하고 바르게 크는 것이 최고라고 생각해유."

강순녀가 손기문을 바라보고 있다가 민초예에게 시선을 돌리고 말했다.

"나도 그려. 우리 유정이한테 시방까지 단 한 번도 공부하라는 말을 해 본적이 읎구먼. 그런데도 유정이가 학생의 본분은 공부를 열심히 하는 것이람서, 밤잠을 안자고 공부를 하는 통에 장학금 받으면서 대학 댕기고 있잖여."

손기문은 상 위에 있는 과일과 떡은 건들지도 않았다. 민초예가 이쑤시개로 사과를 찍어 손기문에게 내밀며 그윽한 시선으로 바라봤다.

"손 의원도 앞으로 여기 양로원을 자주 내려와야겠구먼. 그래야 나중에라도 양로원을 책임지고 운영해 나가기 쉽지 않겠는가?"

"그람 저도 머리를 깎아야 하남유?"

손기문이 자신의 머리카락을 만지며 물었다.

"나야 머리를 깎으면 좋지만, 자네 안식구는 안 좋아할 걸세. 그렇지 않는가?"

일도가 강순녀를 바라보며 웃었다.

"저는 경재 아빠가 머리 깎아도 제 옆에만 있으면 좋아유."

강순녀가 웃지도 않고 하는 말에 모두들 웃음을 터트렸다.

"제 생각에는 우리 유정이가 나중에 의사가 돼서 양로원을 보살폈으면 좋겠슈. 아무래도 노인분들이라 병치레가 많을 거잖유. 그람 저처럼 아무것도 모르는 무식쟁이가 앞장서는 것 보다는 유정이처럼 전문적인 지식이 있는 사람이 훨씬 낫잖유."

"스님, 저는 오빠하고 생각이 달라유. 양로원이나 고아원 같은 복지시설은 오빠처럼 참말로 진실하고 봉사를 해야겠다는 생각으로 차 있는 분이 운영을 해야, 내 부모처럼 모실 수가 있다고 봐유."

"유정이 생각도 옳고, 기문이 생각도 옳구먼. 아직은 시님이 계시닝께 옆에서 시님이 하시는 걸 도와 드리믄 되능 겨. 유정이는 시방처럼 컴퓨터에 나오는 그 동호인들하고 자주 와서 보살피고, 기문이도 대전 엄마 집에 올 때는 여기도 들린다는 생각으로 내려와. 그람 다 되는 거여."

민초예는 꿈에서도 만나지 못했던 손기문과 며느리, 손자와 함께 존경하는 일도 앞에 앉아 있으니 세상 부러울 것이 없었다. 그러면서도 승철의 어린 모습이 간간히 떠올라서 가슴 한쪽이 채워지지 않았다.

그려, 즈 아부지가 돈도 많고 항께 아무 걱정 읎이 살고 있겄지.

민초예는 오늘 같은 날 승철이도 같이 앉아 있었다면 당장 오늘 죽어도 원이 없을 것 같았다. 하지만 이내 욕심이 과하면 재앙을 부른다는 생각이 들어 승철이 얼굴을 지워 버리고 기문이를 바라봤다.

공술

뇌!
이거 봐.
평소에 날 얼매나 푼수띠기로 봤으믄 말여,
아무도 읎는 데 방에 들어와서 내 젖을 만질라고 했어?
내 말이 그짓말인지 참말인지는 하늘이 알껴!

음지에는 눈이 녹은 흔적이 축축하게 배어있지만 양지쪽에는 새싹이 뽀족하게 고개를 내밀고 있는 3월이다. 바람은 냉기를 품고 있어서 골목은 아직 차가웠지만 양지쪽의 햇볕은 따뜻했다.

상규네 집 안방의 방바닥은 양지처럼 따뜻해서 누워 있으면 졸음이 밀려올 정도다. 순배 영감은 자기 집처럼 편안하게 누워서 가물가물 밀려오는 졸음을 쫓아내느라 가끔 하품을 했다. 박평래는 문 쪽에 누워 있고, 장기팔은 벽에 기대어 두 다리를 쭉 뻗고 카세트 라디오에서 나오는 노래에 빠져 있었다.

"가만있어 봐. 세월이 참말로 빠르기는 엄청 빠르구먼. 바로 어제, 진규가 국회의원이 됐다고 차 맞차서 여의도 국회의사당에 귀경 갔었잖여."

순배 영감이 눈을 감은 채 박평래가 들으라는 목소리로 말했다.

"그때 모산 아들이 다 같이 갔잖유. 서울에서 경훈이며 철용이도 오고 해서 국회의원들이 먹는 식당에서 즘심을 먹었잖유. 국회의원들이 회의를 하는 데도 귀경해 보고, 또 어딜 갔드라?"

박평래는 누운 자세로 오른쪽 무릎을 세웠다. 왼쪽 다리를 올려놓고 덜렁덜렁 흔들면서 소리 없이 웃으며 다시 입을 열었다.

"이동하가 그렇게 오랫동안 국회의원을 해 처먹어도 국회 귀경 한번 시켜줬남? 다 우리 진규고 함께 즈 친목회 회원이랑 어른들을 평생 한 번 볼까 말까한 국회로 초대했지……."

이동하가 국회의원일 때에 박평래 눈에는 국회의원은 우리나라 사람이 아니라 다른 나라에서 온 사람들 같았다. 어쩌다 한 번 같이 밥을 먹어도 국회의원도 이런 것거니를 먹는구나 하며 국회의원의 모든 것이 우러러 보였고 존경스러워 보였으며 신비로운 존재로 생각했었다. 그러나 진규가 국회의원이 되고 나서는 국회의원도 일반인과 똑같이 보였다. 밥 먹고, 이도 쑤시고, 변소도 가고, 막걸리도 마시고, 어른한테 절도 하고, 슬프면 눈물도 흘린다는 것을 알고부터는 언제부터인지 이동하가 가소로워 보이기까지 했다.

"육삼빌딩인가 하는 데를 갔잖유. 거기 전망댄가 하는 데 올라가서 봉께 서울 시내가 훤히 보였잖유."

카세트 라디오에서 나오는 노래에 취해 있던 장기팔이 졸린 얼굴로 말했다.

"솔직히 말이야 바른 말이지만, 이동하 의원은 국회의원을 몇 번씩이나 해 처먹었어도 우리한테 서울 귀경 한 번 시켜 준 적이 있슈? 지난 팔십 년대 초에 서울에서 국풍팔십일인가 그걸 할 때도 죽은 쌍출이 아들 팔봉이가 나와서 여관 잡아 주고 술 사주고 했잖유."

"해 처먹다니?"

순배 영감이 일어나 앉으며 놀란 얼굴로 박평래를 바라봤다.

"그람 뭐라고 해유? 국회의원질을 해 처먹은 것이 사실 아뉴?"

박평래는 말을 잘못했느냐는 얼굴로 장기팔을 바라봤다.

"형님 원래 쓰는 말투하고 틀리게 하시는 말씀 같은데?"

"내가 원래 쓰는 말투라니?"

이번에는 박평래가 이해할 수 없다는 얼굴로 순배 영감을 바라봤다.

"자네, 원래 이동하 의원님이라믄 깜박 죽는 승질 아녀?"

순배 영감이 점점 이해가 안 된다는 표정으로 장기팔을 바라보다 물었다.

"내가 언지 깜박 죽었다고 그래유? 나보다 나이도 한참 어린 사람 앞에?"

박평래도 덩달아 일어나 앉으면서 장기팔과 순배 영감을 번갈아 바라봤다.

"내가 볼 때도 형님 이동하 의원 앞에서는 일 년 삼백육십오일 정월 초하루였잖유."

"난 또, 머라고…… 아, 세월이 흘렀잖유. 낼 모레 범골에 나무하러 갈 사람이 언지까지나 이동하 같은 거 앞에서 의원님, 의원님하고 조선시대 종놈 상전 모시듯 한데유?"

박평래는 어이가 없다는 표정을 지으며 벌렁 누웠다. 순배 영감과 장기팔이 두 눈을 동그랗게 뜨고 바라보든 말든 오른쪽 무릎 위에 왼발을 올려놓고 덜렁덜렁 흔들었다.

"그래도 작년에 의원님이 관광차 맞춰서 서울 예식장 귀경하고 왔잖유. 난 시방까지 살면서 예식장이 그렇게 큰 거는 츰 봤슈. 학산학교 운동장보다는 작지만 광평 같은 촌에 있는 학교 운동장만큼은 되는 거 같쥬?"

"그려, 엄청 크더구먼. 그렇게 큰 예식장에서 식을 올리는 사람들은 대관절 워티게 사는 사람들인지 상상이 안 되더구먼. 식당에는 반찬이 한 오십 가지는 넘었지?"

장기팔이 묻는 말에 순배 영감이 입맛을 다시며 반문했다.

"쇠갈비부터 돼지갈비며 괴기 종류만 해도 스무 가지는 넘데유. 하긴 한 끼에 삼만 원짜리랑께, 우리 같은 놈은 두 번 다시는 그런 음식을 못 먹을규."

"츠, 그런 데는 돈만 있으믄 누구나 먹을 수 있는 데지만, 국회의원들이 먹는 식당은 아무나 들어가서 먹을 수 있는 데가 아니잖여."

박평래도 진주예식장 식당의 두 줄로 늘어선 반찬을 보고 벌린 입을 다물지 못했었다. 세상에 반찬을 이렇게 많이 만들 수도 있구나라는 생각이 들 정도였다. 하지만 국회의사당 식당에서 밥을 먹었을 때처럼 감격스럽지는 않았다는 생각에 입술을 삐죽거렸다.

갑자기 스피커에서 찌익거리며 천막 찢어지는 소리가 요란하게 방문을 파고들었다. 박평래는 누운 채로 둥구나무 쪽으로 고개를 돌렸다. 황당하다는 얼굴로 박평래를 바라보고 있던 순배 영감과 장기팔도 둥구나무가 있는 쪽으로 귀를 기울였다.

"아! 모산 구장 황인술유. 시방 회관에 막걸리하고 돼지괴기 찌개며 음료수를 준비해 놨슈. 집에서 촐촐하게 즈녁 때를 기다리지 마시고 어서 회관으로 나오셔서 한잔씩 하시기 바랍니다. 낮잠을 주무시다가 인제 일어나셔서 못 들으신 분들을 위해 다시 한번 말씀드리겠습니다. 모산 구장 황인술유. 시방 회관에 음료수랑 막걸리하고 준비를 해 놓고 돼지괴기 찌개를 맛나게 끓여 놨습니다. 즈녁 때가 될라믄 안직 멀었응께, 어여 회관으로 나오시길 바랍니다. 이상입니다."

스피커에서 퍼져 나오던 황인술의 목소리가 뚝 끊어지고 나서 정적이 흘렀다. 박팽래가 입맛을 다시며 일어나 앉아 순배 영감을 바라봤다.

"인술이는 지난 가실에 즈 아들한테 구장 안 물려줬남?"

순배 영감은 그렇지 않아도 막걸리 한잔이 간절하던 참이었다. 무슨 막걸린지 모르겠지만 어서 가서 한잔해야겠다고 생각하며 박팽래에게 물었다.

"왜 아뉴. 시방은 광배가 구장이잖유. 동리 사람들은 황 씨네가 구장을 대대손손 물려줄 거냐, 요번에는 철재가 해야 한다라고 너도나도 말했지만, 평안감사도 저 싫으면 그만이라고 철재가 뒤로 물러서는 통에 광배가 하기로 했잖유."

박팽래는 순배 영감의 말이 끝나기도 전에 일어섰다. 벽에 걸려 있는 오리털 잠바를 입고 외출 준비를 하느라 대답을 못했다. 장기팔이 길게 기지개를 켜고 나서 말했다.

"하긴, 몇십 년 동안 구장질을 했응께 구장이라는 말이 입에 밸만도 하겠구먼."

순배 영감은 양쪽 어깨를 툭툭 치면서 일어났다.

"아, 인술이가 술상 차려 놓고 기다라고 있다는 것이 중요하지. 옛날 구장이 시방도 구장이라고 하는 것이 머가 중요해유."

"회관에 가시려고유?"

안방 문이 열리는 소리에 제 방에 있던 이옥순이 얼른 나와서 물었다.

"그려, 아싸리 즈녁 되게 먹고 올 모양잉께, 즈녁은 느 할머하고 먹어라."

"츠, 누구 입은 입이고, 내 입은 주둥이여. 난도 회관에 가서 한술 뜰란다. 괴기국이 있으면 밥도 있겠지."

이옥순 뒤에서 청산댁이 모자가 달린 잠바를 입고 나오며 투덜거렸다.

"형님, 어여 가유."

박평래는 일부러 청산댁을 보지 않고 거실 문을 열었다. 바람은 아직도 차다. 잠바 지퍼를 올리며 신발을 신었다.

골목에는 여기저기서 사람들이 잔뜩 움츠리고 총총걸음으로 걷거나, 팔짱을 끼고 어디 구경이라도 하는 모습으로 느릿하게 걷기도 하고, 서너 명이 어울려 오랜만에 포식이나 하자는 얼굴로 싱글벙글 웃으며 걷기도 한다. 개들도 주인이 나들이를 하니까 반갑게 꼬리 치며 앞으로 냅다 달려가 저만큼에서 멈춰 꼬리를 흔들며 주인이 오길 기다린다.

"이 동리서 젤 잘 나가는 집이 태수네 집이고 두 번째가 해룡네여."

장기팔은 해룡네 집을 바라봤다. 조립식으로 번듯하게 지은 건물 지붕은 파란색이다. 문도 유리문으로 달아 놓아서 면소지에 있는 식당 못지않게 깨끗해 보인다.

"태수네 잘나가는 거야 다 이유가 있지만, 해룡네 잘나가는 것은 조상이 돌보는 것이 틀림없어."

순배 영감도 걸음을 멈추고 해룡네 집을 바라본다. 집은 더 번듯해지고 커졌는데 들판 가운데에 덩그러니 서 있으니 옛날 같은 운치가 없어 무슨 조립식 창고처럼 보인다.

둥구나무는 옷을 홀랑 벗은 채 바람이 불 때마다 날카롭게 울어대며 몇 잎 남지 않은 낙엽을 허공으로 날려 보낸다. 너럭바위 위에는 낙엽이 수북하게 쌓여 있어서 그 밑을 보지 않으면 바위가 있는지 모를 지경이다.

"어여들 오셔유."

박평래가 문을 열고 먼저 안으로 들어갔다. 책상 앞에 앉아 있던 황인술이 반갑게 일어나서 웃었다.

"구장, 또 무슨 상이라도 타는 거여? 아니면 광배가 과장으로 진급이라도 했남?"

방에는 이미 동네 사람 모두가 와서 먹어도 될 정도로 술상이 차려져 있었다. 봉산댁, 모리댁과 때보 엄마 등이 바쁘게 음식을 나르고 술 주전자를 갖다 놓고 있다. 박평래가 소리 내어 군침을 꿀꺽 삼키며 황인술에게 물었다.

"일단 앉으세유. 그쪽은 젊은 사람들 앉게 비워 두고 이 안쪽으로 오셔유."

황인술이 실실 웃으며 박평래며 순배 영감을 안쪽으로 안내를 했다.

"아! 무슨 명분인지 알고나 먹어야 할 거 아녀. 암것도 모르고 마셨다가 나중에 이상한 말을 하믄 내 돈 주고 해룡네 가서 사 먹는 것이 낫지."

박평래는 말과 다르게 순배 영감부터 자리에 앉히고 나서 건너편으로 가서 앉았다.

"난중에 이상한 말 안 할팅께 술부텀 한잔 받으세유."

황인술이 실실 웃으며 순배 영감부터 시작해서 박평래와 장기팔의 잔을 채웠다.

"자네도 한잔하지 그랴."

장기팔이 술 주전자를 들고 황인술을 바라봤다.

"아녀유, 저는 아까부터 찔끔찔끔 마셨더니 얼큰하네유. 좀 셨다가 이따 한잔 받을게유."

황인술은 필요 이상으로 장기팔에게 굽실거렸다. 문을 열고 들어서는 김춘섭이며 박태수 앞으로 갔다.

"구장한테 무슨 존 일이 생겼능개비지."

순배 영감이 두 손으로 막걸리 잔을 들었다. 막걸리 고유의 텁텁하면서도 단내가 코를 찌른다. 빙긋이 웃고 나서 술 서너 모금을 단숨에 마셔 버리고 천천히 잔을 내려놓았다.

"글씨유, 시방이 삼월 아녀. 삼일절도 지났잖유. 광배가 작년에 포둣돈 좀 만져서 땅을 샀다고 가정하드래도 동리 잔치를 할 사람은 아닌데?"

"복권에 당첨됐나?"

박평래의 말에 장기팔이 혼잣말로 중얼거렸다.

"복권에 당첨됐으면 벌써 읍내로 이사 갔을 사람이지. 여기서 동리 잔치할 사람은 못 되지."

박평래가 막걸리를 절반 정도 마시고 나서 피식 웃었다.

"요새는 주택복권 일 등이 두 명씩 이람서?"

순배 영감이 돼지고기를 건져서 우물우물 먹으면서 장기팔에게 물었다.

"예. 일등하면 상금이 일억 오천만 원씩 두 명한테 준대유."

"텔레비서 봉께, 무슨 따블 복권은 일 등하면 상금이 삼억 원이라드만. 요새는 삼억 원은 돈도 아녀. 저 위 의원 양반은 서울에 있는 예식장만 해도 육천억인가 한다잖여."

"내참 아, 형님이야 며느리가 사과밭을 해서 모아 논 돈이 몇 억은 될거잖유. 게다가 진규는 몇천억짜리 충일병원을 무슨 사회복지 먼가에 넣다잖유. 그랑께 몇 억이 우습게 보일지 몰라두, 우린 단돈 천 원이 아쉬워유."

"내 말은 요새 하두 돈이 흔해 빠졌응께, 텔레비서 무슨 사고가 터졌다 하믄 보통 천억이니, 이천억이나 항께 하는 말이잖여."

"태수 애비 말도 틀린 말은 아녀. 우리 같은 이야 기팔이 말대로 돈천 원도 아쉽지만, 작년에 노태우도 사천억을 숨겼니 머니 해서 한동안 시끄러웠잖여. 요새는 터졌다 하믄 몇천억씩잉께 내 갯주머니는 돈이 몇천 원밖에 읎는데도 억억 소리가 나올 만하지. 돼지괴기국이 참 맛있구면. 봉산댁이 끓였능개비지?"

순배 영감은 막걸리 두 잔을 마셨더니 배가 불룩 일어섰다. 고춧가루를 풀어서 빨간 국물에 기름기가 둥둥 뜨는데다 두부도 큼직큼직하게 썰어 놓은 것이 입에 착착 달라붙었다.

"형님, 저기 여자들은 밥을 먹고 있구면. 우리도 밥 좀 달라고 할까유?"

어느 틈에 회관 안이 꽉 차도록 동네 사람들이 전부 나와 있다. 무슨 잔칫날처럼 빙긋빙긋 웃으며 술잔을 돌린다. 음료수를 마신다, 밥을 먹는다, 바쁘다. 박평래가 여자들이 앉아 있는 쪽을 바라보고 나서 순배 영감에게 물었다.

"그려, 우리도 밥 한술씩 뜨세. 어차피 집에 가믄 저녁은 먹어야 할 거 아녀."

"아야! 여기 누가 밥 좀 갖고 와."

박평래가 새마을 부녀회장인 봉산댁을 바라보며 손을 번쩍 들었다.

"에, 밥도 가마솥에 한솥 해 났슈. 동리 사람들 죄다 먹을 정도로 해 났응께 아싸리 즈녁까지 들고 가셔유."

황인술이 여기저기서 따라주는 술에 시뻘겋게 달아오른 얼굴로 말했다.

"구장님, 대관절 이 술하고 돼지괴기국은 누가 주는 거여? 공짜라고 중께, 우리 세 식구가 잘 먹고 있기는 하지만 고맙다고 인사는 해야 할 거 아녀?"

해룡이와 진천댁과 한 상 차지하고 앉아서 먹던 해룡네가 큰 소리로 말했다. 그 말을 신호로 시끌벅적하던 실내가 조용해졌다. 모두들 황인술의 얼굴을 향해 시선을 돌렸다.

"내참 공짜로 드시라고 해도 자꾸 물어보시는구먼. 오늘 여러분들 앞에 있는 술하고 음식은 저 위에 계신 이동하 의원님께서 쪼꼼 있으면 농사철도 돌아오고 항께, 드시고 힘내시라고 해서 준비한 음식유. 그랑께 맘 놓고 많이들 드셔. 술은 얼매든지 있응께 칠 때까지 드셔도 되유."

황인술은 말을 끝내고 나서 흡족하게 웃으며 뒷짐을 졌다.

"아니, 의원님이 웬일이시랴?"

"글씨 말여, 국회의원 선거가 담 달에 있기는 하지만 출마하실 분도 아닌데."

"아! 사위가 요번에 김영삼이 당에서 김종필 당으로 욍겨서 출마를 하잖여."

"오라! 그랑께 그람, 이것이 선거 술이나 마찬가지라는 거네."

"허! 이것이 선거 술이란 말여? 형님, 나 잠깐만 나갔다 와야겄슈."

박평래가 기가 막힌다는 표정으로 황인술을 노려보고 나서 일어섰다.

"워딜 가시는데?"

"측간이라도 가시는 개비쥬."

황인술이 묻는 말에 장기팔이 수저 크기의 두부를 베어 먹느라 입김을 훅훅 불어가며 말했다.

"아부진 어딜 가셔유?"

문 앞에서 김춘섭과 술잔을 주고받던 박태수가 물었다.

"금방 올껴."

황인술은 화가 난 얼굴로 서둘러 밖으로 나가는 박평래가 불안했다. 무엇을 하러 가는지 미행해 볼까 하다가 박평래는 이동하 앞에서는 고양이 앞의 쥐처럼 행동하는 인물이라는 생각에 마음을 바꿔 윤길동 옆자리에 앉았다.

"여기여, 여길 죄다 찍어."

황인술이 막걸리 한 잔을 달게 마시고 만족한 얼굴로 아랫배를 슬슬 문지르고 있을 때였다. 박평래가 문을 확 열어 재끼며 들어섰다. 그의 뒤에는 카메라를 든 이옥순이 서 있었다.

"여길유?"

"그려. 이 사람들이 죄다 선거 술을 마시고 있는 중잉께 어여 찍어."

"차, 참말로 찍어유?"

이옥순이 문 안으로 들어서면서 황당하다는 표정으로 물었다.

"그려, 여기 전 구장부터 시작해서 모조리 찍어."

"알았슈."

화가 난 얼굴로 소리치는 박평래의 기세에 눌린 이옥순은 황인술이 앉아 있는 자리부터 사진을 찍기 시작했다.

"시방 머 하고 있는 거여?"

동네 사람들은 박평래가 화가 난 얼굴로 빨리 사진을 찍으라고 독촉하는 말이 무슨 뜻인지 얼른 이해할 수 없었다. 황인술은 자신을 향해 카메라 렌즈를 들이대고 찰칵 소리가 나게 사진을 찍어도 어안이 벙벙한 얼굴로 윤길동만 바라볼 뿐이었다.

"머 하긴 머 하는 거여? 시방 선거법 위반한 현장 사진을 찍고 있잖여."

"아부지, 이기 무슨 선거법 위반유?"

박평래의 말을 제일 먼저 알아차린 사람은 박태수다. 술이 번쩍 깨는 것을 느끼며 힘들게 일어나 이옥순의 앞을 가로막았다.

"너는 애비라는 놈이, 자식 놈 국회의원에 출마를 하는데 강 건너 불귀경을 해도 유분수지. 이동하가 산다는 술이라는 걸 알면서도 목구녕에 술이 넘어가냐? 아가, 어여 저쪽에도 찍어라. 이 동리 사람들 죄다 나오게도 찍어야 햐. 내가 당장 읍내에 나가서 직접 경찰서에 가서 선거법 위반으로 고발 할란다. 옛말에 팔은 안으로 굽고 가재도 게 편이라고 했잖여. 아무리 동리 사람들이라고 하지만 그런 말도 못 들어 본 사람들은 사정봐 줄 필요 없구먼. 여기도 찍고, 저기도 찍어라."

박태수가 박평래를 밀어내고 이옥순의 손을 잡아 사진을 찍지 못하게 했다. 이옥순이 난감한 얼굴로 박평래를 바라봤다.

"카메라 인내. 요거만 누르믄 되는 거여?"

박평래가 이옥순이 들고 있는 카메라를 빼앗아서 작동법을 물었다.

"예, 거기 톡 튀어 나온 거를 누르기만 하믄 되기는 되는데……."

"그럼, 됐다. 내가 아무리 환갑진갑 다 지나갔어도, 요 구멍 안으로 뵈이는 사람만 보고 찍으면 된다는 것을 모를까?"

박평래는 한쪽 눈을 감고 카메라 뷰파인더에 눈을 갖다 댔다. 렌즈 안으로 놀란 표정을 짓고 있거나 지금 무슨 사단이 일어나느냐며 옆사람에게 묻고 있는 사람, 소동이 벌어지든 말든 점잖게 술을 마시고 있는 사람들이 보였다. 이옥순이 알려준 대로 톡 튀어 나온 부분을 눌렀다. 찰카닥거리는 소리와 함께 얇고 검은 조각이 렌즈를 가렸다가 사라진다.

"간단하구먼……."

박평래가 또 사진을 찍으려고 할 때 박태수가 다가와서 한 손으로 카메라를 빼앗았다.

"너는 이거 들고 어여 집에 가 있어."

"예……."

이옥순은 그렇지 않아도 무안하고 부끄럽고 창피하기도 하던 참이었다. 박태수가 내민 카메라를 들고 기다렸다는 얼굴로 돌아섰다.

"사진은 한 장만 찍혀도 증거로 제출할 수 있응께, 대여섯 장이믄 충분하겠지. 동리 사람들 내 말 똑똑히 들어. 그리고 전 구장도 내 말 명심하는 것이 좋을 껴. 여러분들이 이동하 그 양반을 한두 번 겪어 봤어? 그 양반은 자기 이익이 되지 않는 것은 쳐다보지도 않는 인간여. 옆에서 사람이 굶어 죽어도 남는 밥을 개를 주면 줬지, 꾸정물 통에 버리는 한이 있드래도 굶어 죽어 가는 사람 안 주는 사람여. 그른 사람이 왜 선거철에 술이며 막걸리를 샀었어? 손바닥으로 하늘을 가려도 유분수지. 이 알량한 막걸리 한잔 마시고 사위한테 표를 주라는 수작이라는 걸 여기 앉아 있는 사람들 중에 모르는 사람 있으믄 손 들어봐."

박평래가 침을 튀기며 빠르게 내뱉는 말에 순배 영감은 할 말을 잃었다는 얼굴로 장기팔을 바라봤다.

"이, 이 술 마시믄 안 되는 거 아뉴?"

장기팔이 술잔을 앞으로 밀어내며 순배 영감에게 속삭였다.

"저 사람이 언지 저렇게 언변이 늘었댜?"

순배 영감이 침을 꿀꺽 삼키고 나서 장기팔에게 소곤거렸다.

"아, 손자가 국회의원이잖유. 국회의원이 총 들고 싸우는 사람도 아니고, 공장에 나가서 일 하는 사람도 아니고, 난전에서 장사를 하는 사람도 아니잖유. 순전히 입으로 먹고 사는 사람이잖유. 그라고 진규 가가 어릴 때부터 여간 말을 잘했슈? 원래 저 형님도 말을 할 때는 똑부러지게 한가닥씩 하잖유. 인술이도 이 동리서는 말깨나 한다고 소문이 났지만 저 형님 앞에서는 열 번이믄 열 번, 백 번이믄 백 번 꼬랑지를 내리잖유."

"허긴, 자네 말을 듣고 봉께 태수 애비가 그런 구석은 쫌 있지……"

순배 영감은 청산댁이 갑자기 벌떡 일어서는 모습을 보고 입을 다물었다.

"에이! 워녕 공짜로 준다고 할 때부텀 이상하드라. 그라고 전 구장도 그라는 것이 아녀. 아! 말이야 바른 말이지. 아까 우리 영감 말대로 팔은 안으로 굽는다는 말이 틀린 말은 아니잖여. 그라믄 이 동리서 크고, 이 동리 사람인 진규 선거 운동을 해 주지는 못할망정, 생판 알지도 못하는 사람 선거 운동을 하면 쓰겄어. 에이, 이래서 내가 상종을 하지 말아야지."

청산댁은 박태수가 민망해서 황인술을 바라볼 수 없을 정도로 빠르게 쏘아 붙였다. 그렇지 않아도 얼굴이 시뻘겋게 달아오른 황인술이 너무 어이가 없어서 말대꾸를 못하고 있는 사이에 고개를 외로 꼬고 째려보는가 했더니 휑하니 나가 버렸다.

"허!"

황인술은 박평래에 이어서 청산댁까지 자신을 무슨 빨갱이처럼 몰아 붙이는 말에 자신이 어떻게 반응을 해야 옳으냐는 표정으로 박태수를 바라봤다.

"구장님이 이해하셔유. 진규가 요번에도 출마를 한다고 함께 아부지하고 어머가……."

"아부지하고 어머가 어쨌는데? 아부지하고 어머가 틀린 말 하데? 니가 술에 술 탄 듯 물에 물 탄 듯 맹하게 있응께 전 구장이 만만하게 보고 노골적으로 선거 운동을 하는 거 아녀. 그라고 내가 날 어뜬 일이 있드래도 읍내 나갈 작정이다. 경찰서 찾아가설랑 전 구장이 온 동리 사람들을 불러서 공짜로 술하고 괴기를 냈다고 고소를 할 모양잉께 콩밥 먹을 궁리나 하고 있어. 에이, 나이가 젊으면 갈켜나 주지. 구장을 몇십 년이나 해먹고, 손자 손녀까지 다 본 사람이 노망이 걸린 것도 아니고, 왜 그렇게 암 생각 웂이 사는지 도통 이해를 할 수가 웂구먼. 좌우지간 해룡이가 앞으로 심심하지 않아서 좋겠구먼."

박평래는 황인술이 꿀 먹은 벙어리처럼 허! 허! 소리만 연발하고 있으니 더 이상 말하고 싶지도 않았다. 황인술을 잡아먹을 것처럼 노려보다가, 내가 참고 말겠다는 얼굴로 뒷짐을 지며 돌아섰다.

"자! 잠깐만유."

황인술은 너무 화가 나서 말이 나오지 않았다. 단숨에 10리를 달려 온 사람처럼 숨넘어가는 목소리로 박평래를 불러 세웠다.

"시, 시방 머라고 했슈? 해, 해룡이가!"

황인술이 화를 짓눌러 참느라 더듬거리고 있는 사이에 아무 생각 없이 찌개에 밥을 말아 먹고 있던 해룡이 슬그머니 일어섰다.

"앉아, 너를 부르는 것이 아녀. 상규 할아부지가 전 구장을 너하고 동급이라고 하는 말 땜시 그러는 겅께, 너는 어여 앉아 술이나 마셔."

해룡네가 작은 목소리로 말하며 해룡이 손을 잡고 자리에 앉혔다. 그소리는 구석에 앉아 있던 순배 영감과 장기팔의 귀에까지 똑똑히 들렸다.

"해, 해룡네! 아녀, 해룡네야 원래 푼수띠기라서 그릏다 쳐. 태, 태수 아부지, 내가 그릏게……"

"푼수띠기라니? 그려, 나 푼수띠기다. 푼수띠기라서 손자가 서울대학교에서 석사 공부를 하고 있다. 왜? 잘난 전 구장은 푼수띠기가 아니라서, 제우……"

황인술이 숨을 가다듬느라 더듬거리고 있는 사이에 해룡네가 앉은 자리에서 황인술을 향해 돌아앉았다. 삿대질까지 해 가며 쏘아 붙이고 있는데 옆자리의 모리댁이 입을 틀어막았다.

"놔! 이거 놔. 평소에 날 얼매나 푼수떠기로 봤으믄 말여, 아무도 읎는데 방에 들어와서 내 젖을 만질라고 했어? 내 말이 그짓말인지 참말인지는 하늘이 알껴!"

해룡네가 모리댁의 손바닥을 뿌리치고 악에 받친 목소리로 쏘아 붙였다.

"저, 저 미친년이 시방 머라고 하능 겨?"

광일네가 하얗게 질린 얼굴로 일어서면서 어이가 없다는 얼굴로 노려 봤다.

"허!"

황인술은 내가 시방 꿈을 꾸고 있는 건가 하는 생각이 들 정도로 눈 앞이 아득해지는 것을 느끼며 눈을 깜박거렸다.

"구장 아부지가 해룡네를 그랬단 말여?"

"에이, 아무리 궁해도 해룡네를 건들기야 하겄어."

"남자는 그것이 동하믄 아, 어른을 안 가린다잖여."

아낙네들이 귓속말로 주고받는 말이지만 모두의 귀에 한마디도 빠짐 없이 들어왔다. 박평래는 상황이 이상하게 돌아가는 것을 느끼며 기운 이 빠진 얼굴로 황인술을 바라보다, 해룡이를 바라보고, 해룡네를 바라 보다, 광일네를 바라봤다.

"전 구장이 마, 말을 못하고 있는 걸 봉께, 해룡네 말이 참말인 모양 여. 아이구 무시라……."

"때보 엄마!"

광일네가 너무 분해 펑펑 울고 싶은 기분으로 고함을 질렀다.

"때보 엄마! 때보 엄마는 눈도 읎고 귀도 읎어? 아무려면 우리 광일이 아부지가! 해, 해룡네 같은 미친년을 건들겄어? 정신 멀쩡하게 돌아가는 여자도 아닌 해룡네를 건들겄냔 말여! 젖이나 통통하게 만질 것이 있다면 몰라. 단물만 쪽 빨아 먹은 홍시 같은 젖을 누가 만지고 싶다고?"

광일네가 강 건너 있는 사람을 부르는 것처럼 자신의 아랫배를 누르고 허리를 숙여 가며 한마디씩 끊어 말했다.

정신 멀쩡한 여자?

봉산댁은 광일네가 자신을 두고 하는 말 같아서 찔끔한 얼굴로 괜히 사방을 두리번거렸다. 모두 광일네에게 시선이 팔려 있느라 자신을 바라보고 있는 사람은 없었다. 황인술도 나이가 들어 기력이 떨어졌는지 요즘은 한 달에 한 번, 두 달에 한 번 꼴로 밤중에 드나든다. 그마저 학산 태화루 뒷방에서처럼 엉덩이가 땀에 젖을 정도도 못 된다. 앞으로는 황인술의 출입을 막아야겠다고 생각하며 막걸리 한 모금을 마셨다.

"시, 시방 머 하는 거여. 어여 주둥이 닥치고 집으로 끄대가. 제정신이 읎는 여자하고 말을 섞으면 똑같은 년이 된다는 걸 왜 몰라. 어여 집으로 끄대가지 않을 껴?"

황인술은 구경만 하고 있으면 해룡이가 아부지, 아부지 할지도 모른다는 생각에 광일네 앞으로 갔다. 광일네 손을 잡고 문 앞으로 가서 밀었다.

"허구헌 날 술독에 빠져 있응께, 해룡네 같은 여자도 우습게 보고 샛바닥 돌아가는 대로 멋대로 지껄이지. 그라고 말이야 바른 말이지. 선거 운동을 할라믄 당연히 진규 선거 운동을 해야지, 마누라도 모르게 고현수 선거 운동은 왜 한다?"

광일네는 갈 때는 가더라도 할 말은 하고 가야 한다는 얼굴로 황인술에게 쏘아 붙이고 나서 밖으로 나가 쾅! 소리가 나도록 문을 닫아 버렸다.

"쯔쯔…… 저렇게 살고 싶을까. 즈 마누라도 사람이 얼매나 우습게 보였으믄 상대를 안 할라고 할까."

박평래는 더 이상 술을 마시고 싶지 않았다. 한심하다는 얼굴로 황인술을 바라보고 나서 뒷짐을 지고 밖으로 나갔다.

"아여! 태수, 자네가 해명 좀 해 보게. 내가 참말로 그렇게 우습게 보이는가?"

황인술은 너무 화가 나서 눈물이 났다. 토끼눈처럼 빨간 눈동자 밑의 눈자위에 눈물이 그렁하게 차오른 얼굴로 물었다.

"구장님이 왜 우습게 보여유. 여기 앉아 있는 사람들 중에 구장님을 우습게 보는 사람들은 아무도 읎슈. 춘섭이, 자네 눈에는 구장님이 우습게 뵈이는 거여?"

박태수가 민망한 얼굴로 막걸리를 마시고 있는 김춘섭을 끌어들였다.

"응? 나, 나한테 물었남?"

김춘섭이 눈을 동그랗게 뜨고 난감한 얼굴로 박태수를 바라봤다.

"자네 눈에는 구장님이 우습게 뵈이는 겨?"

"누, 누가 그라는데?"

김춘섭이 박태수의 말을 얼른 알아듣지 못했다는 얼굴로 반문했다.

"아니, 내 말은 자네 눈에 구장님이 우습게 뵈이느냐 이거여."

박태수가 턱 밑으로 눈물 한 방울을 떨어트리고 있는 황인술을 가리켰다.

"과, 관둬. 아주 나를 갖고 놀고 있구먼. 잠깐만, 내 말 한마디 들어 보셔유."

황인술은 해룡네하고 말을 섞어 봐야 누워서 침 뱉기라는 생각에 해룡네 쪽은 바라보지도 않았다. 책상 앞으로 가서 동네 회의를 할 때처럼 손뼉을 쳐서 시선을 자신에게 집중시켰다.

"제가 시방 구장이 아니고, 우리 광배가 구장잉게 전 구장이니, 전 구장이라고 부르는 것은 얼매든지 좋아유. 하지만 아까 태수 아부지가 한 말처럼 내가 이 동리서 그렇게 죽일 놈처럼 살았슈? 워디 시훈이 아부지가 한 말씀 해 보셔유. 시훈이 아부지, 명색이 모산 구장으로 몇십 년이나 해 처먹은 놈이 팔이 안으로 굽는다는 원리도 모르는 놈처름 보여유?"

"아, 아녀."

장기팔은 길게 말했다가는 무슨 봉변을 당할지도 모른다는 생각에 고개를 잘래잘래 흔들었다.

"그람, 길동이 자네가 볼 때 이 황인술은 모산에서 태어나서 모산서 시방까지 산 사람처름 안 뵈이고, 워디 학산이나 읍내 같은 객지에서 살러 온 사람처름 뵈여?"

"누가 그라는데유?"

윤길동은 대답하기 난처해서 애매하게 반문했다.

"아! 자네도 귀가 뚫렸응게 아까 태수 아부지하고 어머하고 두 분이 나한테 쏴 붙이는 말을 들었잖여. 날 당장 영동 경찰서에 고소를 해서 날 콩밥 멕이겠다고 말여. 이동하 의원님이 겨울도 갔고, 봄부터 농사질 라믄 대근할께 비 보신 좀 하라고 술 한잔 낸 것이 콩밥 먹을 일여? 그라고 내가 알기루는 만약 내가 선거법 위반으로 걸리믄 나만 걸리는 것이 이녀. 여기서 막걸리 한 잔이라도 먹은 사람은 죄다 걸리게 돼있어. 근데 왜 나만 붙잡고 콩밥을 먹일 놈이니, 상대를 못할 놈이니 하면서 쏴 붙이는 거여? 길동이 자네가 대표적으로 대답 좀 해 보게."

"내참, 왜 자꾸 나한테 묻는 거유?"

윤길동이 뒷머리를 긁적이며 곤란하다는 표정으로 중얼거렸다.

"좌우지간 시방부텀 제가 하는 말 똑똑히 들어유. 난 의원님이 잠깐 보자고 해서 만난 죄벆에 읎슈. 그기 그렇게 죽을죄라도 되는 거유?"

황인술이 생각해 보니까 윤길동만 붙잡고 늘어질 일이 아니었다. 모든 사람들을 향해 입술가에 거품이 일도록 삿대질을 하며 물었다.

"참말로 이건 선거 운동하고 상관이 읎는 거여?"

순배 영감이 점잖게 물었다.

"서, 선거 운동인지, 기냥 동리 사람들하고 술에 밥 한 끼 먹으라는 돈인지 지가 워티게 알아유? 저는 그냥 돈 이십만 원 내놓으면서 막걸리하고 음료수하고 돼지괴기 찌개라도 끓여서 동리 사람들 대접하라는 말벆에 안 들었슈."

"그람, 요번에 김종필이 당으로 출마를 하는 사위 이름은 거론도 안했다는 말이지?"

순배 영감이 다짐을 받는 목소리로 물었다.

"아! 그, 그거야, 의원님 사위가 출마를 한다고 하시는데 자랑을 안 하시겠슈. 저도 우리 사위가 국회의원에 출마를 한다는데 명색이 장인인 도리로 자랑삼아 두어 마디 할 수는 있는 거 아니겠슈?"

황인술의 말에 사람들이 일제히 김춘섭에게 시선을 돌렸다. 김춘섭은 쑥스럽다는 얼굴로 천장을 바라보며 흠! 흠! 하고 헛기침을 했다.

"자랑삼아 워티게 말할 참여?"

"내 사위야 국회의원 나올 리야 읎지만 말유. 이동하 의원님 말을 빌리자믄, 고 서방은 집도 영동이고 영동, 옥천, 보은에 신문도 발행하는 언론인이라서 지역의 어려운 문제를 박진규보다는 더 정확히 알고 있다는 말을 하대유. 그 말뿌게 안 했슈."

"무슨 말인지 알겄구먼. 그 말을 오늘 이 자리에서 동리 사람들한테 하라고 했는가? 아니믄 자네 혼자만 알고 있으라고 했는가?"

"아! 그야, 동리 사람들한테 퍼트리라고 하신 말씀이시겠지. 이십만 원씩이나 내놓으시면서 저 혼자만 알고 있으라는 뜻으로 하셨겠슈?"

황인술은 자신도 모르게 말을 하고는 아차 싶었다. 이동하로부터 자칫 선거술이라는 말을 들을 수가 있으니까 고현수에 고 자도 입 밖으로 내지 말라는 엄명을 받았다. 너무 흥분해서 떠들다 보니까 스스로 선거 운동을 하고 있다고 자인한 꼴이 되고 말았다는 것을 깨달았다.

"그람 자네는 이 술이 선거 술이라는 걸 알고 있었구먼."

"제, 제가 언제 그랬슈? 어르신이 자꾸 물어보시니께 저도 모르게 한 말이지."

"내 귀에는 박진규보다 고현수가 훌륭하다는 말로 들리는데 멀."

순배 영감과 황인술이 하는 말을 가만히 듣고 있던 장기팔이 피식 웃었다.

"그람, 선거 운동을 한 것이나 마찬가지 아녀?"

"그람 우리도 콩밥을 먹게 되는 거여?"

"에이, 전 구장 너무했구먼. 그래도 명색이 진규가 이 동리 사람인데,

워티게 고현수를 찍으라고……."

"아! 우리야 주는 술잉게 마시고, 찍을 때는 진규 찍어주믄 되잖여."

"그려, 암만해도 팔이 안으로 굽는 법이잖여. 만약 이런 술 읃어먹고 고현수 찍으면 개만도 못한 사람여."

"이 술 마시고 고현수 안 찍어주믄 선거법에 안 걸리는 거여."

"맞아! 내가 왜 그 생각을 못했지?"

"잠깐만! 잠깐만! 내 말 좀 들어 봐유."

황인술은 여기저기서 들려오는 목소리가 진규를 찍자는 한 목소리로 변하는 것을 보고 손바닥으로 책상을 소리나게 쳤다.

"시방 이 자리가, 누가 잘났응게 누굴 찍으라고 상의를 하는 자리가 아뉴. 순전히 본격적으로 농사철을 앞두고 그냥 한잔하자는 자리유. 그 렁게 선거 야기는 일절 하지 마셔유. 술 마시면서 단체로 누굴 찍자고 모의를 하는 거는 선거법에 걸린단 말유."

"허! 구장님 참말로 듣자 듣자 항게 너무하시네. 아! 동리 사람들이 기분 좋게 술 한잔씩 하면서, 동리 사람이 국회의원 나옹게 찍어주자고 하는 것이 어떻게 모의라는 거유?"

박태수는 더 이상 보고만 있을 수 없어, 모두가 들으라는 표정으로 따졌다.

"내, 내 말은! 에이, 내가 이 자리를 뜨고 말아야지."

황인술은 자신도 모르게 내뱉은 말이 큰 실수라는 것을 알았다. 하지만 뭐라고 변명을 할 수가 없었다. 이 모든 것이 집에서 낮잠 자고 있는 자신을 불러낸 이동하 때문이라는 생각이 들어 문을 박차고 나갔다.

그려, 이기 모두 태수 애비 때문여. 그 노인네가 얌전히 술만 마시고 있었으면 이런 사단이 일어날 리가 없어.

황인술은 술을 마시다 갑자기 밖으로 나오니 이빨 부딪히는 소리가 나도록 추웠다. 집으로 가 봐야, 해룡네 때문에 광일네가 독사눈처럼 쩨려보며 싸우자고 덤벼들 것이다. 이동하한테 가서 박평래의 소행을 일러 바쳐야겠다는 생각에 언덕을 올라가기 시작했다.

이동하는 황인술이 원통하다는 얼굴로 손짓 발짓 섞어가며 하는 말을 잠자코 듣고만 있었다. 옥천댁이 소주를 얹은 술상을 들고 조용히 들어왔다.

"아! 은혜를 원수로 갚아도 유분수지. 글쎄, 태수 아부지가 저를 선거위반법으로 콩밥을 멕인다고 길길이 날뛰지 뭐유. 그랑께 태수 어머도 나를 무슨 빨갱이 바라보는 것처럼 노려봄서, 아! 팔은 안으로 굽는데, 명색이 구장을 몇십 년이나 해 처먹은 사람이, 그럴 수가 있냐고 삿대질을 하잖유. 세상에 이런 법이 워딨슈. 막말로 즈덜이 의원님 아니믄 또랑가에 과수원을 개간해낼 수 있었슈? 깨구리 올챙이 적을 몰라도 어느 정도가 있지. 워티게 즈 손자가 국회의원이라고, 의원님 알기를 동네 개보다 못하게 본데유?"

이동하는 굳은 얼굴로 술상만 바라보고 있었다. 황인술이 이동하의 잔을 채우면서 혀가 돌아가는 대로 내뱉았다.

참자!

이동하는 박평래가 자신을 동네 개보다 못하게 봤다는 말을 듣는 순간, 뒷골에 지릿하게 전류가 흐르는 것 같았다. 이를 악물며 눈을 감고 손바닥으로 뒤통수를 툭툭 쳤다.

"에이, 구장님이 잘못 들었을규. 상규 할아버지가 절대로 이 양반을 그렇게 볼 분이 아뉴. 오늘 아침에도 이 양반 오셨다는 말을 듣고 인사하러 오신 분인데유."

옥천댁이 부드럽게 웃으면서 조용한 목소리로 말했다.

"구장님이 잘못 들었을규. 내 생각에는 딴 사람한테 한 말을 나한테 한 걸로 착각하고 있는 모양인데. 어여 술이나 들어유. 동리 사람들이 엄청 좋아하쥬?"

이동하는 옥천댁의 말을 듣고 나니까 박평래가 그런 말을 했을리는 없다는 판단이 들었다. 황인술이 흥분한 끝에 자신도 모르게 내뱉은 말이라는 생각이 들어서 술잔을 들고 고개를 흔들었다.

"의, 의원님, 제가 감히 어느 안전이라고 읎는 말을 꾸며서 하겠슈. 더구나 의원님을 동네 개로 본다는 말을 하겠슈? 저는 순전히 들은 그대로 한 말유. 만약 제 말을 못 믿으시겠다믄 딴 사람을 증인으로 델고 올 수 있슈."

이동하는 오늘 동네 사람들이 모두 보는 데서 자신을 개망신 시킨 장본인이다. 황인술은 이동하마저 자신의 말을 무시해 버리니까 가슴이 터져 나가 버릴 것 같았다. 엉덩이까지 들썩이며 목소리를 높였다.

"증인을 데리고 올 수 있다니?"

이동하가 슬그머니 웃음을 감추고 물었다.

"그, 그러니까 제 말은……"

황인술은 이동하의 말을 듣고 나서야 자신이 책임질 수 없는 말을 했다는 것을 알았다. 만약 증인을 데리고 오라면 증인도 없을 뿐만 아니라 만들어 낼 수도 없다. 엊저녁에 무슨 꿈을 꿨는지 모르지만 사건이 갈수록 꼬여 간다는 생각에 눈을 껌벅거리며 옥천댁을 바라봤다.

"어서 술이나 드셔유. 오늘 음식 준비하랴, 동리 사람들 접대하랴 대 근해서 잠깐 딴 생각을 하셨구먼."

옥천댁이 볼 때는 황인술이 거짓말 하는 것처럼 보였다. 고현수 선거 운동을 하라고 불러서 이동하의 미움을 사면 좋을 것이 없다는 생각에 슬쩍 말을 돌렸다.

"좌, 좌우지간, 저를 선거법 위반으로 콩밥을 먹게 하겠담서 손자며느 리를 불러서 사진을 몇 방 찍어 간 거는 사실유. 동리 사람들도 다 찍었 응게 증인도 필요 읎슈."

황인술이 마음을 가다듬느라 침을 꿀떡 삼키고 나서 천천히 말했다.

"구장님이 암 말도 안 하셨는데 무조건 며느리를 불러서 사진을 찍으 셨단 말여유?"

"아뉴."

"뭐라고 하셨는데유?"

"천지신명 앞에서 맹세하는데유. 이 술하고 괴깃국은 누가 주는거냐 고 여러 사람들이 묻기에, 의원님이 봄도 됐고 항께, 동리 사람들을 불 러서 먹고 힘내라는 뜻으로 주신 것이라는 말뷖에 안 했슈."

"그람 고 서방 말도 했겠구먼유?"

"고현수 위원장님 말을 하기는 했지만, 그 말은 한참 후에 한 말유. 참말유. 태수 아부지하고 태수 어머가 문을 발로 차고 나간 담에, 순배 영감님이 꼬치꼬치 캐묻는 통에 진규보담은 고현수 씨가 영동, 옥천, 보 은에 신문사도 항께 지역 사정을 훨씬 잘 알 거라는 말은 했슈."

"워녕 그려. 우리가 상규 할아버지를 한두 해 지켜본 것도 아니라는 걸 구장님도 아시잖유. 시아버님 살아 계실 때부텀 상규 할아버지는 우리 집 일이라믄 한겨울에 강에 가서 괴기라도 잡아오라믄 두 말 안 하시고 갔다가 오시는 분이잖유. 먼가 오해가 있응께, 사진을 찍고 그랬겄쥬. 그랑께 구장님도 오해를 푸시고 어여 술이나 드셔유."

옥천댁은 사진을 찍은 것은 사실일 것이라고 생각했다. 황인술이 뭔가 박평래의 심기를 몹시 건드렸을 것이라고 생각하며 부드럽게 말했다.

"알았슈. 알았응께, 어여 술이나 드시고 가유. 에이! 괜히 돈만 날렸구먼. 아! 내가 어뜬 일이 있드래도 고 서방 말은 입도 뻥긋하지 말라고 했잖유. 동리 사람들이 죄다 해룡이 같지는 않잖유. 척하믄 삼척이라고, 내가 술내고 고 서방 야기하믄 선거술이라는 걸 누가 모르겄슈. 난 그래도 이 동리서 구장님을 젤 믿고 있었는데, 구장님도 나이가 드셨나. 그렇게 당부를 했는데도 고 서방이 진규보담 낫다는 말은 왜 한 거유?"

이동하는 지금쯤 동네 사람들이 고현수를 지지고 볶고 있을 것이라고 생각하니 화가 치밀었다. 하지만 화를 낼 수 없어서 술을 홀짝 비우고 돌아앉았다.

"아, 알겄슈."

황인술은 이동하는 몰라도 옥천댁의 머릿속에 박혀 있는 박평래의 인식을 바꿀 수는 없다는 생각이 문득 들었다. 계속 앉아 있어 봤자 일이 더 안 좋은 방향으로 꼬여 나갈 수 있다는 생각에 일어섰다.

내가 두 번 다시 이 집구석 마당을 밟으면 황인술이 아니고 개인술일 껴.

마당에 나오니까 어디선가 나타난 독구가 꼬리를 반갑게 흔들며 빠르게 달려온다. 어디서 똥을 먹다 왔는지 똥 묻은 주둥이를 바지에 문지르며 좋아서 어쩔 줄 몰라 한다. 황인술은 발로 확 차버리려고 발을 들었다. 하지만 독구가 깽! 하고 비명을 지르면 이동하가 지금 개한테 분풀이를 하느냐고 고함을 지를 것 같아서 도망치듯 대문을 나섰다.

반전

최두현의 측근한테 들은 것으로 하면 되는 것 아닙니까?
최두현이 후보로 나온 것도 아닙니다.
일개 자연인이니까 나중에 문제될 것도 없습니다.
정 법적으로 문제가 되도 상관없습니다.
편집국장이 책임지고 벌금 몇 푼 무는 것으로 끝낼 수 있다고 봅니다.

선거가 일주일밖에 남지 않았다.

고현수의 선거 사무실은 축제 분위기에 젖어 있었다. 지난 선거 때는 선거 일주일을 남겨 두고 패색이 짙어서 사무실이 파장 분위기였다. 고현수가 당선될 것이라는 입소문이 퍼져서 진규 사무실을 기웃거리던 선거 브로커들도 고현수의 사무실로 출근했다.

고현수는 유권자들과 만나러 거리를 다니는 시간보다 사무실을 지키는 시간이 늘었다. 사무실로 쉴 틈 없이 걸려 오는 브로커들의 전화를 받기 위해서이다. 면담을 요청하는 사람들은 거의 최소한 몇십 표 이상의 표를 가져올 수 있다고 장담을 한다. 그들을 면담하지 않았다가는 그 표가 비록 허수(虛數)일지 몰라도 진규 사무실로 가면 좋을 것이 없었다.

어느 순간 유권자들과 악수를 하는 시간에 브로커들의 표를 받는 것이 훨씬 실리적이고 효과적이라는 것을 알았다.

"후보님, 용산 면장으로 근무를 하다 퇴직을 하신 분인데 후보님을 꼭 좀 면담하고 싶답니다."

선거 본부장직을 맡고 있는 하중태가 고현수에게 들어와서 보고했다.

"들어오시라고 하십쇼. 시간이 없으니까 딱 오 분만 면담이 가능하다는 말도 해 주시고……."

고현수는 나름대로 여론조사 전문기관에 다섯 번이나 여론조사를 해봤다. 보름 전에만 해도 박진규와 박빙이었으나 지금은 십오 프로 이상 차이를 두고 있다. 특별한 변수가 없는 한 당선이 확실하다. 이럴 때일수록 조심해야 된다는 생각에 새벽부터 강행군을 하고 있는 중이다. 점심도 김밥 한 줄에 사이다 한 컵으로 때웠다. 손님들이 올 때마다 커피며 물을 수시로 마셨더니 배가 불룩하다. 그런데도 무언가를 먹고 싶은 욕구가 떠나지 않았다.

"안녕하십니까. 군청에서 산림과장으로 근무를 하다가, 용산 면장으로 퇴직한 장경식이라고 합니다."

장경식은 주머니에서 명함을 꺼내 두 손으로 고현수 앞에 내밀었다.

"아이구, 공직에 근무를 하셨군요"

고현수가 선거를 하면서 느낀 것은 빚을 떼어 먹고 도망친 친구를 만나도 활짝 웃는 얼굴로 악수를 해야 한다는 점이다. 명함을 받고 자신도 모르게 두 손으로 장경식의 손을 잡고 허리를 굽실거렸다.

"지난번에는 꼭 당선이 되실 것이라고 믿었는데……. 하지만 이번에는 보는 사람마다 당선이 확실하다는 말을 들으니 제 일처럼 기분이 좋습니다."

"감사합니다. 면장님 같은 분이 성원을 해 주시니까 이번에는 결과가 좋게 나올 것 같습니다."

여자 선거 운동원이 쟁반에 커피를 들고 왔다. 여자 선거 운동원은 미리 짜 놓은 각본대로 커피를 장경식 앞으로 들기 좋은 지점에 내려놓지 않았다. 고현수가 일어나서 장경식 앞으로 커피 잔을 붙여 놓고 웃으며 말했다.

"바쁘시니까 간단하게 본론만 말씀을 드리겠습니다. 영동에 군청에서 퇴직한 공무원들의 모임이 있다는 건 아시죠?"

"네, 알고 있습니다. 청우회를 말씀하시는 거죠?"

"예, 제가 작년까지만 해도 청우회 회장을 했습니다. 원래 한참 선배님들이 회장직을 맡으셨는데 작년부터는 제일 늦은 후배가 회장직을 맡기로 했습니다. 아무래도 현직에 있는 공무원들과 서로 유대 관계가 많으니까 이런저런 일들을 쉽게 할 수 있는 이점이 있습니다."

"아! 회장님이시군요. 회장님이 많이 도와주십시오. 현재 여론조사는 제가 저쪽보다 십오 프로 이상 앞서고 있습니다. 하지만 확실하게 큰 표 차로 다져 놓아야 나중에 국회에 들어가서 요직을 차지할 수 있습니다."

고현수는 장경식이 장황하게 자랑을 늘어놓는 이유를 알 것 같았다. 취직 부탁이 아니면 인사 청탁일 것이라는 생각에 책상 위에 있던 수첩을 가져와서 소파에 앉았다.

"그렇지 않아도 공식적으로 선거 운동이 시작된 이후로, 저녁을 집에서 먹어본 적이 단 한 번도 없습니다. 제가 초등학교부터 고등학교까지 영동에서 나왔으니 친구들이며 무슨 모임이 여간 많은 것이 아닙니다.

초등학교, 중학교, 고등학교 동창 모임은 기본이고, 제가 다니는 교회 집사에다 동갑계며, 우친계, 게이트볼 모임회 등 수십 개가 있습니다. 원체 사람을 좋아하는데다가 공무원 생활을 오래하다 보니 이런저런 모임에 가입해 달라는 부탁을 거절하지 못해서 말입니다. 저녁마다 모임에 있는 친구들을 불러내서 이번에는 어떤 일이 있더라도 영동고등학교를 졸업하시고 청와대와 안전기획부에 근무한 경험이 있는 후보님이 당선되셔야 한다고 말했습니다."

"감사합니다. 제가 당선이 되면 은혜는 잊지 않겠습니다. 말씀하신 것처럼 저는 박진규하고 질적으로 다릅니다. 제가 민자당에 있다가 자민련으로 옮긴 것도, 자민련 측에서 제가 과거에 중앙정보부를 시작으로 청와대며 안기부에 근무했던 경력을 높이 샀기 때문입니다."

"그래서 드리는 말씀입니다만, 우리 집 큰아들이 대전에서 대학을 졸업하고 시방 놀고 있습니다. 당선이 되신 다음에 말씀을 드리는 것이 옳겠지만, 혹시 중복이 될지 몰라서 미리 부탁을 드리는 건데, 군청 상수도관리사무소에 빈자리가 하나 있습니다. 올 이월에 전임자가 정년퇴직해서 한 자리가 아직 비어 있습니다. 그 자리에 우리 집 큰애 좀 부탁드립니다."

"그래요? 다른 분의 부탁도 아니고 회장님이 일부러 오셔서 부탁을 하시는 건데, 제가 메모를 해 놨다가 조치를 취하겠습니다. 아드님 이름이 어떻게 됩니까?"

고현수는 상수도관리사무소에 자식을 넣어 달라는 부탁을 벌써 세 번째 받고 있는 중이다. 한 명이 필요한 자리에 벌써 세 명이 달려든 셈이다. 앞으로 일주일 동안 또 몇 명이 더 달려들지 모른다. 그런데도 심각한 얼굴로 물으며 메모 준비를 했다.

"아이구, 고맙습니다. 서희 집 큰아들 이름이 장관기라고 합니다. 대전에 있는 배재대학 국문과를 나왔습니다. 상수도관리사무소에 취직을 시켜 주시면 후보님 은혜는 절대로 잊지 않고 보답해 드리겠습니다."

장경식은 얼른 일어나서 머리가 땅에 닿도록 깊숙이 허리를 숙여서 인사했다.

"별말씀을 다 하십니다. 저는 원래 어렸을 때부터 남이 부탁을 하는 것은 절대로 거절을 못하는 성격입니다. 제가 메모를 해 두었으니 기대하셔도 좋을 겁니다. 그 대신 친구분들이나, 모임의 회원분들에게 적극적으로 홍보 좀 해 주십시오."

고현수는 일부러 일어서서 소파 밖으로 나가 장경식의 손을 두 손으로 잡고 흔들었다.

"홍보만 하다뿐이겠습니까? 자갈논이라도 팔아서 남은 일주일 동안 밤잠 안 자고 표를 깔꾸리로 긁어모으겠습니다. 참말로 감사합니다."

장경식은 황송하다는 얼굴로 고현수의 손을 잡고 흔들었다. 차마 떨어지지 않는 발걸음을 뒤로 옮기며 문을 열고 나갔다.

"영동고등학교 동문회 총무라는 분이 찾아 왔습니다."

장경식이 나간 후에 한숨 돌릴 여유도 없이 하중태가 들어와서 보고했다.

"오 분밖에 시간이 없다고 말씀해 주세요."

고현수는 벽시계를 보고 나서 손가락을 주무르며 책상 앞에 앉았다. 선거 운동을 시작하고 나서 새벽에 집을 나온 것은 기억이 나는데 하루 종일 무엇을 했는지 기억나지 않는다. 수많은 사람들과 손가락에 쥐가 나도록 악수를 하고, 기억이 나지 않는 수많은 사람들하고 앉아서 말을 섞어 가며 무슨 약속인가를 했다는 점밖에 기억나지 않았다.

"어이구! 선배님 어서 오세요. 지금 근무시간 아니세요?"

영동고등학교 동문회 총무이자 군청 산업 과장인 안재섭이 들어왔다. 고현수는 안재섭과는 선거를 떠나서 동문회 총무라는 직함 때문에 가끔 만나는 편이다. 선거기간이라서 더 큰 소리로 반기며 양손을 내밀었다.

"급한 일 때문에 왔네."

안재섭은 고현수에게 손을 건성으로 맡겼다가 빼며 소파에 앉았다.

"군청에 무슨 사고라도 생겼습니까?"

여자 선거운동원이 커피를 들고 왔다. 고현수는 일어나서 커피를 안재섭 앞으로 옮겨주고 소파에 앉았다.

"정년이 일 년밖에 안 남은 사람 앞에 사고가 나면 큰일이지. 후배님, 여론조사 언제 해 봤나?"

"여론조사는 왜요?"

"아, 묻는 말에만 대답해 봐. 내가 알기로는 지난주 화요일에 한 것으로 알고 있는데……"

"화요일에 제가 훨씬 높게 나왔습니다."

"옥천 쪽은 어떻게 나왔는가?"

안재섭이 커피를 홀짝이며 물었다.

"옥천도 제가 오 프로 이상 앞서는 걸로 나와 있습니다."

"최두현 알지?"

"그 사람이 왜요?"

"그 사람이 너무 억울하게 모함을 당했다면서 농약을 마신 모양이여."

"노, 농약을 마셨다면?"

고현수가 잘 나가다가 이게 무슨 복병이냐는 얼굴로 물었다.

"옥천 쪽에는 시방 소문이 파다한 모양여. 최두현이 모함을 받고 자민련에서 쫓겨난 것이 억울해서 농약을 마셨다고 말여. 내가 옥천군청에 있는 친구한테 알아보니까, 거의 확실한 거 가텨."

"최두현이가 죽어 봤자, 여론은 흔들리지 않을 겁니다."

고현수는 이동하가 '그려. 자네 머릿속으로 생각하고 있는 대로 실행을 하믄 되는 걸세. 자고로 사람이 큰 정치를 할라믄 짝은 것들은 희생을 시킬 수밖에 없는 거여. 막말로 말해서 나라를 위해 정치를 하는데, 이까짓 군소재지에 사는 사람 몇 정도는 희생을 시켜도 눈 하나 깜짝하지 않을 수 있는 배짱을 갖고 있어야 국회의원이 될 수 있다는 걸세.'라고 한 말을 생각하며 책상 앞으로 가서 인터폰을 눌렀다. 소파에 앉자마자 하중태가 들어왔다.

"옥천 최두현이가 농약을 마셨다는데 보고 들어온 것 있습니까?"

"최두현이가 농약을 마셨다면 죽었다는 말씀이십니까?"

고현수는 하중태의 말을 듣고 나서야 간담이 서늘해지는 것을 느끼며 안재섭을 바라봤다.

"죽지는 않은 모양이야."

안재섭이 어깨를 으쓱거리고 나서 커피 잔을 들었다.

"다행이군요."

고현수는 최두현이 이왕 농약을 마셨으니 죽는 편이 나을 것이라는 생각마저 들었다. 만약 살아난다면 사건이 이상하게 확대될지도 모를 일이라고 생각하면서도 겉으로는 안도의 한숨을 내쉬는 척했다.

"별일 없을 겁니다. 조직은 이미 모두 우리한테 다 붙었고, 최두현이 농약을 마셔 봤자 동정을 하는 당원들이 있겠습니까?"

하중태도 말은 대수롭지 않게 했지만 골치 아프게 생겼구나, 라고 생각하며 말했다.

"나도 그렇게 생각은 하고 있습니다. 하지만 일단 정확한 상황부터 파악해 주세요"

고현수는 하중태에게 지시하고 나서 자신도 모르게 손바닥으로 날을 세워 뒷목을 툭툭 쳤다. 긴장을 하면 목 근육이 굳어 버린다고 하더니, 어느 사이에 목 근육이 뻣뻣하게 굳어 버렸다.

진규는 최두현이 농약을 마셨다는 정보를 입수하자마자 곧장 보좌관 김성수와 함께 옥천성모병원으로 달려갔다.

"박진규 국회의원이십니다."

김성수가 알아보니 최두현은 다행히 위세척 후 일반 병실에 입원해 있었다. 병실로 달려갔더니 복도에는 최두현을 따르던 조직원들 백여 명이 긴장한 얼굴로 서 있었다. 김성수가 최두현의 아내를 찾아서 진규를 소개했다.

"여기는 왜 왔슈?"

초췌한 얼굴을 한 최두현 아내가 적의에 찬 눈빛으로 진규를 바라봤다.

"얼마나 상심이 크시겠슈. 저도 어릴 때부텀 농사를 짓고 살아서, 농사짓는 분들이 얼마나 정직한지 잘 알고 있습니다. 원래 땅은 거짓말을 안 하잖유. 그 땅에 농사를 질라믄 정직해지지 않을 수 없다는 거 잘 알고 있슈. 그나저나 위험한 고비를 넘겼다니까 참말로 다행입니다. 같이 정치를 하는 사람으로 가슴이 아파 소식을 듣자마자 선거 운동도 때려 치우고 달려왔슈. 몸은 좀 어떠십니까?"

"말도 마유. 나는 포도밭에 나가 있었고 새마을 부회장님이 마침 상의 할 일이 있어서 그 시간에 찾아와서 다행이지. 의사 선생님 말로는 오 분만 늦었으면 이 세상 사람이 아닐 뻔 했다는 거유."

"의사 선생님 말이 일일구로 와서 다행이지, 자가용으로 와도 큰일날 뻔했다는 거유."

최두현 아내 옆에 서 있던 남자가 경계의 눈빛을 풀지 않고 진규를 바라봤다.

"얼마나 억울하셨으면 그렇게 극단적인 행동을 하셨겠슈? 참말로 뭐 라고 위로의 말씀을 드려야 할지 모르겠네유."

"제가 하고 싶은 말도 바로 그 말유. 우리 집 양반이 얼굴은 좀 멀쩡 하게 생겼슈. 하지만 이날 이때까지 살아오면서 한눈을 판 적은 단 한 번도 읎슈. 그날도 그 개같은 년이 춤을 추자고 달라 들드래유. 하도 부 탁을 하길래 손 한 번 잡아 준 적밖에 읎다능 겨. 그란데도 신문에서는 저 양반을 아주 천하 죽일 놈으로 만들어 놨응께 을매나 억울하겠슈."

진규가 진심어린 표정으로 말을 하자 최두현의 아내가 억울해서 견딜 수 없다는 얼굴로 눈물을 터트렸다.

"내가 동의면 새마을 지회장유. 그날 나도 그 노래방에 있었슈. 아주, 박혜숙 그년이 작정을 하고 달라들드랑께유. 내 이런 날이 올 줄 알았으 믄 그때 아주 노래방에서 쫓아 버리든지, 회장님을 모시고 밖으로 나갔 어야 하는데."

최두현의 아내와 진규가 하는 말을 듣고 있던 오십 대 후반의 곱슬머리가 거친 목소리로 끼어들었다.

"경찰서에 고소는 하셨슈?"

진규가 최두현에게 물었다.

"경찰서에 고소는 당장 그날 했슈. 하지만 박혜숙 그년이 나타나야쥬. 내 생각에는 선거 끝나고 나타날 거 가튜."

최두현 측근 한 명이 분통을 터트렸다.

"우리가 서울 자민련 당사로 올라가서 데모를 해야 햐."

"그려, 우리 위원장님이 저렇게 맘고생하는 줄도 모르고, 사정을 모르는 당원들은 쌔가 빠지게 고현수 선거 운동하고 있잖여."

"시방 당장 올라가자구."

"잠깐만 진정들 하셔유. 지가 일단 최두현 회장님을 만나보고 나서, 이 억울한 사정을 서울에 있는 신문사에 알릴 모양잉게 잠깐만 기다려 주세요. 사모님, 회장님을 시방 만날 수 있슈?"

"그, 그람유. 서울에 있는 신문사에 당장 알려야 해유. 어서 들어오세유."

최두현의 아내가 진규의 손이라도 잡아끌 것 같은 기세로 병실 문을 열어 주었다.

"이분 아시쥬? 박진규 국회의원이시잖유. 당신의 억울한 사정을 서울에서 나오는 신문에 내 주시겠데유!"

최두현의 아내가 단숨에 말해 버렸다. 최두현은 침대에 누워 있었다. 옆에는 측근으로 보이는 남자 몇 명이 심각한 얼굴로 서 있었고, 자신의 귀를 믿을 수 없다는 얼굴로 서로를 바라봤다.

"의원님이 왜 회장님 때문에 수고를 해 주실라고 그러시는 거유?"

"뻔할 뻔자지. 표 좀 달라고 하는 수작이지."

"번지수를 잘못 찾았슈. 우린 안직 자민련 당원으로 이름이 올라있는 사람들유. 새정치국민회의하고는 볼 일 읎슈."

측근들이 진규를 아래위로 노려보며 비아냥거렸지만 최두현은 눈만 끔벅거리면서 바라보기만 했다.

"이건 선거하고 상관이 없슈. 저는 원래부터 세상이 잘못되어 가는 것은 가만히 두고 보지 못하는 승질입니다. 아까, 밖에서 사모님께 말씀을 드렸던 것처럼 순전히 농사꾼의 마음으로 억울한 심정을 털어드릴 생각 밖에 읎슈."

"의원님이 우리 회장님 억울한 심정을 어뜿게 아슈?"

"그러게 말여. 고현수한테 듣고 왔나?"

"에이, 고현수가 지 입으로 회장님을 함정에 빠트렸다는 말을 하겠어?"

"그람 워티게 아슈?"

측근들이 조금은 누그러진 목소리로 주고받았다. 최두현이 할 말이 있다는 얼굴로 잔기침을 하며 일어나 앉으려고 했다. 그의 아내가 얼른 침대 밑에 있는 핸들을 돌려서 침대를 비스듬하게 세웠다.

"차, 참말로 표하고는 아무런 상관읎이, 농사꾼 대 농사꾼으로 오신 거유?"

"제 고향이 영동 학산이라는 데유. 부모님은 시방도 거기서 사과 과수원하고 논농사를 짓고 계셔유. 할아버지는 안직도 지게질을 하실 정도로 건강하시구요. 딴 일은 몰라도 절대로 혼자서는 농사를 질 수 없잖유. 그래서 원래 농사꾼들은 서로 필요할 때 돕고 살아야 하잖아유. 지도 나름대로는 공부를 좀 한 사람인데, 생각이 있는 사람이라면 저하고 당이 다른 분들한테 한 표 달라고 할 수는 없잖아유. 저는 순전히 같은 농사꾼 입장으로 달려온 거유. 정 저하고 말을 섞기 싫다면 목숨에 지장은 없어 보이니까 이만 물러가겠습니다."

"고, 고맙구먼유. 악수합시다. 최두현이라고 해유."

"박진굽니다. 저승이 아무리 좋아도 이승의 똥밭보다 못하다는 말이 있잖유. 억울한 일을 당했다고 스스로 자진을 하실라고 하시믄 안 돼쥬. 회장님이야 그렇다 치지만, 여기 사모님은 회장님이 안고 가신 억울한 심정까지 두 배로 견디며 사셔야 한다는 걸 생각하셔야쥬."

"그려, 이 양반아! 당신은 농약 마시고 훌쩍 떠나믄 그만이지만, 남아 있는 나하고 자식들은 당신 따라 죽을 용기도 없잖여. 늙어 죽는 그날까지 억울한 심정을 달고 살아야 한다는 걸 왜 몰라, 이 양반아! 시방부텀이라도 국회의원님 말씀처럼 절대로 딴 생각하지 말고, 여하튼 억울한 심정을 풀어버려야 햐. 그 여우 같은 년을 감옥에 보내고 나서도 천년만년 살 생각을 해야지, 왜 그새를 못 참고 사람 애간장을 이렇게 바짝바짝 태우는 거여."

진규의 말이 끝나자마자 최두현의 아내가 침대를 손바닥으로 치며 큰 소리로 울기 시작했다.

"사모님, 고정하셔유. 박 의원님께서 회장님 억울한 심정을 중앙 일간지에 내 주신다고 하시잖유."

"그려유. 서울에서 나오는 신문은 전국으로 깔리는 거잖유. 그런 신문에 회장님이 억울해서 농약을 드셨다는 기사가 나오면 옥천 사람들도 이해를 할꺄. 그랑께 진정하세유."

"솔직히 충청북두. 안에서만 나오는 신문보담, 전국에 깔리는 신문이 백 번 낫지 머. 박 의원님, 그람 어떤 식으로 신문에 낼 생각이셔유?"

"죄송합니다만. 의원님하고 단둘이 면담을 할 수 있도록 자리 좀 비켜 주시겠습니까?"

박진규 뒤에 서 있던 김성수가 드디어 내가 나설 때가 됐다는 얼굴로 앞으로 나가서 정중하게 말했다.

"그려, 이런 일은 원래 조용히 말을 해야 하능 겨."

"딴 일도 아니고, 회장님 억울한 심정을 풀어 드린다는데 백 번이라도 비켜 줘야지."

"사모님, 사모님도 저희들하고 밖으로 나가유."

측근들은 최두현의 아내와 밖으로 나갔다. 진규는 의자를 갖다가 침대 옆에 놓고 그간의 사정을 질문하기 시작했다. 그 옆에서 김성수가 대화 내용을 꼼꼼하게 메모했다.

"틀림읎이 신문에 나는 거쥬?"

"이런 일은 반드시 신문에 나서, 다시는 이런 일이 벌어지지 않도록 해야 합니다. 정의는 아직 살아 있다는 것을 보여주는 것이나 마찬가지 잖유."

"꼭 신문에 나게 해 주셔유. 신문에 기사가 나면 제가 절대 가만히 있지 않을꺄. 어떤 식으로든지 은혜는 갚아 드릴팅께 꼭 좀 신문에 나게 해 주셔유. 참말로 두 손을 모아서 부탁드려유."

최두현이 너무 억울해서 가슴이 터져 나갈 것 같다는 얼굴로 진규의 손을 잡았다. 진규는 최두현의 손을 잡고 반드시 억울함을 풀어주겠다고 말했다.

    고현수는 밤 12시가 넘은 시간에 잠자리에 들었다. 하루 종일 사람을 만나고 악수를 하고, 쉴 사이 없이 말을 했더니 이불 속으로 들어가자마자 곯아떨어졌다.

    선거 사무실이 미어질 정도로 지지자들이 가득 찼다. 그들은 하나같이 활짝 웃는 얼굴로 술을 마시기도 하고, 무언가를 먹으면서 웅성웅성거렸다.

    "고현수!"

    "고현수! 브라보!"

    "고현수, 의원님 축하합니다!"

    사람들이 박수를 치면서 일제히 함성을 질렀다. 여자 선거 운동원이 꽃다발을 들고 왔다. 꽃다발은 하나가 아니었다. 양팔에 가득 차도록 꽃다발을 안겨 줘서 사람들이 보이지가 않았다.

    "고현수 국회의원님, 한 말씀 해 주시죠."

    "시방부터 의원님의 말씀이 있겠습니다. 조용해 주십시오."

    하중태가 마이크에 대고 고함을 질렀다. 고현수는 하중태에게 마이크를 받아서 연단 위로 올라갔다.

    "에!"

    목이 잠겨서 목소리가 나오지 않았다.

    "고현수! 고현수!"

    지지자들이 일제히 이름을 부르며 만세를 불렀다.

    "고맙습니다. 여러분들이 성원해 주신 덕분에……."

국회의원에 당선되었다고 생각하니 너무 감격스러워서 눈물이 나오려고 했다. 아랫배에 힘을 잔뜩 주고 큰 소리로 말을 했다고 생각했으나 입 안에서 세세거릴 뿐이었다. 답답해서 옆을 바라보았다. 한복을 곱게 차려 입은 애자는 딴 곳을 바라보고 있었다. 손목을 잡아당겨서 지지자들에게 인사를 하라고 했다.

"모산에 가 봐야 하는데요."

"지금 무슨 소리를 하고 있는 거야? 아버님한테는 이따 인사를 드리고, 우선 지지자들에게 인사부터 해야지."

"아버지가 그러시는데 당신이 국회 부의장이 되실 거랬어요. 이런 사람들한테 인사 같은 거 안 해도 된다고 하셨거든요."

"그런 말을 그렇게 크게 하면 어떡해? 이 사람들이 듣잖아."

"누가 듣는다고 그래요? 저 텔레비가요?"

사무실 안을 가득 채우고 있던 지지자들이 한 명도 보이지 않았다. 애자가 손짓을 하는 곳에 텔레비전이 있었다. 화면 안에서는 시민들이 시청 앞에서 데모를 하고 있었다. 방패를 든 전경들이 그들을 밀어내고 있었다.

"어깨 좀 주물러 줄래?"

"아버지한테 가 봐야 해요. 갔다 와서 어깨를 주물러 주겠어요."

애자가 어느 틈에 외출 준비를 마치고 말했다.

"영동까지 가려면 차를 타고 가야 하잖아. 국도보다는 고속도로가 빠르지. 그런데 내가 국회의원에 당선된 것은 맞지?"

"부의장은 못 되고 상임 위원장은 틀림없이 된다고 했어요."

"장인어른이 분명히 그렇게 말씀하셨어?"

"아니, 진규가요."

"진규라면?"

"예. 이번에 국회의원에 당선이 된 박진규 있잖아요. 그 진규요."

"당신, 지금 무슨 말 하는 거야? 어깨 좀 주물러 달라니까."

어깨가 너무 아팠다. 팔을 뻗어 주무르고 있는데 탁상시계가 요란하게 울기 시작한다.

고현수는 탁상시계가 6시를 알리는 소리에 눈을 떴다. 밖은 아직 캄캄했다. 대충 아침을 먹고 사무실에 나가봐야 된다는 생각이 들었으나 꿈이 너무 생생해 몸이 말을 듣지 않았다.

"몸이 안 좋으세요?"

선거가 며칠 남지 않아서 애자가 내려와 있었다. 탁상시계가 울어도 고현수가 밖으로 나오지 않으니까 애자가 들어왔다.

"아냐. 일어나야지 며칠만 고생하면 되는데……."

고현수는 계속 꿈의 잔상이 남아 있었으나 게으름을 피우면 안 된다고 생각하며 일어섰다. 조간신문이 거실 탁자 위에 있었다. 신문을 들고 화장실에 들어갔다.

"뭐야!"

조선일보 사회면 하단에 최두현의 기사가 나와 있었다. 작은 박스 안의 기사지만 〈자민련 지역구 위원장 모함 받고 결백 주장 농약 마셔〉라는 제목 때문에 시선을 잡아끌고 있었다.

내가 이러고 있을 때가 아니지.

고현수는 바쁘게 샤워를 했다. 머리카락의 물기를 말릴 새도 없이 곧장 나갈 준비를 했다. 애자가 아침 안 먹을 것이냐고 물었다. 사무실에 나가서 빵이나 우유 같은 걸로 때우겠다는 대답을 남겨 두고 밖으로 나갔다. 거리는 안개가 점령하고 있었다. 안개 속을 바쁘게 걸으니까 다시 꿈을 꾸는 기분이 들었다.

선거 사무실에는 조간신문을 본 간부들이 벌써 출근해 있었다. 하중태도 커피를 마시며 신문을 읽고 있었다.

"괜찮겠지?"

고현수는 누구에게라고 할 것 없이 물으며 자기 사무실로 들어갔다.

"커피 하시겠습니까?"

청년부장이 뒤따르며 물었다.

"커피보다는 찬 우유를 한 잔 주게. 본부장은 사무실로 오세요."

고현수는 하중태에게 눈짓을 보내고 자기 사무실 안으로 들어갔다. 사무실 안은 아직 4월 초순이라 냉기가 고여 있었다. 하루 종일 사람을 만나고, 쉬지 않고 말을 하고, 악수를 하려면 컨디션 조절을 해야 한다. 소형 전기난로의 코드를 꽂고 소파에 앉았다.

"별일 없겠죠?"

하중태가 신문 뭉치를 한 손에 들고 다른 손으로는 우유 잔을 들고 들어왔다. 고현수가 우유를 받으며 물었다.

"중앙일보, 조선일보, 동아일보, 경향신문, 서울신문에도 기사가 나왔습니다."

하중태가 신문을 한 개씩 테이블 위에 내려놓으며 심각하게 말했다.

"좋습니다. 우선 적을 알아야 승리를 할 수 있으니 하나씩 해결해 나갑시다. 누가 신문사에 제보를 했다고 생각하십니까?"

고현수가 우유를 절반 정도 마시고 입술에 묻은 우유를 닦으며 물었다.

"우선 최두현은 아닙니다."

"최두현이 그랬다면 벌써 신문에 나고도 남았겠죠. 그럼 누가 제보를 했다고 생각하십니까?"

"출근하기 전에 집에서 옥천 사무실 사무장한테 전화를 해 봤습니다. 그랬더니 조금 전에 사무실로 전화가 왔습니다. 박진규가 어제 최두현이 입원해 있는 옥천성모병원에 들렀었답니다. 거기 최두현을 지지하는 당원 백 명 정도도 모여 있었답니다."

"박진규가 제보했다고 봐도 무리가 없다는 뜻입니까?"

"박진규는 현직 국회의원이니까, 얼마든지 가능하다고 볼 수 있습니다."

"그럼 두 번째로 생각해 봅시다. 이 기사가 이번 선거에 영향을 준다고 판단하십니까?"

"그렇지 않아도 후보님이 오시기 전에 간부들하고 회의를 했습니다."

"결론은?"

고현수는 우유를 마저 마셔버리고는 휴지를 꺼내 입술을 닦으며 물었다.

"옥천 사무장 말로는 박진규가 병원에 나타나기 전에는 당장 서울 자민련 당사로 달려가서 데모를 할 것 같은 분위기였다고 합니다. 그런데 박진규가 병원에 왔다가 간 후에는 데모 분위기가 싹 사라졌다고 합니다. 즉, 최두현하고 박진규가 모종의 합의를 봤다고 추측할 수 있는 부분입니다."

고현수는 마음속으로 길게 한숨을 내쉬었다. 하중태를 바라보고 있던 시선을 거두고 소파에 비스듬히 누워서 창문 밖을 바라봤다. 어느 틈에 안개는 사라지고 창문 너머로 흐린 하늘이 보인다. 새 한 마리가 창문 앞을 빠르게 날아간다.

"앞으로 육 일 남았습니다. 설마 그 사이에 무슨 일이 일어나기야 하겠습니까?"

고현수는 꿈이 생각났다. 꿈은 반대라고 생각하며 스스로에게 말을 하는 목소리로 말했다.

"일단 최두현은 조직이 없습니다. 그렇다고 전혀 문제가 없다고 보지는 않습니다. 병원에 백 명 정도가 모였었다고 하니까, 그 표는 기권표가 될 확률이 있다고 보시는 것이 좋을 것 같습니다."

하중태는 말과 다르게 자민련 당원들의 동요가 심각할 수준에 도달하게 될지도 모른다고 생각했다.

"영동 쪽은 분위기가 어떻습니까?"

"영동은 오늘이 지나봐야 알겠지만, 최두현하고 직접적인 관계가 없으니 별 타격이 없을 것입니다."

"보은 쪽도 안심할 수 있을 겁니다. 보은 사무장이 원래 조직관리 하나는 끝내주잖아요. 오늘 직접 본부장님이 가서 실탄 좀 지급하고 오세요. 옥천은 내가 직접 가 볼 테니까. 그리고 회의 준비해 주세요"

고현수는 이 상황에서는 이동하 방식으로 해결할 수밖에 없다고 판단했다. 최두현이 출마하는 것은 아니다. 최두현의 억울한 사정을 동정하고 있는 당원들의 이탈을 막으려면 돈으로 틀어막는 수밖에 없었다.

"저, 제 생각입니다만…… 남부연합신문에서 최두현 기사를 다시 한번 실어서 뿌려 보는 것은 어떻겠습니까?"

하중태가 고현수의 눈치를 살피며 조심스럽게 물었다.

"어떤 식으로요?"

"최두현이 양심의 가책을 받아서 농약을 먹었다는 식은 어떻습니까?"

"일간지에는 억울해서 농약을 먹은 걸로 나와 있잖습니까?"

"일간지를 보는 사람이 얼마나 되겠습니까? 하지만 남부연합신문은 길거리에서 뿌리는 신문이니까 웬만한 사람들은 모두 보는 신문 아닙니까? 최두현이 억울해서 농약을 먹은 것이 아니고, 양심의 가책을 받아서 농약을 먹었다. 더구나 소량이어서 처음부터 목숨에는 지장이 없었다, 라고 하는 겁니다."

"취재원은 누구로 하고요?"

고현수는 기가 막힌 방법이라는 생각에 은근하게 물었다.

"아! 일단 선거에서는 이기고 봐야 하는 거 아닙니까? 최두현의 측근한테 들은 것으로 하면 되는 것 아닙니까? 최두현이 후보로 나온 것도 아닙니다. 일개 자연인이니까 나중에 문제될 것도 없습니다. 정 법적으로 문제가 되도 상관없습니다. 편집국장이 책임지고 벌금 몇 푼 무는 것으로 끝낼 수 있다고 봅니다."

"좋습니다. 공격은 최대의 방어라는 말이 있지 않습니까. 내일이 마침 신문 나오는 날이니까, 시기적으로도 딱 맞아떨어지는군요. 이왕 벌금을 물 바에는 양심의 가책을 느끼고 농약을 먹었다는 말보다는 좀 더 현실적으로 접근을 해야겠습니다."

고현수가 소리 죽여 웃으며 테이블을 손바닥으로 내려쳤다.

"맞습니다. 저도 금방 생각이 났습니다. 정치적 흑심을 품고, 시선을 집중시키려고 쇼를 했다고 하는 쪽으로 몰고 가는 것이 효과적일 것 같습니다. 이참에 더 이상은 허튼 생각을 하지 않도록 확실하게 눌러 주는 쪽으로 하는 것이 좋을 것 같습니다."

"굿. 보은 가기 전에 먼저 신문사에 들려서 편집국장을 만나서 방향을 설정해 주세요. 그래서, 병원에 모였던 그 백 명 표까지 끌어들이자구요."

고현수는 하중태의 아이디어가 획기적이라는 생각이 들면서 식욕이 맹렬하게 살아나는 것을 느꼈다. 하루 종일 뛰려면 우유보다 밥을 먹어 배를 든든히 채워야 한다는 생각으로 수화기를 들었다. 애자에게 아침을 먹으러 가겠다는 말을 하고 전화를 끊었다.

— 15권에 계속 —

대하장편소설 금강 제14권

초판 1쇄 발행 2014년 11월 28일

지 은 이 한만수

펴 낸 이 최종숙
펴 낸 곳 글누림출판사

책임편집 이태곤
편   집 문선희 오정대 권분옥 이소희 박선주
디 자 인 안혜진 이홍주
마 케 팅 박태훈 안현진
관   리 구본준

주   소 서울시 서초구 동광로46길 6-6(반포4동 577-25) 문창빌딩 2층(우137-807)
전   화 02-3409-2055(대표), 2058(영업), 2060(편집)
팩   스 02-3409-2059
전자메일 nurim3888@hanmail.net
홈페이지 www.geulnurim.co.kr
등록번호 제303-2005-000038호(2005.10.5)

정   가 13,000원
ISBN 978-89-6327-251-1 04810
      978-89-6327-237-5(전15권)

표지 디자인·디자인밥 출력/인쇄·성환C&P 제책·동신제책사 용지·에스에이치페이퍼

* 이 도서의 국립중앙도서관 출판예정도서목록(CIP)은 서지정보유통지원시스템 홈페이지(http://seoji.nl.go.kr)와
   국가자료공동목록시스템(http://www.nl.go.kr/kolisnet)에서 이용하실 수 있습니다.(CIP제어번호: CIP2014032580)